JUDE DEVERAUX | Hermana de hielo

byblos

Título original: *Twin of Ice*

Traducción: Claudia Ferrari

1.ª edición: noviembre 2006

Bailén, 84 - 08009 Barcelona (España)
www.edicionesb.com

Publicado por acuerdo con el editor original, Pocket Books,
una división de Simon & Schuster, Inc.

Diseño de cubierta: Estudio Ediciones B
Fotografía de cubierta: JupiterImages Corporation
Diseño de colección: Ignacio Ballesteros

Printed in Spain
ISBN: 84-666-2664-6
ISBN 13: 978-84-666-2664-4
Depósito legal: B. 42.382-2006

Impreso por NOVOPRINT

Jude Deveraux | Hermana de hielo

Prólogo

La mujer, anciana y gorda, de cabello gris y dientes ennegrecidos se sentó con agilidad en el asiento del carro. En la parte de atrás llevaba una variedad de verduras frescas cubiertas con un toldo húmedo.

—Sadie.

Ella se volvió hacia la izquierda para mirar al reverendo Thomas; un hombre alto y apuesto que ahora tenía el ceño fruncido.

—¿Te portarás bien? ¿No harás ninguna tontería ni llamarás la atención?

—Lo prometo —dijo Sadie con un tono de voz suave y juvenil—. Regresaré pronto. —Azuzó los caballos y se echó a andar.

El camino desde Chandler, Colorado, hasta la mina de carbón era bastante largo. Una vez allí, tenía que aguardar que uno de los trenes pasara por alguna de las líneas de Colorado y Southern Railroad. Cada uno de los diecisiete campos de carbón de los alrededores de Chandler tenía su propia línea de ferrocarril.

Cerca de la mina de Fenton, Sadie se cruzó con otro carro guiado por una mujer anciana. Sadie detuvo sus cuatro caballos para estudiar el paisaje.

—¿Algún problema? —preguntó Sadie a la mujer.

—Ninguno, pero cada vez se habla más del sindicato. ¿Y tú?

Sadie asintió.

—Oí que hubo una pelea en el túnel número seis la semana pasada. Los hombres no se toman el tiempo para salir a la superficie cuando excavan. ¿Tienes un poco de menta?

—Lo vendí todo, Sadie —dijo la mujer acercándose más—. Ten cuidado. La Pequeña Pamela es la peor de todas. Rafe Taggert me da miedo.

—Muchos le tienen miedo. Aquí viene otro carro. —Su voz se hizo más grave cuando ordenó a los caballos que se pusieran en movimiento—. Hasta la semana que viene, Aggie. No aceptes monedas falsas, ¿eh?

Sadie se cruzó con los hombres del otro carro y levantó una mano para saludarlos. Después tomó el sendero que llevaba al campo minero Pequeña Pamela.

El camino era bastante empinado porque estaba situado en un cañón y no vio el puesto de guardia hasta que estuvo frente a él. Comenzó a latirle el corazón.

—Buen día, Sadie. ¿Tiene nabos?

—Sí y muy grandes. —Sadie sonrió, mostrando las arrugas y los dientes podridos.

—Déme un saco lleno —dijo mientras le abría la puerta de entrada. Ni se hablaba del pago. Abrir la puerta a un extraño para que ingresara en el campo era pago suficiente.

Los guardias estaban allí para cuidar que no entrara ningún sindicalista. Si sospechaban que alguno trataba de organizar a los mineros, primero disparaban y luego hacían las preguntas. Con ese tipo de autoridad, lo único que necesitaban decir cuando mataban a alguien era que el hombre era sindicalista y las cortes locales y estatales los liberaban en seguida. Los propietarios de las minas tenían derecho a proteger sus propiedades.

Sadie tuvo que esforzarse para hacer que los cuatro

caballos se mantuvieran en el sendero estrecho. A cada lado del camino había unas casillas de madera que los dueños de las minas solían llamar «casas»: cuatro o cinco habitaciones diminutas con un excusado y un cobertizo para carbón en la parte de atrás. Sacaban el agua por medio de baldes del pozo comunitario contaminado por el carbón.

Sadie pasó frente al almacén de la compañía y saludó con frialdad al dueño. Eran enemigos naturales. Pagaban a los mineros con vales, de modo que una familia sólo podía comprar lo que necesitaba en el almacén de la compañía. Algunos decían que los dueños de la mina ganaban más dinero con el almacén que con la mina.

A la derecha, entre las vías del ferrocarril y la empinada ladera de la montaña, estaba Sunshine Row, una hilera de casas pintadas de un amarillo descolorido. Ninguna tenía patio y apenas cinco metros separaban las casas de las letrinas. Sadie conocía muy bien la combinación del humo del tren y el ruido, con los demás olores. Allí vivían los mineros.

Sadie detuvo los caballos frente a una de las casas más grandes.

—¡Sadie! Pensé que no vendrías —exclamó una joven muy bonita que salió de la casa secándose las manos con un trapo.

—Ya me conoces —dijo Sadie mientras luchaba por bajar del carro—. Me quedé dormida esta mañana y la doncella olvidó despertarme. ¿Cómo has estado, Jean?

Jean Taggert sonrió. Sadie era una de las pocas personas que, pese a no pertenecer a la mina, podía entrar al campo, y cada semana Jean temía que le revisaran el carro.

—¿Qué trajiste? —le preguntó Jean en un susurro.

—Remedio para la tos, linimento, un poco de morfina para la señora Carson y una docena de zapatos. No se puede esconder mucho dentro de una calabaza. Y cortinas de encaje para la novia de Ezra.

—¡Cortinas de encaje! —exclamó Jean y luego se echó a reír—. Quizá tengas razón, el encaje le sentará mejor que cualquier otra cosa. Bien, comencemos.

Les llevó tres horas repartir las verduras. La gente pagaba a Sadie con vales y Jean se los devolvía luego en secreto. Ni los dueños de la mina, ni la policía del campo, ni siquiera la mayoría de los mineros sabían que las verduras de Sadie y los artículos secretos eran gratuitos. Los mineros eran orgullosos y no hubieran aceptado ningún tipo de caridad, pero las mujeres tomaban todo lo que podían conseguir para sus hijos y sus cansados maridos.

Ya era tarde cuando ambas mujeres regresaron a la casa de Jean con el carro vacío.

—¿Cómo va Rafe? —preguntó Sadie.

—Trabajando duro, como mi padre. Y el tío Rafe está creando problemas. Tienes que irte. No podemos arriesgarnos a que tú tengas algún problema —le dijo mientras tomaba la mano de Sadie—. Qué mano tan joven...

—¿Problemas? —repitió Sadie confundida. Dio un salto hacia atrás y Jean se echó a reír.

—Hasta la semana que viene. Y Sadie, no te preocupes por mí, hace tiempo que lo sé.

Confundida y sin poder decir palabra, Sadie trepó a su carro y partió.

Una hora después se detenía en la parte de atrás de la vieja rectoría de Chandler. Abrió la puerta y corrió por el corredor hasta el baño donde estaba la ropa limpia.

Se quitó la peluca de un tirón, se lavó el maquillaje del rostro y frotó sus dientes para quitar la goma negra que los cubría. Con movimientos rápidos se liberó de esa ropa vieja y abultada que la hacía parecer gorda y se colocó un corsé abrochado al frente y una falda de sarga de color azul. La blusa de seda era de un color verde pálido y encima llevaba una chaquetilla de sarga azul con bordes de terciopelo verde.

Mientras se ajustaba el cinturón de cuero azul oscuro, llamaron a la puerta.

—Entre.

El reverendo Thomas abrió la puerta y permaneció inmóvil observando a la mujer que tenía adelante. La señorita Houston Chandler era alta, esbelta y hermosa; tenía el cabello castaño con reflejos rojizos, ojos verde-azulados, una nariz aristocrática y una boca pequeña y perfecta.

—Sadie se ha ido hasta la semana que viene —dijo el reverendo con una sonrisa—. Ahora, Houston, debes irte. Tu padre...

—Padrastro —lo corrigió Houston.

—Bueno, sí, pero su furia es la misma, cualquiera sea su título.

—¿Anne y Tía ya regresaron con sus carros?

—Hace horas. Ahora, vete de aquí.

—Sí, señor. —Houston sonrió—. Hasta el próximo miércoles —le dijo al salir por la puerta principal de la rectoría para dirigirse a su casa.

1

Mayo 1892

Houston Chandler caminó la calle y media de distancia hasta su casa lo más tranquila que pudo. Se detuvo frente a una casa de tres pisos de ladrillo rojo y estilo victoriano que en el pueblo llamaban la Mansión Chandler. Se arregló el cabello y la ropa y subió las escaleras.

Mientras colocaba el parasol en el paragüero de porcelana que estaba en el vestíbulo, oyó que su padrastro estaba regañando a su hermana.

Blair Chandler, la hermana gemela de Houston, miró al hombre que era unos centímetros más bajo que ella, aunque robusto como una piedra.

—¿Y desde cuándo es ésta su casa? Mi padre...

Houston se acercó a la sala y se interpuso entre su hermana y su padrastro.

—¿No es hora de cenar? Quizá tendríamos que entrar. —Miró a su hermana con ojos implorantes.

Blair se volvió y se alejó, furiosa.

Duncan tomó a Houston por el brazo y la condujo hacia el comedor.

—Por lo menos tengo una hija decente...

Houston parpadeó al oír el tan conocido comentario. Odiaba que la compararan con Blair, y peor aun, cuando era la ganadora.

Acababan de sentarse frente a la enorme mesa de caoba, puesta con la mejor porcelana y cristalería, Duncan ubicado en la cabecera, Opal Gates frente a él y cada hermana en uno de los costados; cuando comenzó otra vez.

—Tendrías que pensar en hacer algo para complacer a tu madre —dijo Duncan echando un vistazo a Blair mientras ponían un trozo de carne de cinco kilos delante de él. Tomó los utensilios para cortar y agregó—: ¿Eres tan egoísta que no te preocupas por nadie? ¿Acaso tu madre no significa nada para ti?

Blair apretó los dientes y miró a su madre. Opal era como una copia envejecida de sus hermosas hijas. Era obvio que el entusiasmo que una vez había tenido había desaparecido o estaba profundamente enterrado.

—Madre —replicó Blair—, ¿quieres que regrese a Chandler, que me case con un banquero gordo, tenga una docena de hijos y abandone la medicina?

Opal sonrió a su hija mientras se servía una porción de la fuente de berenjenas que le ofrecía la criada.

—Quiero que seas feliz, querida, y eres muy noble al preocuparte por salvar la vida de los demás.

Blair se volvió con una mirada triunfante hacia su padrastro.

—Houston renunció a su vida para complacerlo. ¿Eso no es suficiente? ¿Quiere ver que me destruya yo también?

—¡Houston! —gritó Duncan asiendo con fuerza la trincheta—. ¿Vas a permitir que tu hermana hable de ese modo?

Houston miró a Blair y luego a su padrastro. No quería ponerse del lado de ninguno de los dos. Cuando Blair regresara a Pensilvania después de la boda, ella tendría que quedarse allí, con su padrastro. Se alegró cuando la criada anunció la llegada del doctor Leander Westfield.

Houston se puso de pie de inmediato.

—Susan —dijo a la criada—, pon otro plato en la mesa.

Leander entró en la habitación con pasos seguros. Era alto, esbelto, de cabello y tez oscuros y muy, muy apuesto. Tenía hermosos ojos verdes y un aire de seguridad que hacía que las mujeres se detuvieran en la calle para mirarlo. Saludó al señor y la señora Gates.

Se acercó hasta Houston y la besó ligeramente en la mejilla. Besar a una mujer en público, incluso a la esposa o prometida, era un atrevimiento, pero Leander tenía una manera de hacer las cosas que le permitía tomarse atribuciones que otros hombres no podían pretender.

—¿Cenarás con nosotros? —le preguntó Houston con educación, indicándole el lugar junto a ella.

—Ya cené, gracias, pero quizá los acompañe con una taza de café. Buenas noches, Blair —saludó mientras se sentaba frente a ella.

Blair lo miró y no dijo nada.

—Blair, contéstale al doctor Leander tal como se debe —ordenó Duncan.

—Está bien, señor Gates —afirmó Leander mirando a Blair sorprendido. Luego se dirigió a Houston—: Luces como una novia.

—¡Novia! —exclamó Blair poniéndose de pie. Se volvió y salió corriendo de la habitación.

—Qué significa... —comenzó a decir Duncan dejando el tenedor para incorporarse.

Houston lo detuvo a tiempo.

—Por favor, no. Hay algo que le molesta. Quizá extraña a sus amigos de Pensilvania. Leander, ¿no querías hablarme de la boda? ¿Podemos salir ahora?

—Por supuesto. —Leander la escoltó en silencio hasta su coche, azuzó el caballo para que el animal se echara a andar, tomó la calle Dos y se detuvo en uno de los tantos lugares desiertos de Chandler. Comenzaba a oscurecer y el aire de la montaña era cada vez más frío. Houston se acomodó en un rincón del carruaje.

—Ahora explícame qué sucede —le preguntó mientras ataba las riendas del caballo y ponía el freno—. Me parece que tú estás tan molesta como Blair.

Houston tuvo que luchar por contener las lágrimas. Se sentía agradecida de poder estar a solas con Lee. Era tan familiar, tan seguro. Era un oasis de cordura en su vida.

—Es por el señor Gates, siempre está discutiendo con Blair, diciéndole que no es buena para nada, que debe dejar la medicina e instalarse en Chandler. Y siempre la compara conmigo recordándole cuán perfecta soy yo.

—Ah, corazón —murmuró él mientras la abrazaba—, tú sí que eres perfecta. Eres dulce, tierna, dócil...

—¡Dócil! —exclamó Houston apartándose—. ¿Quieres decir manejable?

—No —respondió Lee sonriéndole—. Sólo dije que eres una mujer muy hermosa, dulce y me parece correcto que te preocupes por tu hermana. Pero también pienso que Blair tendría que estar preparada para recibir críticas si desea ser médica.

—Entonces tú piensas que no debe renunciar a la medicina, ¿no es así?

—No tengo la menor idea de lo que ella debe hacer. No es mi responsabilidad. —Volvió a abrazarla—. ¿Pero por qué hablamos de Blair? Nosotros tenemos nuestras propias vidas que vivir.

Mientras hablaba, la abrazó con más fuerza y comenzó a mordisquearle la oreja.

Ésta era la parte que Houston más odiaba. Era tan fácil estar con Lee, lo conocía tanto. Además, habían sido «pareja» desde que ella tenía seis años y él doce. Ahora, a los veintidós, pasaba gran parte de su tiempo en compañía de Leander Westfield. Lo único que había hecho durante toda su vida era prepararse para el día en que se convertiría en la esposa de Lee.

Pero desde hacía unos meses, después de regresar de su viaje de estudios en Europa, él había comenzado con esos besuqueos en el asiento posterior del coche. Y todo lo que ella había sentido era que deseaba que él dejara de manosearla. Entonces Lee la llamaba «princesa de hielo» y la llevaba furioso a su casa.

Houston sabía que supuestamente tenía que reaccionar ante las caricias de Lee, pero no sentía nada cuando él la tocaba. Muchas veces había llorado angustiada hasta quedarse dormida. No podía amar a otra persona más de lo que amaba a Leander, pero sus caricias no la excitaban.

Lee pareció adivinar lo que Houston estaba pensando y se apartó indignado.

—Faltan menos de tres semanas —dijo la joven con un nudo en la garganta—. Dentro de poco estaremos casados y...

—¿Y luego qué? —preguntó Lee—. ¿La princesa de hielo se derretirá?

—Eso espero —susurró Houston—. Nadie lo desea más que yo.

Permanecieron en silencio por un momento.

—¿Estás lista para la recepción de mañana, en casa del gobernador? —le preguntó Lee mientras encendía un cigarro.

Houston sonrió temblorosa. Los primeros minutos después de haberlo rechazado eran los peores.

—Mi vestido ya está planchado y listo para ponérmelo.

—El gobernador quedará encantado contigo, ¿sabes? —Lee le sonrió pero Houston sintió que era una sonrisa forzada—. Un día tendré la esposa más hermosa de todo el estado.

Ella trató de relajarse. En la recepción del gobernador se sentiría segura. Estaba entrenada para ello. Quizá debería haber seguido un curso sobre cómo no ser una esposa frígida. Sabía que algunos hombres pensaban que las esposas no debían disfrutar del sexo, pero también sabía que Leander era diferente de los demás. Él le había explicado que esperaba que ella lo disfrutara, y Houston le había prometido que lo haría, pero siempre se sentía molesta cuando la besaba.

—Tengo que ir a la ciudad mañana —le dijo interrumpiendo sus pensamientos—. ¿Quieres venir?

—Oh, me encantaría. Blair quería pasar por la oficina de periódicos. Creo que alguien le envió una revista médica desde Nueva York.

Houston se reclinó en el asiento mientras Leander ponía en movimiento el coche y se preguntó qué pensaría él si supiera que su «dócil» prometida hacía algo ilegal una vez a la semana.

Blair estaba recostada en la cama con las piernas un tanto separadas, lo que permitía ver los pantalones turcos que llevaba. Su habitación, en tonos azules y blancos, quedaba en el tercer piso de la casa y desde su ventana se divisaba el Pico Ayers. Antes había tenido una habitación en el segundo piso, pero cuando dejó Chandler, a los doce años, Opal quedó embarazada y el señor Gates transformó el cuarto de Blair para el nuevo bebé. Opal perdió el bebé y ahora el cuarto estaba vacío, lleno de muñecas y soldaditos que había comprado Gates.

—No veo por qué tenemos que ir con Leander —dijo Blair a Houston que estaba sentada en una silla de brocado blanco—. Hace años que no nos vemos y ahora tengo que compartirte.

Houston sonrió con timidez.

—Fue Leander quien nos invitó a acompañarlo. A veces creo que no te gusta. Pero me parece imposible; es tan amable y considerado y tiene una buena posición en la comunidad y...

—¡Y te posee por completo! —explotó Blair saltando de la cama—. ¿No te das cuenta de que en el colegio trabajé con mujeres como tú, mujeres tan infelices que sólo intentaban suicidarse?

—¿Suicidarse? Blair, no tengo la menor idea de lo que estás hablando. No tengo intenciones de matarme.

—Houston —dijo Blair con tono tranquilo—, me gustaría que pudieses ver lo mucho que has cambiado. Antes solías reír y ahora estás siempre distante. Comprendo que hayas tenido que ajustarte a Gates, pero ¿por qué has elegido casarte con un hombre como él?

Houston se puso de pie y se apoyó con una mano sobre el vestidor de Blair.

—Leander no es como el señor Gates. Es realmente diferente, Blair. —Miró a su hermana en el enorme espejo—. Y lo amo —añadió con suavidad—. Lo he amado durante años y lo único que deseaba era casarme, tener hijos y una familia. Nunca deseé hacer algo noble o grandioso como tú. ¿No puedes ver que soy feliz?

—Me gustaría creerte —repuso Blair con sinceridad—, pero hay algo que no me deja. Supongo que odio la manera en que Leander te trata, como si le pertenecieras. Los he visto juntos y parecen una pareja casada desde hace veinte años.

—Hace mucho tiempo que nos conocemos. —Houston se volvió para enfrentar a su hermana—. ¿Qué puedo buscar en un marido aparte de la compatibilidad?

—Yo creo que los mejores matrimonios se hacen entre dos personas que se consideran interesantes mutuamente. Tú y Leander son demasiado parecidos. Si él fuera una mujer, sería la dama perfecta.

—Como yo —susurró Houston—. Pero no siempre soy una dama. Hago ciertas cosas que...

—¿Como Sadie?

—¿Cómo lo supiste? —le preguntó Houston.

—Meredith me lo contó. ¿Y qué crees que dirá tu querido Leander cuando se entere de que te pones en peligro todos los miércoles? ¿Y qué dirán de un cirujano de su talla casado con una criminal?

—No soy una criminal. Hago algo bueno por el pueblo —replicó Houston con entusiasmo; luego se tranquilizó. Se arregló el rodete de la nuca, acomodó unos rizos sobre la frente y se colocó un sombrero decorado con plumas de un azul iridiscente—. No sé lo que pensará. Quizá nunca se entere.

—¡Ah! Ese hombre tan pomposo te prohibirá participar en cualquier actividad que esté relacionada con los mineros y tú, Houston, estás tan acostumbrada a obedecer que harás exactamente lo que te pida.

—Tal vez tenga que renunciar a Sadie después de casarme —dijo y suspiró.

De repente, Blair se puso de rodillas delante de Houston y le tomó las manos.

—Estoy preocupada por ti; no eres la hermana que conocí. Gates y Westfield te están destruyendo. Cuando éramos pequeñas, solías tirar bolas de nieve con los mejores, pero ahora es como si estuvieses asustada del mundo. Incluso cuando haces algo maravilloso como conducir un carro debes hacerlo a escondidas. Oh, Houston...

Llamaron a la puerta.

—Señorita Houston, el doctor Leander está aquí.

—Gracias, Susan, bajaré en seguida. —Houston se acomodó la falda—. Siento desagradarte tanto —le dijo—, pero sé lo que quiero. Quiero casarme con Leander porque lo amo. —Houston se volvió y abandonó la habitación.

Trató de alejar las palabras de Blair de su mente pero no pudo. Saludó a Leander con aire ausente y apenas se percató de la discusión que surgió entre Lee y Blair, tan concentrada estaba en sus propios pensamientos.

Blair era su hermana gemela. Estaban más unidas que la mayoría de las hermanas y Houston sabía además que su preocupación era verdadera. Sin embargo, ¿cómo podía pensar en no casarse con Leander? Cuando Leander tenía ocho años, había decidido ser doctor, un cirujano que salvara la vida de las personas. Cuando Houston lo conoció, Lee tenía unos once años, ya estudiaba libros que le había prestado un primo lejano. Houston decidió descubrir cómo ser la esposa de un médico.

Nadie pudo hacerlo cambiar de opinión. Lee viajó a Harvard para estudiar medicina, y luego a Viena para perfeccionarse. Houston estudió en Virginia y más tarde en Suiza.

Houston seguía sobresaltándose cada vez que recordaba la discusión que había tenido con Blair sobre la elección de libros.

—¿Vas a abandonar tu educación nada más que para aprender a poner la mesa y cómo caminar sin caerte con un vestido de satén que tiene una cola de cincuenta metros?

Blair asistió a Vassar y luego a la escuela de medicina, mientras que Houston concurrió al colegio de la señorita Jones donde pasó años de riguroso entrenamiento aprendiendo desde cómo arreglar las flores hasta cómo evitar que los hombres discutan durante la comida.

Lee la tomó del brazo para ayudarla a subir al coche.

—Estás tan hermosa como siempre —le dijo bajito al oído.

—Lee... —comenzó a decir Houston—; ¿crees que nosotros nos hallamos... interesantes el uno al otro?

Lee sonrió y le recorrió el cuerpo con la mirada, luego le dijo:

—Houston, para mí eres fascinante.

—¿Me refiero a si tenemos suficientes cosas de qué conversar?

Lee levantó una ceja.

—Me sorprende que recuerdes cómo hablar cuando estoy a tu lado. —Luego partieron hacia el centro de Chandler.

2

Chandler, colorado, era un lugar pequeño, de ocho mil habitantes solamente, pero su industria de carbón, su ganado y sus ovejas, así como también la fábrica de cerveza del señor Gates la convertían en una pequeña pero rica ciudad. Ya tenía electricidad y teléfono, y era fácil comunicarse con las ciudades más importantes de Colorado Springs y Denver.

Las once calles que conformaban el centro de Chandler estaban casi todas flanqueadas por nuevos edificios construidos con las piedras que extraían de la mina de Chandler. La piedra de un color gris verdoso se usaba en las cornisas e intrincados adornos de las casas victorianas del lugar.

Alrededor de la ciudad había casas de varios estilos Reina Ana y Victoriano. Al norte de la ciudad estaba la casa de Jacob Fenton, una estructura de ladrillo, también de estilo victoriano, que hasta hacía algunos años había sido la casa más grande de todo Chandler.

Hacia el oeste, no muy lejos de la casa de los Fenton, se hallaba la casa de Kane Taggert, construida sobre una especie de elevación que alguna vez se había pensado que era parte de la montaña. La casa de Fenton tenía las mismas dimensiones que la bodega de la casa Taggert.

—¿Siguen intentando entrar en ese lugar? —preguntó Blair. Houston asintió, mientras ambas observaban la casa escondida detrás de unos árboles. Ésa parte «apenas visible» era suficiente para que se viera desde cualquier punto de la ciudad.

—Todos. —Houston sonrió—. Cuando el señor Taggert rechazó todas las invitaciones y no hizo por su parte ninguna, comenzaron a correr ciertos rumores sobre él.

—No estoy seguro de que todo lo que murmuran son sólo rumores —acotó Leander—. Jacob Fenton dijo...

—¡Fenton! —explotó Blair—. Ese Fenton es un ladrón, un...

Houston ni se molestó en escuchar el resto; se reclinó contra el asiento del coche y se dedicó a mirar por la ventana. Lee y Blair siguieron discutiendo.

No sabía si lo que se decía sobre el señor Taggert era verdad o no, pero opinaba que su casa era la cosa más hermosa que jamás hubiese visto.

Nadie sabía mucho sobre la vida de Kane Taggert, excepto que cinco años atrás había llegado un tren cargado de materiales desde el este y cien obreros, y a las pocas horas habían comenzado a construir lo que hoy era esa casa.

Por supuesto que todos tenían curiosidad por saber. Algunos decían que ninguno de los obreros de la construcción había tenido que gastar en comida porque las mujeres los alimentaban a cambio de información. Pero no sirvió de mucho. Nadie sabía quién construía la casa ni por qué la construían en ese lugar desconocido de Colorado.

Llevó tres años terminar el edificio de dos pisos con forma de U, de paredes blancas y techo de tejas rojas. Era el tamaño del mismo lo que preocupaba a la gente de los alrededores. El dueño de un almacén dijo que todos los hoteles de Chandler entrarían en el primer piso de la casa, y eso era mucho decir ya que, dado que Chandler estaba a mitad de camino entre el norte y el sur de Colorado, la cantidad de hoteles era considerable.

Durante un año, después de terminar la casa, siguieron llegando trenes completos cargados con enormes cajas de madera. Las cajas tenían etiquetas provenientes de Francia, Inglaterra, España, Portugal y de todo el mundo.

Pero a pesar de todo, no había ni rastros del dueño.

Por fin un día, dos hombres altos y robustos bajaron del tren en Chandler. Uno era rubio y de apariencia agradable. El otro, tenía el cabello oscuro, barba y parecía enojado. Ambos vestían el traje habitual de los mineros: pantalones, camisa de cambray azul y suspensores. Cuando caminaban por la calle, las mujeres se detenían para mirarlos.

El de cabello oscuro se dirigió hasta la casa de Jacob Fenton y todos pensaron que irían a pedir trabajo en una de las minas que poseía Fenton. Pero en lugar de eso, dijo:

—Bien, Fenton, he vuelto. ¿Te gusta mi casa?

Hasta que no abrió la puerta de esa casa, nadie sabía a cuál casa se refería.

Durante los seis meses siguientes, según Duncan Gates, Chandler fue el centro de una apasionada guerra. Viudas, mujeres solteras y madres de mujeres solteras se lanzaron al ataque para conseguir la mano de ese hombre en matrimonio. Llegaron docenas de modistos desde Denver para confeccionar hermosos vestidos para la ocasión.

A la semana, las mujeres ya sabían su nombre y el señor Taggert estaba sitiado. Algunos de los intentos para llamar su atención eran bastante comunes; por ejemplo, era sorprendente la cantidad de mujeres que se desvanecían cuando estaban cerca de él, aunque también se había recurrido a medios más ingeniosos. Carrie Johnson, una viuda embarazada, había trepado por una cuerda hasta el dormitorio del señor Taggert mientras sufría los dolores de parto. Ella pensó que la ayudaría a tener el bebé y que luego se enamoraría de ella y se casarían. Pero en ese momento, Taggert no estaba en la casa y la única ayuda que recibió fue la de la lavandera.

Después de seis meses, casi todas las mujeres de la ciudad se habían puesto en ridículo, pero sin éxito, de modo que comenzaron a criticarlo. ¿Quién quería a un hombre rico que ni siquiera sabía vestirse con propiedad? Y además, su lenguaje era el de un cowboy de la más baja especie. Comenzaron a hacer preguntas sobre él. ¿A qué se refería cuando dijo: «he vuelto»?

Uno de los viejos sirvientes de Jacob Fenton recordó que Kane Taggett había sido el muchacho encargado de los establos hasta que había comenzado a frecuentar a Pamela Fenton, la hija menor de Jacob. Cuando Jacob se enteró, lo echó de su propiedad y con justas razones.

Esto dio al pueblo un nuevo tema de conversación. ¿Quién se creía que era este Taggert? ¿Qué derecho tenía a construir esa casa monstruosamente grande en la tranquila y pequeña ciudad de Chandler? ¿Acaso planeaba vengarse del querido Jacob Fenton?

Las mujeres recomenzaron sus ataques.

No obstante, Taggert parecía no advertir nada de lo que sucedía. Permanecía dentro de su casa la mayor parte del tiempo y sacaba su carro una vez por semana para hacer las compras en la ciudad. A veces llegaban hombres en el tren que pedían indicaciones para llegar hasta su casa, y luego partían en el tren de la tarde. Aparte de esos hombres, los únicos que entraban y salían de la casa eran el mismo Taggert y un hombre llamado Edan que siempre estaba a su lado.

—Esa casa es el sueño dorado de Houston —dijo Leander al pasar por allí, haciéndola volver a la realidad. Había terminado de discutir con Blair—. Si Houston no me tuviera a mí, creo que se uniría al batallón de mujeres que pelean por conseguir a Taggert y a esa casa.

—Me gustaría conocerla por dentro —repuso ella con más entusiasmo del que quería revelar; luego, para cubrirse, agregó—: Déjame aquí, en la tienda de Wilson, Lee. Te veré en Farrell en una hora.

Cuando bajó del carro se alegró de poder liberarse de sus constantes discusiones.

La tienda de Wilson era uno de los cuatro almacenes de ramos generales de Chandler. La mayoría hacía las compras en un local más moderno: The Famous, pero el señor Wilson había conocido al padre de Houston.

Las paredes del negocio estaban recubiertas con vitrinas y estantes de madera; los mostradores eran de mármol y exhibían diversos artículos.

Detrás de uno de los mostradores, estaba sentado Davey Wilson, el hijo del señor Wilson, con un cuaderno y una estilográfica inmóvil, en la mano.

De hecho, ni los cuatro empleados ni los tres clientes que estaban allí parecían moverse. Todo tenía una calma inusual. De inmediato, Houston supo la razón: Kane Taggert estaba de pie junto a uno de los mostradores, dando la espalda a las personas que estaban en la tienda. Sin hacer ruido, Houston se acercó hasta el mostrador donde estaban las medicinas, no porque tuviera intenciones de comprar alguna sino porque sentía que algo ocurría.

—Oh, mamá —dijo Mary Alice Pendergast con su tono de voz agudo—. No podría ponerme una cosa así, parecería la novia de un minero. La gente va a pensar que soy una criada, o una fregona con aires de grandeza. No, no, mamá, no podría ponérmelo.

Houston apretó los dientes. Esas dos mujeres estaban provocando al señor Taggert. Desde que había rechazado a todas las mujeres del pueblo, creían que era carnada para sus horribles bromas. Miró hacia donde estaba él y pudo verle el rostro que se reflejaba en uno de los espejos. Tenía tanto cabello alrededor del rostro que no podía distinguir bien los rasgos, pero sí pudo ver con claridad sus ojos. Era obvio que estaba escuchando los desagradables comentarios de Mary Alice y se sentía molesto. Se le dibujaba un surco entre los ojos.

El padre de Mary Alice era un hombre afable que jamás levantaba el tono de voz. Pero Houston sabía, por experiencia propia dado que vivía con el señor Gates, lo que podía decir y hacer un hombre enojado. No conocía al señor Taggert pero le pareció descubrir que estaba furioso por su mirada.

—Mary Alice —le dijo Houston—, ¿cómo te sientes? Pareces estar un poco pálida.

Mary Alice la miró sorprendida, como si acabara de ver a Houston.

—Hola, Blair-Houston, estoy bien. No tengo ningún problema.

Houston estudió una botella de remedio para el hígado.

—Sólo espero que no te desmayes, otra vez —comentó mirándola a los ojos. Mary Alice se había desmayado dos veces frente a Taggert cuando éste había llegado a la ciudad.

—¡Tú! ¿Cómo te atreves? —replicó Mary Alice furiosa.

—Vamos, querida —le dijo la madre empujándola hacia la puerta—. Sabemos quiénes son nuestros amigos.

Houston se sintió un tanto molesta consigo misma cuando partieron. Más tarde tendría que disculparse. Impaciente, comenzó a colocarse los guantes preparándose para salir, cuando volvió a mirar el espejo donde se reflejaba el señor Taggert. Descubrió que éste la estaba observando.

El hombre se volvió y le preguntó:

—Usted es Houston Chandler, ¿no es verdad?

—Sí —respondió Houston con frialdad. No tenía intenciones de entablar conversación con un hombre que no conocía. ¿Qué la había llevado a colocarse de parte de un extraño, contra alguien que había conocido durante toda su vida?

—¿Por qué esa mujer la llamó Blair? ¿No es ése el nombre de su hermana?

Davey Wilson soltó una risita desde el otro extremo. No había nadie más en la tienda aparte de los empleados y ellos dos.

—Mi hermana y yo somos gemelas y como nadie puede distinguirnos nos llaman Blair-Houston. Ahora, si me perdona, señor. —Ella se volvió para salir.

—Usted no se parece a su hermana. La he visto y usted es más bonita.

Houston se detuvo un momento para mirarlo. Nunca nadie había logrado distinguirlas. Cuando pasó la sorpresa momentánea, se dispuso a partir.

Pero en el momento en que tocó el picaporte de la puerta, el señor Taggert cruzó la habitación y la tomó del brazo.

Durante toda su vida, Houston había tenido que vivir rodeada de mineros, cowboys y habitantes de una parte de la ciudad de los que, se suponía, ella no debía conocer ni la existencia. Muchas mujeres llevaban un parasol pesado para protegerse, porque era un elemento útil para partírselo en la cabeza a alguno. Pero Houston podía mirar a alguien y dejarlo helado.

Y en ese momento le dedicó una de esas miradas al señor Taggert.

Él quitó la mano, pero permaneció cerca. El tamaño del hombre la hacía sentirse pequeña.

—Quería hacerle una pregunta —le dijo en voz baja—, si no le molesta, claro... —agregó con un tono risueño en la voz.

Ella asintió pero no dijo una palabra.

—Me estaba preguntando algo. Si usted tuviera que elegir cortinas para mi casa, ya sabe, la que está en la colina, ¿cuál de estas telas elegiría?

Ella ni se molestó en mirar hacia la estantería donde estaban los rollos de tela.

—Señor —le dijo con tono arrogante—, si yo tuviera su casa, ordenaría la tela directamente a Lyon, Francia. Ahora, buenos días. —Salió de la tienda lo más a prisa que pudo y se alejó. La ciudad estaba en plena actividad y se encontró con varias personas conocidas.

Cuando llegó a la esquina de la calle Tres y Lead, abrió el parasol para protegerse del sol brillante de la mañana y se dirigió hacia la ferretería de Farrell. El coche de Lee estaba estacionado delante del negocio.

Cuando pasó por la droguería de Freyer, comenzó a relajarse y a pensar en su encuentro con el evasivo señor Taggert.

Estaba ansiosa por contar a sus amistades aquel extraño encuentro y cómo el señor Taggert le había preguntado si sabía cuál era su casa. Quizá tendría que haberse ofrecido para medir sus ventanales y elegirle las cortinas; así podría haber visto el interior de la casa.

Estaba sonriendo para sí misma cuando sintió que una mano la tomaba del brazo y la empujaba hacia un callejón oscuro detrás del teatro de Opera de Chandler. Antes de que pudiera gritar, le colocaron una mano sobre la boca y la empujaron contra la pared. Asustada vio que se trataba de Kane Taggert.

—No pienso lastimarla. Sólo quería hablar con usted y me di cuenta de que no quería decir nada delante de los otros. ¿Me promete que no gritará?

Houston meneó la cabeza y Kane la soltó, aunque sin apartarse demasiado de ella. Houston quería mantener la calma pero respiraba con dificultad

—Se ve más linda de cerca. —Sin moverse la examinó de arriba a abajo—. Y además parece una dama.

—Señor Taggert —explicó ella con toda la calma que pudo aparentar—, me molesta que me tomen inesperadamente de un brazo y me empujen a un callejón oscuro. Si tiene algo que decirme, por favor, hágalo de una vez.

El hombre no se movió y apoyó una mano en la pared, cerca de la cabeza de Houston. Tenía unas cuantas arruguitas a los costados de los ojos, una nariz pequeña y labios carnosos semiocultos bajo la masa de pelos de la barba.

—¿Por qué me defendió en la tienda? ¿Por qué le recordó a esa mujer las veces que se había desmayado en mi presencia?

—Yo... —Houston dudó—. Supongo que no soporto que hieran a otra persona. Mary Alice se sentía molesta porque se había comportado como una tonta delante de usted y usted ni la había notado.

—Sí que lo noté —repuso él y sonrió—. Edan y yo nos reímos de todas ellas.

Houston se enderezó.

—Eso no está bien. Un caballero no debe reírse nunca de una dama.

El señor Taggert suspiró y Houston sintió que su aliento era dulce; se preguntó también cómo sería sin toda esa masa de cabello.

—Según creo yo, todas esas mujeres se hacían ver porque soy rico. En otras palabras, se prostituían, de modo que no eran damas, así que no tenía por qué comportarme como un caballero y ayudarlas a levantarse.

Houston parpadeó por el lenguaje del señor Taggert. Ningún hombre se había atrevido a utilizar la palabra prostituta delante de ella.

—¿Y por qué usted no trató de llamar mi atención? ¿No quiere conseguir mi dinero?

Eso fue suficiente para sacarla del letargo.

—No, señor, no quiero su dinero. Y ahora, si me permite, me están esperando. Y no vuelva a interpelarme de esta forma nunca más. —Houston se volvió y salió del callejón con pasos rápidos; mientras se alejaba, sintió la risa de Kane Taggert detrás de sí.

Se dio cuenta de que estaba furiosa cuando cruzó la polvorienta calle y casi se hizo arrollar por un carro. Sin dudas el señor Taggert pensaba que su intervención de aquella mañana era otro ardid para obtener su fortuna.

Lee la saludó, pero ella estaba demasiado distraída como para oírlo.

—¿Qué me dijiste? —le preguntó Houston.

Lee la tomó del brazo y la acompañó hasta el carruaje.

—Dije que es mejor que regreses a casa ahora así comienzas a prepararte para la recepción del gobernador de esta noche.

—Sí, claro —respondió Houston ausente.

Houston casi se alegró cuando Blair y Lee comenzaron a discutir otra vez porque ello le daba tiempo para pensar en lo que le había sucedido esa la mañana. A veces sentía como si toda su vida hubiese sido Blair-Houston. Incluso cuando Blair no estaba en Chandler seguían llamándola así por la fuerza de la costumbre. Sin embargo, hoy alguien le había dicho que no se parecía en nada a su hermana. Claro que sólo estaría fanfarroneando. En realidad, él tampoco podría diferenciarlas.

Cuando se dirigían hacia el oeste, para salir de la ciudad, Houston se endereró porque vio que el señor Taggert y Edan estaban a punto de pasarlos con su viejo y destartalado carro.

Kane detuvo los caballos y gritó:

—¡Westfield!

Lee, asombrado, detuvo también su caballo.

—Sólo quería saludar a las damas; la señorita Blair y la señorita Houston —dijo con voz suave al mirar en dirección a la segunda—. Buenos días a usted también. —El señor Taggert hizo sonar un látigo en el aire y los cuatro caballos se pusieron en movimiento.

—¿Qué quería ese hombre? —preguntó Leander—. No sabía que lo conocías.

Antes de que Houston pudiera responder, Blair dijo:

—¿Ése es el hombre que construyó esa casa? No me extraña que no haya invitado a nadie. Sabe que todo el mundo lo rechazaría. Además, ¿cómo hizo para reconocernos?

—Por nuestra ropa —se apresuró a responder Houston—. Lo vi antes en la tienda.

Blair y Leander siguieron conversando, pero Houston no oyó una sola palabra de lo que decían. Estaba pensando en el encuentro de aquella mañana.

3

La casa de los Chandler estaba situada sobre un terreno de 200 metros cuadrados; tenía una casa auxiliar de ladrillo rojo, y una enorme parra fuera del profundo porche que rodeaba tres de los lados de la casa. Con los años, Opal había convertido el terreno en un hermoso jardín. Los olmos que había plantado durante los primeros años de vida en aquella casa eran ahora árboles maduros y proporcionaban una agradable sombra que protegía a las plantas y flores del sol ardiente de Colorado. Las distintas y ordenadas marañas de flores estaban separadas por senderos de ladrillo, y en ellas se escondían estatuas de piedra y bebederos para los pájaros. Opal siempre ponía flores frescas de su jardín en cada uno de los cuartos de la casa.

—Muy bien —dijo Blair mientras Houston se inclinaba para oler una rosa de su jardín—, quiero saber qué está sucediendo.

—No sé de qué me estás hablando.

—De Kane Taggert.

Houston hizo una pausa con la rosa en la mano.

—Primero lo vi en la tienda del señor Wilson y luego nos saludó camino a casa.

—No me estás contando todo.

Houston se volvió para mirar a su hermana.

—Quizá no tendría que haberme entrometido, pero parecía que el señor Taggert iba a disgustarse y quise evitar una pelea. Por desgracia, fue a expensas de Mary Alice. —Houston relató a Blair los comentarios desagradables de la señorita Pendergast.

—No me gusta que te mezcles con él.

—Hablas igual que Leander.

—¡Por una vez tiene razón!

Houston rió.

—Deberíamos anotar este día en la Biblia familiar. Blair, te juro que después de esta noche, no volveré a mencionar el nombre del señor Taggert.

—¿Esta noche?

Houston tomó un trozo de papel que tenía escondido dentro de la manga.

—Mira esto —dijo—. Lo trajo un mensajero. Me invitó a cenar a su casa.

—¿Y con eso? Se supone que esta noche tienes un compromiso con Leander, ¿no es así?

Houston ignoró el comentario.

—Blair, me parece que no te das cuenta del alboroto que esa casa ocasionó en el pueblo. Todo el mundo trató de conseguir una invitación para ver el interior. Llegaron personas de todo el estado para verla, pero a ninguna la invitaron a entrar. Incluso una vez le sugirieron al señor Taggert que invitara a un duque inglés que pasaba por aquí, pero el señor Taggert se negó a recibir al comité que fue a verlo. Y ahora, me invita a mí.

—Pero tienes otro compromiso. El gobernador estará allí. Y él es más importante que el interior de cualquier caserón viejo.

—No puedes entender lo que fue —replicó Houston fijando la mirada en un punto distante—. Año tras año veíamos al tren llegar y descargar las cajas para esa casa. El señor Gates dijo que el propietario no construía una vía suplementaria hasta su propiedad porque quería que todos viesen pasar las cosas por la ciudad. Había cajas de madera de distintas partes del mundo. Oh, Blair, sé que allí traían los muebles y los tapices. Tapices de Bruselas.

—Houston, no puedes estar en dos lugares a la vez. Prometiste asistir a la recepción y debes cumplirlo.

Houston jugueteó un momento con la rosa y luego dijo:

—Cuando éramos pequeñas podíamos estar en dos lugares al mismo tiempo.

Blair tardó un minuto en comprender.

—¿Quieres que cambiemos los lugares? —preguntó sorprendida—. ¿Quieres que pase una noche con Leander pretendiendo que me gusta, mientras que tú vas a conocer la casa de un hombre lujurioso?

—¿Qué sabes sobre Kane para llamarlo lujurioso?

—¿Así que Kane? Pensé que no lo conocías.

—No cambies de tema. Blair, por favor, cambiemos los lugares, sólo por esta vez. Iría otra noche, pero me temo que el señor Gates me lo prohibiría y no volveré a tener otra oportunidad como ésta. Sólo será un pequeño desliz antes de casarme.

—Hablas del matrimonio como si fuera la muerte. Además, Leander se daría cuenta en seguida de que no soy tú.

—No si te comportaras. Sabes muy bien que ambas somos buenas actrices. Yo me disfrazo de vieja cada miércoles. Lo único que debes hacer es mantenerte en calma y no discutir con él, evitar hablar sobre medicina y caminar como una dama y no como si estuvieras huyendo de un incendio.

Blair tardó en contestar, pero Houston vio que su resistencia se estaba debilitando.

—Por favor, Blair, te lo suplico. Yo nunca te pido nada.

—¿Sólo estás interesada en la casa y no en Taggert?

Houston supo que había ganado. Blair trataba de parecer reacia, pero por alguna razón, aceptaría. Houston esperó que Blair no tratara de que Lee la llevara hasta la enfermería.

—¡Por amor de Dios! —exclamó Houston—. He asistido a cientos de cenas y recepciones y hasta ahora ninguno de los anfitriones me hizo perder la cabeza. Además, habrá otras personas. —Por lo menos, eso esperaba. No quería que volvieran a apretujarla contra una pared.

De repente, Blair sonrió.

—¿Después de la boda, me permitirás decirle a Lee que pasó una velada conmigo? Haría cualquier cosa por ver qué expresión pone en ese momento.

—Por supuesto que sí. Lee tiene muy buen sentido del humor y estoy segura de que la broma le parecerá divertida.

—Eso lo dudo, pero por lo menos yo voy a disfrutarla.

Houston abrazó a su hermana.

—Vayamos a prepararnos. Tendré que ponerme algo para estar acorde con esa casa y tú tendrás que usar el vestido de satén azul.

—En realidad me pondría mis pantalones, pero creo que eso me delataría, ¿no te parece? —dijo Blair mientras seguía a su hermana hacia la casa.

Lo que ocurrió a continuación fue una tormenta de indecisión. Houston revisó todo el guardarropa que le habían preparado para la boda con el fin de tratar de encontrar el vestido adecuado.

Por fin se decidió por un vestido de color malva con brocado gris plata, el escote cuadrado del vestido estaba adornado con piel de armiño, y las mangas cortas y abullonadas eran de gasa, también de color malva. Escondería el vestido en una de las valijas de cuero que Blair siempre llevaba con sus instrumentos de medicina y se cambiaría en la casa de Tia.

No quería usar el teléfono por temor a que alguien la oyera, así que le dio un penique a uno de los muchachos de Randolph para que le llevara un mensaje a su amiga Tia Mankin, cuya casa quedaba cerca de la mansión de Kane. Le pediría que dijera que Blair estaba con ella por si alguien llegaba a preguntar.

Blair comenzó a quejarse otra vez, como si Houston la enviara a una misión imposible. Y también protestó durante veinte minutos contra el corsé que le ajustaba la cintura para que le entrara el vestido de satén azul. Pero cuando Blair se miró al espejo, Houston supo, por el brillo de sus ojos, que no le desagradaba tanto su apariencia.

Los pocos minutos que pasaron en la sala en compañía de su madre y del señor Gates fueron una verdadera diversión para Houston. El cómodo vestido de Blair la hacía sentirse mal vestida y además sostuvo una interminable discusión con el señor Gates.

Cuando llegó Leander disfrutó molestándolo a él también. La reservada frialdad del joven y el modo como defendía su actitud de superioridad la encolerizaban, de manera que se alegró cuando llegaron a la casa de Tia. Fue un alivio separarse de Lee y Blair.

Se reunió con Tia a la sombra de un inmenso algodonero que tenían en el jardín y subieron a su cuarto por la escalera de atrás.

—Blair —susurró Tia mientras la ayudaba a vestirse—, no tenía idea de que conocieras al misterioso señor Taggert. Me gustaría poder acompañarte esta noche; supongo que Houston también querría hacerlo. ¿Te contó sobre aquella vez que...? No, quizá sea mejor que no diga nada.

—Sí, quizá sea lo mejor —replicó Houston—. Ahora debo irme, deséame suerte.

—Cuéntame todo mañana. Quiero oír cada detalle sobre los muebles, los pisos y el techo —recomendó Tia mientras acompañaba a su amiga por la escalera.

—Lo haré —prometió Houston mientras tomaba el sendero que conducía a la casa del señor Taggert. Odiaba tener que llegar sin carruaje, como un ladrón o un vagabundo, pero no podía arriesgarse a perder esa oportunidad.

El camino circular la condujo al frente de la casa; dos alas blancas se extendían hacia cada uno de los lados. Vio que había una baranda y se preguntó si la casa tendría terraza.

La puerta de entrada era blanca con dos grandes paneles de vidrio insertados. Mientras trataba de espiar el interior, se acomodó el vestido y trató de calmar los latidos del corazón antes de llamar a la puerta. A los pocos minutos sintió unos pasos en el interior de la casa.

Kane Taggert, que todavía llevaba la misma ropa que aquella tarde, le abrió la puerta en persona y sonrió al verla.

—Espero no llegar demasiado temprano —le dijo Houston mirándolo a los ojos y esforzándose en no desviar la mirada hacia el interior de la casa.

—Justo a tiempo. La cena está lista. —Kane Taggert retrocedió y Houston dio los primeros pasos hacia el interior de la casa.

Justo frente a la entrada, había una escalera doble con un pasamano de bronce. La sostenían unas columnas blancas con intrincados grabados que llegaban hasta los paneles del cielorraso. Era un estudio decorado en tonos blancos y dorados, con una luz tenue que bañaba todo en una dorada calidez.

—¿Le gusta? —preguntó Kane, obviamente divertido por su expresión.

Houston se recuperó como para recordar cerrar la boca.

—Es lo más hermoso que haya visto jamás —logró decir.

Kane se acomodó la chaqueta con gesto de orgullo.

—¿Quiere recorrer un poco o prefiere comer?

—Recorrer —respondió Houston mientras devoraba cada rincón con la mirada.

—Entonces, vamos —replicó Kane poniéndose en movimiento.

—Este pequeño cuarto es mi oficina —explicó al abrir la puerta de una habitación que medía tanto como la planta baja de la casa de los Chandler. Estaba revestida en madera y tenía una chimenea de mármol junto a la pared. Pero en el centro de la habitación había un viejo y destartalado escritorio de roble con dos sillas de cocina. Había papeles desparramados por todas partes.

—Y ésta es la biblioteca.

No le dio tiempo a seguir mirando y la llevó a una habitación inmensa y vacía, con paredes de paneles dorados llenas de estantes vacíos. A gran parte de la pared le faltaban los paneles y se podía ver el cemento de la construcción.

—Ahí van unos tapices, pero todavía no los he colgado —comentó al salir de la habitación. Y a esto lo llaman la gran sala de estar.

Houston apenas tuvo tiempo de ver un gran cuarto de color blanco sin ningún mueble, antes de que Taggert le mostrara una pequeña sala, un comedor pintado de un color verde pálido y luego la condujera a la parte de servicio.

—Ésta es la cocina —dijo sin tener necesidad de

aclararlo—. Siéntese. —Le señaló una gran mesa de roble y unas sillas que debían provenir del mismo lugar que las del escritorio de su estudio.

Cuando se sentaron, Houston vio que el borde de la mesa estaba manchado con grasa.

—Esta mesa y el escritorio son del mismo juego —observó ella con cautela.

—Sí, los ordené en Sears, en Roebuck —dijo mientras llenaba unos potes con un líquido que sacaba de una gran olla sobre la estufa de hierro—. También tengo varias cosas arriba, cosas bonitas. Hay una silla de terciopelo rojo con borlas amarillas.

—Parece ser una pieza interesante.

Taggert colocó un recipiente con una especie de guiso grasoso delante de Houston y se sentó.

—Coma antes de que se enfríe.

Houston tomó la enorme cuchara y revolvió un poco la comida.

—Señor Taggert, ¿quién diseñó su casa?

—Un hombre del este, ¿por qué? ¿Le gusta, no es así?

—Mucho; sólo quería saber.

—¿Qué? —le preguntó Taggert con la boca llena de guiso.

—Por qué está tan vacía, por qué los cuartos están vacíos, sin ningún mueble. Nosotros, los habitantes de Chandler, vimos llegar cajones llenos de artículos a la casa una vez que la terminaron. Todos pensamos que contenían muebles.

Él la observaba mientras Houston revolvía la carne en el recipiente sin tocarla.

—Compré muchos muebles, tapices y estatuas. En realidad, contraté a un par de hombres para que compraran todo por mí y ahora lo tengo guardado en el ático.

—¿Guardado? Pero ¿por qué? Su casa es tan hermosa y usted vive solo, con un empleado y ni siquiera tiene una silla donde sentarse. Excepto las que compró en Sears, de Roebuck, claro.

—Y bien, señorita, es por eso que la invité a venir. ¿No come? —Le quitó el recipiente y empezó a comer el guiso de Houston.

Houston apoyó los codos sobre la mesa y lo observó fascinada.

—¿Por qué me invitó, señor Taggert?

—Supongo que sabe que soy muy, muy rico y que soy bueno para hacer dinero. Después de los primeros cinco millones, el resto es fácil, pero la verdad es que no sé cómo gastarlo.

—¿No sabe cómo...? —murmuró Houston.

—Bueno, claro que puedo hacer una buena compra en Sears, pero cuando se trata de invertir millones, tengo que contratar a otras personas. Para construir esta casa le pedí consejo a la esposa de un hombre y ella me recomendó alguien a quien podía encargársela. Me dio el nombre de un individuo, lo llamé y le pedí que me construyera una casa hermosa, y él me construyó esta casa. También contraté a esos dos hombres que le dije para que eligieran los muebles. Todavía no vi qué fue lo que compraron.

—¿Por qué no hizo que los hombres le acomodaran los muebles?

—Porque a mi esposa podría no gustarle el modo en que lo hicieran y cambiaría todo, de modo que quise evitar un trabajo doble.

Houston se reclinó en la silla.

—No sabía que estuviera casado.

—Todavía no lo estoy, pero ya la he elegido.

—Felicitaciones.

Kane le sonrió a través de la barba.

—No puedo tener a cualquier mujer en esta casa. Tiene que ser una verdadera dama. Una vez alguien me dijo que una verdadera dama era un líder, una mujer que lucharía por una causa justa, que defendería a los desvalidos y seguiría manteniendo el sombrero bien erguido. Una verdadera dama puede petrificar a un hombre con la mirada. Y eso fue lo que hizo usted hoy, Houston.

—¿Cómo dice?

Él alejó el recipiente vacío al otro lado de la mesa y se inclinó hacia adelante.

—Cuando llegué a esta ciudad, todas las mujeres comenzaron a provocarme, y cuando yo las ignoré se comportaron como las prostitutas que son. Los hombres se mantuvieron alejados y se rieron, algunos se enojaron, pero nunca me dijeron nada. Y ninguno fue amable conmigo, excepto usted.

—Señor Taggert, debe haber otras mujeres que...

—Ninguna de ellas me defendió como lo hizo usted hoy, y ¡el modo en que me miró cuando la toqué! Me dejó petrificado.

—Señor Taggert, creo que debo retirarme. —A Houston no le gustaba el rumbo que había tomado la conversación. Estaba sola con ese hombre grandote y poco educado; nadie sabía que ella estaba allí.

—No puede irse todavía; tengo que decirle algo.

—Quizá pueda enviarme una carta; ahora debo irme.

—Venga afuera conmigo; tengo muchas plantas —dijo, como si fuera un niño pidiendo un gran favor.

Houston esperó no tener que arrepentirse de lo que hacía, pero quizás esas plantas fueran un bello jardín.

Sí, era un jardín, lleno de rosales y árboles y capullos de distintas flores.

—Es tan hermoso como la casa —comentó la joven, deseando poder explorar los senderos que se veían bajo la luz de la luna—. ¿Qué es lo que tenía que decirme, señor Taggert? Debo partir en seguida.

—Sabe, cuando usted era pequeña, yo solía observarla. Usted jugaba con Marc Fenton; claro que nunca se dio cuenta de que yo la miraba. Yo me ocupaba del establo —dijo con cierta tensión, luego se relajó—. Siempre me pregunté cómo sería usted cuando creciera, siendo una Chandler y jugando con los Fenton, pero salió realmente buena.

—Gracias —dijo Houston sorprendida por lo que acababa de oír sin saber adónde quería llegar él con esa conversación.

—Lo que quiero decirle es que tengo treinta y cuatro años, más dinero del que pueda gastar, una casa vacía y un ático lleno de muebles que aguardan para ocupar su lugar, y también quiero que alguien me encuentre una cocinera para que yo y Edan no tengamos que comer nuestros propios guisos. Lo que necesito, señorita Houston Chandler, es una esposa y decidí que la quiero a usted. —dijo las últimas palabras con tono triunfante.

Houston tardó un momento antes de poder hablar.

—¿Yo? —murmuró.

—Sí, usted. Creo que es adecuado que una Chandler viva en la casa más grande de toda la ciudad; además, hice que la investigaran. Estudió en los mejores colegios y sabe cómo comprar cosas. Y sabe cómo dar fiestas, como las que solía dar la esposa de Jay Gould. También le compraré unos platos de oro si quiere.

Houston trataba de recuperarse del impacto, y lo primero que hizo fue girar sobre sus talones y alejarse.

—Espere un momento —agregó Taggert corriendo a su lado—. ¿Qué le parece si fijamos fecha para la boda?

Ella se detuvo y lo miró.

—Señor Taggert, permítame ser lo más clara posible. En primer lugar, ya estoy comprometida con otra persona. Además, aunque no lo estuviera, no sé nada sobre usted. No, no me casaría con usted aunque me lo pidiera como corresponde. —Se volvió y partió.

—¿Es eso lo que realmente quiere? ¿Qué le haga la corte? Le enviaré un ramo de rosas todos los días hasta la boda.

Ella se detuvo, respiró profundamente y se volvió a enfrentarlo.

—No quiero que me haga la corte. De hecho, no estoy segura de querer verlo de nuevo. Vine a conocer su casa y le agradezco que me la haya mostrado. Ahora, señor Taggert, quiero irme a casa y si quiere una esposa, quizá debería buscar entre las muchas mujeres solteras de esta ciudad. Estoy segura de que podrá encontrar a otra «verdadera dama». —Houston se volvió y se dirigió apresuradamente hacia la salida.

—¡Maldición! —exclamó Kane cuando ella ya había partido.

Edan lo aguardaba junto a la escalera.

—¿Y bien?

—Me dijo que no —respondió Kane disgustado—. Prefiere a ese pobretón de Westfield. Y no me digas «te-lo-dije». Todavía no he terminado. Antes de que termine voy a hacer que la señorita Chandler sea mi esposa. Tengo hambre. Vayamos a buscar algo para comer.

4

Houston entró en su casa sin hacer ruido y subió la escalera de puntillas. El señor Gates confiaba plenamente en Leander de modo que no la controlaban cuando salía con él.

Cuando llegó a su cuarto vio que su madre la miraba desde la puerta de su dormitorio con el ceño fruncido. Quizás estuviera así porque se suponía que Houston debía ser Blair, pero acababa de entrar en el cuarto de Houston. Sin duda, su madre había adivinado el jueguito y no le gustaba demasiado.

Pero Opal Gates amaba a sus hijas, y no cuestionaba lo que ellas hacían; además, Houston sabía que su madre nunca las delataría ante el señor Gates.

Cuando Houston comenzó a desvestirse, su mente volvió a revivir aquella excitante velada, esa casa tan hermosa, tan vacía y descuidada. ¡Y el propietario se la había ofrecido! Por supuesto, él entraba en el paquete, pero todos los regalos venían atados con hilos.

Se sentó frente a su vestidor y comenzó a aplicarse crema en el rostro. Ningún hombre la había tratado como Kane Taggert lo había hecho esa noche. Había vivido toda su vida en ese gran pueblo o pequeña ciudad y todos sabían que ella era la última descendiente de la familia fundadora. Había crecido consciente de que era como un tipo de posesión que debía ser adquirida, como «si ninguna fiesta estuviera completa sin la presencia de uno de los Chandlers». Cuando llegaron los ricos y prominentes Westfield del este, Houston era apenas una niña y todo el mundo creía natural que una Chandler y un Westfield se unieran en matrimonio.

Houston siempre hizo lo que le ordenaron. Blair en cambio, siempre enfrentó a la gente. Con los años, Houston aprendió a hacer exactamente lo que se esperaba de ella. Todos creían que se casaría con Leander Westfield, de modo que lo había aceptado. Como era una Chandler, debía ser una dama, y lo había conseguido.

Disfrazarse de mujer gorda y vieja para poder entrar en los campos mineros era lo único que se había permitido hacer durante toda su vida que no estuviera de acuerdo con el rol de una dama; y eso era un secreto.

Al mirarse en el espejo, descubrió una mirada de temor pensando en lo que le diría Leander si supiera la verdad sobre Sadie. A Leander le gustaban las cosas a su modo. Sabía exactamente lo que quería de la vida: ninguna sorpresa.

Se puso de pie y comenzó a desabrocharse el corsé. Esa noche había vivido una aventura, la única antes de convertirse en la señora de Leander Westfield.

Una vez que se liberó del corsé respiró profundamente y dejó que su mente vagara sin rumbo: ¿Qué diría un hombre como Kane Taggert si se enterara de que su esposa conducía una carreta destartalada todos los miércoles?

—Bien querida —dijo Houston en voz alta, imitando una voz gruesa—, asegúrate de mantener erguido el sombrero. Como las verdaderas damas.

Trató de reprimir la risa y se echó sobre la cama. Todos los Chandler se sorprenderían si aceptaba la oferta del señor Taggert.

Se sentó de repente porque se le ocurrió una idea: ¿Qué se pondría el señor Taggert para la boda? Quizás un traje rojo con borlas amarillas.

Terminó de desvestirse y se colocó el camisón. Le había agradado haber recibido otra propuesta matrimonial, por lo menos no todo el mundo pensaba que era propiedad privada de Leander. Todos, inclusive ella misma, sabían cómo sería su futuro. Ella y Lee habían pasado tanto tiempo juntos que Houston ya sabía lo que él tomaba para el desayuno o de qué manera quería que le doblaran las camisas.

La única cuestión desconocida era la noche de bodas. Bien, quizá después de esa noche, Leander no esperaría que ella lo volviera a hacer en bastante tiempo. No era que no le gustaran los hombres, en particular después de lo sucedido la noche anterior a que su amiga Ellie se casara, pero a veces, sentía que cuando Leander la tocaba era... incestuoso. Amaba a Leander, sabía que no tendría dificultades para convivir con él, pero la sola idea de acostarse con él...

Se metió en la cama y se cubrió dispuesta a dormir. Pensó cómo le iría a Blair en compañía de Leander. Sin duda, al día siguiente estaría de mal humor porque habrían discutido. No podían pasar varias horas juntos sin pelear.

Con un último suspiro, se quedó dormida. Hoy había vivido una aventura, mañana regresaría a la rutina de su existencia diaria.

Houston tuvo que esquivar los avances de Leander cuando subía al carruaje y volvió a pensar que todos se comportaban de manera extraña. Blair había tratado de evadirla durante toda la mañana y tenía los ojos enrojecidos como si hubiera estado llorando. Houston deseó que Blair y Lee no hubiesen tenido una gran pelea la velada anterior, y que Lee no hubiera descubierto el cambio. Houston había tratado de hablar con su hermana sobre la noche anterior, pero Blair la miró como si estuviese por quitarse la vida y luego salió corriendo de la habitación.

A las once, Lee fue a buscarla para salir de pícnic y Houston oyó cómo Blair y él discutían desde la puerta. Para su mayor confusión, Lee había tratado varias veces de tocarla en la calle y Houston pensó que tendría que terminar pegándole una bofetada.

Confusa, se sentó junto a Lee en el carruaje. Él guió los caballos sin decir una sola palabra, pero iba sonriente. Houston comenzó a relajarse. Nada malo había sucedido la víspera si él sonreía de esa manera.

Lee la llevó a un lugar apartado, lleno de rocas y árboles altísimos, a varios kilómetros de la ciudad. Jamás habían estado antes allí.

La ayudó a bajar apresuradamente del carro y apenas tocó el suelo, la abrazó. Houston se ahogaba y luchaba por respirar de modo que al principio no oyó lo que le decía.

—No pensé en otra cosa más que en ti ayer a la noche —susurró—. Sentía el perfume de tu cabello sobre mi ropa, podía sentir el calor de tus labios sobre los míos, podía...

Houston logró apartarse.

—¿Qué? —preguntó casi sin aliento.

Él comenzó a desatarle el cabello y la miró en forma extraña.

—¿No vas a ser tímida conmigo ahora, no es así? ¿No volverás a ser como eras antes de anoche, no?

Mientras Lee hablaba, Houston comenzó a pensar,

sin poder creer lo que ya era obvio. Blair no había podido... ¿No había podido entregarse a Lee, no es así? No, imposible.

—Houston, me has demostrado que puedes ser diferente, de modo que no tienes necesidad de volver a convertirte en la princesa de hielo. Ahora sé cómo eres en verdad, y te digo que si no vuelvo a ver jamás a la mujer fría de antes, me sentiré mucho más feliz. Ahora, ven, acércate y bésame como lo hiciste anoche.

Houston se dio cuenta de que Lee le estaba diciendo que Blair era extraordinaria. No sólo había disfrutado de la velada con Blair sino que además no quería volver a ver a la mujer fría con quien estaba comprometido. Ella retrocedió unos pasos.

—¿Estás diciéndome que anoche me comporté en una forma diferente de como soy habitualmente? ¿Que fui... mejor?

Él sonrió y continuó elogiando la forma de ser de Blair.

—Sabes que así es. Nunca te había visto comportarte de ese modo. No sabía que podías ser de esa manera. Te reirás de esto, pero estaba comenzando a creer que no eras capaz de sentir una verdadera pasión, que debajo de esa apariencia oscura había un corazón de hielo. Pero si puedes tener una hermana como Blair, que en seguida hace un incendio de la menor chispita, algo de eso debías tener también tú.

Lee volvió a abrazarla y la besó con pasión en la boca. Houston logró apartarse y comprobó que Lee estaba molesto.

—Estás llevando este juego demasiado lejos —dijo—. No puedes ser apasionada durante un minuto y frígida en el siguiente. ¿Tienes dos personalidades?

Houston quería gritarle que se había equivocado de

persona, que él estaba comprometido con la hermana frígida y no con la mujer ardiente que parecía pretender.

Lee pareció leerle el pensamiento porque de repente, su expresión cambió.

—Eso es imposible, ¿no es así, Houston? —preguntó—. Dime que no es verdad lo que estoy pensando. Nadie puede ser dos personas a la vez.

Houston sabía que lo que había comenzado como un simple juego se había convertido en algo serio. ¿Cómo podía Blair haberle hecho algo así?

Lee se alejó y se dejó caer sobre una roca.

—¿Tú y tu hermana cambiasteis los lugares anoche? —le preguntó con suavidad—. ¿Pasé la noche con Blair y no contigo?

De alguna manera, Houston logró responder:

—Sí.

—Tendría que haberlo sabido desde un principio: qué bien que manejó ese suicidio y ni siquiera sabía que era la casa que le había comprado para ella; para ti. Supongo que no quería darme cuenta. Desde el momento en que dijo que quería ir hasta allí para ver si podía ayudar en algo, me sentí tan complacido que no le hice ninguna pregunta. Tendría que haberme dado cuenta cuando la besé... ¡Malditas las dos! Supongo que os habréis divertido haciéndome pasar por tonto.

—Lee —murmuró Houston apoyándole una mano en el brazo. No sabía qué decirle, pero tenía que intentar explicarle.

Lee se volvió y la miró de una forma que la atemorizó.

—Si sabes lo que te conviene, no digas una sola palabra. No sé qué les sucedió a las dos para jugarme una broma tan sucia, pero te diré que no me agradó ser la víctima. Ahora que tú y tu hermana os divertisteis a expensas mías, tengo que decidir qué hacer sobre lo que sucedió anoche.

Leander la acompañó hasta su casa y casi la echó del carruaje antes de alejarse.

Blair estaba de pie en el porche.

—Tenemos que hablar —le dijo Houston. Blair asintió y siguió a su hermana hacia el jardín, cerca de los rosales.

—¿Cómo pudiste hacerme una cosa así? —preguntó Houston—. ¿Qué clase de moral tienes que sales con un hombre una vez y te vas a la cama con él? ¿O estoy exagerando? ¿Te acostaste con él anoche?

Blair asintió sin decir nada.

—¿Después de una sola noche? —agregó Houston incrédula.

—¡Pero te estaba representando! —dijo Blair—. Estáis comprometidos y pensé que vosotros... Después de la forma en que me besó estaba segura de que vosotros...

—¿Nosotros qué? —gritó Houston—. ¿Quieres decir que pensaste que nosotros hacíamos el amor? ¿Crees que te habría pedido que tomaras mi lugar si eso hubiese sido verdad?

Blair escondió el rostro en las manos.

—No pensé. No podía pensar. Después de la recepción me llevó hasta su casa y...

—Nuestra casa —corrigió Houston—. La casa que estuve decorando durante meses, preparándola para mi casamiento.

—Había velas, y caviar y champán, mucho champán. Él me besó y yo bebí mucho champán, y las velas encendidas y la forma como me miraba y... no pude contenerme. Oh, Houston, lo siento. Me iré de Chandler. No tendrás que volver a verme. Leander nos perdonará después de un tiempo.

—No me cabe duda de que él te besó y tú viste todo rojo —comentó Houston con tono sarcástico.

—Con chispas doradas y plateadas —añadió Blair con tono serio.

Houston se quedó mirándola. ¿De qué estaba hablando? ¿Del champán y las velas? ¿Lee había tratado de seducir a su prometida? ¿Había planeado algo para pasar la noche con la hermana equivocada?

¿Era Blair la hermana equivocada?

—¿Cómo eran sus besos? —preguntó Houston con suavidad.

Blair la miró sorprendida.

—No me tortures. Trataré de arreglar las cosas para ti, Houston, te lo juro, no importa lo que tenga que hacer. Yo...

—¿Cómo eran sus besos? —volvió a preguntarle.

Blair sollozó y Houston le alcanzó un pañuelo.

—Tú sabes cómo son. No necesitas que te los describa.

—No creo saberlo.

Blair tenía hipo.

—Fueron... hermosos. Nunca pensé que un hombre tan frío como Lee llegara ser tan ardiente. Cuando me tocó... —Blair miró a su hermana—. Houston, iré a verlo y le explicaré que todo fue mi culpa, que fue idea mía cambiar los lugares y que tú no tuviste nada que ver. Nadie más que nosotros tres debe saber lo que sucedió anoche. Nos sentaremos a conversar los tres y él comprenderá lo sucedido.

Houston se inclinó hacia adelante.

—¿Lo hará? ¿Cómo le explicarás que quería pasar la noche con otro hombre? ¿Vas a decirle que cuando te tocó te excitó tanto que no pudiste contenerte? Será un buen contraste con la frígida señorita Houston Chandler.

—¡Tú no eres frígida!

Houston permaneció en silencio durante un momento.

—De lo único que hablaba Lee era de lo maravillosa que fuiste anoche. Después de eso no va a querer a alguien sin experiencia...

Blair levantó la cabeza.

—Nunca había hecho el amor antes. Lee fue el primero.

Houston no estaba segura de si sentía deseos de echarse a reír o si sentía admiración por su hermana. Ella tenía terror de la noche de bodas y ni todo el champán del mundo la haría reaccionar como Blair había reaccionado. Los besos de Lee nunca le habían hecho perder la cabeza.

—Houston, ¿me odias? —preguntó Blair en apenas un murmullo.

Houston pensó. Era extraño, pero ni siquiera se sentía celosa. Su única preocupación era que Lee querría que ahora ella hiciera lo mismo. ¿Cómo lo lograría? Quizá Blair lo había aprendido en la escuela de medicina, pero en la escuela de señoritas a la que Houston había asistido, jamás mencionaron lo que una dama hacía en el dormitorio.

—Me miras en una forma extraña.

Houston estuvo a punto de pedirle que le contara los detalles de la noche anterior, pero no pudo.

—No estoy enojada —replicó—. Sólo necesito tiempo para adaptarme. ¿No estás enamorada de Lee?

Blair la miró horrorizada.

—¡No! ¡Nunca! ¡Esa es la última cosa del mundo!... ¿Él te habló mucho sobre mí, hoy?

Houston apretó los dientes al recordar que Lee le había dicho que siempre era tan fría, salvo anoche...

—Tratemos de olvidar todo el asunto. Hablaré con

Lee cuando se le pase el enojo y trataremos de mantener el secreto entre los tres. Nos sentiremos extraños por un tiempo, pero estoy segura de que encontraremos una solución. No permitiremos que una cosa así se interponga entre nosotras. Nuestra amistad es más importante que este incidente.

—Gracias —susurró Blair, e impulsivamente la besó—. Nadie tiene una hermana así. Te quiero mucho.

Blair parecía sentirse mejor; a Houston la asaltaron ciertas dudas, pero trató de alejarlas de la mente por absurdas. Amaba a Lee, siempre lo había amado y había planeado casarse con él desde que era una niña. Este pequeño incidente, esta noche pasada con la hermana equivocada no cambiaría las cosas, ¿o sí?

—Por supuesto que no —se dijo en voz alta. Luego se acomodó la falda y se dirigió a la casa. Una noche no podía borrar tantos años de noviazgo.

5

A las cuatro, Houston, Blair y su madre estaban en la sala; Blair leía su revista médica y las otras dos mujeres bordaban. De repente se abrió la puerta de calle y sintieron un fuerte portazo.

—¿Dónde está? —gritó Duncan Gates, haciendo temblar el candelabro que pendía del techo—. ¿Dónde está esa prostituta inmoral? ¿Dónde está esa impúdica mujerzuela?

El señor Gates irrumpió en la sala furioso. Tomó a Blair de un brazo y la arrastró hacia la puerta.

—¡Señor Gates! —dijo Opal que se había puesto de pie de inmediato—. ¿Qué significa esto?

—Esta... esta hija de Satán pasó la noche con Leander y, a pesar del hecho de que es una mujer sucia, él planea convertirla en una mujer honesta.

—¿Qué? —gritaron las tres mujeres al unísono.

—Dije que Leander planea casarse con la prostituta.. —Luego de decir eso, arrastró a Blair fuera de la casa.

Houston permaneció inmóvil sin poder comprender lo que sucedía.

—Houston —preguntó la madre—, ¿Blair y tú cambiasteis lugares ayer por la noche, no es verdad?

Houston asintió en silencio y retomó su bordado como si nada hubiese sucedido.

Se puso el sol y el cuarto quedó a oscuras; vino una criada y encendió la luz; la madre y la hija seguían sin pronunciar palabra.

Houston sólo tenía una idea en mente: ha terminado, todo ha terminado.

A la medianoche, Duncan abrió la puerta y empujó a Blair al interior de la sala.

—Está arreglado —afirmó con voz gruesa—. Blair y Leander se casarán en dos semanas. Lo anunciaremos en la iglesia el domingo.

Houston se puso de pie lentamente.

—Hija —le dijo Duncan con gran sentimiento—, lo lamento mucho.

Houston apenas asintió con la cabeza y se dirigió hacia la escalera.

—Houston —murmuró Blair desde el pie de la escalera—, por favor.

Pero en ese momento, Houston no sentía compasión por su hermana; no se volvió ni siquiera cuando la sintió sollozar.

Cuando llegó a su cuarto, parecía seguir como atontada. Toda su vida había terminado, y todo por una noche. Lo había perdido todo.

En la pared de su cuarto estaba el diploma del colegio de señoritas de la señoritas Jones. Lo arrancó con violencia y lo arrojó al suelo, pero no sintió alivio cuando se rompió el vidrio.

Comenzó a desvestirse a prisa y momentos después, ya tenía puesto el camisón. Permaneció de pie, inmóvil, sin percatarse de que su madre acababa de entrar en la habitación.

—¿Houston? —le dijo poniéndole una mano sobre el hombro.

—Ve a verla —replicó Houston—, ella te necesita. Si

se queda aquí y se casa con Leander, tendrá que renunciar a una parte importante de su vida.

—Pero tú también perdiste mucho esta noche.

—Lo perdí hace tiempo. Estaré bien. Ve con ella.

Opal recogió el diploma del suelo.

—Quiero verte acostada.

Obedientemente, Houston se metió en la cama.

—Siempre obediente, ¿no es así, mamá? Siempre obedezco. Si no son mis padres, es Leander. ¡Siempre me comporté tan bien! ¿Y qué fue lo que conseguí? Soy toda una dama, pero mi hermana, con sus pantalones y sus besos, se lleva todo aquello por lo que he trabajado desde el primer grado.

—Houston —suplicó Opal.

—¡Déjame sola! —gritó Houston—. Quiero estar sola.

Sorprendida, Opal salió de la habitación.

El domingo amaneció con un sol espléndido que iluminaba el pico Ayers que adornaba el lado oeste de Chandler. La ciudad tenía muchas iglesias, de distintas creencias, y casi todas estaban llenas.

Pero ni siquiera el sol pudo derretir la frialdad entre las hermanas Chandler que caminaban junto al padrastro. Su madre había sufrido un repentino malestar que le impedía presenciar la humillación pública de su hija.

Leander los aguardaba en el banco de la iglesia. Miraba fijo a Houston y cuando se acercaron, estiró los brazos en su dirección.

—Houston...

Ahora sí que puede distinguirnos, pensó ella, pero no dijo nada y se apartó para que no la tocara.

Duncan casi empujó a Blair junto a Lee y cuando por

fin se sentaron juntos, Duncan y Houston se ubicaron en el otro extremo.

El servicio pareció durar apenas unos segundos; Houston sabía que se haría el anuncio una vez que terminara.

Llegó demasiado rápido.

Fue lamentable que no estuviera el reverendo Thomas. El reverendo Smithson no tenía tanto tacto como el primero.

—Ahora, tengo que anunciaros algo —dijo con tono divertido—. Parece que nuestro Leander ha cambiado de opinión acerca de con cuál de las mellizas va a casarse y ahora está comprometido con Blair. Creo que yo tampoco podría haberme decidido para elegir una de las dos. Felicitaciones de nuevo, Lee.

Por un momento, reinó un silencio total. Luego, algunos de los hombres se echaron a reír y las mujeres abrieron la boca por el asombro. Todos se apresuraron a retirarse.

—Houston, debes escucharme —dijo Lee tomándola del brazo—. Tengo que explicártelo.

—Ya me lo has explicado —le respondió Houston— cuando me dijiste lo maravillosa que había sido Blair y que esperabas que la princesa de hielo no regresara nunca. Allí lo explicaste todo. Buenos días —le sonrió Blair a una persona que pasó junto a ellos.

—Hola, Houston, ¿o eres Blair? —dijo alguien.

—Felicitaciones, Lee. —Un hombre le palmeó el hombro y se alejó riendo.

—Houston —le rogó Lee—. Por favor.

—Si no me quitas las manos de encima gritaré. No puedes avergonzarme más de lo que ya has hecho.

—¡Leander! —gritó Duncan—. ¡Blair está aguardándote!

Lee, de mala gana, se alejó de Houston, tomó a Blair por el brazo, la hizo subir al carruaje y se alejó demasiado a prisa.

En cuanto Houston se quedó sola, las mujeres la rodearon, alejándola de la protección de Duncan. Mostraban rostros de preocupación, de curiosidad y pena. La mayoría parecía asombrada con la novedad.

—Houston, ¿qué sucedió? Pensé que tú y Lee érais tan felices.

—¿Cómo pudo elegir a Blair? Siempre están discutiendo.

—¿Cuándo tomaron la decisión?

—Houston, ¿tienes a otra persona?

—Por supuesto que así es, señoritas —afirmó una voz proveniente de la parte de atrás del grupo. Todas se volvieron para mirar a Kane Taggert. Nunca lo habían oído decir una palabra y menos estar al tanto de lo que sucedía a los habitantes de Chandler.

Las mujeres miraron sorprendidas a aquel hombre grandote, vestido en forma rústica que se acercó lentamente Houston. Ninguna estaba más sorprendida que la misma Houston.

—Siento no haber asistido al servicio para estar a tu lado —comentó cuando estuvo junto a ella—. No me mires con esa expresión de sorpresa, querida. Sé que prometí mantener lo nuestro en secreto por más tiempo, pero no pude seguir callando después de oír el anuncio de Lee.

—¿Secreto? —dijo una de las mujeres.

Kane pasó un brazo alrededor de Houston. Era una pareja incongruente: él tan peludo y ella tan perfecta.

—Houston rompió su compromiso con Leander porque se enamoró perdidamente de mí, señoritas. Fue algo que no pudo evitar.

—¿Cuándo sucedió? —preguntó una de las mujeres cuando pudo recuperarse.

Houston recuperó el aliento.

—Todo comenzó cuando el señor Taggert y yo cenamos juntos en su casa —explicó sabiendo que luego se arrepentiría de cada palabra, pero que ahora le resultaba agradable esa sensación de ser ella quien había dejado plantado al novio.

—¿Y qué dijo Leander?

—Leander tuvo que consolarse con el amor de la hermana de Houston, Blair —replicó Kane con dulzura—. Y ahora, si me permiten, tenemos que irnos. Espero que todas asistan a la boda, una boda doble. En dos semanas. —Kane apoyó una mano sobre la espalda menuda de Houston y la condujo hasta su viejo carro.

Mientras se alejaban, Houston permaneció rígida en el borde del asiento.

Él detuvo el carro junto a su propiedad, frente a los jardines. Kane estiró una mano para ayudarla a bajar.

—Tenemos que hablar —observó.

Houston estaba demasiado aturdida como para reaccionar y sólo obedeció.

—Podía haber ido a la iglesia para estar junto a ti, pero tenía cosas que hacer. Parece que llegué justo a tiempo. Otro minuto y esas harpías te habrían comido viva.

—¿Cómo dice? —Houston estaba ausente y lo escuchaba a medias. Hasta esa mañana deseó que todo no fuese más que una pesadilla y que ella y Lee siguieran comprometidos.

—¿Me estás escuchando? ¿Qué te sucede?

—Aparte de la humillación pública, señor Taggert, no me sucede nada. —Ella se detuvo—. Lo siento. No quería causarle ningún problema.

—¿No escuchaste una sola palabra de lo que dije,

no? ¿No escuchaste cuando les dije que ibas a casarte? Invité a todos a una boda doble.

—Se lo agradezco —replicó Houston con una débil sonrisa—. Fue muy amable de su parte acudir a mi rescate. Sería un caballero perfecto. Ahora, debo irme.

—¡Eres la mujer más tonta que jamás haya conocido! ¿Qué harás si no te casas conmigo? ¿Crees que uno de los hombres de la llamada «sociedad» querrá casarse contigo? Temen al clan Westfield. ¿Crees que Marc Fenton te quiere?

—¿Marc Fenton? —preguntó Houston sorprendida—. ¿Por qué tiene que quererme?

—Sólo era una pregunta, eso es todo. —Kane se acercó más a ella—. ¿Por qué no quieres casarte conmigo? Soy rico y tengo una casa inmensa y además, acaban de abandonarte y no tienes nada más que hacer.

Ella lo miró, un tanto incómoda por su tamaño, pero no sentía temor. De repente, olvidó a Leander y a Blair por completo.

—Porque no lo amo —respondió con firmeza—. Y además, no lo conozco. Por todo lo que sé, pudo haberse casado diez veces antes y haber encerrado a todas sus esposas en el sótano. Parece capaz de una cosa así —dijo mientras observaba que Kane tenía la camisa rota en el hombro.

Durante un minuto, Kane la estudió asombrado.

—¿Es eso lo que piensas de mí? Escúchame —dijo y se acercó un paso más—, no tuve tiempo de casarme con nadie. Desde que tenía dieciocho años y Fenton me echó a patadas no hice otra cosa que hacer dinero. Durante tres años casi ni dormí. Y ahora me dices que pude haberme casado con diez mujeres.

—Creo que tal vez me equivoqué —replicó Houston con una sonrisa.

Kane no se movió.

—Eres la mujer más hermosa que jamás haya visto en toda mi vida.

La rodeó con un brazo, la atrajo hacia sí y la besó.

Houston había besado a Leander cientos de veces. Le resultaba algo familiar y no esperaba nada extraordinario, pero el beso de Kane no se parecía a nada de lo que había experimentado hasta el momento. Su boca era ansiosa, hambrienta y no el beso refinado y gentil de un caballero con su dama. Más bien era el beso de un hombre rudo.

Kane la soltó en forma tan abrupta que ella casi cayó al suelo y, por un momento, se miraron a los ojos.

—Si puedes besarme así estando enamorada de Westfield ni quiero pensar lo que sería sin estarlo.

Houston no dijo nada.

Kane la tomó de un brazo.

—Ahora te llevaré de regreso, y puedes comenzar a planear nuestra boda. Cómprate todo lo que necesites. Te abriré una cuenta en el banco. Quiero que haya muchas flores en la boda, así que haz que envíen algunas aquí. Hazlas traer de California si quieres o ven a conocer las que tengo en el invernadero. Y nos casaremos en mi casa. Tengo sillas en el ático, y además quiero que asista todo el pueblo.

—¡Espere! ¡Por favor! —suplicó Houston—. Todavía no le he dicho que sí, señor Taggert. Déme un poco de tiempo. Todavía no me he recuperado de la pérdida de mi novio. —Houston apoyó una mano sobre el brazo de Kane y pudo sentir los músculos bajo la tela gruesa de la camisa.

Él le tomó la mano y por un momento, Houston pensó que la besaría.

—Te compraré una sortija. ¿Qué te gusta? ¿Diamantes? ¿Esmeraldas? ¿Cómo se llaman las piedras azules?

—Zafiros —respondió la joven con la mente ausente—. Por favor, no me compre la sortija. El casamiento es un compromiso para toda la vida, y no quiero apresurarme.

—Tómate tu tiempo. Tienes dos semanas completas antes de la boda para hacerte a la idea de que serás mi esposa.

—Señor Taggert —dijo Houston exasperada—, ¿alguna vez escucha lo que dicen los demás?

Él le sonrió detrás de la barba.

—No, nunca. Es así como me hice rico. Si veía algo que quería, salía a buscarlo.

—¿Y yo soy lo que sigue en su lista? —le preguntó con suavidad.

—Tú ocupas el primer lugar. Junto con el apartamento que tiene Vanderbilt en Nueva York y que quiero para mí. Ahora, te llevaré a casa para que puedas hablar con tu familia sobre mí y les digas que ocuparé el puesto de Westfield. ¡Lo lamentará! Él se lleva a una Chandler, pero soy yo quien se lleva a la dama. —Tiró de las riendas y los caballos se pusieron en marcha tan bruscamente, que Houston cayó sobre el asiento antes de poder decir una palabra.

Cuando llegaron a la casa de la joven, Kane se bajó del carro y casi tiró fuera a Houston.

—Ahora debo regresar. Habla con tus padres sobre mí. Te enviaré el anillo mañana. Cualquier cosa que necesites, házmelo saber a mí o a Edan. Trataré de verte mañana. —Echó un breve vistazo en dirección de la casa y dijo—: Bien, ya me voy.

Houston permaneció de pie junto a la cerca de piedra que rodeaba la casa y lo miró alejarse. Se sentía como si un tornado le hubiese pasado por encima.

Duncan y Opal la estaban aguardando. Opal tenía los ojos enrojecidos por el llanto y Duncan se paseaba de un lado a otro de la habitación con los brazos cruzados.

Houston tomó coraje antes de entrar.

—Buenas tardes mamá, señor Gates.

—¿Dónde has estado? —le preguntó Duncan.

—Oh, Houston —gritó Opal—, no tienes que casarte con él. Encontrarás a otro. El hecho de que Leander cometa un error no significa que tú también tengas que cometerlo.

Antes de que Houston pudiera hablar, Duncan le dijo:

—Houston, siempre fuiste sensata. Blair nunca lo fue; incluso cuando era pequeña siempre se metía en problemas, pero tú fuiste muy distinta. Ibas a casarte con Leander y...

—Leander ya no se casará conmigo —aclaró resueltamente Houston.

—¡Pero no Kane Taggert! —replicó Opal hundiendo el rostro en el pañuelo mojado.

Houston comenzó a sentir la necesidad de proteger a Kane.

—¿Qué es lo que ha hecho ese hombre para merecer tanta hostilidad? No he dicho que me casaría con él, pero no veo por qué no deba hacerlo.

Opal saltó de la silla y se acercó a su hija.

—Es un monstruo, míralo. ¡No puedes vivir con un urso oloroso como él! Todas tus amistades te abandonarán. Y se cuentan historias terribles sobre él.

—¡Opal! —ordenó Duncan, y la madre regresó a su silla—. Houston, voy a hablarte como lo haría con un hombre. A mí no me interesa si ese hombre jamás se bañó en toda su vida. Es obvio que puede comprarse una bañera. Pero hay ciertas cosas... Se dicen ciertas cosas sobre él, entre los hombres... Se dice que Taggert mató a dos hombres para hacer su fortuna.

—¿Matar? —repitió Houston—. ¿Dónde oíste eso?

—No importa dónde...

—¡Sí que importa! —exclamó Houston—. ¿No te das cuenta? Las mujeres de aquí están enojadas porque él las rechazó, y entonces inventaron historias sobre él. ¿Por qué los hombres iban a ser diferentes? Leander me contó que muchos trataron de venderle ciertas cosas como por ejemplo una mina de oro completaménte agotada. Quizá fue uno de ellos quien comenzó con los rumores.

—Lo que oí proviene de una fuente muy fiable —aseguró Duncan con tono serio.

Houston aguardó un momento y luego dijo:

—Jacob Fenton. Por los comentarios que he oído, el señor Taggert se atrevió a insinuarse con la hermosa hija del señor Fenton, Pamela. Cuando era pequeña recuerdo había oído a la gente comentar cómo el señor Fenton la había mimado. Claro que tenía que disgustarle que el hombre encargado de los establos tuviera la audacia de pretender casarse con su hija.

—¿Estás llamando mentiroso al señor Fenton? —la acusó Duncan—. ¿Te pones del lado de este recién llegado y dudas de una familia que has conocido durante toda tu vida?

—Si llego a casarme con Kane Taggert, y digo si llego a hacerlo, confiaré en su palabra y no en la de los Fenton. Ahora, si me perdonáis, me siento muy cansada y quiero recostarme.

Salió de la sala con un andar gracioso, pero una vez en su cuarto, se desplomó sobre la cama.

¿Casarme con Kane Taggert?, pensó. ¿Casarme con un hombre que habla peor que cualquier rufián callejero? ¿Casarme con un hombre que me trató sin respeto, uno que me sube y baja del carro como si fuese una bolsa de patatas? ¿Casarme con un hombre que me besa como si yo fuera una criada?

Se sentó sobre la cama.

—¿Casarme con un hombre que, como dice Blair, me hace ver todo rojo con chispas doradas y plateadas? —se preguntó en voz alta—. Quizá —murmuró, y volvió a acostarse. Por primera vez, consideró la idea de convertirse en la esposa de Kane Taggert.

6

Por la mañana, Houston se había convencido de que bajo ninguna circunstancia podía casarse con el señor Taggert. La madre de las dos hermanas lloró durante todo el desayuno, preguntándose qué sería de la vida de sus queridas hijas mientras Blair y Duncan discutían sobre cómo Blair había arruinado la vida de su hermana. Houston no estaba segura de que se tratara de una discusión, ya que ambos parecían estar de acuerdo.

Houston tuvo que intervenir cuando dijeron que Kane Taggert era una manera de castigarse a sí misma por perder a Leander. Pero nadie parecía oír lo que Houston decía, ni nada cambiar la tristeza de Blair de modo que Houston dejó de escucharlos. Al ver que era la causa de tantas lágrimas, decidió que no se casaría con Kane Taggert.

En seguida después del desayuno, comenzó a aparecer gente.

—Estaba cocinando un pastel de manzanas cuando recordé cuánto te gustan, Opal, así que decidí traerte uno. ¿Cómo están las mellizas?

A mitad de la mañana, la casa estaba llena de comida y de personas. El señor Gates permaneció en su oficina y se hizo llevar el almuerzo con una de las criadas de modo que Opal, Houston y Blair tuvieron que hacer frente solas a las preguntas.

—¿Realmente te enamoraste del señor Taggert, Houston?

—Sírvase otro pedazo de tarta, señora Treesdale —respondió Houston.

A las once, Blair logró escabullirse, dejando a Opal y Houston solas y no regresó hasta las tres de la tarde. «¿Todavía aquí?», pensó Blair cuando vio al grupo que seguía reunido en el patio.

A las tres y media, un hombre llegó con un carruaje y se detuvo delante de la casa de los Chandler. Nadie en todo Chandler había visto un carruaje más hermoso. Estaba pintado todo de blanco, las ruedas también eran blancas y tenía una capota desmontable de color crema. Los detalles de metal eran de bronce brillante. Había un asiento en la parte delantera forrado con cuero rojo y otro más pequeño, en la parte trasera, para un asistente.

Las personas que estaban desparramadas en el patio, en el porche y por los jardines dejaron de hablar para observarlo.

Un hombre, vestido con ropas rudimentarias, se bajó del carruaje y caminó en dirección de los espectadores.

—¿Quién es la señorita Houston Chandler? —preguntó.

—Soy yo —respondió Houston dando un paso adelante.

El hombre buscó algo en los bolsillos, sacó un trozo de papel y leyó lo siguiente:

—Este carruaje es para la mujer que se va a casar con el señor Kane Taggert. Es un carruaje para damas, un faetón y el caballo es bueno.

Dobló el papel y lo guardó otra vez en el bolsillo; luego se volvió y se alejó.

—Ah, sí —agregó de repente—. El señor Taggert

también le envía esto. —Arrojó un pequeño paquete envuelto en papel marrón en dirección a Houston y ésta lo atrapó en el aire.

El hombre prosiguió su camino silbando. Todos permanecieron con los ojos clavados en él hasta que desapareció de la vista.

—Bien, Houston —dijo Tia—, ¿no vas a abrir tu regalo?

Houston no estaba segura sobre si debía abrir el paquete porque sabía lo que encontraría adentro; si aceptaba su anillo, significaría que lo aceptaba a él.

Dentro de la caja había un anillo con el brillante más grande que hubiera jamás visto en toda su vida, rodeado por nueve esmeraldas cuadradas y perfectas.

Houston cerró la caja de terciopelo azul con un golpe seco y comenzó a caminar en dirección al carruaje con pasos resueltos. No dudó un instante y tampoco respondió las preguntas que le formulaban a su paso; se subió al carruaje y partió.

Tomó la calle Sheldon, atravesó el río Tijeras que separaba la ciudad en la parte norte y la parte sur y luego llegó al sendero que conducía a la casa de Taggert. Golpeó a la puerta pero nadie le respondió, de modo que entró por su cuenta y caminó hasta la oficina de Kane.

Él estaba sentado detrás de su escritorio, fumando un cigarro, mientras tomaba notas y le daba algunas instrucciones a Edan, que estaba sentado frente a él, en una silla, con los pies apoyados sobre el escritorio, y también con uno de esos horribles cigarros.

Edan fue el primero que la vio; se puso de pie de un salto y le tocó el hombro a Kane.

Kane levantó la mirada con el ceño fruncido.

—Usted debe ser Edan —dijo Houston mientras se acercaba a él con la mano extendida. No estaba segura sobre si era un sirviente o un amigo—. Soy Houston Chandler.

—Houston —saludó Edan. No, no era un sirviente, no con ese aire de seguridad.

—Me gustaría hablarle —dijo Houston volviéndose a mirar a Kane.

—Si se trata de planes para la boda, ahora estoy muy ocupado. Si necesitas dinero, díselo a Edan, él te hará un cheque.

Houston espantó el humo y se acercó hasta una ventana para abrirla.

—No deberían respirar todo este humo; no es bueno para la salud.

Kane la miró con frialdad.

—¿Quién eres tú para darme órdenes? El hecho de que te conviertas en mi esposa no significa...

—Según recuerdo, todavía no he aceptado convertirme en su esposa, y si no tiene tiempo de hablar conmigo en privado, no creo que llegue a ser su esposa. Buenos días, señor Taggert, señor Edan.

—Buenos días, Houston —dijo Edan con una semisonrisa.

—¡Mujeres! —exclamó Kane a sus espaldas—. ¡Te dije que me harían perder mucho tiempo!

Kane la alcanzó cuando llegaba a la puerta.

—Quizá fui un poco brusco. Es que no me gusta que me molesten cuando estoy trabajando. Tienes que entenderlo.

—No lo molestaría si no fuera importante —respondió Houston con frialdad.

—Muy bien —dijo Kane—. Iremos allí para poder hablar—. Le señaló la biblioteca vacía—. Te ofrecería una silla pero las únicas que tengo están en mi dormitorio. ¿Quieres que vayamos allí? —le preguntó con una mueca.

—Por supuesto que no. De lo que quiero hablarle, señor Taggert, es sobre su propuesta matrimonial. Quiero saber si habla en serio o no.

—¿Crees que tengo tiempo para perder cortejándote si no hablara en serio?

—¿Cortejarme? —repitió Houston—. Sí, supongo que podría llamarse cortejo de domingos por la mañana. Lo que deseo preguntarle, señor, es si alguna vez mató a alguien o contrató a alguien para que lo hiciera.

Kane abrió la boca y sus ojos adquirieron una expresión de enojo, que luego se convirtió en una de divertimento.

—No, nunca maté a nadie. ¿Qué más quieres saber?

—Cualquier cosa que quiera decirme —agregó ella con seriedad.

—No tengo mucho. Crecí en el establo de Jacob Fenton; me echaron por meterme con su hija y desde entonces me dediqué a hacer dinero. Nunca maté a nadie, ni robé, ni engañé; tampoco golpeé a ninguna mujer y sólo me peleé con un número normal de hombres. ¿Alguna cosa más?

—Sí. Cuando me propuso matrimonio, dijo que quería que le amueblara la casa. ¿Qué haré con usted?

—¿Conmigo? No voy a negarte nada, si es eso a lo que te refieres.

—No me refiero a lo que usted está insinuando —dijo mientras comenzaba a caminar alrededor de él—. Conozco a hombres que trabajan en las minas de carbón y que están mucho mejor vestidos que usted. Y su lenguaje es atroz, al igual que sus modales. Mi madre tiene mucho miedo de que me case con un bárbaro como usted. Como no puedo pasar el resto de mi vida asustando a mi propia madre, tendrá que aceptar que lo instruya.

—¿Instruirme? —preguntó él entrecerrando los ojos—. ¿Qué puedes enseñarme?

—Cómo vestirse, cómo comer...

—¿Comer? Como muy bien.

—Señor Taggert, usted siempre menciona a hombres como Vanderbilt y Gould. Dígame, ¿alguna vez lo invitaron a la casa de alguna de esas dos familias estando presentes las mujeres?

—No, pero... —Kane desvió la mirada—. Estuve una vez, pero hubo un accidente y se rompieron algunos platos.

—Entiendo. Me pregunto cómo espera que sea su esposa, que dirija una casa tan magnífica como ésta, que dé fiestas suntuosas como las que tanto desea si usted se sienta a la cabecera de la mesa y come las arvejas con un cuchillo.

—Yo no como arvejas. Todo lo que un hombre necesita es carne y no una mujer que le diga...

—Buenos días, señor. —Houston se volvió y logró dar dos pasos antes de que Kane la tomara del brazo.

—¿No vas a casarte conmigo si no dejo que me enseñes?

—Y lo vista y lo afeite.

—¿Ansiosa por verme la cara? —Kane comenzó a esbozar una sonrisa pero se detuvo cuando vio que Houston hablaba muy en serio—. ¿Cuánto tiempo tengo para decidirlo?

—Unos diez minutos.

—¿Quién te enseñó a negociar? Déjame pensarlo. —Se acercó a una de las ventanas y se quedó allí de pie, durante algunos minutos.

—Yo también tengo que pedirte algo —replicó al cabo de un momento—. Sé que te casas conmigo por mi dinero. —Houston trató de decir algo pero él la interrumpió—. Es inútil negarlo. No pensarías en casarte conmigo con mis malos modales si no tuviera esta casa para ofrecerte. Una dama como tú ni siquiera conversaría con un mozo de cuadra como yo. Lo que quiero es que pretendas, y que le digas a todo el mundo que... —Bajó la mirada—. Quiero que la gente crea que... que te enamoraste de mí; que no te casas conmigo sólo por el dinero o porque tu hermana te quitó el pretendiente y yo caí justo. Quiero que hasta tu hermana piense que estás loca por mí, tal como lo dije en la iglesia. Y quiero que tu madre también lo crea; no quiero que me tenga miedo.

Houston jamás imaginó que él le pediría algo así. Así que éste era el temible hombretón, separado del resto de la ciudad.

Qué horrible debía ser no tener el menor contacto social. Era comprensible que las mujeres no quisieran recibirlo en sus casas cuando se cometían accidentes que terminaban con toda su vajilla. Kane no encajaba en ninguno de los dos mundos: ni en el pobre adonde pertenecía por sus modales y su lenguaje, ni en el rico, a pesar de todo su dinero.

Él me necesita, pensó Houston. Me necesita como nadie jamás me ha necesitado. Para Leander yo era algo extra, algo agradable de tener pero no indispensable. Para este hombre, en cambio, las cosas que he aprendido son vitales.

—Pretenderé ser la esposa más enamorada —afirmó con suavidad.

—Entonces, ¿te casarás conmigo?

—Bueno, sí, creo que sí —respondió sorprendiéndose a sí misma.

—¡Maldición, Edan! —exclamó y salió corriendo de la habitación—. ¡Lady Chandler va a casarse conmigo!

Houston se sentó en el borde de la ventana. Él iba a casarse con «lady Chandler». Pero ella, ¿con quién se casaba?

Ya era tarde cuando Houston regresó por fin a su casa. Estaba exhausta y en ese momento deseó no haber oído jamás hablar de Kane Taggert. Él parecía creer poder permanecer en su casa para trabajar mientras que su prometida asistía a todas las fiestas y recepciones sola, y declaraba a todo el mundo que estaba enamorada y que todo iría a la perfección.

—A menos que nos vean juntos, nadie creerá siquiera que nos conocemos —le dijo Houston—. Tiene que asistir a la fiesta al aire libre de pasado mañana y antes de ello tendremos que prepararle un guardarropa apropiado y afeitarlo.

—Estoy por comprar un terreno en Virginia y mañana vendrá a verme un hombre. Tengo que quedarme aquí.

—Puede hablar de negocios durante las pruebas.

—¿Quieres decir que uno de esos hombrecillos va a toquetearme por todas partes? No, no lo permitiré. Haz que me envíen unos cuantos trajes y yo escogeré alguno.

—¿Rojo o púrpura? —preguntó Houston.

—Rojo. Una vez vi unos trajes rojos que...

El grito de Houston lo detuvo.

—Vendrá un sastre a hacerle un traje y yo elegiré la tela. También asistirá a esa fiesta conmigo y a otras funciones en estos días que nos quedan antes del casamiento.

—¿Estás segura de que las damas verdaderas son tan sargentonas? Pensé que las damas de verdad jamás levantaban el tono de voz.

—No levantan el tono de voz ante verdaderos caballeros, pero con los hombres que desean usar trajes rojos, pueden valerse de cualquier instrumento.

—Está bien, acepto que me hagan el traje como tú quieras y también iré a tu maldit... a tu encantadora fiestecilla; pero no sé en cuanto a las demás reuniones.

—Resolveremos un día por vez —replicó Houston sintiéndose repentinamente agotada—. Ahora debo regresar a casa. Mis padres estarán preocupados.

—Ven aquí —dijo Kane llevándola al otro lado del escritorio.

Houston obedeció, creyendo que él quería mostrarle algo. Kane la tomó bruscamente de la cintura y la sentó en su regazo.

—Si vas a ser mi maestra, creo que yo también tendré que enseñarte algunas cosas.

Comenzó a acariciarle el cuello con el rostro, mientras le rozaba la piel con los labios. Houston estaba a punto de protestar cuando sintió que algo dentro de ella se derretía.

—Kane —llamó Edan desde la puerta—. Disculpen.

Sin ceremonia alguna, Kane la sacó de su regazo.

—Tendrás más de esto luego, querida —le aseguró como si ella fuera una callejera cualquiera—. Ahora, vete a casa, tengo que trabajar.

Houston se tragó lo que quería decirle y con el rostro encendido por la vergüenza, saludó a los dos hombres y partió.

Ahora, mientras conducía hacia su casa, cansada, hambrienta, todavía presa de una emoción que mezclaba la ira y la vergüenza, pensó en cómo le diría a su familia que había cambiado de opinión y que había aceptado casarse con el señor Taggert.

¿Por qué?, se preguntó mientras desaceleraba la marcha. ¿Por qué aceptaba casarse con alguien que no amaba, un hombre que la ponía furiosa a cada minuto y que la trataba como si fuera algo que había comprado?

La respuesta fue inmediata.

Porque la hacía sentirse viva. Porque él la necesitaba.

Blair le había dicho que cuando eran pequeñas, Houston arrojaba las bolas de nieve junto con los mejores, pero Duncan y Leander le habían robado la alegría. Hacía mucho tiempo, había aprendido que era más fácil rendirse ante los hombres y ser la mujer tranquila, femenina y complaciente que ellos querían.

Pero en ocasiones, en recepciones o fiestas, Houston se sentía como si fuera un hermoso cuadro colgado en la pared: hermoso y delicado, una posesión exquisita pero innecesaria. Una vez se lo había comentado a Leander, pero entonces él le habló sobre el cambio de la calidad de vida sin objetos de arte.

Al final, Leander cambió la tranquila belleza de Houston por una mujer que le encendía el cuerpo.

Jamás un hombre la había hecho sentir como Kane. Los gustos de Lee en cuanto a ropa y muebles eran impecables. Él podía haber decorado la casa que había mandado construir para ellos sin ninguna ayuda. Pero el señor Taggert se hallaba tan perdido en cuanto a eso que no sabía qué hacer sin ella.

Houston pensó en todos los años de sacrificio en el colegio. Blair parecía pensar que su hermana no había hecho otra cosa que beber té y arreglar flores. Sin embargo, Houston recordaba muy bien la estricta disciplina y la regla de la señorita Jones sobre las palmas frágiles de las niñas cuando no hacían las cosas correctamente.

Cuando estaba con Lee, tenía que hacer un esfuerzo consciente por no equivocarse en todo lo que había aprendido porque él lo sabría. Pero con el señor Taggert, se sentía libre. Hoy le había gritado. En los catorce años que conocía a Lee él ni siquiera le había levantado el tono de voz.

Respiró un poco de ese aire fresco. ¡Todo el trabajo que la aguardaba! Arreglar los detalles de la boda, la sorpresa de explorar el ático y poner los muebles donde ella quería. Y el desafío de tratar de convertir al señor Taggert en un caballero formal.

Cuando llegó a su casa, se sentía muy excitada. Se casaría con un hombre que la necesitaba.

Dejó el carruaje a uno de los mozos, enderezó los hombros y se preparó a enfrentar a su familia.

7

Para alivio y sorpresa de Houston, la casa se encontraba vacía. En la cocina sólo estaban Susan lavando unos platos y la cocinera.

—¿Se fueron todos a dormir? —les preguntó.

—Sí, señorita Blair-Houston —le respondió Susan mientras limpiaba el molinillo de café—. Más o menos.

—Houston —corrigió de forma automática, sin prestar atención al último comentario—. ¿Susan, puedes llevarme una bandeja con algo para comer a mi cuarto?

Mientras se dirigía hacia la escalera, notó que había varios ramos de flores frescas, que no pertenecían al jardín de su madre. Se acercó y leyó la tarjeta:

Para mi futura esposa Blair, de Leander.

En todos los meses que llevaban de compromiso, Leander jamás le había enviado flores.

Mantuvo erguida la cabeza y subió la escalera.

El cuarto de Houston estaba decorado con un papel muy delicado de color crema y blanco; los muebles eran de madera pintados de blanco y las cortinas eran de encaje. Las mesitas ratonas y los espaldares de los dos sillones tenían adornos de ese mismo encaje. El cubrecama también era de color blanco.

Cuando Houston terminaba de quitarse la ropa de

calle, llegó Susan con la bandeja. Mientras comía, comenzó a dar instrucciones.

—Sé que ya es tarde, pero necesito que le entregues un recado a Willie. Debe llevar esta nota al señor Bagly, el sastre de la avenida Lead. No me importa si Willie tiene que sacar al hombre de la cama, tiene que asegurarse de entregar el mensaje en manos del señor Bagly. Debe presentarse en la casa Taggert mañana a las ocho de la mañana.

—¿En la casa Taggert? —preguntó Susan mientras acomodaba la ropa de Houston—. ¿Entonces, señorita, es verdad que va a casarse con él?

Houston estaba sentada detrás de su pequeño escritorio de caoba; se volvió para enfrentar a Susan.

—¿Te gustaría trabajar para mí y vivir en la casa Taggert?

—No estoy segura, señorita. ¿Ese señor Taggert es tan malo como dicen?

Houston pensó un momento. Sabía que los sirvientes solían saber más que nadie sobre estos asuntos. A pesar de que Kane vivía solo, los sirvientes sabían más cosas sobre él que el resto de la ciudad.

—¿Qué es lo que has oído sobre él?

—Que tiene mal genio, que grita como una fiera y que nunca está conforme.

—Me temo que todo eso es verdad —dijo Houston suspirando—. Pero al menos no golpea a las mujeres ni engaña a las personas.

—Si usted no tiene miedo de vivir con él, señorita Houston, entonces yo también podré hacerlo. Creo que esta casa no será un sitio agradable donde vivir después de que ustedes hayan partido.

Houston tomó nota mentalmente de que tenía que llamar al barbero, el señor Applegate de la avenida Coal y pedirle que llegara a las nueve. Pensó cuánto tiempo se ahorraría si todos tuvieran teléfono.

—Susan, ¿no tienes un par de hermanos?

—Sí, señorita.

—Necesitaré a seis hombres para mañana durante todo el día. Tendrán que mudar unos muebles. Se les pagará bien y comerán bien, pero deberán llegar allí a las ocho y media. ¿Crees que podrás conseguir a los seis hombres?

—Sí, señorita.

Houston escribió otra nota.

—Willie debe entregarle este mensaje a la señora Murchison. Ella vive con el reverendo Thomas mientras los Conrad están en Europa. Quiero que cocine para la casa Taggert hasta que ellos regresen. Creo que se alegrará de tener algo que hacer. Willie deberá aguardar la respuesta porque le he dicho que la cocina está vacía y debe aprovisionarla con todo lo que necesite, y enviarle la cuenta al señor Taggert. Podrá pedirle a los Oakley que le presten el carro grande para transportar todas las cosas.

Se reclinó en la silla.

—Bueno, eso será todo para mañana. Haré que el señor Taggert se afeite y se vista, que bajen todos los muebles y que todos coman como corresponde.

Susan comenzó a desatarle el cabello a Houston para cepillárselo.

—Ah, qué alivio —murmuró Houston cerrando los ojos.

Minutos después estaba en la cama, y por primera vez desde hacía tiempo no sintió deseos de llorar hasta quedarse dormida. De hecho, se sentía bastante feliz. Había cambiado de lugar con su hermana para vivir una noche de aventura; ahora le parecía que la aventura duraría más de una noche, quizá semanas.

Cuando Susan golpeó a la puerta a las seis de la mañana, Houston estaba casi vestida para el trabajo. Llevaba una blusa de algodón blanco, una falda negra que llegaba al suelo y un cinturón de cuero negro bien ancho. Una chaqueta corta y un sombrero haciendo juego completaban el traje.

Bajó la escalera sin hacer ruido y le escribió una nota a su madre explicándole dónde estaría durante todo el día; comió algo rápido en la cocina y caminó hasta la casa auxiliar para que un adormilado Willie le preparara su hermoso carruaje nuevo.

—¿Pudiste entregar todos los mensajes, Willie?

—Sí, todos. La señora Murchison se alegró de poder trabajar. Tengo que pasar a buscarla con un carro a las seis y media y juntos iremos a ver al señor Randolph al almacén. La señora Murchison lo llamó anoche para dictarle la lista de cosas que necesitaba. Luego iremos a la casa de los Conrad a vaciarles el jardín. Quería saber cuántos son los que comerán.

—Habrá una docena de personas, pero la mayoría son hombres de modo que dile que cocine para treinta. Eso será suficiente. Y dile también que traiga ollas y cacerolas; no creo que el señor Taggert tenga ninguna. Venid tan pronto como podáis, Willie.

Cuando Houston llegó a la casa Taggert todo estaba en silencio. Llamó a la puerta lateral, pero nadie vino a responderle. Por suerte la puerta estaba sin llave así que pudo entrar sin problemas por la cocina. Se sentía un poco como un ladrón cuando comenzó a abrir los distintos armarios. Si iban a celebrar la fiesta de bodas en esa casa dentro de dos semanas, tenía que saber con qué contaban.

Los armarios estaban vacíos; sólo encontró unas latas de duraznos en almíbar; tampoco había utensilios de cocina, salvo dos o tres cacharros de lo más ordinarios.

Decidió explorar el resto de la zona de servicio. Había lugar para tres sirvientes y un ama de llaves, además de una oficina para esta última.

En el corredor, fuera de la cocina, había una escalera. Houston subió hasta el segundo piso, pero no logró ver nada más que sombrías paredes forradas y suelos de roble. Continuó subiendo hasta el ático.

Tal como lo había imaginado, en el ático estaban las habitaciones de servicio que ahora se utilizaban para guardar los muebles. Había dos baños, uno para hombres, otro para mujeres y el resto del espacio estaba dividido en pequeños cuartos. Cada uno de esos cuartos estaba repleto de cajas y paquetes; también había muebles cubiertos con protectores para evitar que acumularan polvo.

Levantó uno de los protectores. Encontró dos sillas doradas tapizadas con bordados de querubines. Tenían una tarjeta identificatoria, y Houston la leyó conteniendo el aliento:

Mediados de siglo XVIII.
Tapices tejidos en la fábrica de los Gobelinos.
Se cree que pertenecieron a Madame Pompadour,
Un juego de doce sillas y dos canapés

¡Por Dios!, pensó Houston, volviendo a colocar el protector en su lugar.

Contra la pared había una alfombra enrollada, también con una tarjeta:

Fines del siglo XVII.
Hecha en la tejeduría de Savonnerie para Luis XIV

Otro embalaje, sólo decía «Gainsborough». Junto a éste, había otro donde se leía la palabra «Reynolds».

Lentamente, Houston quitó el protector que cubría las sillas de Madame Pompadour y se sentó en una de ellas. Necesitaba un momento para poder acomodar sus ideas. Miró a su alrededor y sin levantar ninguna cubierta más supo que todos los muebles que la rodeaban eran de una calidad suprema. Levantó un protector que estaba junto a ella. Descubrió un candelabro brillante que parecía estar hecho de diamantes. La tarjeta que tenía adjunta decía: 1780.

Aún estaba sentada, un tanto sorprendida ante la perspectiva de vivir rodeada de todos esos tesoros cuando sintió que llegaba un carruaje.

—¡El señor Bagly! —exclamó mientras se ponía de pie y bajó corriendo las escaleras.

—Buenos días, Blair-Houston —la saludó el señor Bagly.

El señor Bagly era un hombrecillo de rostro pálido que de alguna manera se las arreglaba para ser un tirano. Inspiraba un gran respeto por ser el sastre más importante de todo Chandler.

—Buenos días —respondió Houston—. Entre, por favor. No estoy segura de lo que habrá oído, señor Bagly, pero el señor Taggert y yo vamos a casarnos dentro de dos semanas y necesitará un guardarropa completo. Pero ahora mismo, necesita un buen traje de tarde para una recepción que tenemos mañana; algo hecho en vicuña, con tres botones, pantalones grises y un chaleco de casimir. Eso estará bien. ¿Cree que podrá tenerlo listo para mañana a las dos de la tarde?

—No estoy seguro; tengo otros clientes.

—Creo que ninguno tiene tanta prisa como el señor Taggert. Emplee a todas las modistas que necesite. Se le pagará bien.

—Pienso que podré arreglarlo. Ahora, si pudiera tomarle las medidas al señor Taggert, comenzaría de inmediato.

—Supongo que está en el piso de arriba.

El señor Bagly la miró con firmeza.

—Blair-Houston, la conozco desde que nació, y estoy dispuesto a dejar de lado todo mi trabajo para complacerla; también acepté gustoso venir esta mañana temprano a tomarle las medidas a su prometido, pero no aceptaré subir a buscarlo. Quizá podamos regresar cuando se haya despertado.

—¡Pero no tendrá tiempo para hacerle el traje! Por favor, señor Bagly.

—No, aunque me lo pidiera de rodillas. Aguardaremos aquí un cuarto de hora. Si el señor Taggert no ha bajado para entonces, nos iremos.

Houston casi se alegró de que no hubiera ninguna silla disponible en el cuarto donde pensaban aguardar al señor Taggert. Coraje, se dijo mientras se disponía a subir la escalera.

El segundo piso era tan hermoso como el primero; todas las paredes eran blancas y justo enfrente de ella, había una habitación amplia y abierta, con una parte azulejada de verde.

—Una pajarera —susurró encantada.

Suspiró y recordó que debía cumplir con su tarea. Había muchas puertas cerradas a su alrededor; detrás de una de ellas estaba Kane.

Abrió una puerta y en la penumbra, pudo distinguir una cabeza rubia en medio de una cama revuelta. Volvió a cerrarla sin hacer ruido para no despertar a Edan.

Tuvo que probar en otras cuatro habitaciones antes de encontrar a Kane, cuyo dormitorio quedaba en la parte trasera de la casa. Unas cortinas rústicas colgadas de los alambres donde debían estar los cuadros ocultaban el sol de la mañana. Los únicos muebles que tenía eran una cama de roble y una mesita de noche cubierta de papeles, sobre la cual se veía una jarra de agua. Había tres sillas de plush rojo con borlas amarillas.

Houston miró en dirección del ático y pensó: «Perdónalo, Madame Pompadour.»

Con resolución, se acercó a la ventana y corrió las cortinas para que entrara la luz.

—Buenos días, señor Taggert —saludó en voz alta, de pie junto a la cama.

Kane se volvió pero continuó durmiendo.

Tenía el pecho desnudo y descubierto, y Houston sospechaba que el resto del cuerpo también estaría desnudo. Por un momento permaneció inmóvil, mirándolo. Había visto pocos torsos masculinos desnudos; Kane tenía la musculatura de un levantador de pesas y era bastante peludo. Tenía la piel oscura y parecía cálida.

De repente, una gran manaza la tomó del muslo y la arrojó sobre la cama.

—¿No podías esperarme, no es así? —susurró Kane mientras comenzaba a cubrirla de besos y a recorrerle el cuerpo con las manos.

Houston luchó por liberarse, pero al ver que era inútil, trató de pensar en otra forma de detenerlo. Sin querer tocó la manija de la jarra de agua que estaba sobre la mesita, la tomó con fuerza y echó su contenido sobre la cabeza de Kane. La jarra se rompió y Kane quedó empapado. Houston aprovechó ese instante para saltar de la cama y ponerse a salvo.

—Qué diablos... —comenzó a decir Kane mientras se sentaba—. Pudiste haberme matado.

—No lo creo posible —replicó Houston—. No me equivoqué al pensar que su gusto en artículos de tocador era igual al de los muebles.

—Escúchame, pequeña perra, yo voy a...

—No, señor Taggert, escúcheme usted a mí. Si voy a convertirme en su esposa, me tratará con el respeto debido a una mujer en esa posición. No permitiré que me trate como a una mujerzuela que usted contrató... por la noche. —Houston se puso colorada pero siguió hablando—. No vine a su dormitorio porque no podía esperar, como usted dijo, para compartir su cama. En cierta forma me obligaron a hacerlo. Abajo hay un sastre aguardando tomar sus medidas para hacerle un traje. Vendrán unos hombres para ayudarme a bajar los muebles en cualquier momento, también llegará una cocinera con un carro lleno de comida y un barbero para sacarle esa masa de cabello que le cubre el rostro. Si debo prepararlo a usted y a esta casa para la boda, necesitaré su presencia, y por lo tanto, no puedo permitir que pierda el tiempo en la cama, con tantas cosas por hacer.

Kane la observó mientras Houston terminaba su discurso.

—¿Me sangra la cabeza? —le preguntó.

Houston suspiró y se acercó a él para examinarle la cabeza. Cuando estuvo junto a él, Kane la tomó por la cintura y apoyó la cabeza sobre su pecho.

Houston lo apartó disgustada.

—Levántese, vístase y baje lo antes posible —dijo antes de volverse y salir de la habitación.

—Maldita sargentona —lo oyó murmurar mientras bajaba.

Abajo, la recibió un gran caos. Los seis hombres que Susan había contratado se paseaban por la casa como si fueran los dueños, mientras hacían comentarios en voz alta. Willie y la señora Murchison la aguardaban para hacerle preguntas y el señor Bagly había decidido partir.

Houston puso manos a la obra.

A las nueve de la mañana, sentía deseos de saber cómo se utilizaba el látigo. Tuvo que despedir a dos de los hombres por insolencia y luego preguntó quién deseaba ganar un jornal entero.

A Kane no le gusto que el señor Bagly lo tocara por todas partes ni que Houston decidiera lo que debía ponerse.

La señora Murchison trataba de cocinar algo en la cocina vacía y sin elementos.

Cuando llegó el barbero, Houston aprovechó para escabullirse e ir a conocer el vivero. Cerró la puerta detrás de sí y estudió complacida los noventa metros de extensión llenos de plantas. La fragancia y la paz eran todo lo que necesitaba.

—¿Demasiado ruido para usted?

Se volvió y miró a Edan que estaba acomodando un enorme recipiente con azaleas. Tenía casi la misma estatura que Kane; era apuesto, rubio y quizá más joven.

—Supongo que lo despertamos —replicó Houston—. Hubo mucho gritos esta mañana.

—Si Kane está cerca, todas las personas gritan —dijo a modo de comentario—. ¿Me permite mostrarle mis plantas?

—¿Esto es suyo?

—Más o menos. Detrás del jardín de rosas hay una pequeña casa donde vive una familia de japoneses. Ellos se ocupan de los exteriores, pero lo de adentro es mío. Tengo plantas de todo el mundo.

Houston no tenía mucho tiempo, pero necesitaba unos momentos de paz.

Con orgullo, Edan le mostró las diferentes plantas que tenía: ciclaminos, helechos, prímulas, orquídeas y plantas exóticas que ella jamás había oído nombrar.

—Debe disfrutar mucho de este lugar —le dijo acariciando una orquídea—. Esta mañana, rompí la jarra de agua en la cabeza de Kane.

Por un momento, Edan permaneció boquiabierto y luego soltó una carcajada.

—Más de una vez tuve que pelearme con él. ¿De veras que trata de civilizarlo?

—Espero poder hacerlo. Pero no puedo continuar pegándole. Debe existir otro modo. —Houston levantó la cabeza—. No sé nada sobre usted, ni tampoco cuál es su relación con él.

Edan comenzó a plantar una pasionaria.

—Me encontró en un callejón de Nueva York, donde vivía comiendo de la basura. Mis padres y mi hermana habían muerto unas semanas atrás por inhalación de humo durante un incendio. Tenía diecisiete años, y no podía conservar ningún empleo porque siempre terminaba peleándome. —Edan sonrió ante el recuerdo—. Me moría de hambre y había decidido entrar en la vida del crimen. Por desgracia, o quizá por fortuna, la primera persona a quien decidí robar fue Kane.

Houston asintió.

—Tal vez su tamaño era un desafío para usted.

—O tal vez deseaba fracasar. Kane me tiró a la calle, pero en lugar de enviarme a la cárcel, me llevó a su casa y me dio de comer. Yo tenía diecisiete, él veintidós y ya estaba en camino a convertirse en millonario.

—¿Y estuvo con él desde entonces?

—Y trabajando para mantenerme —agregó Edan—. Me hizo trabajar para él durante todo el día y de noche me enviaba a estudiar contabilidad. A él no le gusta dormir. Nos quedamos despiertos hasta las cuatro de la mañana, y es por eso que nos encontró en la cama cuando llegó.

—¡Ah! —exclamó Edan de repente mirando a través de los vidrios—. Creo que el barbero pasó por aquí.

Con curiosidad, Houston se volvió para mirar también. Vio que se acercaba un hombretón vestido con la ropa de Kane pero completamente afeitado.

Houston miró a Edan maravillada y él se echó a reír cuando Kane asomó la cabeza por la puerta.

—¡Houston! —gritó—. ¿Estás aquí?

Ella salió de detrás de una planta para mirarlo.

—¿No está mal, no? —comentó acariciándose la barbilla mientras sonreía—. Hacía tanto tiempo que no me veía la cara que había olvidado lo apuesto que soy.

Houston tuvo que reír, porque era cierto que era apuesto: tenía una mandíbula cuadrada, labios delgados, y las cejas espesas y oscuras le daban un toque especial.

—Si ya has terminado de mirar las plantas de Edan, ven a la casa. Hay una mujer en la cocina que está preparando toneladas de comida y tengo un hambre feroz.

—Sí —respondió Houston dirigiéndose hacia la salida.

Una vez afuera, Kane la tomó del brazo.

—Tengo que decirte una cosa —añadió con suavidad—. Esta mañana no salté sobre ti a propósito. Es que estaba dormido y cuando desperté vi a una muchacha tan linda que no pude evitarlo. Pero no quería lastimarte. Es que no estoy acostumbrado a tratar con damas. —Kane se rascó la cabeza y la miró—. Pero supongo que no tardaré en aprender.

—Siéntese aquí —dijo ella señalándole un banco debajo de un árbol—. Quiero mirarle la cabeza.

Él se sentó y ella le examinó la cabeza buscándole el chichón.

—¿Le duele mucho?

—Por el momento, no —aseguró Kane, luego le

tomó las manos—. ¿Todavía quieres casarte conmigo?

De pronto, Houston pensó que era mucho más atractivo que Leander y cuando la miraba en esa forma, sentía algo extraño y le temblaban las rodillas.

—Sí, voy a casarme con usted.

—¡Bien! —exclamó Kane y se puso de pie—. Ahora vayamos a comer. Edan y yo tenemos mucho que hacer y hay un hombre esperándome. Y tú tienes que dirigir a esos idiotas con los muebles. —Comenzó a caminar hacia la casa.

Houston casi tuvo que correr para seguirle el paso. Cambia de humor con bastante rapidez, pensó mientras se sostenía el sombrero para que no se le volara.

A la tarde, ya tenía alfombrados tres cuartos y había vaciado dos de las habitaciones del ático. Todavía le faltaba ordenar los muebles que había hecho bajar. Kane y Edan se encerraron en la oficina de Kane con el visitante; cada tanto sentía la voz de Kane por encima de todos los ruidos.

—¿Estas sillitas van a resistir? —le preguntó en una ocasión, cuando se asomó a la biblioteca y vio las sillas doradas.

—Lo han hecho durante más de doscientos años —respondió Houston.

Kane resopló y regresó a su estudio.

A las cinco de la tarde, llamó a la puerta del estudio. Edan le abrió y ella se asomó para avisar a Kane a través de la cortina de humo, que partía y que regresaría al día siguiente. Kane casi no apartó la mirada de sus papeles.

Edan la acompañó hasta la puerta.

—Gracias por todo lo que hizo hoy. Estoy seguro de que la casa lucirá como es debido cuando haya terminado.

Houston se detuvo antes de partir:

—Recuérdele por favor, que mañana al mediodía estaré aquí con su traje nuevo para asistir a la fiesta de las dos de la tarde.

—Espero que quiera asistir.

—Asistirá —respondió ella con más seguridad de la que sentía.

8

El desayuno en casa de los Chandler fue bastante solemne, y sólo Duncan y Houston hicieron justicia a la carne, el jamón, los huevos, el pastel de duraznos y los panecillos de trigo. Opal parecía haber perdido más de dos kilos de la noche a la mañana y Blair permanecía con una expresión constante de ira, mientras que Duncan pasaba de la ira a la sorpresa sucesivamente.

Houston pensó en lo que Susan le había contado esa mañana sobre Blair y Leander. El día anterior, Blair había salido a pasear con un apuesto y rubio desconocido, fueron a remar al lago de Fenton Park cuando de repente, Leander apareció en otro bote junto a ellos, arrojó al desconocido al agua, y se llevó a Blair con él hasta la orilla. Mientras todos reían, Blair tomó uno de los remos para arrojar a Lee al barro, rescató al desconocido del agua y lo llevó de regreso al embarcadero desde donde salían los botes.

Houston sabía que debía sentirse celosa de todos esos jueguitos de enamorados, enojada porque Leander demostraba abiertamente que prefería a Blair y celosa de todas las flores que le enviaba, pero su mente estaba concentrada en cosas tales como dónde situaría el escritorio jacobino y quién la ayudaría a colgar las cortinas. Y también en el señor Taggert. Esperaba que no le causara muchos problemas hoy.

—Quisiera hablarte, Houston —dijo Duncan después del desayuno. La llevó hasta la sala del frente, la que utilizaban para recibir a los invitados y mantener las discusiones serias.

Houston se sentó. Ese hombre había sido su padrastro desde que era pequeña y como siempre había hecho lo que él quería y se había comportado como una perfecta dama, no se habían peleado.

—Me enteré de que aceptaste casarte con él —dijo Duncan sin sentarse.

—Sí —respondió Houston, preparándose para enfrentar la tormenta. ¿Cómo iba a presentar su caso? ¿Podía decirle que le había preguntado a Kane si alguna vez había matado a alguien y él le había respondido que no? Quizá sería mejor que le explicara cuánto la necesitaba ese hombre.

Duncan se sentó como si pesara cientos de kilos.

—Houston —replicó en un susurro—, sé que esta casa no fue igual a cuando vivía tu padre, pero nunca creí que tomaras una medida tan drástica para salir de ella.

Houston no esperaba una cosa así.

—¿Crees que me caso con el señor Taggert para dejar esta casa?

Duncan se puso de pie.

—Por ésa y otras razones. —Duncan se acercó a la ventana—. Sé que lo que Leander te hizo debe ser una experiencia humillante, y a tu edad debe parecerte el fin del mundo.

Se volvió para enfrentarla.

—Pero créeme, Houston, no es el fin del mundo. Eres la muchacha más bonita de la ciudad, quizá de todo el estado y encontrarás a otra persona. Si quieres, te llevaré a Denver para presentarte a unos cuantos jóvenes.

Houston se puso de pie, y se acercó para darle un beso en la mejilla. Hasta ese momento, no había sabido que él la quería. A pesar de que vivían en la misma casa, siempre mantenían una formalidad en su trato y ésta era la primera vez que Houston le daba un beso.

—Te agradezco mucho toda tu preocupación —le dijo cuando él se alejó confundido—. No creo que me case con el señor Taggert porque es el primero disponible.

Duncan la miró.

—¿Estás segura? Quizá te aferras a él para demostrarle a todos que puedes conseguir un hombre en el momento en que quieras. Y sí, puedes conseguir otro hombre. Tal vez no tan rico, ni con la casa de Taggert, pero un hombre con una familia que conozcas. Quizá haya antecedentes de locura en la familia de Taggert. He oído decir que su tío es un buscapleitos.

Houston levantó la cabeza.

—¿Tío? —preguntó.

—Rafe Taggert, el que trabaja en las minas. El hombre es una verdadera molestia para Fenton pero igual lo conserva, sin importar lo que haga.

Houston volvió la cabeza. El nombre Taggert era bastante común y además, nunca había relacionado a su amiga Jean con Kane. Quizá Jean lo conocía. Y si estaban relacionados, tendría la prueba de que la familia de Kane era cuerda.

—No creo que haya antecedentes de locura.

Duncan se sintió frustrado.

—¿Cómo puedes cambiar tanto en tan poco tiempo? Fuiste tan sensata con Leander, ya se conocían antes de comprometerse para el casamiento, pero a este hombre lo conociste hace sólo unos días y sin embargo, has acordado pasar el resto de tu vida con él.

Houston no podía responderle. Tenía razón. Por lógica, Houston sabía que no podía casarse con un extraño. ¡Pero quería hacerlo! Cubrió la sonrisa que se le dibujó en los labios con una mano.

—El casamiento es algo serio —continuó Duncan—. Piensa en lo que estás haciendo.

—Ya he dicho que me casaría con él —dijo Houston como si eso bastara.

—Blair probó que hasta que una mujer se pone la alianza puede suceder cualquier cosa —agregó Duncan con amargura—. No dejes que ella arruine tu vida. Investiga a Kane Taggert. Habla con personas que lo conozcan. Habla con Marc Fenton; puede recordarlo de la época en que trabajaba en los establos. Es toda tu vida, Houston; trata de averiguar todo lo que puedas de ese hombre antes de comprometerte para siempre con él.

Houston sabía que lo que le pedía era razonable, no obstante dudó antes de aceptar. Quizá no quería saber nada sobre Kane, le gustaba pensar en él como algo misterioso, un hombre que la hacía volar.

Quizá no estuviera lista para que terminara la aventura. Pero las palabras de Duncan eran sensatas y Houston estaba acostumbrada a obedecer. Se preguntó qué diría su padrastro si se enterara de la escena de la mañana anterior en el dormitorio de Taggert. La encerraría en su cuarto y no la dejaría salir.

—Lo investigaré —aseguró suspirando—, y si no descubro nada terrible sobre su pasado, me casaré con él el veinte.

—Es todo lo que puedo pedirte, Houston. Dime, ¿siempre tuviste ese amor por el dinero? ¿Has pensado en tu vida en esta casa?

—¿Crees que una de las razones por las cuales me caso con él es su dinero?

—Por supuesto. —Duncan parecía muy sorprendido—. ¿Por qué si no aceptarías casarte con ese asqueroso?

Si no fuera por su dinero, nadie hablaría de él. Sería otro minero como el resto de su familia, y nadie le daría ni siquiera la hora.

—¿Que sería otro minero? —preguntó ella—. Comenzó trabajando en los establos y pudo amasar una gran fortuna. Nadie se la regaló. Tal vez lo que me guste es el hombre que hay adentro, el que salió de la mugre de los establos para llegar a ser alguien en la vida. Lo único que yo he aprendido es a vestirme correctamente. —Y él necesita esos conocimientos, pensó Houston, sintiendo que un escalofrío le recorría todo el cuerpo.

—¿Y qué otra cosa debe saber una señorita?

—Las mujeres de hoy escriben libros, y... —Se detuvo—. Me pregunto por qué nadie quiere saber cómo es que un hombre tan rico desea casarse con una mujer de Colorado. Podría tener a una princesa.

—Tú eres una princesa —replicó Duncan.

Houston le sonrió y se acercó a la puerta.

—Debo irme; tengo que pasar por lo del señor Bagly y elegir el guardarropa para mi futuro marido, también debo ordenar un vestido de novia igual al primero. Estoy segura de que Blair no pensó en hacerlo.

—No lo creo yo tampoco —dijo Duncan buscando algo en el bolsillo—. El presidente del banco vino a verme ayer y me dio esto—. Le entregó un papel.

Era un recibo de depósito donde figuraba que le habían abierto una cuenta con doscientos cincuenta mil dólares a su nombre.

Comenzaron a temblarle las manos.

—Gracias —murmuró—. Gracias por todo y haré lo que me pediste. —Sonrió y abandonó la sala.

Ya estaba en la escalera antes de poder respirar bien otra vez. Se detuvo y miró de nuevo el recibo. Él había dicho que depositaría «algo de dinero» para ella. Cuales quiera fueran sus faltas, la avaricia no era una de ellas. Corrió a su habitación reprimiendo unos deseos locos de gritar de alegría.

Una hora después, estaba sentada en el negocio del señor Bagly rodeada de muestras de tela. Una de las cosas que había aprendido en el colegio era cómo vestir a un hombre, por la única razón de poder discutir con el ayudante de su futuro esposo.

—Necesitará una docena de trajes para trabajar. Esta lanilla de color claro, la otra gris, y la azul oscura... por ahora.

—¿Y para la noche? —le preguntó el señor Bagly.

—El de estambre negro con chaleco blanco. Ahora, para montar.

Le eligió ropa para practicar deportes y también para las reuniones de la tarde. Para su propia boda, le eligió un chaqué negro, camisas, bufandas, guantes. Luego le eligió una gran provisión de ropa interior, pañuelos de lino y medias.

—¿Dejamos los sombreros para después?

—Sí —respondió Houston—. Y también los bastones. —Miró la hora en el reloj que tenía prendido en el vestido y dijo: —Ahora, debo irme. ¿Me permite el traje para esta tarde?

Cuando el señor Bagly le entregó el traje terminado y todos los accesorios que lo acompañaban, incluyendo los zapatos, Houston hizo los arreglos para que fuera a tomarle las medidas a Edan.

—Buena suerte —le dijo el señor Bagly a Houston cuando ésta subió a su lujoso carruaje—. Va a necesitarla —agregó en voz baja.

Dos horas después, Houston había terminado de vestirse para la fiesta de esa tarde. Llevaba un vestido ajustado de muselina blanca sobre satén amarillo, y una enorme cinta amarilla que terminaba en un moño sobre la cadera. De algún modo, esa mañana, Susan había conseguido colocarle el corsé medio centímetro más ajustado. Houston apenas podía respirar, pero eso poco le importaba. Quería lucir espléndida en su primera salida con su prometido.

Cuando estacionó su carruaje frente a la casa Taggert, se dio cuenta de que muy pronto tendría que contratar a algunos sirvientes. Ahora necesitaba que alguien la ayudara a descender del carruaje. Miró a su alrededor para asegurarse de que nadie la estuviera mirando, entonces se levantó el vestido casi hasta la rodilla y descendió.

Un silbido agudo provino del lado izquierdo.

—Es lo más lindo que vi en todo el día —dijo Kane—. De hecho, tienes mejores piernas que una bailarina que conocí en Nueva Orleáns.

Houston trató de controlar su vergüenza.

—Le he traído su traje; apenas tiene tiempo para cambiarse y arreglarse.

—¿Cambiarme para qué?

Todavía no estaba acostumbrada a verlo sin barba. En el rostro tenía la sombra de la nueva barba, pero aun así seguía siendo muy apuesto. Qué suerte había tenido al aceptar casarse con un oso peludo que se había convertido en un príncipe.

—Para la fiesta que se dará en los jardines a las dos —le respondió.

—Ah, eso —replicó él mientras comenzaba a caminar hacia la puerta dejándola plantada.

—Sí, eso. —Houston recogió un poco la falda para no pisarla y lo siguió hasta su oficina—. Pensé que quizá tendríamos tiempo para unas cuantas lecciones antes de partir; sólo para que se sienta más cómodo y tenga luego tiempo de vestirse con tranquilidad.

Él se detuvo detrás del escritorio y tomó un papel.

—Lo siento de veras, pero no tengo tiempo de ir. Tengo mucho trabajo. Tú puedes ir sola. Además, ya estás vestida. Tal vez, puedas llevarles unas flores de mi parte.

Houston suspiró y dijo:

—O mejor debería darles dinero.

Él la miró sorprendido.

—¿Les gustaría eso?

—No —respondió con frialdad—, por supuesto que no, pero a usted sí. De ese modo no tendría que enfrentarse a ellos.

—¿Me estás diciendo que tengo miedo de un puñado de snobs bien vestidos, que beben té? Yo podría comprar y vender...

Su mirada lo interrumpió.

—No iré —aseguró y se sentó.

Ella se acercó a él; en ese momento deseó poder apoyar la cabeza sobre su hombro, pero no lo hizo.

—No será tan malo. Sólo conoció a las peores personas de la ciudad. Quisiera presentarle a mis amigos, y le prometo que nadie fingirá desmayarse a sus pies.

Él levantó la mirada.

—¿Ni siquiera una dama se desvanecerá al verme sin la barba?

Con una sonrisa, Houston se alejó.

—¿Está tratando de decirme que será el hombre más apuesto de la fiesta?

Kane trató de tomarle la mano, pero Houston se alejó a tiempo.

—Quedémonos aquí tú y yo solos —afirmó—. Ya encontraremos algo para hacer juntos. Me gusta ese vestido.

—Oh, no, señor Taggert —dijo Houston riendo y

pensando al mismo tiempo si podría ajustar el corsé otro medio centímetro—. No me seducirá... Debe vestirse para la fiesta. —Houston retrocedió hasta que quedó contra la pared

Kane se le acercó más, puso ambas manos a los costados de la cabeza, sobre la pared, y se inclinó.

—Todavía no nos conocemos, ¿no es así? Quiero decir, una pareja debería pasar un tiempo juntos antes de casarse, ¿no es así?

Houston se deslizó por debajo de su brazo.

—Señor Taggert —replicó con firmeza—, no me convencerá para que no asista a la fiesta. Creo que tiene miedo de ir, y si usted es el tipo de hombre que se asusta por una reunión, no creo que quiera casarme.

Con una mirada de enojo, Taggert regresó junto a su escritorio.

—Yo no le tengo miedo a ninguna maldita fiesta.

—Entonces, pruébemelo vistiéndose y viniendo conmigo. —Mientras ella lo abservaba, Taggert parecía sostener una lucha interna; Houston casi le dijo que se quedaría con él. Manténte firme, se dijo, eso es lo que quiere que hagas.

Taggert arrojó los papeles sobre el escritorio.

—Iré —declaró con tono de disgusto—. Y espero que no te arrepientas. —Pasó junto a ella y abandonó la habitación.

—Eso espero —suspiró Houston mientras corría hacia el carruaje a buscar el traje.

Mientras Kane se vestía, Houston recorrió los muebles desparramados en la casa, para pensar dónde los ubicaría. Después de una hora y cuarto, cuando comenzaba a pensar que Taggert se había escapado por alguna ventana, se volvió y lo vio vestido con su levita, su camisa blanca, los pantalones de franela gris y la corbata en la mano.

—No sé hacerme el nudo.

Houston no pudo moverse por un momento. El traje de excelente corte realzaba la diferencia entre su cintura angosta y los hombros anchos. Con orgullo pensó en el momento en que aparecería en la fiesta tomada de su brazo. Quizás una parte de ella quería demostrarle a todo el mundo que sí podía conseguir otro hombre.

—¿Sabes cómo hacerlo? —insistió él.

—Sí, por supuesto —dijo Houston recuperándose—. Tendrá que sentarse para que yo pueda alcanzar su cuello.

Kane se sentó en una de las sillitas doradas como si fuera un condenado.

Mientras le ataba la corbata comenzó a conversar con él.

—La fiesta es en casa de una de mis amigas, Tia Mankin. Habrá mesas largas llenas de bebida y comida y lo único que tendrá que hacer es caminar por allí y conversar con la gente. Yo me quedaré junto a usted lo más que pueda.

Kane no comentó nada.

Cuando terminó con el nudo, Houston lo miró a los ojos. ¿Era el mismo hombre que aquél a quien le había partido la jarra en la cabeza?

—No durará mucho, luego regresaremos aquí para cenar.

De repente, Taggert la abrazó con fuerza y la besó con pasión como si necesitara que ella le diera coraje. Luego se puso de pie y dijo:

—Terminemos de una vez con esto.

Houston estaba demasiado perpleja como para reaccionar. Los pocos besos que se habían dado parecían no significar gran cosa para él, pero a ella le quitaban el aliento.

—¿No vienes? —le preguntó impaciente desde la puerta.

—Sí, claro —respondió ella sonriendo, y sintiéndose llena de vida.

Mientras recorrían la breve distancia hasta la casa de Tia, Houston le dio alguna indicaciones.

—Si vamos a hacer que crean en nuestro compromiso, tiene que ser atento conmigo. Quédese a mi lado, tómeme del brazo, ese tipo de cosas. Y por favor, ayúdeme a bajar del carruaje.

Kane asintió sin mirarla.

—Y sonría —agregó Houston—. El casamiento no es tan malo.

—Si es que sobrevivo al compromiso —replicó Kane en tono gruñón.

Las personas reunidas en el jardín de Tia sentían gran curiosidad por Houston y Kane. Se esforzaban por actuar con naturalidad, pero casi corrieron hasta el carruaje cuando los vieron llegar y todos quedaron boquiabiertos. El minero peludo se había convertido en un caballero.

Kane pareció no darse cuenta de la reacción de la gente, pero Houston observó todo con orgullo y apoyó ambas manos en sus hombros mientras Kane la ayudaba a bajar del carruaje. Deslizó el brazo por debajo del suyo y lo guió hacia donde los aguardaban los invitados.

—Permítanme presentarles a mi prometido, el señor Kane Taggert —dijo Houston.

Veinte minutos después, cuando terminó con las presentaciones sintió que Taggert comenzaba a relajarse.

—¿No fue tan malo como creía, no?

—No —acordó de mala gana—. ¿Quieres comer algo?

—Me gustaría beber un ponche. ¿Me disculpa un momento? Tengo que hablar con alguien.

Houston lo observó un momento mientras Kane se

dirigía hacia las mesas y notó cómo varias mujeres habían dejado de conversar para mirarlo. Meredith Lechner se acercó para hablar con él, previa sonrisa a Houston, como si le pidiera permiso.

Es mío, pensó Houston, es la rana convertida en príncipe. Y sólo necesitó un chichón en la cabeza. Se cubrió la boca para la tos que disimulaba una risita.

Mientras Kane estaba ocupado, Houston se acercó al reverendo Thomas.

—Lo has cambiado bastante —comentó el reverendo haciendo un gesto hacia Kane que ahora estaba rodeado por tres mujeres.

—El exterior, quizá —dijo en voz baja Houston—. Quiero hablar con usted. La semana pasada, en las minas, Jean Taggert dijo que sabía sobre mí. ¿Qué es lo que sabe?

—Todo —respondió el reverendo.

—¿Pero cómo...?

—Yo se lo dije. Tenía que hacerlo. Quería que tuvieras una amiga, una amiga de verdad, del otro lado.

—Pero, ¿y si me atrapan? Jean tendrá problemas si se descubre que conoce mi identidad. Ya tiene suficientes dificultades de por sí.

—Houston —explicó el reverendo mirándola a los ojos—, no puedes correr con toda la responsabilidad. Jean vino a verme hace unos meses y quiso saber toda la verdad. Y me alegré de poder decírsela.

Houston permaneció en silencio por un momento mientras observaba que Kane reía ante uno de los comentarios de las mujeres, que cada vez se le acercaban más. No sólo a mí me atrae, pensó.

—¿Sabía que Kane y Jane están relacionados? —le preguntó Houston.

—Son primos hermanos. —El reverendo sonrió ante la sorpresa de Houston—. En cuanto me enteré de tu compromiso, fui a ver a Jean. Los guardias no se alegraron mucho de verme, pero tengo un jefe más poderoso que el de ellos y me dejaron pasar. Ni Jean ni ningún miembro de la familia conoce a Kane. Mantienen su nacimiento oculto, por algo relacionado con la madre... Jean supone que era una mujer... de la noche y el padre de Kane dudaba de que el hijo fuera suyo. Eso explicaría que lo hayan puesto a trabajar con los Fenton en lugar de criarlo los Taggert.

—¿Sabe qué sucedió a sus padres?

—Jean estaba segura de que ambos han muerto, Houston. —El reverendo Thomas le apoyó una mano en el brazo—. ¿Estás segura de que quieres casarte con este hombre? Sé que lo que Leander te hizo te habrá dolido mucho pero...

Houston sintió que no resistiría otro sermón, por mejor intencionado que fuera.

—Estoy segura —replicó con firmeza—. Ahora, si me disculpa, tengo que ir a cuidar que no me roben a mi prometido.

—Muy bien, Houston, pero si quieres hablar, estaré siempre dispuesto a escucharte.

Mientras Houston se dirigía al lugar donde estaba Kane, varias personas la detuvieron.

—Luce maravillosamente, Houston. Has logrado un gran cambio en él.

—¿Es verdad que te enamoraste de él estando comprometida con Leander?

—¿Quedó muy destrozado Lee cuando se lo dijiste?

—Te escapaste de tu casa para conocer al señor Taggert?

—¡Houston, cuéntanos todos los detalles!

Por fin pudo llegar a su lado y pasó un brazo por debajo del suyo.

—Tardaste bastante —le dijo en voz baja—. ¿Sabes lo que esas mujeres querían saber?

—Puedo adivinarlo —contestó riendo Houston—. ¿Logró comer algo?

—Sólo un par de esos sandwichitos. Podría comérmelos todos de un bocado y seguir con hambre. ¿Tenemos que quedarnos mucho más? ¿Quién era ese hombre con el que estabas hablando?

—El reverendo Thomas.

—Oh, sí. Le das clase los miércoles. —Sonriente, le tocó la punta de la nariz—. No te sorprendas. Sé muchas cosas sobre ti. ¿Por qué no te sientas mientras yo voy a buscarte un plato de comida? Vi que los otros hombres lo hacen con sus mujeres.

Si estuviera con Lee, él sabría qué hacer, pensó Houston. Y tendrían que dejar la fiesta a las 15.15, porque los jueves él...

—¿Desearías tener un hombre que supiera qué hacer? —preguntó Kane.

—No, claro que no —respondió ella, y no agregó nada más, porque una masa de comida empapada cayó a tumbos sobre su regazo.

Kane no se movió pero la expresión de su rostro demostró que había sucedido lo que tanto temía.

Houston reaccionó cuando escuchó la risa de una mujer que resonaba en el silencio repentino del jardín. De inmediato se puso de pie, tirando su plato al suelo.

—Alzame —le susurró con tranquilidad, pero él la miró sin comprender—. Levántame en tus brazos y llévame hasta el carruaje. Partamos de inmediato.

Kane no estaba acostumbrado a obedecer órdenes, pero esta vez hizo todo lo que la joven le indicaba.

Mientras la llevaba hacia el carruaje, Houston se

apretó contra él. Los jueves, Leander tenía que asistir a su clase, mientras que el señor Taggert se reservaba ese día para llevarla en sus brazos.

Kane no dijo nada hasta llegar al carruaje y ponerse en marcha hacia la casa Chandler.

—¿Por qué? —le preguntó—. ¿Para qué hiciste que te cargara?

—Porque pocos de los hombres que estaban allí tienen la fuerza suficiente como para llevar en brazos a sus mujeres, y creo que cualquier mujer cambiaría un poco de comida derramada por un hombre que pudiera alzarla en sus brazos.

—Tú no pesas nada —repuso Kane.

Con una sonrisa, ella se acercó más a él y lo besó en la mejilla.

—No peso nada para ti —replicó con suavidad.

Kane detuvo el carruaje y la miró.

—Eres una verdadera dama, ¿no es así?

—Eso espero, —murmuró Houston mientras pensaba que era posible ser todo lo que Kane Taggert deseaba que fuera.

9

Houston irrumpió en el dormitorio de su madre, donde Opal estaba bordando los puños de un vestido.

—¡Madre! Tienes que ayudarme —suplicó Houston.

—Mira tu vestido —repuso la madre poniéndose de pie—. ¿Crees que saldrá la mancha?

—No lo sé. Él está abajo aguardándome y debes entretenerlo mientras me cambio. Si no hablas con él, me temo que se irá.

Opal retrocedió un paso.

—¿No te estarás refiriendo al señor Taggert? ¿Él está abajo?

Houston tomó las manos de su madre.

—Está muy perturbado. Por accidente, derramó un poco de comida sobre mi regazo y todos comenzaron a burlarse de él. ¡Si lo hubieras visto! Se sintió tan humillado. Por favor, baja y habla con él durante unos minutos. No dejes que se vaya.

Opal se suavizó.

—Nadie tendría que haberse reído si fue un accidente.

—Gracias —dijo Houston dándole un beso en la mejilla antes de abandonar la habitación, sin escuchar la pregunta de Opal: Pero ¿de qué voy a hablarle?

Susan estaba aguardando a Houston y la ayudó a cambiarse.

—Sólo se ensució la parte de adelante —comentó examinando el vestido—. Susan, dile a la señora Thomas que le pase polvo de magnesia para quitarle la grasa y... Oh, Dios, tiene todo tipo de manchas. Poned la tela sobre una llama de sulfuro y si no queda limpio le echaré nafta. Pero lo haré yo misma. No quiero que explote la cocina. Apresúrate, antes de que empeore.

Cuando Susan regresó después de haber cumplido con su recado, Houston estaba sentada detrás de su escritorio escribiendo.

—Cuando termine esta nota, entrégasela a Willie para que se la lleve a la señora Murchison. También quiero que le expliques lo que necesito para que no haya ningún malentendido.

Mientras escribía, comenzó a hablar:

—Dile a Willie que suba la escalera de la casa Taggert, la que está junto a la cocina, hasta llegar al ático; allí debe girar hacia la izquierda donde hay un extenso pasillo. La segunda puerta a la izquierda conduce a un cuartito con muebles; contra la pared del fondo hay una alfombra Soumak, no, mejor pondré una alfombra con diseños rojos y una bolsa enorme, casi tan alta como él, con almohadones decorados. Dile que lleve la alfombra y los almohadones abajo, a la salita. La señora Murchison le indicará dónde queda. Que extienda la alfombra y coloque los almohadones a lo largo de los bordes de la alfombra. Luego, deberá buscar el candelabro de plata que está en el comedor (es la puerta de al lado), y ponerlo en medio de la alfombra.

Houston levantó la mirada.

—¿Podrás recordar todo lo que te dije?

—Oh, sí, señorita. Será un pícnic bajo techo. ¿Es verdad que el señor Taggert derramó toda la comida sobre los invitados?

—¿De dónde sacaste eso?

—Ellie, la que trabaja para los Mankin, pasó por aquí y me lo dijo.

—Bien, pero no es verdad. Ahora, ve abajo, dale el mensaje a Willie y entrégale esto para la señora Murchison. Y date prisa, por favor, necesitaré ayuda para cambiarme. Ah, sí, y dile a la señora Murchison que llegaré lo más tarde posible para darle tiempo a que cocine.

Cuando Susan partió, Houston descubrió que la comida derramada le había humedecido la ropa interior. Pensó que al hervir las prendas quedarían limpias de toda suciedad. Luego comenzó a cambiarse.

Eligió un vestido de linón de color verde agua, con mangas abullonadas; el jubón y el cuello alto eran de guipur de algodón. En la espalda tenía nada menos que treinta y seis botones. Estaba luchando con ellos cuando entró Susan.

—¿Pudiste oír algo abajo?

—Nada, señorita —respondió Susan, mientras la ayudaba a abotonarse el vestido con un gancho de bronce—. ¿Quiere que vaya a mirar? Creo que la puerta de la sala está abierta.

—No —contestó Houston quien comenzaba a preocuparse. Opal Gates era una mujer que necesitaba protección, y se sorprendía con facilidad. Houston imaginó a Kane utilizando un lenguaje vulgar, a Opal desmayándose de indignación y Kane que la dejaba allí tirada, porque no sentía obligación alguna de levantarla.

—¿No hay nadie más en casa, no es así, Susan?

—No, señorita.

—Bien, porque quiero bajar y espiar por las bisagras de la puerta, mientras tú terminas de abotonarme.

Houston bajó la escalera de puntillas, seguida por Susan, y se escondió detrás de la puerta de la sala.

Kane y Opal estaban sentados uno al lado del otro sobre el sillón, mirando un estereoscopio.

—Nunca estuve allí —comentaba Opal—, pero me han dicho que es un lugar impresionante.

—Yo viví durante varios años en Nueva York y jamás oí hablar de este sitio —afirmó Kane—. ¿Cómo se llamaba el lugar?

—Cataratas del Niágara.

Kane dejó el estereoscopio y la miró.

—¿Le gustaría verlo, no es así?

—Oh, sí, me encantaría. En realidad, señor Taggert, siempre tuve el sueño secreto de viajar. Me gustaría alquilar un tren privado y viajar por todo el territorio de Estados Unidos.

Kane tomó las manos de Opal.

—Voy a regalarle ese sueño, señora Chandler. ¿De qué color le gustaría el tren? Me refiero al interior. ¿Rojo?

—No, no podría... —comenzó a decir Opal.

Kane se le acercó más.

—Tengo una verdadera debilidad por las damas —repuso con suavidad—, y usted, señora Chandler, es tan dama como su hija.

Hubo un momento de silencio y Susan dejó de abotonar el vestido de Houston.

—Rosa —afirmó Opal—. Me gustaría un tren todo pintado de rosa.

—Lo tendrá. ¿Desea alguna otra cosa?

—Quisiera que me llamara Opal. Me temo que a mi marido, el señor Gates, no le gustaría que a su esposa la llamaran con el nombre de su ex marido.

Houston contuvo la respiración para ver cómo tomaba Kane esa corrección.

Kane tomó la mano de Opal y la besó con sentimiento; no fue un beso delicado de caballero.

—No cabe duda de que su hija es una verdadera dama.

—Creo que si usted no se casara con él, lo haría su mamá —murmuró Susan.

—Cállate y termina de abotonarme el vestido —replico Houston.

—Listo —anunció Susan, y Houston salió de su escondite.

—Espero no haber tardado mucho —dijo con dulzura—. ¿Se sintió cómodo, señor Taggert?

—Sí —respondió Taggert con una sonrisa—. Muy cómodo. Pero ahora tengo que irme; el trabajo me espera.

—¿Señor Taggert, podría llevarme a la ciudad para ver a la modista? Tengo que dejarle unos moldes.

Kane frunció el ceño, pero luego aceptó cuando Houston aseguró que no tardaría más de quince minutos.

—No me esperes hasta esta noche —le susurró a su madre mientras se despedía.

—Estás en buenas manos —respondió Opal sonriente.

Cuando subieron al carruaje de Houston, la joven se volvió hacia Kane.

—¿Tuvieron una conversación agradable?

—Tienes una buena madre —le comentó Kane—. ¿Adónde queda la tienda que quieres visitar? ¿Estás segura de que no tardarás más de diez minutos?

—Quince —corrigió Houston—. Mi anterior vestido de novia lo hicieron en Denver, y voy a hacer que me hagan uno igual aquí.

—¿Igual? Ah, sí, para la doble boda. ¿Cuándo es?

—El lunes veinte. Espero que ese día no tenga que trabajar y pueda venir.

Kane la miró de soslayo y luego sonrió.

—Estaré allí el día de la boda, si tú estás allí para la

noche de bodas. —Kane se echó a reír y Houston tuvo que volver la cabeza, ruborizada.

Lo llevó por la avenida Coal hasta Westfield Block, un edificio elegante de dos pisos que tenía varios negocios.

Kane ató el caballo y ayudó a Houston a bajar del carruaje.

—Tomaré algo mientras te espero —le dijo señalando uno de los tantos bares—. Espero que ser marido sea más fácil que ser pretendiente.

Kane se volvió y se alejó, dejándola plantada en medio de la calle polvorienta. A veces Houston extrañaba los modales de Leander.

Su conversación con la modista no le llevó más que siete minutos, y la mujer agitaba las manos con desesperación por tener que hacer un vestido tan elaborado en tan poco tiempo. Se sentó perpleja cuando Houston le dijo que le hiciera también un vestido a Jean Taggert. Después la sacó de la tienda, mascullando que necesitaba todo el tiempo para trabajar. Houston no podía decir que la modista estuviera entusiasmada ante el proyecto de trabajo.

Houston se detuvo en la calle para abrir su parasol y miró en dirección al bar donde la aguardaba Kane. Esperaba que él no tardara mucho tiempo.

—Miren esto... —dijo la voz de un hombre—. ¿Nos estabas esperando?

Los tres cowboys la rodearon y por el olor que tenían encima Houston se dio cuenta de que acababan de llegar de un largo viaje.

—Vamos, Cal —replicó uno de los hombres—. Es una dama.

Houston pretendió como si los hombres no estuvieran allí, pero rezó en silencio para que Kane apareciera pronto.

—Me gustan las damas —afirmó Cal.

Houston se volvió y puso la mano en la perilla de la puerta de la galería de arte de Sayles. Cal apoyó su mano sobre la de ella.

—¿Qué hace? —preguntó la joven volviéndose y mirándolo con desprecio.

—Habla como una dama —comentó Cal—. ¿Muñeca, qué te parece si tú y yo vamos al bar a tomar unas cervezas?

—Cal —dijo otro de los cowboys en tono de advertencia.

Pero Cal se acercó más a Houston.

—Te haré pasar un rato muy divertido, muñeca.

—Yo le haré pasar un rato divertido a usted —aseguró la voz de Kane mientras aferraba al cowboy por la espalda y los pantalones y lo arrojaba a la calle.

Cuando el cowboy, que medía la mitad que Kane, se puso de pie éste le gritó:

—Ésta es una ciudad limpia. Si quiere una mujer libre, vaya a Denver, aquí cuidamos a nuestras mujeres. ¡Y yo me ocuparé de la mía! ¿Lo entendió?

—Sí, señor —tartamudeó el hombre—. No era mi intención... Partiré a Denver de inmediato.

—Me gusta esa idea —repuso Kane acercándose a Houston para ayudarla a subir al carruaje.

Guió el carruaje en silencio y se detuvo repentinamente.

—¡Maldición! Supongo que querrás ir a tu casa. ¿Ese tipo te lastimó?

—No —respondió Houston con suavidad—. Gracias por venir a mi rescate.

—No es nada —replicó Kane, pero tenía el ceño fruncido como si algo le preocupara.

Houston le apoyó una mano en el brazo.

—Quizá me adelanté, le envié un mensaje a la señora Murchison para que nos preparara la cena. Claro que si no le molesta que cene con usted.

Kane la miró de arriba abajo.

—No, no me molesta, pero espero que tengas suficientes vestidos ya que parece que los arruino a menudo.

—Tengo más que suficientes.

—Muy bien, entonces —repuso de mala gana—, pero también tengo que trabajar. Tú entra que mientras guardaré el caballo.

Una vez adentro de la casa, Houston corrió hacia la cocina.

—¿Todo listo? —preguntó.

—Todo —le sonrió la señora Murchison—. Y también hay champán frío aguardando.

—¿Champán? —repitió preocupada Houston y recordó que Blair había bebido demasiado champán cuando hizo el amor con Leander.

—Y preparé los platillos preferidos del señor Kane —continuó la señora Murchison.

—Carne, sin duda —murmuró Houston—. Estoy segura de que todo estará perfecto, como siempre. —Houston se dirigió a la salita donde estaba todo preparado tal cual ella lo había imaginado. Las velas encendidas, el champán helado, galletitas y paté en una bandejita de plata. Los últimos rayos del sol se filtraban por la ventana creando una atmósfera muy especial.

—¿Tú preparaste esto? —preguntó Kane.

—Pensé que estaría hambriento —respondió nerviosa. El pícnic le había parecido una buena idea, pero ahora temía que él lo viera como un plan para seducirlo—. Usted también anunció que quería hablarme —agregó.

Kane gruñó y le dijo:

—Si no te conociera pensaría que querías algo más que conversar. Ven, sentémonos a comer. Tengo que...

—Trabajar —completó ella, un poco herida por su actitud. Después de todo, había ideado esa comida porque lo había visto triste por el episodio de la comida derramada.

Kane se acercó a ella y le colocó una mano bajo la barbilla.

—¿No vas a llorar?

—Por supuesto que no —repuso la joven con firmeza—. Comamos así podré irme a casa; yo también tengo mucho que hacer y...

Kane la tomó de un brazo y la atrajo contra sí.

Houston sintió que su cuerpo se deshacía y que la furia desaparecía. Quizás era eso lo que estaba buscando. Le gustaba tanto que él la tocara.

—Hueles bien —murmuró Kane mientras le olía el cuello y la rodeaba con el cuerpo, protegiéndola, haciéndola sentirse segura e insegura a la vez.

—Fuiste muy amable conmigo —le dijo mientras seguía besándole el cuello—. No te importará mucho estar casada con un rústico como yo, ¿no?

Houston no respondió; sentía que se le aflojaban las rodillas, pero Kane la mantenía en pie mientras comenzaba a besarle la oreja izquierda.

—Eras la más bella de todas —le susurró; su aliento caliente la hacía temblar—, y me gustó llevarte en brazos. De hecho, ahora me gustaría llevarte hasta mi cama.

Houston estuvo tentada de no decir nada y en realidad se preguntó si podría hablar.

—Eh-hem —dijo alguien desde la puerta.

—Váyase —replicó Kane, cuyos dientes mordisqueaban el cuello de la joven.

Pero Houston tenía años de entrenamiento, y apartó a Kane con suavidad.

—Por favor —balbuceó mirándolo a los ojos.

Con una mirada de disgusto, Kane la soltó tan repentinamente que ella casi cayó al suelo.

La señora Murchison estaba de pie junto a la puerta sosteniendo una gran fuente de porcelana. Antes de retirarse, miró a Houston con desaprobación y ésta se ruborizó.

Houston trató de calmarse y se dio cuenta de lo cerca que había estado de terminar en la cama con su prometido. Pero le había prometido a su padrastro que antes de casarse lo investigaría. ¿Y si descubría que era un criminal? ¿Se casaría con él de todos modos? Tendría que hacerlo si antes compartía su cama.

Levantó la mirada y lo vio sentado en el suelo tratando de abrir la botella de champán. Se había quitado la chaqueta y tenía las mangas de la camisa arremangadas, de modo que podía verle los brazos fuertes y tostados. Quizá debería permitirle que le hiciera el amor, así se casaría con él sin importar lo que descubriera sobre su pasado.

Pero eso sería hacer trampas.

Houston se acomodó la falda y se sentó sobre los almohadones frente a Kane.

—Tengo que pedirle un favor —le dijo.

—Claro —respondió él con la boca llena de paté.

—Quiero permanecer virgen hasta el día de la boda.

Kane comenzó a toser con tanta fuerza que Houston se asustó, pero éste se bebió media botella de champán y pudo recuperarse.

—Me agrada saber que lo eres —repuso él por fin, con los ojos llenos de lágrimas—. Quiero decir, después de Westfield y eso.

Houston se puso tensa.

—No te pongas tensa. Ten, bebe esta copa de champán. Te hará bien. De modo que quieres permanecer virgen —comentó mientras servía la sopa cremosa en potes de porcelana—. Supongo que eso significa que quieres que mantenga las manos en su lugar.

Él la observaba en forma especulativa.

—Quizá sea lo mejor —replicó Houston pensando que si él volvía a tocarla como esa noche, ella no permanecería virgen por mucho tiempo más, ni tampoco querría serlo.

—Muy bien —repuso Kane con frialdad.

Houston abrió los ojos. Sin duda él pensaría que ella lo consideraba un rústico.

—No, por favor —balbuceó ella—. No es lo que cree. —No podía contarle lo que le había prometido a su padrastro, ni que el contacto de sus manos la hacían sentir muy lejos de ser una dama. Houston le apoyó una mano sobre el brazo desnudo.

Kane se alejó.

—Ya te entendí —le dijo—. Sé que hicimos un trato, más o menos un contrato, y yo lo he roto. Dijiste que pretenderías estar enamorada, supongo que en público, y lo has hecho. En privado, no tienes por qué soportarme. No volveré a tocarte. En realidad, creo que es mejor que me vaya. Tú puedes quedarte y terminar de comer. Voy a trabajar.

Antes de que Houston pudiera moverse, Kane estaba casi afuera de la habitación.

—Por favor, no se vaya —le gritó poniéndose de pie de un salto. Sin querer, estuvo a punto de caer al pisarse la falda, pero Kane la atajó a tiempo, y luego de enderezarla la soltó.

—No quise ofenderlo —explicó—. No es que no me guste que usted me toque... —comenzó pero se detuvo, ruborizada—. Quiero decir... yo nunca... Y quisiera permanecer... Si es posible...

Kane la miró con dureza.

—No entiendo nada. ¿Quieres que no te toque o qué? Lo único que te pedí para mi casamiento es una dama en público. En privado, esta casa es lo suficientemente grande y no tienes por qué mirar mi desagradable rostro. Es tu elección.

Una dama debe ser positiva, pensó Houston recordando las lecciones del colegio. Levantó la cabeza y bajó los hombros.

—Deseo ser su esposa en privado tanto como en público, pero también deseo permanecer virgen hasta el día de la boda.

—Bien. ¿Y quién te lo impide? —preguntó Kane—. ¿Acaso quise arrastrarte al dormitorio por el cabello? ¿Te obligo a ir a mi cama?

—No, pero usted es muy persuasivo, señor Taggert —replicó Houston y en seguida se puso una mano sobre la boca.

Los ojos de Kane se iluminaron al comprenderla.

—Bien —dijo con tono maravillado—. ¿Quién lo hubiera dicho? Quizás a las damas les gustan los mozos de cuadra. Ven, sentémonos a comer —propuso alegremente—. ¿De modo que muy persuasivo? —repitió sonriente.

Houston deseó no haber tocado ese tema.

La cena íntima que había planeado se convirtió en un caos. Edan llegó antes de que terminaran la sopa y entregó a Kane unos papeles para que leyera y firmara. Kane lo invitó a compartir la cena y ambos hombres se dedicaron a hablar de negocios todo el tiempo.

Houston observó en silencio la puesta de sol por los enormes ventanales. La señora Murchison entró y salió varias veces con fuentes de deliciosos manjares, que se comían hasta la última miga.

Kane no dejó de halagar a la cocinera un solo instante mientras la mujer traía las distintas fuentes y terminó sugiriéndole «por qué no escapaba con él y vivían en pecado». La señora Murchison rió y se ruborizó como si fuera una colegiala.

Houston recordó que la cocinera le había dicho que prepararía todos los platillos favoritos del señor Taggert y entonces le preguntó:

—¿Cuáles son sus comidas preferidas, señor Taggert?

Él la miró por encima de sus papeles y le contestó:

—Cualquier cosa que tenga buen sabor y que venga acompañada de una hermosa dama.

Houston apartó la mirada con las mejillas sonrosadas.

A las nueve se puso de pie.

—Ahora debo marcharme; gracias por la cena, señor Taggert. —Houston pensó que él ni siquiera notaba su presencia.

Kane la tomó del ruedo del vestido y le dijo:

—Todavía no puedes irte. Tengo que conversar contigo.

Sin retirar la falda, la joven permaneció inmovil, a la expectativa.

—Creo que soy yo quien debe marcharse —replicó Edan recogiendo los papeles.

—Pero todavía no hemos terminado.

—¿No crees que debes estar un rato a solas con tu novia? —sugirió Edan—. Le diré a la señora Murchison que puede marcharse. —Se puso de pie—. Houston, gracias por la cena, la disfruté mucho. —Edan salió de la habitación y cerró la puerta tras de sí.

Houston no se movió, se quedó de pie donde estaba, sin mirar a su prometido. Él le tiró de la falda varias veces, pero como ella no respondió, se puso de pie.

—Creo que estás enojada conmigo.

Houston apartó la mirada.

—Es ridículo. Es bastante tarde, señor Taggert, y debo regresar a casa. Mis padres estarán preocupados.

Kane le apoyó una mano sobre la mejilla.

—Me agradó mucho que prepararas esta cena con las velas y todo.

—Me alegro de que le haya gustado, pero ahora debo...

Él la tomó en sus brazos.

—Estuve pensando toda la noche en lo que dijiste, sobre cómo podría hablarte acerca de ciertas cosas... —le dijo con los labios apoyados sobre su cuello.

—Por favor —replicó ella empujándolo con suavidad.

Él le colocó una mano sobre el cabello y comenzó a acariciarle la cabeza. El cabello largo y sedoso de Houston quedó desparramado sobre sus hombros.

—Hermosa —murmuró mirándola. Kane comenzó a besarla y Houston sintió que se deshacía. Él jugó con sus labios; le mordió el labio inferior y la acarició con la punta de la lengua.

Houston permaneció inmóvil mientras la invadían oleadas de placer. Luego, con abandono, lo rodeó con los brazos y apoyó su cuerpo contra el de Kane. Kane reaccionó al instante, y la abrazó con fuerza.

Cuando él comenzó a doblar las rodillas para echarse sobre la alfombra, Houston ni siquiera pensó en protestar, sino que se aferró a su prometido como si él fuera una fuente de vida. Sin que sus labios se separaran, ambos se acostaron sobre la alfombra.

Kane introdujo una mano debajo del vestido y le acarició el muslo mientras su lengua comenzaba a descender a lo largo del cuello de la joven.

—Kane —susurró Houston con la cabeza echada hacia atrás y una pierna entre las de él.

—Sí, corazón, estoy aquí —murmuró él y su voz la hizo temblar.

Le levantó el vestido para acariciarle las piernas y en seguida encontró la parte de muslo desnuda que quedaba entre el portaligas y las bragas flojas.

Houston no pensaba en nada, sólo sentía un mar de emociones mientras Kane le acariciaba la piel y le apoyaba los labios sobre el rostro. Instintivamente, se acercó más a él.

Con un gruñido, Kane la alejó, permaneció un momento junto a ella y luego se puso de pie.

—Levántate —le dijo con frialdad y se dirigió hacia la ventana.

Houston se sentía sucia, humillada, engañada, mientras yacía en la alfombra con la falda levantada hasta la cintura. Se le llenaron los ojos de lágrimas mientras se ponía lentamente de pie y recuperaba su compostura.

—Ve a arreglarte el cabello —añadió Kane sin volverse—. Luego te llevaré a casa con tu madre.

Houston abandonó la habitación tan rápido como pudo, tapándose la boca con una mano para evitar un sollozo.

Los dos baños de abajo quedaban uno fuera de la cocina y el otro en la oficina de Kane. No quiso arriesgarse a cruzarse con Edan ni con la señora Murchison de modo que corrió hacia arriba, al baño junto al dormitorio de Kane.

Una vez adentro del cuarto revestido en marmol, dio rienda suelta a sus lágrimas. Él quería casarse con una dama y se había disgustado porque ella se había comportado como una prostituta. Sin embargo, era eso lo que había querido decir Blair cuando le contó que había visto chispas cuando Leander la besaba. Los besos de Lee jamás le habían hecho sentir nada. Pero Kane...

Se miró en el espejo; tenía los ojos encendidos, la boca un tanto hinchada, las mejillas sonrosadas y el cabello desparramado sobre los hombros. Ésta no era la dama que él quería. Sin duda por eso la había apartado de su lado.

Otra vez, comenzó a llorar.

En cuanto Houston salió de la salita, Kane corrió hasta su oficina, donde Edan estaba sentado detrás de su escritorio con una pila de papeles.

—¿Houston ya se fue? —le preguntó Edan ausente. Cuando Kane no le respondió, levantó la cabeza y lo vio que se servía un vaso de whisky con manos temblorosas—. ¿Qué le hiciste? —agregó con un tono de voz que apenas disimulaba la furia que sentía—. Te dije que no era como las demás mujeres.

—¿Qué diablos sabes de ella? Y deberías preguntar lo que ella me hizo a mí. Quiero que la lleves a su casa.

—¿Qué sucedió?

—¡Mujeres! —exclamó Kane disgustado—. Nunca actúan como se espera que lo hagan. Sólo existe una razón por la cual quería casarme con una dama y...

—Otra vez Fenton —dijo Edan con tono cansado.

—¡Tienes razón, Fenton! —gritó Kane—. Todo lo que hice en mi vida, todo aquello por lo que luché fue para poder pagarle a Fenton lo que me hizo. En todos esos años de trabajo, de sacrificio, sólo tenía un sueño en mente y era que un día Fenton viniera a comer a mi casa. Mi casa sería cuatro veces más grande que la de él, y al otro lado de la mesa estaría mi esposa, la esposa que una vez me negó, su preciosa hija, Pamela.

—Pero has tenido que conformarte con otra mujer —replicó Edan—. ¿Acaso Houston no te gusta?

Kane tomó un gran sorbo de whisky.

—Actúa muy bien; le debe gustar mucho mi dinero.

—¿Y si no buscara tu dinero? ¿Y si quiere un esposo, hijos?

Kane se encogió de hombros.

—Podrá tenerlos más adelante. Lo único que quiero es darle una lección a Fenton. Sentarme en mi propio comedor con una de las Chandler en mi cabecera.

—¿Y qué planeas hacer con Houston después de esa cena? No es un par de zapatos que puedes arrojar a la basura.

—Le compraré unas joyas. Podrá conservarlas y si no consigo un comprador, podrá quedarse con la casa.

—¿Así de simple? —le preguntó Edan—. ¿Le dirás que puede irse, que has terminado con ella?

—Ella se sentirá feliz de librarse de mí. —Kane terminó su whisky—. No tengo tiempo para una mujer en mi vida. Llévala a su casa. —Fue lo último que dijo antes de salir de la habitación.

10

Aquella noche Houston lloró hasta quedarse dormida. Era su confusión lo que la hacía sentirse tan miserable. Casi toda su vida había vivido bajo las reglas de su padrastro, y Duncan Gates tenía ideas rígidas sobre cómo debía comportarse una dama. Houston siempre había tratado de no contrariarlo en nada. Y cuando rompía alguna de sus reglas, lo hacía en secreto.

Con Leander se había comportado con absoluto control. Él necesitaba casarse con una dama y Houston se había convertido en esa dama. Tanto en público como en privado había sido siempre una dama y su conducta, siempre perfecta.

Sin embargo, Leander prefirió a alguien que estaba muy lejos de ser una dama. Todavía le quemaban sus palabras sobre lo maravillosa que Blair había sido.

Y luego apareció Kane, tan diferente de Lee, sin ninguno de los modales ni valores de Lee. Pero Kane quería una dama, y cuando ella no se había comportado como tal...

Nunca olvidaría esa mirada de disgusto después de haberse revolcado en el suelo junto a él.

¿Cómo podía complacer a un hombre? Había creído que Lee deseaba una dama, pero se equivocó. Creyó aprender de esa experiencia que los hombres querían en verdad una mujer apasionada. Pero Kane no; él quería una dama.

Cuanto más pensaba en ello, más lloraba.

Entrada la mañana, Blair entró en el cuarto de Houston y al ver los ojos enrojecidos de su hermana, se deslizó en la cama junto a ella. Durante un rato, ninguna de las dos habló, pero luego Houston comenzó a llorar otra vez.

—¿Tan terrible es tu vida? —le pregunto Blair.

Houston asintió sollozando contra el hombro de su hermana.

—¿Taggert? —sugirió Blair.

Houston asintió nuevamente.

—No sé qué es lo que desea de mí.

—Lo que pueda conseguir —respondió Blair—. No tienes que casarte con él. Nadie te fuerza a hacerlo. Si dijeras bien claro que prefieres a Leander, creo que podrías recuperarlo.

—Leander te quiere a ti —afirmó Houston sentándose en la cama.

—Sólo me quiere a mí porque le di algo que tú todavía no le habías dado —replicó Blair—. Houston, tú amas a Leander. Dios sabrá por qué, pero siempre lo has amado. Piensa en lo que sería casarte con él. Podrías vivir en la casa que construyó para ti, tendrías hijos y...

—No —dijo Houston mientras tomaba un pañuelo del cajón de la mesita de noche—, Leander te pertenece de una manera como jamás me perteneció a mí. Te prefiere a ti.

—¡No es así! ¡No sabes lo que dices! No le gusto para nada. Esta mañana en el hospital me dijo que yo era un médico de juguete, que hacía más mal que bien y... —Blair enterró el rostro en sus manos.

—Quizá no le guste el hecho de que seas médica, pero sí le gustan tus besos —comentó Houston indignada—. Oh, Blair, lo siento, pero estoy tan cansada y triste. Quizá sean los nervios antes de la boda.

—¿Qué fue lo que Taggert te hizo?

—Nada —contestó Houston ocultando el rostro detrás del pañuelo—. Siempre fue sincero conmigo. Creo que tal vez me mentí a mí misma.

—¿Y eso qué significa?

—No lo sé. Tengo que hacer varias cosas —repuso Houston mientras se levantaba de la cama—. Hay que preparar muchos detalles para la boda.

—¿Todavía quieres casarte con él? —insistió Blair con suavidad.

—Si él me acepta —murmuró Houston dándole la espalda a su hermana. Después de anoche, pensó, quizá haya cambiado de parecer. Al pensar en un futuro sin Kane, y sin sus besos, se sentía triste. Se veía sentada en una silla hamaca con su tejido al crochet.

—¿Quieres ayudarme con los preparativos para la boda? —preguntó Houston a Blair—. ¿O prefieres que yo me ocupe de todo?

—Ni siquiera deseo pensar en el casamiento; ni en el mío con Leander ni en el tuyo con Taggert. Lee sólo está enojado por lo sucedido, y estoy segura de que si tú...

—¡Leander y yo hemos muerto el uno para el otro! —exclamó Houston—. ¿No puedes entenderlo? Lee te quiere a ti, no a mí. Kane... —No terminó la oración y se volvió para enfrentar a Blair—: Me casaré con Taggert dentro de diez días.

Blair saltó fuera de la cama.

—Crees que fracasaste con Leander, pero no es así. Y no tienes que castigarte a ti misma con ese oso. Ni siquiera sabe manejar un plato de comida, y mucho menos...

Blair se detuvo porque Houston le dio una bofetada.

—Ése es el hombre con quien voy a casarme —afirmó con tono furioso—. Y no permitiré que tú ni nadie lo denigre.

Con una mano sobre la mejilla y los ojos llenos de lágrimas Blair le dijo:

—Lo que he hecho se interpone entre nosotras. Ningún hombre del mundo significa más que dos hermanas.

Blair abandonó la habitación y Houston se sentó sobre la cama por un momento. Quería consolar a Blair pero no sabía cómo hacerlo. ¿Qué le estaba haciendo Kane que terminó abofeteando a su hermana?

La siguiente pregunta era: ¿Kane querría todavía casarse con ella?

Con manos temblorosas, se sentó ante su escritorio y le escribió una nota a su prometido:

> Estimado señor Taggert:
> Mi conducta de anoche fue imperdonable.
> Comprenderé si quiere que le devuelva su anillo.
> Sinceramente,
>
> Srta. HOUSTON CHANDLER

Selló la carta y se la entregó a Susan para que Willie la llevara de inmediato.

Cuando Kane recibió la carta, dejó escapar un gruñido.

—¿Malas noticias? —quiso saber Edan.

Kane iba a entregarle la carta a Edan, pero luego cambió de opinión y se la guardó en el bolsillo.

—Es de Houston. Sabes, nunca conocí a alguien así. ¿Irás a la ciudad luego?

Edan asintió.

—Pasa por una joyería y compra una docena de anillos, todos de distinto color, y envíalos a la casa de la señorita Houston.

—¿Algún mensaje?

Kane sonrió.

—No, los anillos serán suficiente. Ahora, ¿en qué estábamos?

A las cuatro de la tarde, el señor Weatherly, de la Joyería Weatherly, se presentó en la casa de los Chandler.

—Tengo un paquete para la señorita Houston —dijo con excitación a Susan cuando ésta le abrió la puerta.

Susan lo hizo pasar a la sala, donde estaban Opal y una triste Houston, rodeada de listas con preparativos para la boda.

—Buenas tardes, señor Weatherly —saludó Opal—. ¿Desea tomar un té?

—No, gracias —contestó el joyero mirando a Houston—. Esto es para usted. —Y le entregó una caja negra de terciopelo.

Sorprendida, pero con un dejo de esperanza en el corazón, Houston recibió la caja. Se había sentido mal todo el día, planificando una boda que quizá nunca sucedería. Y para colmo, al mediodía había ido a comer el señor Gates quien en privado le informó que le había concertado una cita con Marc Fenton para la mañana del día siguiente. Tendría que cumplir con su promesa de hacer preguntas sobre Kane.

Cuando Houston abrió la caja y vio los anillos, tuvo que luchar para contener las lágrimas.

—Qué hermosos —comentó con una calma aparente mientras estudiaba cada uno de los anillos: dos esmeraldas, una perla, un zafiro, un rubí, dos anillos de diamantes, una amatista, dos opalinas, otro de coral y el último de jade.

—Este hombre rubio que sigue al señor Taggert a

todas partes, se presentó en mi joyería hace como una hora y me compró una docena de anillos y todos para la señorita Houston.

—¿Entonces no los eligió el señor Taggert? —preguntó Houston.

—Fue idea de él, según dijo el hombre rubio.

Con mucha calma, Houston se puso de pie, con la caja de anillos en la mano.

—Muchas gracias, señor Weatherly por traerlos personalmente. Quizá quieras verlos, mamá —dijo entregándole la caja a Opal—. Seguramente, habrá que ajustarlos. Buenos días, señor Weatherly.

Mientras Houston subía a su cuarto, se sintió mucho más aliviada. Los anillos en sí no importaban, pero él había leído su carta y seguía con intenciones de casarse con ella. Era lo principal. Claro que no la había llamado para verla, pero pronto estarían casados y se verían todos los días.

En su cuarto, comenzó a vestirse para la cena.

Houston sonrió a Marc Fenton que estaba sentado frente a ella en el salón de té de la señorita Emily. Opal se ubicó un poco más lejos para permitirles un poco de intimidad. El señor Gates insistió en que Opal la acompañara, porque según dijo, ya no confiaba en la moral de los jóvenes norteamericanos.

Marc era un hombre apuesto, musculoso, de baja estatura, cabello rubio, ojos azules y una sonrisa contagiosa.

—Me han dicho que has conseguido el premio de estación, Houston —observó Marc mientras se servía otra porción de tarta—. Todo el mundo comenta que es medio bárbaro y medio caballero en un caballo blanco. ¿Cuál de los dos es el verdadero Kane Taggert? —le preguntó.

—Pensé que quizá tú podrías decírmelo. El señor Taggert trabajó para vosotros.

—¡Pero se fue cuando yo tenía siete años! Apenas puedo recordarlo.

—¿Qué es lo que recuerdas?

—Él me asustaba mucho —contestó riendo Marc—. Dirigía los establos como si fueran su propiedad y nadie, incluyendo mi padre, podía entrar allí.

—¿Ni siquiera tu hermana Pamela? —le preguntó Houston mientras jugaba con la taza.

—Entonces, es eso lo que quieres saber. —Volvió a reír—. Yo no sabía nada de lo que sucedía. Un día, Taggert y mi hermana desaparecieron. Sabes, desde ese día, todavía me pongo un poco nervioso cuando tomo un caballo sin avisar.

—¿Por qué se fue tu hermana? —insistió Houston.

—Papá la casó en seguida. Supongo que no quería arriesgarse a que se enamorara de otro mozo de cuadra.

—¿Dónde está ella ahora?

—Casi nunca la veo. Se mudó a Cleveland con su esposo, tuvieron un hijo y se establecieron allí. Él murió hace unos meses y su hijo estuvo bastante enfermo. Sufrió mucho en este último año.

—¿Ella...?

—Si deseas saber más sobre el hombre con quien planeas casarte, debes hablar con Lavinia LaRue.

—No creo conocerla.

Marc se reclinó en la silla con una sonrisa.

—Por supuesto que no, es la amiguita del señor Taggert.

—¿Su...?

—Su amante, Houston. Ahora tengo que irme —repuso poniéndose de pie mientras dejaba algo de dinero sobre la mesa.

Houston también se puso de pie y lo tomó de un brazo.

—¿Dónde puedo encontrar a esa señorita Larule?

—LaRue, Lavinia LaRue. Pregunta en la calle Crescent.

—¿En la calle Crescent? —repitió Houston con los ojos abiertos por la sorpresa—. Nunca estuve allí.

—Envía a Willie. Él conoce bien el camino. Reúnete con ella en algún lugar en privado. No querrás que te vean junto a Lavinia LaRue. Buena suerte en tu boda, Houston —dijo por encima del hombro y se retiró.

—¿Obtuviste lo que querías? —preguntó Opal.

—Creo que obtuve más de lo que quería saber.

Houston pasó el resto del viernes y todo el sábado con los preparativos para la doble boda. Ordenó las flores, y organizó la comida y las bebidas que servirían.

—¿Hace cuántos días que no ves a Kane, querida? —trató de saber Opal.

—Sólo cuestión de horas —respondió Houston escondiendo el rostro para que su madre no la viera. No deseaba hacer nuevamente una escena a Kane. Ya había hecho el papel de tonta; ahora tenía que comportarse.

El sábado, tuvo otros asuntos en qué pensar. El señor Gates comenzó a gritar a las cinco de la mañana porque Blair había estado fuera toda la noche. Opal trató de calmarlo explicándole que su hija había salido con Lee. Él siguió gritando que Blair tendría una pésima reputación y que Lee tenía que casarse con ella ese mismo día.

Entre Houston y Opal lograron tranquilizarlo y le prepararon el desayuno. Mientras comían, aparecieron Blair y Leander.

¡Y qué aspecto tenían! Blair llevaba un extraño vestido de color azul oscuro y la falda apenas le cubría los tobillos. Tenía el cabello suelto y el cuerpo y la ropa cubiertos de barro, y lo que parecía ser sangre seca. Lee tenía el mismo aspecto; sólo llevaba la camisa y los pantalones, ambos llenos de agujeros.

—Lee —preguntó Opal sin aliento—. ¿Son agujeros de bala?

—Quizá —respondió—, pero como podrán ver, la traje sana y salva. Tengo que ir a casa a descansar. Estoy de turno esta tarde. —Se volvió hacia Blair y le acarició la mejilla—. Buenas noches, doctora.

—Buenas noches, doctor —saludó ella y Lee desapareció.

Durante un momento, nadie comentó nada; todos clavaron la mirada en la maltrecha figura de Blair. Por su apariencia, se podía pensar que había sufrido alguna catástrofe y tenía un brillo en los ojos que parecían de fuego.

Houston se puso de pie y se acercó a su hermana, de modo que pudo olerla, y le preguntó:

—¿Qué tienes en el cabello?

Blair hizo una mueca.

—Supongo que estiércol de caballo. Pero al menos está en mi cabello y no en su barbilla.

Houston sintió que el señor Gates se ponía de pie. Tomó a su hermana de un brazo y le ordenó:

—¡Sube a tu cuarto!

Houston la llevó hasta el baño, abrió el agua caliente para prepararle un baño y comenzó a desvestirla.

—¿De dónde sacaste este traje tan extraordinario?

Una vez que Blair comenzó a hablar no pudo detenerse. Houston la ayudó a desvestirse y luego le enjabonó el cabello mientras su hermana se frotaba la piel para quitarse toda la suciedad. Blair le contó el día maravilloso que había pasada con Leander y comenzó a relatar luego las más horribles historias acerca de gusanos, enfrentamientos de rancheros y arterias cortadas. Leander estaba en todas las historias, salvando vidas, y en una oportunidad, la vida de Blair.

Houston apenas podía creer que el Leander que Blair describía fuera la misma persona que había conocido durante tantos años. De acuerdo con las palabras de Blair, Lee era maravilloso cuando actuaba como médico.

—¡Catorce agujeros en los intestinos de ese hombre! Y Lee los cosió todos —exclamó Blair mientras Houston le enjuagaba el cabello—. ¡Catorce!

Cuanto más hablaba Blair, peor se sentía Houston. Leander jamás la había mirado como lo había hecho con Blair esa mañana, ni tampoco la había llevado en sus correrías. No se trataba de que ella quisiera ver los intestinos de nadie, pero había querido compartir la vida de él.

Blair tenía a Leander, y en unos pocos días él le pertenecería de un modo como Houston jamás lo había tenido. Y ahora, parecía que Houston tampoco tenía a Kane. ¿Tendría que ir a verlo? Tendrían que verse antes de la boda. Se imaginó yendo a la casa de Kane; sin duda él le diría «Sabía que te rendirías. No podías estar alejada por mucho tiempo.»

Durante todo el sábado, mientras Blair dormía, Houston esperó que Taggert la visitara pero él no lo hizo.

El domingo por la mañana, Houston eligió una sobria falda gris, con una camisa de seda de color verde oscuro y una chaqueta gris y se reunió con su familia para ir a la iglesia.

Cuando todos estuvieron sentados en la iglesia y estaban por comenzar a cantar los himnos, se sintió un leve murmullo entre e los asistentes.

—Hazte a un lado —murmuró Kane a Houston.

Sorprendida, ella se apartó para dejarle lugar. Kane se mantuvo inmóvil durante todo el servicio, observando al reverendo Thomas con mirada de aburrimiento. En cuanto terminó el servicio, tomó a Houston del brazo y anunció:

—Necesito hablar contigo.

Casi la arrastró fuera de la iglesia, sin prestar atención a las personas que intentaban acercarse y entablar una conversación. La subió al carruaje, tomó las riendas y partieron a toda velocidad.

—Muy bien —le dijo por fin, cuando se detuvo en el extremo sur de la ciudad, bajo unos algodoneros—. ¿Qué hacías con Marc Fenton?

Kane era más de lo que Houston podía imaginar.

—Conozco a Marc desde que era pequeña —repuso con frialdad— y puedo ver a cualquier amigo que quiera. Además, mi madre estaba conmigo.

—¿Crees que no lo sé? Por lo menos tu madre es una mujer sensata.

—No sé a qué se refiere —replicó Houston mientras jugaba con el parasol.

—¿Qué hacías con Marc Fenton? —preguntó Kane inclinándose sobre Houston en un modo amenazante.

Houston decidió explicarle la verdad.

—Mi padrastro me hizo prometer que haría preguntas sobre usted a cuantas personas fuera posible. El señor Gates arregló una cita con Marc para que yo le preguntara cosas acerca de usted. Yo habría conversado con el señor Fenton pero él se negó al pedido. —Ella lo miró a los ojos—. Y quizá hable con la señorita Lavinia LaRue.

—¿Viney? —dijo Kane con el ceño fruncido—. ¿Fue Gates quien te dijo que lo hicieras? No está mal. Me pregunto cómo fue que tu padrastro jamás logró ganar dinero. Aguarda un minuto, ¿qué pasará si te dicen que no soy bueno?

—Tendría que reconsiderar nuestro matrimonio —le aseguró Houston con altura.

La joven no estaba preparada para la repentina explosión de ira de Taggert.

—Se supone que nos casaremos dentro de una semana, y sin embargo ¡estás dispuesta a cancelarlo en cualquier momento! Porque alguien diga que no le gusta el corte de mi camisa. Te diré algo, señorita Chandler, puedes hablar con cualquier hombre de los que he tratado o con cualquier mujer con las que dormí y si son honestos todos te dirán que nunca engañé a nadie.

De un salto, Kane se bajó del carro y caminó hasta un árbol cercano, donde se quedó con la mirada fija en el horizonte.

—Maldición, Edan me advirtió que casarme con una dama sólo me traería problemas. Me dijo: «Kane, cásate con alguna granjera, múdate al campo y dedícate a criar caballos.» Él me aconsejó que no me mezclara con una dama.

Houston logró descender del carruaje sin ayuda.

—No quise lastimarlo —replicó la joven.

—¡Lastimarme! —le gritó Kane—. No tuve un sólo momento de paz desde que te conocí. Soy rico, no soy desagradable, te ofrecí matrimonio y tú me despreciaste. No sé nada de ti, y luego me entero de que tu hermana se casa con el hombre de quien estás tan enamorada. Sin embargo, sigues sin querer casarte conmigo. Quizá lo hagas, quizá no. —Durante días te quedaste en mi casa mandoneando a todos, inclusive a mí y luego actúas como si yo tuviera viruela, ni siquiera te acercas. Una mañana me despierto, te encuentro mirándome, comiéndome con los ojos, y cuando te toco, me partes una jarra en la cabeza y me gritas que tengo que respetarte. Pero cuando vuelvo a tocarte, me tiras al suelo y casi me arrancas la ropa. Pero te respeto y te dejo virgen, tal como querías. ¿Y qué obtengo? Al día siguiente me preguntas si quiero que me devuelvas el anillo, y ahora me dices que quizá no te cases conmigo.

—Esta mañana vino a verme tu madre y eligió el traje correcto para ir a la iglesia. —La miró con reproche—. Me invitó a la comida del domingo.

Se detuvo y la miró de nuevo.

—De modo que aquí estoy, vestido y listo para ir y tú me dices que quizá no te cases conmigo, todo depende de lo que te cuenten. Houston, hasta aquí he llegado. En este mismo momento me vas a dar un sí o un no y te mantendrás firme en ello. Si me dices que sí ahora y que no el día de la boda, Houston, que Dios te ayude, porque te arrastraré hasta el altar por el cabello. ¿Y bien, qué respondes?

—Sí —repuso ella con suavidad, sintiendo una gran alegría interna.

—¿Y si alguien te dice que no valgo nada? ¿O que maté a alguien? —preguntó Kane con hostilidad.

—Igual me casaré con usted.

—¿Tanto miedo tienes a nuestra boda? Quiero decir, sé que querías casarte con Westfield, y yo no soy exactamente un caballero, pero hasta ahora, cumpliste con tu parte del trato. En público, siempre actuaste como si en verdad no te molestara casarte conmigo.

El alivio de Houston fue tan grande al darse cuenta de que Kane no la rechazaba que comenzó a temblar. No se pasaría el resto de la vida tejiendo al crochet sino que viviría con un hombre diferente de todos los demás.

Dio un paso y se paró frente a él.

—Después del almuerzo del domingo, la mayoría de las parejas jóvenes van a caminar y a charlar al parque Fenton, para estar un rato juntos. Tal vez quiera ir conmigo.

—Necesito... —comenzó a decir él—. Si todavía quieres que te vean conmigo después de la comida con tu familia, encantado.

Houston lo tomó del brazo.

—Sólo míreme; no hable con la boca llena, no grite y sobre todo, no diga malas palabras.

—¿No pides demasiado?

—Imagine que la compra del apartamento del señor Vanderbilt depende de esta cena. Eso le ayudará a recordar sus modales.

Kane la miró sorprendido.

—Eso me recuerda que necesito... —Kane la miró y agregó—: Sabes, creo que prefiero pasar el día sentado en el parque. Hace mucho que no me tomo la tarde libre.

Kane pareció disfrutar mucho del almuerzo. Opal lo atendió como un príncipe y Duncan le pidió consejo. Houston los observaba. Esperaban a un monstruo y en cambio encontraron a un hombre agradable.

Blair estuvo en silencio durante toda la comida y Houston se alegró de que por fin su hermana pudiera conocer a Kane para que viera lo generoso que era. Kane incluso le ofreció al señor Gates que compraran juntos unas tierras a un precio que Houston sospechó era demasiado adecuado.

Cuando salieron Taggert comentó:

—Tu hermana no se parece en nada a ti.

Houston le preguntó a qué se refería pero él no le dio más explicaciones.

En el parque, la joven presentó a Kane a otras parejas de novios. Por primera vez, él se relajó en lugar de preocuparse por la cantidad de trabajo que perdía. Cuando una mujer se refirió al episodio de la comida derramada, Kane se puso tenso, pero luego se relajó cuando ella comentó la manera tan romántica de llevar a Houston en sus brazos.

Frente al parque, había una heladería que permanecía abierta todo el domingo y Kane invitó al grupo a tomar helados.

Al final del día, Houston regresó a casa con la mirada llena de estrellas. No tenía idea de que Kane pudiera ser tan encantador.

—Nunca había tenido tiempo de hacer este tipo de cosas; siempre creí que era una pérdida de tiempo, pero es agradable. ¿Crees que me comporté bien con tus amigos? ¿No actué como un mozo de cuadra?

—En lo más mínimo.

—¿Sabes montar a caballo? —preguntó Taggert.

—Sí —respondió ella con tono esperanzado.

—Pasaré a buscarte en la mañana y saldremos a pasear. ¿Te gusta la idea?

—Mucho.

Sin decir nada más, Kane puso las manos en los bolsillos del pantalón y se alejó silbando, dejando a Houston en la puerta de su casa.

11

Kane fue a buscarla a las cinco de la mañana, antes de que la familia se levantara. En cuanto Houston oyó el movimiento del piso de abajo, supo que sólo podía tratarse de una persona. Nadie se vistió jamás más a prisa que ella.

—Tardaste mucho —protestó Kane mientras la conducía al lugar donde había dejado los caballos—. Comida —dijo señalándole las abultadas alforjas.

Fue bueno que estuviera diciendo la verdad en cuanto a saber montar, pensó Houston horas después mientras lo seguía por la ladera de la montaña.

Se dirigieron hacia el oeste, pasando por la propiedad de Taggert hacia las Montañas Rocallosas. Cabalgaron por el terreno llano hasta llegar a las montañas.

Kane iba adelante indicándole el camino hasta que el paisaje cambió y el terreno se cubrió de pinos y de formaciones rocosas. Se detuvieron para observar la maravillosa vista de Chandler a lo lejos.

—¿Cómo encontró este lugar? —preguntó ella casi sin aliento.

—Para divertirte, tú andas en bicicleta y tomas té con otras personas. Yo vengo hasta aquí. —Mientras desmontaba le señaló una empinada elevación y agregó—: Tengo un refugio allí, pero es bastante rústico, no es para una dama.

Houston desmontó mientras Kane sacaba los alimentos de las alforjas.

Se sentaron en el suelo a comer y conversar.

—¿Cómo hizo su dinero? —preguntó Houston.

—Cuando Fenton me echó de su casa, me fui a California. Pam me había dado quinientos dólares y los utilicé para comprar una mina de oro agotada. Pude rescatar unos dos mil dólares en oro de aquel lugar y con ello compré tierra en San Francisco. Dos días después la vendí por casi el doble de lo que había pagado. Compré más tierra, la vendí, compré una fábrica de clavos, la vendí, compré una pequeña línea de ferrocarril, la vendí... ¿Entiendes, más o menos?

—¿Sabía que Pamela Fenton quedó viuda? —le preguntó Houston como al pasar.

—¿Desde cuándo?

—Creo que su marido murió hace unos meses.

Kane observó a Houston durante un largo momento, como si la viera por primera vez.

—Es gracioso cómo terminan a veces las cosas, ¿no?

—¿A qué se refiere?

—Si no te hubiera invitado a mi casa, tu hermana no habría salido con Westfield y tú te casarías con él ahora.

Ella contuvo la respiración.

—Y si usted hubiera sabido que Pamela estaba libre, no me habría invitado a su casa. Señor Taggert, puede romper nuestro compromiso en cualquier momento. Si prefiere a...

—¿No vas a comenzar con eso otra vez, no? —repuso él poniéndose de pie—. ¿Por qué no intentas cambiar de tema, para variar?

Houston se puso de pie, aliviada.

—Pensé que tal vez...

Kane se volvió hacia ella y la abrazó.

—Maldita mujer, hazme el favor de cerrar la boca —añadió y la besó.

Houston obedeció.

El martes temprano, Willie anunció a Houston que la señorita Lavinia LaRue se reuniría con ella en el parque Fenton a las nueve.

Lavinia era una mujer de baja estatura, de tez oscura, de enormes pechos y vestida en forma llamativa.

—Buenos días, señorita LaRue. Fue muy amable por su parte acceder a verme tan temprano.

—Para mí es tarde. Todavía no pude acostarme. Así que usted es la mujer que va a casarse con Kane. Le dije que se podía comprar una dama si quería.

Houston la miró con frialdad.

—Oh, está bien —exclamó Lavinia—. ¿No esperaba que la felicitara, no? Después de todo, me está quitando una fuente de ingresos.

—¿Eso es todo lo que significa el señor Taggert para usted?

—Es un buen amante, si a eso se refiere, pero a decir verdad, me asusta. Nunca sé lo que desea de mí. Por un momento se comporta como si no me soportara, y en seguida, es como si toda yo no le alcanzara.

Houston sabía que ella sentía lo mismo pero no lo dijo.

—¿Para qué quería verme?

—Pensé que quizá podría contarme algo sobre él. Hace muy poco que lo conozco.

—¿Se refiere a cómo es en la cama?

—¡No, claro que no! —No le gustaba la idea de pensar en Kane con otra mujer—. Como hombre, ¿qué puede decirme de Kane como hombre?

Lavinia, reticente, dio un paso atrás y volvió la espalda a Houston.

—Sabe, una vez pensé algo, pero ahora sé que era estúpido.

—¿Y qué era?

—Siempre actúa como si nada le importara, aunque una vez vio por la ventana a su amigo Edan del brazo de una mujer. Me preguntó si Edan me gustaba. Pero antes de que yo pudiera contestarle se fue. Entonces pensé que era un hombre que jamás había recibido amor. Claro que eso no puede ser cierto, un hombre con tanto dinero debe tener muchas mujeres que lo amen.

—¿Usted lo ama? No a su dinero, sino a él. Si el señor Taggert no tuviera dinero...

—Si no tuviera dinero, no me acercaría a él. Ya le dije, me asusta.

Houston sacó un cheque del bolsillo.

—El presidente del banco tiene instrucciones de cambiarle este cheque sólo si comprueba que usted compró un billete para mudarse de estado.

Lavinia tomó el cheque.

—Acepto el cheque porque quiero dejar esta ciudad de una vez. Pero ningún dinero podría comprarme si no quisiera irme.

—Por supuesto que no. Otra vez, gracias, señorita LaRue.

El martes por la tarde, justo cuando Houston comenzaba a fatigarse de los preparativos para la boda, Leora Vaughn y su prometido Jim Michaelson pasaron por la casa Chandler en una bicicleta tándem.

Le preguntaron a Houston si podría convencer a Kane para que alquilara otra bicicleta y fueran juntos al parque.

Houston decidió ponerse los pantalones de Blair. En cuanto estuvo cambiada, sus amigos la llevaron en el manubrio de la bicicleta hasta la casa de Kane.

—¡Maldición! —oyeron que exclamaba Kane por la ventana abierta.

—Iré a preguntarle —dijo Houston.

—¿Crees que le molestaría si aguardáramos adentro? —sugirió Leora mientras estudiaba con ansiedad el frente de la casa.

—Creo que le encantará.

Houston nunca sabía cómo la recibiría Kane, pero esta vez él pareció contento de la diversión. Dudó un poco sobre la bicicleta ya que jamás se había subido a una antes, pero logró dominarla en cuestión de minutos y luego comenzó a desafiar a los otros hombres del parque para correr carreras.

A la tarde, cuando devolvieron las bicicletas, Kane afirmó que compraría una fábrica de bicicletas.

—Quizá no obtenga mucho dinero con eso, pero a veces me gusta apostar. Como ahora, que acabo de comprar acciones en una compañía que fabrica una bebida llamada Coca-Cola. Quizá llegue a perder todo. —Se encogió de hombros—. No se puede ganar siempre.

A la noche, se reunieron en la casa de Sarah Oakley.

Kane era el mayor del grupo, pero para él todos los juegos eran nuevos y aparentemente se divertía a lo grande. Además, siempre parecía sorprendido de que esa sociedad joven lo aceptara.

Y no porque fuera una persona fácil de aceptar. Era muy poco diplomático, intolerante ante cualquier idea con la que no estuviera de acuerdo y siempre agresivo. Le dijo a Jim Michaelson que era un tonto por conformarse con dirigir el negocio de su padre, que debería expandirse y hacer algunos negocios en Denver si pensaba quedarse para siempre en Chandler. A Sarah Oakley le sugirió que tendría que pedirle a Houston que la acompañara a comprarse los vestidos porque los suyos no eran tan bonitos como deberían serlo. No le gustaron los coronados de la señorita Oakley y al día siguiente le envió 50 metros de terciopelo de la mejor calidad desde Denver. Reventó una de las gomas de las bicicletas alquiladas y le gritó al dueño durante veinte minutos que la mercadería que alquilaba no era de buena calidad Aseguró a Cordelia Farrell que ella podía conseguir a un hombre mucho mejor que John Siverman, y que lo único que John quería era que alguien se ocupara de sus tres hijos que habían quedado huérfanos de madre.

Houston deseó que se la tragara la tierra cuando Kane invitó a todos a cenar el miércoles por la noche.

—Todavía no tengo amueblado el piso de abajo —comentó Taggert— de modo que nos arreglaremos con unos almohadones sobre la alfombra, con velas y todo, tal como hizo Houston una noche.

Las tres mujeres dejaron escapar risitas maliciosas mientras miraban el rostro encendido de Houston. Kane preguntó:

—¿Dije algo malo?

Houston no tardó en darse cuenta de que todo lo que estuviera relacionado con Kane incluía una discusión; y era algo más que un intercambio verbal. El martes por la noche, Houston le pidió que firmara unas tarjetas en blanco, para entregarlas en las cajitas con tarta que se daban como souvenir el día de la boda.

—¡Por supuesto que no lo haré! —exclamó él—. No pondré mi nombre en ningún papel en blanco. Pueden escribir cualquier cosa arriba de mi firma.

—Es una tradición —replicó Houston—. Todas las parejas firman las tarjetas que se colocan en las cajas con la tarta que los invitados se llevan a sus casas.

—Pueden comer la tarta en la fiesta. No necesitan cajitas. Se derretiría.

—Pero es para soñar, para pedir deseos...

—¿Quieres que firme estas tarjetas en blanco para algo tan tonto como eso?

Houston perdió esa batalla, pero logró que él contratara hombres para que ayudasen a las damas a bajar de los carruajes y a mujeres para que convirtieran la salita de estar de Kane en un guardarropa.

—¿A cuántas personas piensas invitar?

Ella miró la lista.

—Serán unos 520. La mayoría de los parientes de Leander viajarán desde el este. ¿Deseas invitar a alguien más además de tus tíos y primos, los Taggert?

—¿Mis qué?

Volvieron a discutir, y Houston volvió a ganar. Kane afirmó que jamás había visto a sus parientes y que tampoco tenía deseos de conocerlos. Houston sostuvo que los invitaría de todas formas. Por alguna razón, Kane no quería que asistieran y después de discutir durante varios minutos explicó que temía que se presentaran con ropas de minero.

Houston lo llamó snob. Ella pensó que prefería morir antes que confesarle que ya se había ocupado de procurarle la ropa adecuada a su familia, y a cuenta de él, claro.

Antes de que Kane respondiera, Opal entró en la habitación, los saludó y se sentó a bordar.

Kane acudió a Opal y ésta le dijo:

—Entonces, tendrá que comprarles ropa.

Cuando por fin Taggert se fue a su casa, Houston sintió como si hubiese sobrevivido a una tempestad, pero él seguía como siempre. La besó en el vestíbulo y le dijo que la vería al día siguiente.

—¿Siempre tendremos que discutir? —preguntó cansada mientras se sentaba junto a su madre.

—Creo que sí —respondió Opal en tono jovial—. ¿Por qué no tomas un buen baño caliente?

—Necesito un baño que dure tres días —contestó Houston poniéndose de pie.

Kane permaneció de pie delante de los ventanales de su oficina con un cigarro en la boca.

—¿Planeas trabajar o seguirás soñando? —le preguntó Edan, a sus espaldas.

Kane no se volvió.

—Sólo son unos niños —comentó Kane.

—¿Quiénes?

—Houston y sus amigos. Nunca necesitaron crecer ni preguntarse de dónde sacarían dinero para la próxima cena. Houston cree que la comida proviene de la cocina, la ropa de las modistas y el dinero del banco.

—No estoy seguro de que tengas razón. Me parece sensata y el hecho de que Westfield la dejara la hizo crecer bastante. Esas cosas significan mucho para una mujer.

Kane se volvió para enfrentar a su amigo.

—Se ha consolado bastante bien —afirmó señalándole la casa.

—No estoy tan seguro de que esté sólo detrás de tu dinero —replicó Edan pensativo.

Kane resopló.

—Sin duda se debe a la forma delicada con que manejo una taza. Quiero que la observes bien.

—¿Quieres decir que la espíe?

—Está comprometida con un hombre de dinero. No quisiera que la raptasen.

Edan levantó una ceja.

—¿Se trata de eso o te preocupa que vuelva a ver a Fenton?

—Cada miércoles pasa más tiempo dentro de esa iglesia y quiero saber qué hace.

—Entonces estás preocupado por el apuesto reverendo Thomas.

—¡No estoy preocupado por nadie! —gritó Kane—. Sólo haz lo que te digo y vigílala.

Con una mirada de desaprobación, Edan se puso de pie.

—Me pregunto si Houston tiene alguna idea de dónde se está metiendo.

Kane miró hacia la ventana.

—Una mujer haría cualquier cosa para poseer dinero.

Edan no le respondió y salió de la habitación.

Houston se colocó las pesadas ropas de Sadie, y se subió a su carro para dirigirse a la mina Pequeña Pamela. Había hablado con el reverendo Thomas y decidieron que estaba bien que le dijera a Jean sobre la futura boda. Houston prefería pensar que Jean estaba más segura ignorando la verdadera identidad de Sadie, pero el reverendo le aseguró que hacía tiempo que Jean conocía el secreto.

Mientras Houston se dirigía hacia las minas, comenzó a sentir la urgente necesidad de conversar con Jean. Ésta parecía tan tranquila y sensible, y aunque ella no conociera a Kane, era su prima.

Houston pudo pasar el puesto de guardia sin dificultad y se dirigió de inmediato hacia la casa Taggert.

Jean la estaba aguardando.

—¿Ningún problema? —le preguntó y la miró a los ojos—. Me alegro de que lo sepas —le dijo con suavidad.

—Distribuyamos la comida para poder hablar —replicó Houston.

Horas después regresaron a la casa de Jean. Houston extrajo un paquete de té del bolsillo y se lo ofreció a Jean.

—Para ti.

Permanecieron en silencio mientras Jean preparaba el té, y luego, cuando ambas estuvieron sentadas, ésta comentó:

—De modo que estaremos relacionadas por el casamiento.

Houston mantuvo el jarro de té en sus manos.

—Dentro de cinco días. ¿Vendrás, no es así?

—Por supuesto. Sacaré mi traje de Cenicienta del armario e iré en mi carroza de cristal.

—No tienes que preocuparte por ello. Ya hice los arreglos necesarios. Jacob Fenton otorgó permiso a los Taggert para entrar y salir de las minas. Mi modista está aguardándote y el señor Bagly, el sastre, ya tiene sus instrucciones. Lo único que debes hacer es traer a tu padre, a Rafe y Ian.

—¿Eso es todo? —le preguntó Jean sonriendo—. Con mi padre no habrá problemas, pero con Rafe será diferente. Y por desgracia, Ian es igual a su tío.

Con un suspiro, Houston miró el jarro que tenía en la mano.

—Déjame adivinar. En primer lugar, no sabes si a Rafe le gustará la idea de asistir a la boda, porque es totalmente imprevisible. Podría reír y alegrarse de concurrir o podría gritar y negarse.

Por un momento, Jean la observó con la boca entreabierta.

—No me digas que Kane es un verdadero Taggert.

Houston se puso de pie y se acercó a la ventana y permaneció en silencio por algunos minutos.

—¿Por qué te casas con él? —preguntó Jean.

—En realidad, no lo sé —le respondió Houston—.

Leander y yo éramos la pareja perfecta. Durante todos los años en que estuvimos comprometidos, dado que ambos éramos unos niños, no peleamos ni una sola vez. Tuvimos sí algunos problemitas cuando crecimos. —Houston recordó la furia de Leander cuando se ella se había negado a que le hiciera el amor—. Pero casi siempre estábamos de acuerdo. Si yo quería cortinas de color verde, Lee quería cortinas de color verde también. Había una armonía perfecta entre nosotros.

Houston miró a Jean.

—Luego conocí al señor Taggert. No creo que hasta ahora hayamos podido tener una sola conversación armoniosa entre nosotros. A veces me encuentro chillándole como si yo fuera una mujer gritona. El día después de acceder a casarme con él le partí una jarra de agua por la cabeza. Por un momento, estoy furiosa con él, y al siguiente, siento deseos de rodearlo con mis brazos y protegerlo. —Houston se sentó y apoyó el mentón sobre las manos.

—Estoy tan confundida. Ya no sé lo que quieren decir las cosas. Amé a Leander durante tanto tiempo, estaba tan segura de mi amor por él, pero ahora sé que si me dieran a elegir, me quedaría con Kane.

Houston levantó la cabeza y miró a su amiga.

—¿Pero por qué? ¿Por qué querría vivir con un hombre que me pone furiosa, que me hace sentir como una cualquiera, que me persigue como si fuera un sátiro y luego me hace a un lado y me dice: «habrá más de esto luego, muñeca», como si fuera yo quien lo hubiese perseguido? A veces me ignora, y otras, me mira de reojo. A veces me cautiva. No me respeta; me trata como si fuera un niño retardado y luego cambia, me entrega una enorme suma de dinero y me pide que lleve a cabo la tarea de diez hombres juntos.

Houston se puso de pie.

—Debo estar loca. Ninguna mujer en su sano juicio se casaría de esta forma. No teniendo bien abiertos los ojos. Podría comprenderlo si estuviera tan enamorada de un hombre que no viera sus faltas. Pero a Kane lo veo tal como es: un hombre vanidoso, un hombre sin vanidad. Digas lo que digas sobre él, siempre existe una contradicción.

Houston volvió a sentarse.

—Estoy loca. Completamente loca.

—¿Estás segura? —le preguntó Jean con suavidad.

—Oh, sí, estoy segura —respondió Houston—. Ninguna otra mujer...

—No, me refiero a estar tan enamorada de él como para no ver sus faltas. Siempre pensé y esperé que si alguien me amara, conociera también todos mis puntos débiles y que me amara de todos modos. No quisiera a un hombre que me creyera una diosa porque luego descubriría que tengo un carácter pésimo y entonces tendría miedo de que no siguiera amándome.

Houston miró a Jean con sorpresa.

—Aunque amar a alguien significa... —balbuceó Houston.

—Sí, ¿qué significa amar a alguien? —repuso Jean.

—Querer estar con esa persona —contestó Houston poniéndose otra vez de pie para acercarse a la ventana—. Querer estar a su lado en la enfermedad como en la buena salud, querer tener hijos con él y amarlo incluso cuando hace algo que no nos gusta. Pensar que él es el príncipe más noble y bueno de todo el mundo, reír cuando dice algo que nos hiere por quinta vez en una hora. Preguntarse si le gustará el vestido que llevas puesto, si se sentirá orgulloso de ti, y sentir que te derrites cuando te aprueba.

Houston se detuvo y guardó silencio por un momento.

—Cuando estoy con él, me siento viva —murmuró—. Creo que jamás lo estuve hasta que lo conocí. Sólo existía, me movía, comía, obedecía. Kane me hace sentir poderosa, como si pudiera lograr cualquier cosa que me propusiera. Kane...

—¿Sí? —le preguntó Jean con suavidad—. ¿Qué es Kane?

—Kane es el hombre a quien amo.

Jean se echó a reír.

—¿Es tan catastrófico estar enamorada de un Taggert?

—Amarlo puede resultar fácil, pero creo que convivir con él será un tanto difícil —repuso Houston.

—Nunca llegarás a imaginarte ni la mitad de lo que es en verdad —aseveró Jean riendo—. ¿Un poco más de té?

—¿Toda tu familia es como Kane?

—Mi padre se parece a la familia de su madre, me alegra decirlo, pero mi tío Rafe y Ian son verdaderos Taggert. Pensé que como este Kane tenía dinero...

—Eso lo habría empeorado. ¿Quién es el padre de Ian? No recuerdo haber conocido al niño.

—No, no lo conoces. Hace años que trabaja en las minas, a pesar de que ahora sólo tiene dieciséis años. Se parece a Rafe: es grandote, apuesto y siempre está enojado. Su padre se llamaba Lyle, y era el hermano de Rafe. Lyle murió durante una explosión en la mina cuando tenía veintitrés años.

—¿Y el padre de Kane?...

—Frank era el mayor de los hermanos. Murió en un accidente mucho antes de que yo naciera y creo, que inclusive, antes de que naciera Kane.

—Lo siento —murmuró Houston—. Debió haber sido duro para ti ocuparte de tantos hombres.

—Recibí ayuda de muchas mujeres caritativas —replicó Jean, mientras se ponía de pie—. Y ahora debes irte, porque pronto oscurecerá.

—¿Vendrás a la boda? Me gustaría mucho que estuvieras allí, y además, me verás con algo más limpio —aseguró Houston sonriendo y mostrándole los dientes ennegrecidos.

—Para decirte la verdad, creo que me sentiré más cómoda cerca de Sadie que de la princesa de la sociedad, la señorita Chandler.

—¡No digas eso! —exclamó Houston con tono serio—. Por favor, no lo hagas.

—Está bien, haré todo lo que pueda.

—¿Irás a ver a mi modista mañana? Necesita tiempo para hacerte el vestido. Aquí tienes la dirección.

Jean tomó la tarjeta.

—Muy bien, y haré todo lo que pueda para convencer al tío Rafe y a Ian. Pero no te prometo nada.

—Lo comprendo bien. —Houston tomó una mano de Jean—. Espero volver a verte pronto.

Durante el viaje de regreso a la ciudad, Houston pensó en su conversación con Jean. Le parecía muy sensato estar enamorada de Kane y al pensarlo se echó a reír. Durante todos esos años con Lee, nunca había estado verdaderamente enamorada. Ahora lo sabía.

Por supuesto, que no podía decírselo a nadie. Todos pensarían que era una mujer que entregaba su amor con facilidad. Pero no lo era; estaba segura. Amaba a Kane Taggert y siempre lo amaría.

Tiró de las riendas para que los caballos se movieran más a prisa. Todavía tenía que lavarse y cambiarse de ropa. Luego, hacer los preparativos para... Una sonrisa secreta se le dibujó en los labios al pensar en sus planes para el viernes por la noche. Le rogaría a Leander que invitara a Kane y a Edan al club privado de Lee y también le pediría permiso a Taggert para organizar una fiesta de despedida de soltera con sus amigas en casa de su prometido. Una pequeña y tranquila reunión, como la que había dado Ellie antes de casarse.

Si Houston pudiera convencer a ese hombre fuerte que había visto en la avenida Coal para que hiciera lo que ella quería...

Houston estaba tan ocupada en sus planes que no mantuvo la vigilancia habitual. Detrás de ella, oculto por los árboles, la seguía un hombre a caballo.

Edan fruncía el ceño mientras la seguía a la ciudad.

12

Ya faltaban pocos días para la boda, y Houston sentía que no le alcanzaba el tiempo. La cena del miércoles de Kane fue todo un éxito.

—Hoy rompí mi compromiso con John, señor Taggert —anunció tímidamente Cordelia Farrell.

—Es una buena noticia —respondió Kane riendo, la tomó por los hombros y la besó en la boca. Cordelia se sintió confundida pero complacida—. Puede conseguir algo mucho mejor que ese viejo.

—Gracias, señor Taggert.

Durante un instante, Kane pareció sorprendido.

—¿Por qué todo el mundo me llama señor Taggert?

—Porque, señor Taggert —explicó Houston con suavidad—, jamás le dijo a nadie que podían llamarlo Kane.

—Todos ustedes pueden llamarme Kane —repuso él con tranquilidad, pero al mirar a Houston se le encendió la mirada—, excepto tú, Houston; una sola vez me llamaste Kane y me gustó cuando lo hiciste.

Houston se dio cuenta de que todos comprendían el significado de esas palabras y se le secó la garganta.

Sarah tomó un almohadón y se lo arrojó a Kane.

Él lo atrapó en el aire y todos contuvieron el aliento. Nunca se sabía cómo podía reaccionar.

—A veces, no se comporta como un caballero... Kane —dijo Sarah con atrevimiento.

Kane hizo una mueca.

—Caballero o no, veo que siguió mi consejo y se compró un vestido nuevo. Muy bien, Houston, puedes llamarme Kane.

—En este momento, prefiero seguir llamándolo señor Taggert —respondió ella con altivez y todos se echaron a reír.

Durante todo el jueves estuvieron preparando la casa para la boda del lunes. Kane y Edan se encerraron en el estudio de Kane e ignoraron a quienes trasladaban muebles, los encargos que iban llegando y las personas que entraban y salían de la casa.

El viernes y el sábado pasaron más o menos de la misma manera. Houston explicó el papel correspondiente a cada uno de los participantes de la boda. Se había contratado a hombres y mujeres para que sirvieran la comida y prepararan las mesas en el jardín. Otros tenían que colocar las enormes carpas que Houston había mandado a construir en Denver. El domingo, treinta y ocho personas se dedicaron a los arreglos florales.

Jean Taggert le envió un mensaje diciendo que Rafe había aceptado asistir a la fiesta, pero que Ian no podría ir. De cualquier modo Jean le llevaría un paquete con algunos de los manjares.

Cuando Houston recibió el mensaje estaba en la cocina donde acababa de recibir un pedido de dos reses enteras, 125 kg de patatas, tres quesos enormes y trescientas naranjas.

Con todo ese tumulto, Houston se alegró de que Kane no se interpusiera en el camino y se mantuviera aislado. Él se quejaba de estar muy atrasado en el trabajo por culpa de ella.

Sólo una vez le dio problemas y fue cuando Leander invitó a Kane y Edan a su club privado.

—¡No tengo tiempo para eso! —gritó Kane—¿Esos hombres jamás trabajan? Ya casi no tengo tiempo y después de la boda será peor con esa mujer siempre bajo mis pies y... —Se detuvo y miró a Houston—. No quise decir eso...

Houston sólo lo miró.

—Muy bien —repuso por fin en tono de disgusto—. Pero no entiendo por qué vosotras, las mujeres, no vais a tomar el té a tu propia casa. —Con esto se volvió y regresó a su estudio.

—¡Malditas mujeres! —murmuró antes de cerrar la puerta.

—¿Qué horrible obligación te impuso Houston ahora? —le preguntó Edan con una sonrisa.

—Tenemos que ir al club de Westfield. Saldremos a las siete y no podremos regresar antes de medianoche. ¿Qué pasó con aquella época cuando las mujeres obedecían y respetaban a sus maridos?

—La primera mujer desobedeció al primer hombre; la vieja época es sólo un mito. ¿Y qué quiere hacer Houston esta noche?

—Un té para sus amigas. Quiero que te quedes aquí y la vigiles.

—¿Qué?

—No me gusta que todas esas mujeres se queden aquí solas. Houston contrató a unos sirvientes para el casamiento, pero esta noche serán sólo un grupo de indefensas mujeres. Preparó el comedor para su fiesta, y allí está esa puerta escondida detrás de una tela, ya sabes, ésa que tiene flores pintadas y...

—¿Quieres que me esconda en el armario y que las espíe?

—Es por su propio bien, y además te pago bastante como para que aceptes hacerme este trabajito.

—Lindo trabajito —comentó Edan de mala gana.

Horas después, Houston se cruzó con Edan y notó que él tenía la mejilla rasguñada.

—¿Qué le sucedió? —le preguntó ella.

—Choqué contra una pared —respondió Edan y se alejó.

A las seis comenzaron a irse los trabajadores que Houston había contratado y a las siete menos cuarto, llegaron las primeras invitadas. Cada una le trajo un paquete muy bien envuelto.

Kane, sin dejar de protestar sobre la injusticia de tener que irse de su propia casa, se subió al carruaje junto a un solemne Edan, y se alejó.

Las diez mujeres, más Blair, llegaron todas juntas y dejaron los regalos sobre la mesa del comedor.

—¿Ya llegaron todas? —preguntó Tia.

—Sí —contestó Houston cerrando las puertas dobles detrás de sí—. Ahora, a lo nuestro.

Edan estaba sentado dentro del armario con una botella de whisky en la mano. ¡Maldito Kane!, pensó y se preguntó si podría resultar absuelto si lo mataba. Cualquier juez lo dejaría en libertad por matar a un hombre que lo había forzado a pasarse toda una noche observando a un grupo de mujeres que bebían té.

Con la mente ausente, Edan bebió su whisky y observó a las mujeres a través del panel de seda. La señorita Emily, una dama mayor, frágil y bonita, golpeaba la mesa con el puño.

—La tercera reunión anual de la hermandad está por comenzar.

Edan se llevó la botella a los labios, pero no bebió.

—Primero, escucharemos el informe de Houston de los campos mineros —continuó la señorita Emily.

Edan no movió un solo músculo cuando Houston se

puso de pie y dio un informe detallado acerca de las injusticias que se cometían en los campos. Unos días atrás Edan la había seguido y se enteró de que repartía vegetales frescos a la gente, pero ahora hablaba de huelgas y de sindicatos. Edan había visto morir a muchos hombres por menos de lo que ella decía.

Nina Westfield propuso fundar una revista que las mujeres entregarían en secreto a las esposas de los mineros.

Edan dejó la botella de whisky en el suelo y se inclinó hacia adelante.

Mencionaron a Jacob Fenton; temían lo que les haría si llegaba a enterarse de que las mujeres les pasaban información a los mineros.

—Puedo hablar con Jean Taggert —aseguró Houston—. Por alguna razón, el señor Fenton parece temer a los Taggert. Les dieron permiso para asistir a la boda.

—Y Jean va a los negocios de Chandler —añadió la señorita Emily—. Sé que tu Kane —agregó mirando a Houston— trabajaba para los Fenton, pero sucede algo más. Pensé que tú lo sabrías.

—Nada —repuso Houston—. Kane explota cada vez que menciono el nombre de los Fenton y no creo que tampoco Marc sepa algo.

—No lo sabe —comentó Leora Vaughn—. Él sólo gasta su dinero sin interesarse en averiguar de dónde proviene.

—Hablaré con Jean —repitió Houston—. Alguien está creando muchos problemas. No quiero que nadie salga lastimado.

—Quizá yo también pueda entrar en los campos —sugirió Blair—. Trataré de averiguar lo que pueda.

—¿Qué otro asunto nos queda? —preguntó la señorita Emily.

Edan se reclinó en la silla.

—La hermandad —se dijo en un tono de voz apenas audible. Estas mujeres con sus vestidos delicados y sus gentiles modales estaban hablando de una guerra.

El resto de la reunión consistió en las distintas obras de caridad para ayudar a los huérfanos y a los enfermos; todas las cosas a las que deben dedicarse las damas.

—¿Refrescos? —preguntó Meredith Learner con tono risueño mientras abría una caja envuelta en papel amarillo y extraía una botella de vino casero—. Mi madre nos envía esto como recuerdo de las reuniones a las que asistía cuando era joven. Le dirá a papá que nos robaron botellas de la bodega.

Edan no pensó que podía sorprenderse más, pero abrió la boca de par en par cuando vio que le entregaban una botella llena de vino a cada una de las mujeres y un vaso.

—¡Por la noche de bodas! —brindó la señorita Emily con el vaso en alto—. Por las noches de boda de todo el mundo, vayan o no precedidas del casamiento.

Las mujeres rieron y bebieron el primer vaso hasta el final.

—¡El mío primero! —exclamó Nina Westfield—. Mi mamá y yo pasamos mucho tiempo en Denver para encontrarlo. Y además, esta tarde Lee casi abrió la caja.

Houston abrió la caja y extrajo un camisón transparente de color negro con una gran cinta ancha también negra.

Edan vio que se trataba de ropa interior para mujeres, pero no las que deberían utilizar las damas.

Perplejo observó cómo las mujeres iban vaciando sus botellas de vino mientras abrían los regalos entre carcajadas. Había dos pares de zapatos rojos de tacone altos, más ropa interior transparente y algunas fotografías que las mujeres se iban pasando y casi morían de risa al verlas. Luego corrieron las sillas y comenzaron a bailar por la habitación.

La señorita Emily se sentó ante el piano y comenzó a tocar.

La barbilla de Edan le llegaba casi al suelo cuando las mujeres se alzaron las faldas y comenzaron a bailar levantando las piernas.

—Esto se llama can-can —explicó Nina sin aliento—. Mamá y yo nos escapamos una noche de la custodia de papá y Lee y fuimos al teatro a verlo.

—¿Quién quiere probar? —preguntó Houston y de repente había ocho mujeres con la falda subida hasta la cabeza y moviendo las piernas al compás de la música de Emily.

—¡Descansen! —exclamó Sarah Oakley—. Traje algunos poemas para leerles.

Cuando Edan eran jovencito, él y sus amigos habían leído lo que la delicada señorita Oakley estaba leyendo ahora: *Fanny Hill.*

Las mujeres rieron a carcajadas mientras les golpeaban la espalda a Blair y a Houston.

Cuando Sarah terminó, Houston se puso de pie.

—Ahora, mis queridísimas amigas, les mostraré la *pièce de résistance* que está arriba. ¿Vamos?

Pasaron varios minutos antes de que Edan pudiera moverse. Así que ésa era la fiestita de las mujeres. Se enderezó en la silla. ¿Qué diablos podía haber arriba? ¿Qué podía ser más de lo que ya habían hecho? Sabía que moriría si no descubría de qué se trataba.

Lo más a prisa posible, salió de la casa, la rodeó y vio las luces en el rincón noreste de la casa. Ignoró las espinas y comenzó a trepar por la espaldera de los rosales.

Todo lo que había sucedido antes no lo había preparado para lo que vio. La habitación estaba completamente a oscuras excepto por el candelabro ubicado detrás de una pantalla de seda transparente. Y entre la pantalla y la luz, había un hombre musculoso, muy ligero de ropas, que posaba haciendo alarde de sus músculos.

—Ya es suficiente —dijo la señorita Emily quien se puso de pie y corrió la pantalla.

Durante un momento, el hombretón pareció sorprendido, pero las mujeres, medio borrachas, comenzaron a aplaudirlo y a alentarlo, de modo que retomó sus poses con mayor entusiasmo.

—No es tan grande como mi Kane —dijo Houston.

—Me enfrentaré a él —replicó el forzudo—. Puedo vencer a cualquiera.

—No a Kane —respondió Houston convencida, lo que hizo que el hombre pusiera más empeño en mostrar sus bíceps.

Edan volvió a bajar hasta el suelo. Kane quería que Edan protegiera a las mujeres, ¿pero quién iba a proteger a los hombres de ellas?

El sábado por la mañana, Kane dio el quinto portazo en una hora al entrar en su oficina.

—¡Justo hoy tenía que estar descompuesta! —gruñó mientras se sentaba—. ¿No crees que tenga miedo de la boda? —le preguntó a Edan.

—Debe ser algo que comió en malas condiciones —comentó Edan—. Me enteré de que hoy no se sentían bien varias jóvenes de Chandler.

Kane no levantó la mirada de sus papeles.

—Quizá está descansando para mañana.

—¿Y qué hay de ti? —preguntó Edan—. ¿Estás nervioso?

—No, claro que no. Es una cuestión simple. Algo de todos los días.

Edan se inclinó hacia adelante, tomó el papel que Kane sostenía y lo dio vuelta porque estaba al revés.

—Gracias —murmuró Kane.

13

El día de la boda fue tan hermoso que parecía haber sido creado especialmente para la ocasión. Opal despertó a toda la casa Chandler a las cinco de la mañana y comenzó a empacar los vestidos de ambas novias con sus velos.

Houston oyó que su madre se había levantado, pero permaneció en la cama un rato más. Había dormido muy poco en toda la noche y no había parado de dar vueltas en la cama. Estaba demasiado excitada por el día que la aguardaba como para dormir. Pensó en Kane y rezó para que en el futuro aprendiera a amarla.

Cuando Opal fue a despertarla, se levantó de un salto.

Las tres mujeres estuvieron listas para partir a la casa Taggert a las diez de la mañana. Viajaron en el carruaje de Houston y Willie los siguió con un carro prestado donde llevaba los vestidos bien escondidos.

En la casa las aguardaba una docena de jóvenes, todas miembros de la Hermandad.

—Las mesas están listas —dijo Tia.

—Y las carpas también —agregó Sarah.

—Y la señora Murchison entró en la cocina a las cuatro de la mañana —comentó Anne Seabury mientras tomaba uno de los extremos de los paquetes donde iban escondidos los vestidos.

—¿Y las flores? —preguntó Houston—. ¿Las colocaron según indiqué?

—Eso creo —respondió una de las muchachas.

La señorita Emily se adelantó un paso y sugirió:

—Houston, es mejor que lo compruebes tú misma. Una de nosotras se asegurará de que tu marido salga de su oficina mientras tú das una vuelta por la casa.

—Marido —murmuró Houston para sí misma mientras Nina corría a montar guardia en la parte de la oficina de Kane. Todas ayudarían para que el novio no viera a la novia antes de la ceremonia.

Cuando se aseguró de que todo estaba en orden, Houston dejó a su madre y a Blair y comenzó a recorrer los distintos cuartos. Por primera vez, vio la realidad de las decoraciones que había planeado.

La salita tenía tres mesas largas cubiertas de regalos para las dos novias. Kane había dicho que no tenía verdaderos amigos en el mundo comercial de Nueva York, pero era obvio que ellos consideraban lo contrario por la cantidad de regalos que habían enviado.

Había una mesita italiana con incrustaciones enviada por los Vanderbilt, platería obsequiada por los Gould, y oro regalado por los Rockefeller. Cuando comenzaron a llegar los regalos, Kane dijo que no le extrañaba en absoluto porque él enviaba muy buenos regalos a los hijos de esas familias cuando se casaban.

Otros regalos provenían de la familia de Leander, y la gente de Chandler hizo lo mejor por conseguir dos regalos iguales para cada una de las gemelas: dos escobas iguales, dos libros iguales, dos cortes de tela iguales.

El cuarto estaba decorado con palmeras ubicadas enfrente de los espejos y la repisa de la chimenea estaba cubierta de rosas rojas y pensamientos de color púrpura.

Houston pasó a la gran sala. Era allí donde se reunirían los familiares y amigos íntimos antes y después de la ceremonia.

El cuarto estaba decorado con zarzaparrillas que rodeaban también la chimenea, el techo, las ventanas y la puerta.

Delante de cada ventana, habían colocado enormes floreros con helechos que filtraban la luz del sol, formando enredadas sombras sobre el suelo. La chimenea estaba decorada con claveles rojos, que también salpicaban aquí y allá las enredaderas.

Houston terminó la inspección de la planta baja y corrió al primer piso donde la aguardaban las demás.

Todavía le quedaban cinco horas antes de la ceremonia, pero Houston sabía que siempre había un millón de detalles de último momento.

Durante los últimos días, había pasado mucho tiempo en la planta baja, pero no se había familiarizado con el primer piso. En el ala este de la casa estaban los cuartos de huéspedes, y Blair se vestiría en una de las suites. En la parte central, a la derecha de la pajarera, se hallaba la habitación de Edan, y del otro, había una guardería, un baño y otra habitación.

Junto a la guardería nacía el ala que pertenecía a Houston y a Kane. Él tenía una habitación al final del pasillo, un tanto pequeña pero con vista a los jardines. El cuarto de Houston, separado del de Kane por un baño de mármol era el más amplio de la casa. Las paredes estaban cubiertas con paneles de un color claro con grabados de guirnaldas que delimitaban las zonas donde se debían colgar los cuadros.

Al lado de la habitación de Houston había un enorme baño de mármol blanco y rosado y un vestidor cuyas paredes estaban forradas con moaré de color rosa; detrás del vestidor había una salita y un comedor privado para cuando los Taggert quisieran comer a solas.

—Nunca me acostumbraré a esta casa —comentó

Tia cuando terminó de inspeccionar los cuartos detrás del dormitorio—. Y mira este jardín en la azotea.

—¿Jardín? —preguntó Houston acercándose a la doble puerta donde estaba Tia. Abrió una de las puertas y salió para descubrir un hermoso arreglo de árboles y plantas. Había unos bancos de piedra escondidos detrás de las plantas. Eso no estaba allí la última vez que inspeccionó la galería externa a la que daba su cuarto.

—Miren esto —dijo Sarah sosteniendo en la mano una tarjeta que estaba atada a una enorme higuera.

Houston tomó la tarjeta.

Espero que le guste. Le deseo todo lo mejor en su matrimonio.

EDAN

—Es un regalo de Edan —explicó Houston sintiendo que ese jardín era el símbolo de la felicidad de ese día.

Antes de que Houston pudiera agregar otra palabra, se abrió la puerta y entró la señora Murchison corriendo como si la persiguiera un fantasma.

—Hay demasiadas personas en mi cocina —gritó a Houston—. No puedo cocinar con tanta gente revoloteándome alrededor. Y el señor Kane tiene ya bastante trabajo, con el día que pierde.

—¿Pierde? —repitió Meredith sorprendida—. ¿Cree que Houston no tiene otra cosa que hacer...?

Houston interrumpió a su amiga. La señora Murchison estaba bajo el hechizo de Kane y sin duda, lo defendería a muerte.

—Bajaré por la escalera de atrás —repuso sin prestar atención al hecho de que Sarah estaba comenzando a desenvolver el vestido. Faltaba que lo plancharan y había algunas puntadas que dar, en el último momento.

Cuando Houston estuvo abajo, vio que tendría que resolver muchas catástrofes. Oyó a Kane gritar dentro de su oficina varias veces, y en una ocasión, alguien la empujó dentro del fregadero para que él no la viera cuando salió al jardín. Houston envidiaba la libertad de su novio y al mismo tiempo deseó poder estar con él. Mañana, pensó. Mañana podrían salir a caminar juntos por el jardín.

Cuando logró regresar al primer piso, sólo faltaban dos horas para que comenzara la ceremonia.

—Houston —aconsejó Opal—, creo que debes comenzar a vestirte.

Houston comenzó a desvestirse con mucha lentitud, pensando en que la próxima vez que lo hiciera...

—¿Quién es esa mujer? —preguntó Anne mientras Houston se colocaba una delicada camisa de algodón. La parte de arriba de la camisa tenía pequeños ojales por los cuales pasaban cintitas de seda rosada y la parte de abajo estaba toda bordada a mano.

—No tengo idea —replicó Tia que se había acercado a Anne para mirar hacia el jardín—. Pero es la mujer más alta que jamás haya visto.

Sarah comenzó a atar los lazos del corsé de satén rosado de Houston.

—Voy a echar un vistazo —dijo Sarah—. Quizá sea algún pariente de Lee.

—Tenemos mucho que hacer —afirmó Opal con un tono de voz que hizo que Houston alzara la cabeza—. No tenemos tiempo para dedicarnos a estudiar a los invitados.

Houston estaba segura de que algo andaba mal. Ignoró la mirada firme de su madre y se acercó a la azotea donde estaba Tia. Supo de inmediato de quién se trataba. Incluso desde allí arriba, se podía ver que era alta y elegante.

—Es Pamela Fenton —murmuró Houston y se volvió hacia el dormitorio.

Durante un momento, nadie dijo nada.

—Quizá esté vestida de luto —comentó Sarah—, porque lo ha perdido. Houston, ¿cuál de las enaguas prefieres?

Houston continuó vistiéndose en forma mecánica, pero su mente estaba en el jardín, con Kane y la mujer que él una vez había amado y que ahora se acercaba a él.

Alguien llamó a la puerta y Anne fue a responder.

—Es el hombre que trabaja con Kane —explicó a Houston—. Dice que quiere verte, es una cuestión urgente.

—No puede atenderlo... —comenzó a responder Opal, pero Houston había tomado una bata que estaba sobre una de las sillas y se dirigía hacia la puerta.

Kane estaba de pie en uno de los extremos del jardín, observando la ciudad de Chandler y fumando uno de sus cigarros.

—Hola, Kane —saludó Pamela con suavidad.

Kane aguardó un momento antes de volverse, y cuando lo hizo, su mirada era tranquila y no demostraba sus sentimientos. La estudió de pies a cabeza.

—Los años te han tratado muy bien —afirmó Taggert.

—En lo externo. —Ella suspiró profundamente—. No tengo mucho tiempo de modo que te explicaré lo que vine a decirte. Todavía te amo; nunca he dejado de amarte. Si te escapas ahora conmigo, te seguiré hasta el fin del mundo.

Kane se adelantó un paso, pero en seguida retrocedió.

—No, no puedo hacerlo —aseguró él en tono calmo.

—¡No puedes! Sabes que sí. ¿Qué te importa toda esta gente? ¿Qué te importan los habitantes de Chandler? ¿Qué te importa... ella?

—No —repitió Kane.

Ella se le acercó un poco más. Él era un par de centímetros más alto, pero con los tacones altos, tenían la misma altura.

—Kane, por favor, no cometas este error. No te cases con otra. Sabes que me amas. Sabes que...

—Que me amas tanto que me dejaste por otro —repuso él con tono de enojo—. Te casaste con tu amante rico y... —Se detuvo y se volvió—. No me iré contigo. No voy a herirla así, ella no se lo merece.

Pam se sentó sobre un banco.

—¿Vas a hacerme a un lado tan solo porque no deseas herir a Houston Chandler? Ella es joven. Encontrará a otro. ¿O es que está enamorada de ti?

—Estoy seguro de que conoces los chismes, Pam. Sigue enamorada de Westfield, pero se consolará con mi dinero. Por desgracia, yo voy junto con mi dinero.

—¿Entonces por qué? ¿Por qué te sientes obligado, Kane?

Él la miró con los ojos encendidos.

—¿Tanto me has olvidado? Mantengo mis tratos hasta el final.

Sus palabras eran claras.

—Pensé que ya lo sabrías —repuso ella con suavidad.

—¿Te refieres a por qué me dejaste con quinientos dólares por los servicios prestados? Hice un esfuerzo para no saberlo —replicó Taggert.

—Cuando le pedí a mi padre que me permitiera casarme contigo porque estaba embarazada, me forzó a tomar un tren para Ohio. Nelson Younger le debía mucho a mi padre y pagó la deuda al casarse conmigo.

—Me aseguraron... —comenzó a decir Kane.

—Estoy segura de que te contaron que hui para no casarme contigo. Sin duda mi padre habló sobre su hija flirteando con el mozo de cuadra, y afirmó que ella nunca se casaría con él. Siempre fue fácil conmoverte; eres muy orgulloso.

Kane permaneció en silencio por un momento.

—¿Y el niño?

—Zachary tiene ahora trece años. Es maravilloso, apuesto, fuerte y tan orgulloso como su padre.

Kane se quedó inmóvil observando el jardín.

—Ven conmigo ahora, Kane —le susurró Pam—. Si no es por mí, hazlo por tu hijo.

—Mi hijo —repitió Kane en voz baja—. ¿El hombre con quien te casaste lo trató bien?

—Nelson era un poco mayor que yo, y estaba contento de tener un hijo, fuera verdadero o no. Lo amaba. —Pam sonrió—. Jugaban juntos a la pelota todos los sábados a la mañana.

Kane volvió a mirarla.

—¿Y Zach cree que ese hombre era su padre?

—Zach aprenderá a amarte como yo te amo. Si le explicáramos la verdad...

—La verdad es que Nelson Younger fue el padre de Zachary. Lo único que yo hice fue plantar la semilla —repuso Kane.

—¿Estás rechazando a tu propio hijo? —le preguntó Pamela furiosa.

—No. Envíame al muchacho y lo recibiré. Estoy rechazándote a ti, Pam.

—Kane, no quiero rogarte. Si ya no me amas, aprenderás a hacerlo de nuevo.

Kane le tomó las manos.

—Escúchame. Lo que sucedió entre nosotros fue

hace mucho tiempo. Creo que hasta ahora no sabía cuánto he cambiado. Si hubieses venido aquí hace unos meses, habría corrido contigo hasta el altar, pero ahora es diferente. Houston...

Ella se apartó.

—Me dijiste que no te amaba. ¿Tú la amas?

—Apenas la conozco.

—¿Entonces, por qué? ¿Por qué rechazas a una mujer que te ama? ¿Por qué le das la espalda a tu propio hijo?

—¡No lo sé, maldición! ¿Por qué tenías que aparecer justo el día de mi boda y hacerme sentir miserable? ¿Cómo puedes pedirme que humille a una mujer que fue... tan buena conmigo? No puedo abandonarla y dejarla plantada en el altar.

Pam se sentó en el banco y comenzó a llorar.

—Nelson también fue bueno conmigo y amó mucho a Zachary. Traté de hallarte para contarte lo que había sucedido, pero tú habías desaparecido. Años después, cuando comencé a leer tu nombre en los periódicos, no tuve el coraje de escribirte... o quizá no quería herir a Nelson. Cuando murió, quise encontrarte. Me sentía tan culpable por correr de un marido muerto a los brazos de mi amante, pero esperé demasiado. Luego Zachary se enfermó y cuando por fin él pudo viajar conmigo a Chandler tú ya estabas comprometido. Me dije que lo nuestro había terminado, pero en el último momento sentí que tenía que verte y conversar contigo.

Él se sentó a su lado, la rodeó con un brazo y le hizo apoyar la cabeza en su pecho.

—Escucha, mi amor, siempre fuiste una romántica. Quizá no recuerdes nuestras peleas, pero yo sí. El único lugar donde nos llevábamos bien era en el almiar. Las tres cuartas partes del tiempo estábamos enojados. Con los años, has olvidado todo lo malo.

Pam se sonó la nariz.

—¿La señorita Chandler es mejor que yo?

—Cuando hago algo que no le gusta, me golpea la cabeza con lo primero que tenga a mano. Tú siempres salías corriendo a esconderte y te preguntabas si seguía amándote.

—He crecido desde entonces —aseguró Pam.

—¿Cómo pudiste? Conviviste con un hombre mayor que te consintió tanto como tu padre. Nadie consintió nunca a Houston.

Pam se apartó.

—¿Es buena en la cama? ¿Es mejor que yo?

—No tengo idea. Parece tener un fueguito interno, pero no sabe cómo manejarlo. No me caso con ella por el sexo. Eso siempre puede conseguirse —replicó Kane.

Pam lo rodeó con los brazos.

—Si te rogara...

—No ayudaría. Me casaré con Houston.

—Bésame —susurró ella—. Hazme recordar.

Kane la miró en forma especulativa. Quizá él también quería saberlo. Le tomó la cabeza con las manos y la besó largamente en la boca, poniendo todo de sí.

Cuando se separaron, ambos sonrieron.

—Ha terminado, ¿no es así? —murmuró Pam.

—Sí —repuso Taggert.

Ella permaneció junto a él.

—En todos los años en que estuve junto a Nelson creí estar enamorada de ti, pero estaba enamorada de un sueño. Tal vez mi padre tenía razón.

Kane la soltó.

—Si sigues hablando de tu padre terminaremos a golpes.

—¿Sigues enojado con él?

—Éste es mi día de bodas y quiero sólo alegría, de

modo que no hablemos más de él, ¿quieres? Háblame sobre mi hijo.

—Será un placer —repuso Pam y comenzó a hablar.

Una hora después, Pam se fue, dejando a Kane solo en el jardín para terminar su cigarro. Cuando terminó, apagó la colilla y miró la hora. Ya era tiempo de prepararse para la boda.

Dio apenas unos pasos y se enfrentó con un hombre. Si ambos se hubieran mirado en un espejo, Kane se habría dado cuenta de que ese hombre era la imagen de sí mismo, dentro de diez años.

Kane y Rafe Taggert se observaron en silencio, como si fueran perros que se conocen por primera vez. Cada uno supo de inmediato quién era el otro.

—No te pareces mucho a tu padre —comentó Rafe con tono acusador.

—No lo sé. Jamás lo conocí, y tampoco a nadie de su familia —respondió Kane, señalando el hecho de que ningún Taggert había contactado con él durante todos los años en que había trabajado en el establo de los Fenton.

Rafe se puso rígido.

—He oído decir que hay sangre en tu dinero, Kane.

—Y yo que no tienes nada, sangriento o no —contestó Taggert.

Se miraron otro rato.

—Tampoco te pareces a Frank. Ahora me iré —replicó Rafe y se volvió.

—Puedes insultarme a mí pero no a la dama con quien me caso. Te quedarás para la ceremonia, Rafe.

El minero no se volvió pero asintió brevemente con la cabeza antes de alejarse.

—Deseo conversar con usted, Houston —dijo Edan desde la puerta.

Las mujeres que estaban con la joven comenzaron a protestar, pero ella les hizo una señal para que se callaran y siguió a Edan al dormitorio de él.

—Sé que no es el lugar correcto, pero es el único de la casa donde podemos hablar tranquilos.

Houston trató de disimular sus sentimientos, pero tenía la sensación de que Edan estaba enojado con ella.

—Sé que hoy es el día de la boda, pero tengo que decirle algo. Kane sabe que las personas que viven con un hombre tan rico como él corren un cierto riesgo. —Edan la miró—. Lo que trato de decirle es que Kane me pidió que la siguiera un par de veces la semana pasada.

Houston empalideció.

—Y no me gusta lo que vi —continuó Edan—. No me gusta que una mujer joven y desprotegida entre sola a las minas, pero esta Hermandad que tiene...

—¡Hermandad! —exclamó Houston—. ¿Pero cómo...?

Houston se sentó.

—No quería hacerlo, pero Kane insistió de modo que... me escondí en el armario durante la fiesta que dio con sus amigas por si necesitaba protección.

Houston no vio la sonrisa de Edan al decir la palabra «fiesta».

—¿Qué es lo que Kane sabe? —preguntó la joven.

Edan se sentó frente a ella.

—Eso me temía. ¿Cómo podía decir a Kane que usted se casaba con él por su relación con los Fenton? Lo está utilizando a él y a su dinero para su cruzada en contra de la maldita mina. ¡Maldición! Tendría que haberlo sabido. Con una hermana como la suya, que le roba su propio...

—¡Señor Nylund! —exclamó Houston poniéndose

de pie—. No permitiré que insulte a mi hermana y tampoco tengo la menor idea de cómo Kane puede estar relacionado con los Fenton. Si cree que tengo malas intenciones, iremos a ver a Kane y le contaremos todo.

—Aguarde un momento —repuso Edan tomándola de un brazo—. ¿Por qué no se explica?

—¿Acaso no insinúa que trataré de convencerlo de que soy inocente, de que no estoy llevando a Kane Taggert por la mala senda para que lo maten? No señor, no responderé a esas acusaciones. Dígame, ¿acaso planeaba chantajearme con esa información?

—*Touché* —replicó Edan relajándose—. Ahora que ambos hemos demostrado nuestro enojo, ¿podemos hablar? Tendrá que admitir que sus actos despiertan bastantes sospechas.

Houston también trató de relajarse, pero le resultaba difícil. No le gustaba la forma en que Edan había descubierto la Hermandad.

—¿Hace cuánto que realiza su pequeña actuación de los miércoles? —le preguntó Edan.

Houston se acercó a la ventana. Abajo había docenas de hombres trabajando. Se volvió y miró a Edan.

—Lo que nosotras, las mujeres, hacemos, lo hemos estado haciendo durante generaciones. La Hermandad fue fundada por la madre de mi padre incluso antes de que existiera un lugar llamado Chandler en Colorado. Somos sólo un grupo de amigas que tratamos de ayudar y cualquier otra persona puede hacerlo. Nuestra preocupación del momento es el trato que se le da a la gente que vive en los campos mineros. No hacemos nada ilegal. Y tampoco utilizamos a nadie.

—¿Entonces, por qué lo hacen en secreto? —preguntó Edan.

Ella lo miró como si no creyera lo que acababa de oír.

—Mire cómo reaccionó usted cuando se enteró y ni siquiera es pariente. ¿Se da una idea de cómo reaccionarían los padres y maridos si descubrieran que sus delicadas mujeres pasan sus tardes libres aprendiendo a manejar un carro de cuatro caballos? Y algunas de nosotras hemos... —Houston se detuvo sin terminar la oración.

—Comprendo su punto de vista, pero también el de ellos. Lo que ustedes hacen es peligroso. Podrían... —Edan se detuvo—. ¿Dice que han estado haciéndolo por generaciones?

—Nos ocupamos de diversos problemas.

—¿Y... las reuniones de despedida de solteras? —agregó Edan.

A pesar del esfuerzo, la joven no pudo evitar sonrojarse.

—Fue idea de mi abuela. Ella contó que había debido asistir a su propia noche de bodas sin saber nada de nada y estaba aterrorizada. No quiso que sus amigas o sus hijas tuvieran la misma experiencia. Creo que la celebración antes de la boda fue evolucionando lentamente hasta llegar a... —Houston tragó saliva— lo que usted vio.

—¿Cuántas mujeres de Chandler pertenecen a la Hermandad?

—Sólo tenemos una docena de miembros activos. Algunas, como mi madre, se retiraron después de casarse —explicó Houston.

—¿Tiene pensado retirarse?

—No —respondió mirándolo porque sabía que su participación dependería de él.

Él se volvió y dijo:

—A Kane no le gustará que usted entre en los campos conduciendo un carro. No querrá que usted se exponga.

Houston se acercó para enfrentarlo.

—Sé que no le gustará y ésa es la única razón por la

cual no se lo he dicho. Edan... —añadió poniéndole una mano en el brazo—, esto significa tanto para tantas personas. Me llevó meses aprender a actuar como una anciana, para convertirme en Sadie. Llevaría meses entrenar a otra persona, y mientras tanto, muchas familias tendrían que vivir sin los extras que les llevo.

Él le tomó una mano.

—Muy bien, puede descender del púlpito. Supongo que es bastante seguro, a pesar de que está en contra de mis creencias.

—¿No se lo dirá a Kane? Estoy segura de que él no me comprenderá.

—No, le prometo no contarle nada si usted me promete que sólo entregará verduras y no se mezclará en la cuestión de los sindicatos. Y en cuanto a esa revista que piensan fundar...

Houston se puso de puntillas y lo besó en la mejilla sin dejarlo terminar de hablar.

—Muchas gracias, Edan. Es un verdadero amigo. Ahora, debo ir a vestirme para la boda. —Antes de que Edan pudiera decir algo, Houston estaba junto a la puerta—. ¿A qué se refería cuando dijo que Kane estaba relacionado con los Fenton?

—Pensé que lo sabía. La hermana menor de Jacob Fenton, Charity, era la madre de Kane.

—No —replicó ella con suavidad—, no lo sabía.

Houston entró en su dormitorio para prepararse. Mientras Sarah Oakley la ayudaba a vestirse le dijo:

—Vi algo muy extraño, Houston.

—¿Qué?

—Pensé ver a Kane en el jardín vestido con su ropa vieja, pero es un muchacho que se parece mucho a él.

—Ian —respondió Houston con una sonrisa—. Entonces, pudo venir.

—Si es que queda algo de él —agregó Nina—. Dos de los hijos de Randolph y los hermanos de Meredith comenzaron a burlarse de él y tu Ian los atacó.

Houston levantó la cabeza.

—¿Cuatro contra uno?

—Sí, ahora se escondieron detrás de un árbol y no puedo ver lo que sucede.

Houston dejó el vestido que Sarah le tendía.

—¿Adónde están ahora? —preguntó acercándose a la ventana.

—Allí —señaló Nina—. ¿Ves cómo se mueven esos arbustos? Es una buena pelea.

Houston se asomó por la ventana y estudió la zona del jardín. La escena quedaba oculta por los árboles que rodeaban la casa.

—Enviaré a alguien para que detenga la pelea —propuso Sarah.

—¿Y humillar a un Taggert? —dijo Houston acercándose al armario. Volvió a colocarse la bata de satén azul—. Por nada del mundo.

—¿Qué vas a hacer, Houston? —preguntó Sarah.

—Voy a detener la pelea y salvar a un Taggert de algo peor que la muerte: la humillación. No hay nadie en la parte trasera.

—Sólo unos cuantos camareros y... —comenzó a decir Nina.

—Houston, querida, ¿no hay unos fuegos artificiales abajo? Si alguien los encendiera los distraerían —sugirió Opal con suavidad. Sabía que era inútil seguir repitiéndole a su hija que debía vestirse.

—Voy hacia allí —dijo Nina mientras Houston se subía a la ventana para bajar por la espaldera de los rosales.

De repente, en la parte este del patio se sintieron los fuegos y todo el mundo miró en esa dirección. Houston aprovechó para escabullirse detrás de los árboles. Bajo la sombra de un nogal, Ian luchaba inútilmente contra los cuatro muchachos que se le habían tirado encima.

—¡Basta ya! —exclamó Houston en tono imperativo.

Ninguno le prestó atención.

Se acercó a la maraña de piernas y brazos y aferró una oreja. Jeff Randolph salió dispuesto a protestar pero se detuvo cuando vio a Houston. La joven lo empujó hacia atrás mientras separaba a George y a Alex Lechener.

Sólo Steve Randolph quedaba sobre Ian y cuando Houston lo tomó de la oreja, el muchacho se levantó volando, dispuesto a pegar un puñetazo. Houston se agachó y logró esquivarlo. Como no veía otra salida, lo detuvo con un buen derechazo. Meses de conducir el carro le habían fortalecido bastante los brazos.

Por un momento, ninguno se movió mientras Steve caía sobre las piernas de Ian.

Houston fue la primera en recobrarse.

—¡Steve! —dijo arrodillándose y palmeando la mejilla del muchacho—. ¿Estás bien?

—¡Nunca había visto pegar así a una dama! —exclamó Ian.

Steve gruñó, y se sentó para mirar perplejo a Houston. De hecho, los cinco estaban perplejos.

Ella se puso de pie.

—No me agrada este comportamiento en el día de mi boda.

—No, señorita —murmuraron los cuatro muchachos.

—No teníamos intenciones, señorita Blair-Houston. Él...

—No quiero excusas. Regresad con vuestros padres y tú, Steven, ponte un poco de hielo en la mandíbula.

—Sí, señorita —contestaron a coro y desaparecieron lo más a prisa posible.

Houston tendió una mano a Ian para ayudarlo a levantarse.

—Puedes venir conmigo, Ian.

Ian la ignoró.

—No voy a entrar a la casa de él, si a eso se refiere —replicó enojado el muchacho.

—Quizá tengas razón. Para venir hasta aquí, bajé por la espaldera de los rosales. Y muchacho, tienes razón, quien pierde una pelea tampoco puede subir por una espaldera.

—¡Perder una pelea! —El muchacho era tan alto como ella, y apenas tenía dieciséis años. Prometía alcanzar muy pronto a Kane—. En caso de que usted no sepa contar eran cuatro contra mí y yo habría ganado si usted no se hubiera entrometido.

—Pero si tienes miedo de entrar a la casa de tu propio primo —añadió ella a modo de comentario—. Qué raro. Buenos días —saludó y comenzó a caminar en dirección a la casa.

—No tengo miedo —aseguró Ian que caminaba a su lado—. Sólo que no quiero entrar.

—Por supuesto.

—¿Y eso qué significa?

Houston se detuvo.

—Estoy de acuerdo contigo. No tienes miedo de tu primo; es sólo que no quieres verlo ni comer su comida. Lo entiendo perfectamente.

Houston notó cómo distintas emociones ganaban el rostro del muchacho.

—¿Adónde queda esa maldita espaldera? —preguntó él por fin.

Houston permaneció inmóvil observándolo.

—Por aquí.

Kane estaba por regresar a la casa cuando vio a su futura esposa bajar por la espaldera, vestida como ninguna dama se atrevería a salir fuera de su casa.

Por curiosidad, se escondió detrás de un árbol para observarla y descubrió cómo Houston intervenía en una pelea de muchachos que tenían el mismo tamaño que ella. Cuando Taggert ya estaba a punto de acudir en su ayuda, vio cómo su prometida derribaba a uno de los muchachos con una derecha.

Luego, Kane oyó cómo la joven discutía con un muchachote y pensó: será mejor que Ian se rinda. Kane había aprendido que cuando Houston tenía esa mirada era mejor no contrariarla, porque esa delicada dama se salía siempre con la suya.

Taggert rió cuando divisó al mismo muchacho trepar por la espaldera delante de Houston.

La bata de Houston quedó enganchada en el extremo y ella luchó por liberarse. Tres hombres y una mujer que caminaban por el otro lado del jardín habían tomado esa dirección y la sorprenderían en cualquier momento.

Kane atravesó el jardín corriendo y puso una mano sobre el tobillo de Houston.

Cuando Houston miró para saber quién era y vio a Kane casi se desmaya. ¿Qué iba él a pensar de la mujer con quien se casaría? Sabía perfectamente lo que dirían Leander o el señor Gates si la descubrían en esa situación, en público, vestida con su bata y subida a la espaldera de los rosales.

Cuando Houston vio a Kane, lo único que atinó a balbucear fue:

—Mi sombrero no está derecho.

Esperaba que el sonido que oyó fuese una carcajada.

—Muñeca, hasta yo sé que las damas no usan sombrero con sus batas.

Houston quedó paralizada. ¡Kane no estaba disgustado!

—Es mejor que entres, a menos que quieras que te vea así todo el mundo.

—Sí —respondió ella recuperándose y siguió subiendo. Cuando llegó al balcón se asomó y le dijo:

—Kane, tu regalo de bodas está en tu oficina.

Él le hizo una mueca y la saludó:

—Hasta muy pronto, muñeca.

—Houston —advirtió Opal desde atrás—, si no comienzas a prepararte llegarás tarde a tu propia boda.

—Preferiría morir antes —replicó Houston y regresó a la habitación.

Diez minutos más tarde, Kane estaba desenvolviendo el paquete que Houston le había dejado sobre el escritorio. Contenía dos cajas de cigarros y una nota.

> Estos son los mejores cigarros de toda Cuba. Cada mes, el señor Kane Taggert recibirá dos cajas de los mejores cigarros del mundo.

La tarjeta correspondía a una tabaquería de Florida. Kane estaba encendiendo uno cuando entró Edan. Le enseñó la caja.

—De parte de Houston. ¿Cómo crees que se las arregló para conseguirlos?

Edan aguardó un momento para apreciar los cigarros.

—Si algo he aprendido de la vida, es a no subestimar a una dama.

—Cualquier mujer que sepa comprar cigarros como éstos es una verdadera dama. Bueno, creo que es mejor que empiece a vestirme. ¿Me ayudas, Edan?

—Claro.

14

El vestido de novia era sencillo, Houston misma lo había diseñado, delicado y suntuoso a la vez. Estaba realizado en un satén de seda de color marfil, cortado al estilo princesa y no tenía una sola costura horizontal desde el cuello hasta la larga cola. Alrededor de la cintura, sobre los pechos y hasta la cadera tenía un intrincado diseño persa con miles de piedritas bordadas a mano. Las mangas, desde el hombro al codo, eran inmensas, lo que destacaba aun más la diminuta cintura del vestido. Los puños apretados que iban desde el codo hasta la muñeca repetían el mismo bordado con perlas.

Houston permaneció muy erguida mientras sus amigas le colocaban el velo sobre la cabeza. Era un encaje hecho a mano de cinco metros de largo, con diseño de flores y hojitas. El encaje tan complicado complementaba la sencillez del satén del vestido.

Tia sostenía el ramo con forma de lágrima que Houston llevaría en la mano. Era todo de capullos blancos y la última flor llegaba hasta el suelo.

Opal miró a su hija con los ojos llenos de lágrimas.

—Houston... —balbuceó pero no pudo continuar.

Houston la besó en la mejilla.

—Me llevo al mejor de los hombres, mamá.

—Lo sé —repuso Opal y le entregó un pequeño ramillete de rosas rosas—. Te los envía tu hermana. Pensó que ella llevaría rosas rojas y tú rosas. Supongo que tiene razón en que no se vistan tan iguales.

—Nuestros velos son diferentes —replicó Houston mientras Sarah colocaba el ramillete sobre el velo, encima de la oreja izquierda.

—¿Lista? —le preguntó Tia—. Creo que ésa es tu música.

Blair estaba de pie, en lo alto de la escalera, aguardando a su hermana. Se abrazaron solemnemente.

—Te amo más de lo que imaginas —Blair. Tenía los ojos llenos de lágrimas—. Supongo que tenemos que terminar con el espectáculo.

El pasamano de la escalera estaba cubierto de flores. Debajo del arco de la escalera había una orquesta de nueve músicos que ahora ejecutaban la marcha nupcial.

Con las cabezas erguidas, las dos mellizas comenzaron a bajar; una tomó el tramo de la derecha, la otra, el de la izquierda.

Todos observaban a las hermosas hermanas. Los vestidos eran iguales excepto por los velos y el color de los ramilletes sobre la cabeza.

Cuando las hermanas llegaron al pasillo principal, la gente retrocedió para abrirles paso.

Llegaron a la puerta de la biblioteca y aguardaron un momento a que comenzaran a tocar los seis órganos ubicados dentro de ese enorme recinto, donde las esperaban los familiares y amigos íntimos.

Cuando Houston miró por el pasillo, divisó a Jean Taggert de pie junto a su tío y su padre. Y al final del pasillo, sobre una plataforma cubierta de verde y de rosas, estaban los hombres, en los lugares equivocados.

Houston tenía que haber imaginado que no todo podía salir perfectamente. Estaba caminando por el pasillo, ¡hacia Leander! Miró de reojo a su hermana para compartir la broma, pero Blair mantenía la mirada fija hacia adelante, en Kane.

A Houston se le dio vuelta el estómago. No era un simple error. Pensó en las flores que Blair le había enviado. ¿Lo habría arreglado para no tener que casarse con Leander? ¿Querría a Kane?

La idea era ridícula. Houston sonrió. Sin duda, Blair hacía un gran sacrificio eligiendo a Kane para que ella pudiera tener a Lee. Era muy dulce de su parte, pero muy errado.

Sin dejar de sonreír, Houston miró a Kane. Él la miraba fijo y ella se alegró de que la reconociera.

Por un momento se alegró, pero cuando el rostro de Kane se ensombreció la sonrisa desapareció de la boca de Houston.

Kane no podía creer que ella lo había hecho a propósito para casarse con Leander. Pero claro que sí podía.

Mientras se acercaban a la plataforma, Houston trató de pensar en cómo solucionar el problema de la manera más elegante posible. La señorita Jones había pensado en todas las situaciones posibles a las que una dama debía hacer frente, pero jamás se le había ocurrido que podía casarse con el hombre equivocado.

Cuando las mellizas subieron a la plataforma, Kane seguía sin mirarla y Houston sintió un poco de resentimiento de que no hubiera hecho nada para cambiar la posición. ¿No le importaba si se quedaba con una u otra de las mellizas?

—Queridos míos, están...

—Perdón —interrumpió Houston en voz baja para que nadie más que ellos cinco la oyera—. Soy Houston.

Leander comprendió de inmediato. Miró a Kane que seguía con la mirada clavada hacia adelante.

—¿Cambiamos de lugar? —propuso Lee.

—Me da lo mismo —respondió Kane sin mirar a ninguna de las dos hermanas.

Houston se sintió desfallecer. Leander quería a Blair y a Kane no le importaba casarse con Blair en lugar de hacerlo con Houston su verdadera prometida. Se sintió tan inútil...

—Pero a mí no —repuso Leander y los hombres cambiaron los lugares.

La audiencia, cuando vio lo ocurrido, comenzó a reír, sin poder disimular la diversión.

Houston miró por un momento a Kane y notó que estaba enojado.

El servicio no duró mucho y cuando el reverendo Thomas anunció que los novios podían besar a las novias, Lee envolvió a Blair en un beso apasionado, mientras que el beso de Kane fue frío y reservado. Ni siquiera miró a Houston a los ojos.

—¿Podría hablar un momento a solas contigo, Kane? —pidió Houston.

Él asintió y la soltó como si no soportara tocarla.

Los cuatro bajaron en seguida de la plataforma y todos se acercaron para saludar a la novia. Houston y Kane quedaron separados. Todos se reían de la confusión en el altar. Todos bromearon que Lee no terminaba de decidirse sobre cuál de las mellizas prefería.

Jean Taggert llevó a Houston a un costado.

—¿Qué sucedió?

—Creo que mi hermana pensó que me hacía un favor entregándome a Leander. Iba a sacrificarse llevándose al hombre que yo quiero.

—¿Le dijiste a Blair que estás enamorada de Kane? ¿Que querías casarte con él? —preguntó Jean.

—Ni siquiera se lo he dicho a Kane. Pienso que no me creería. Es mejor que le demuestre lo que siento durante los próximos cincuenta años. —No pudo evitar que se le llenaran los ojos de lágrimas—. En el altar aseguró que no le importaba si se casaba conmigo o con mi hermana.

Jean tomó a Houston del brazo y la alejó porque vio que alguien se acercaba a saludarla.

—Si te casas con un Taggert, debes ser fuerte. Lo heriste en su orgullo, y entonces puede hacer o decir cualquier cosa. Ve a buscarlo ahora y cuéntale lo que hizo tu hermana; o explícale que fue un error en los planes, pero no dejes que continúe masticando este asunto en silencio. Estará muy furioso después y no podrás acercarte a él.

—Le pedí que nos reuniéramos en su oficina.

—¿Entonces, qué estás haciendo aquí?

Con una débil sonrisa, Houston recogió la cola del vestido y se dirigió hacia la oficina.

Él estaba de pie junto a la ventana, observando a los invitados en el jardín, con un cigarro apagado en la boca. Ni siquiera se volvió cuando la escuchó entrar.

—Siento mucho lo de la equivocación en el altar —comenzó a decir—. Fue un error en mi planificación.

—¿No querías casarte con Westfield?

—¡No! ¡Fue un error, eso es todo! —exclamó Houston.

Él se acercó al escritorio.

—Hoy renuncié a algo porque no soportaba la idea de humillarte. —Él la miró con frialdad—. Nunca podría vivir junto a una mentirosa. —Kane le arrojó una nota.

Houston la levantó. Era una nota escrita a mano y decía que ella llevaría el ramillete rojo en el cabello. Estaba firmada Houston Chandler.

—¡Maldición, lady Chandler! Yo fui sincero, pero tú... —Kane se volvió—. Quédate con el dinero, con la casa, todo aquello para lo que trabajaste con tanto ahínco. Y no tendrás que soportarme. Quizá puedas convencer a Westfield para que se lleve esa virginidad que tanto cuidas. —Comenzó a caminar en dirección de la puerta.

—Kane —suplicó Houston, pero él ya se había ido.

Minutos después, Blair entró en el cuarto.

—Creo que ya tenemos que ir a cortar la tarta —sugirió con voz vacilante—. Tú y Taggert...

Houston sintió toda la rabia junta y se levantó para acercarse a su hermana.

—¡Ni siquiera puedes llamarlo por su nombre! —gritó furiosa—. Crees que Kane no tiene sentimientos, lo has ofendido y te crees con el derecho de hacer lo que te plazca.

Blair retrocedió un paso.

—Houston, lo que hice, lo hice por ti. Quiero que seas feliz.

Houston apretó los puños y se acercó más a su hermana.

—¿Feliz? ¿Cómo voy a ser feliz si ni siquiera sé dónde está mi marido? Gracias a ti, quizá nunca conozca el significado de esa palabra, Blair.

—¿Yo? ¿Pero qué he hecho sino tratar de hacer todo lo que esté a mi alcance para ayudarte? Traté de hacerte entrar en razones y convencerte de que no tenías que casarte con él por el dinero. Kane Taggert...

—¿De veras no lo sabes? —la interrumpió Houston—. Has humillado a un hombre orgulloso y sensible delante de cientos de personas, y ni siquiera te das cuenta de lo que has hecho.

—Supongo que te referirás a lo que sucedió en el altar. Lo hice por ti, Houston. Sé que amas a Leander y yo quise casarme con Taggert para hacerte feliz. Siento lo que te hice. Nunca tuve intenciones de herirte. Yo sé que te he arruinado la vida, pero traté de reparar lo que yo misma te había hecho.

—Yo, yo, yo. Es lo único que sabes decir. Me arruinaste la vida y lo único que puedes hacer es hablar de ti. Tú sabes que amo a Leander. Tú sabes que Kane es un hombre terrible. Durante la última semana no hiciste más que dormir junto a Leander y hablas de él como si fuera un dios. Todo lo que dices es: «Leander». Supongo que esta mañana tuviste intenciones de ofrecerme al mejor hombre.

Houston se inclinó hacia adelante y agregó:

—Leander puede encenderte todos los sentidos, pero a mí no me causó nunca nada parecido. Si no hubieras estado tan ocupada contigo misma estos últimos días y pensaras que yo también tengo cerebro te habrías dado cuanta de que me enamoré de un hombre bueno y generoso. Admito que es un tanto rudo en las puntas, pero ¿acaso tú no me dijiste siempre que soy demasiado comedida?

Blair se sentó y la expresión de sorpresa en su rostro la hacía parecer casi cómica.

—¿Lo amas? ¿Amas a Kane Taggert? Pero no lo entiendo. Siempre amaste a Leander. Desde que tengo memoria, estuviste siempre enamorada de él.

Houston comenzó a calmarse cuando se dio cuenta de que lo que Blair había hecho, lo había hecho por amor a ella, para que Houston fuera feliz.

—Es verdad que decidí que lo quería cuando tenía seis años. Creo que Lee era un objetivo para mí, como escalar una montaña. Tendría que haberme fijado en el monte Rainier en lugar de pensar en Lee. Con una montaña, una vez que la has escalado, ya cumpliste tu meta. No sabía qué haría con Leander una vez que nos casáramos.

—¿Y sabes lo que harás con el señor Taggert?

Houston no pudo evitar sonreír.

—Oh, sí, sé muy bien lo que haré con él. Voy a darle un hogar, un lugar donde se sienta seguro, donde yo también me sienta segura y donde yo pueda hacer todo lo que quiero.

Para sorpresa de Houston, Blair se puso de pie con un gesto de enojo.

—Creo que podrías haberte molestado dos minutos para decírmelo, ¿no? Pasé un infierno durante estos últimos días. Estaba preocupada por ti y me la pasé llorando por lo que le había hecho a mi hermana y ahora tú me dices que estás enamorada de este rey Midas.

—¡No digas nada en contra de él! —exclamó Houston, pero luego logró controlarse—. Es el hombre más generoso y bueno del mundo. Y, ademas, lo amo.

—Y yo sufrí tanto porque estaba preocupada por ti. ¡Tendrías que habérmelo explicado, Houston!

Houston tardó un momento en responder. Había notado la angustia de Blair durante esos últimos días, pero estaba demasiado enojada como para preocuparse. Quizá, quería que su hermana sufriera.

—Supongo que estaba celosa de vuestras escenas de amor y por eso no quería pensar en ti —le dijo con suavidad.

—¿Escenas de amor? —preguntó Blair—. Pienso que yo soy para Leander su monte Rainier. No puedo negarte que me hace sentir cosas desde el punto de vista físico, pero eso es lo único que desea de mí. Pasamos muchos días juntos en la sala de operaciones, sin embargo creo que hay una parte de él que no conozco. No deja que me acerque mucho. Lo conozco tan poco. Él decidió que me quería, de modo que utilizó todos los métodos posibles para conseguirme.

—Pero vi la forma como lo miras; yo nunca lo miré así.

—Es porque nunca lo viste en la sala de operaciones. Si lo hubieras visto...

—Me habría desmayado —agregó Houston—. Blair, siento no haber conversado contigo. Quizá sabía que estabas sufriendo, pero lo que sucedió me dolió mucho. Estuve comprometida con Leander durante casi toda mi vida y tú me lo quitaste en una sola noche. Lee siempre me llamaba su princesa de hielo, yo tenía miedo de ser una mujer frígida.

—¿Y eso ya no te preocupa? —le preguntó Blair.

Houston se sonrojó.

—No con Kane —respondió, pensando en sus manos acariciándole el cuerpo. No, no se sentía frígida cuando Kane estaba cerca.

—¿De veras lo amas? —volvió a preguntar Blair como si le costara creerlo—. ¿No te importa que vuelque la comida? ¿No te molesta su vulgaridad ni las demás mujeres?

Houston contuvo el aliento.

—¿Qué otras mujeres? —Notó que Blair dudaba antes de contestar y Houston tuvo que hacer un esfuerzo para poder controlarse. Si Blair intentaba otra vez decidir lo que su hermana debía o no hacer...— Blair, es mejor que me lo cuentes.

Houston vio que Blair trataba de tomar una decisión.

—Si vuelves a intentar manejar mi vida como lo hiciste hoy en el altar, no volveré a dirigirte la palabra. Soy una adulta, y tú sabes algo sobre mi marido y yo también quiero saberlo, Blair.

—Lo vi en el jardín besar a Pamela Fenton justo antes de la boda —repuso Blair en un suspiro.

Houston se sintió un poco débil, pero luego entendió la verdad de la cuestión. ¿A eso se refería Kane cuando le dijo que había renunciado a algo?

—Pero de todos modos él se quedó conmigo —susurró—. La vio, la besó, pero se casó conmigo. —Nada podía hacerla más feliz que esa noticia—, Blair, acabas de convertirme en la mujer más feliz del mundo. Ahora, tengo que encontrar a mi marido, decirle que lo amo y pedirle que me perdone.

De repente, tuvo un mal pensamiento.

—Oh, Blair, tú ni siquiera lo conoces. Es un hombre tan bueno y generoso, y todo lo hace con tanta naturalidad. Es fuerte y la gente se apoya en él... —Houston hundió el rostro en sus manos—. Pero no soporta pasar vergüenza, y lo hemos humillado delante de toda la ciudad. Nunca me perdonará. ¡Nunca!

Blair se dirigió hacia la puerta.

—Iré a verlo y le explicaré que todo ocurrió por mi culpa, que tú nada tuviste que ver con todo este asunto. Houston, no tenía idea de que realmente querías casarte con él. No podía imaginar que desearas vivir con un hombre como él.

—Creo que no tendrás que seguir preocupándote por ello porque acaba de dejarme —murmuró Houston.

—¿Y los invitados? ¡No puede irse así!

—¿Debía quedarse y escuchar cómo los invitados se burlaban de como Leander no podía decidirse sobre con cual de las dos mellizas casarse? Nadie creerá que Kane pudo elegir a una mujer. Él cree que sigo enamorada de Lee, tú crees que amo a Lee y el señor Gates piensa que me caso con Kane por su dinero. Mamá es la única que entiende que estoy enamorada... por primera vez en mi vida.

—¿Qué puedo hacer para ayudarte? —preguntó Blair en un susurro.

—Nada puedes hacer. Él se ha ido. Me dejó el dinero y la casa y se fue. ¿Para qué quiero esta casa enorme si no la comparto con él? —Houston se sentó—. Blair, ni siquiera sé dónde está. Podría estar en un tren de regreso a Nueva York.

—Es muy probable que se haya ido a su cabaña —replicó una voz masculina.

Ambas hermanas levantaron la cabeza y vieron a Edan de pie junto a la puerta.

—No quise espiarlas, pero en cuanto me di cuenta de lo que sucedía en la boda supe que Kane se enojaría.

Houston envolvió la cola del vestido en el brazo y se puso de pie.

—Iré a verlo para explicarle lo sucedido. Le diré que mi hermana está tan enamorada de Leander que cree que yo también lo estoy. —Se volvió para sonreír a su hermana—. Estoy resentida porque pensaste que podía casarme con un hombre por su dinero, pero te agradezco el sentimiento que te movía a sacrificar al hombre que tanto significa para ti. —Le dio un beso en la mejilla.

—Houston, no sabía que te sentías así. En cuanto termine la recepción, te ayudaré a empacar y...

Houston se alejó con una pequeña carcajada.

—No, mi querida hermana mandona. Me iré ahora mismo. Mi marido es más importante que los invitados. Tendrás que quedarte y responder a todas las preguntas sobre el lugar adonde Kane y yo huimos.

—Pero Houston, no sé qué hacer con recepciones de este tamaño.

Houston se detuvo junto a Edan.

—Yo aprendí a hacerlo en mi «inútil» educación —replicó y luego le sonrió—. Blair, no es tan trágico. Alégrate, quizá haya alguna intoxicación durante la comida y entonces sabrás cómo manejarlo. Buena suerte.

—Houston partió dejando a Blair aterrorizada ante la idea de dirigir una recepción de tantas personas.

Edan la tomó de un brazo y la condujo a uno de los cuartos del ala norte de la casa. Le sonreía.

—Tiene la costumbre de estar espiándome —observó ella liberando el brazo.

—Aprendí más en estas dos semanas que pasé espiándola que en toda mi vida. ¿Hablaba en serio cuando aseguró que ama a Kane?

—¿Usted cree también que soy mentirosa? Iré a cambiarme para ir a buscarlo a su cabaña. Es difícil llegar hasta allí.

—¿Conoce el lugar?

—Conozco los alrededores.

—Houston, no puede escalar una montaña para ir detrás de él. Iré a buscarlo, le explicaré lo sucedido y lo traeré.

—No, ahora me pertenece, por lo menos legalmente, e iré a buscarlo sola.

Edan apoyó las manos sobre los hombros de la joven.

—Me pregunto si Kane se da cuenta de la suerte que tiene. ¿Qué puedo hacer para ayudarla?

Houston se acercó a la puerta.

—¿Puede encontrar a Sarah Oakley y pedirle que suba para ayudarme a cambiar? No, mejor encuentre a Jean Taggert. Es una dama muy bella con vestido de seda violeta y sombrero.

—¿Muy bella? —preguntó Edan riendo—. Buena suerte, Houston.

15

Jean ayudó a Houston para que se vistiera en tiempo récord. Estaba de acuerdo con Houston en que debía ir a buscar a Kane.

Cuando Houston estuvo lista, pasaron por el ala oeste, por el cuarto del ama de llaves y bajaron por una escalera semioculta. Edan la estaba esperando con un caballo cargado con cuatro bolsas de comida.

—Eso los mantendrá por unos cuantos días —explicó—. ¿Está segura de que quiere hacerlo? Si llegara a perderse...

—He vivido en Chandler durante toda mi vida y conozco los alrededores. —Lo miró con dureza—. No soy la tilinga que todos creen, ¿lo recuerda?

—¿Puso también un pedazo de tarta? —preguntó Jean.

—Está en su hermosa cajita de lata —respondió él en un tono tal que Houston los miró a ambos y sonrió.

—Ahora debes irte, y no te preocupes por nada de lo que suceda aquí. Sólo piensa en tu esposo y en lo mucho que lo amas —le aconsejó Jean mientras Houston montaba.

Houston logró escabullirse de la boda lo más secretamente que pudo, sin olvidar que tenía seiscientos invitados. Los pocos que la vieron quedaron tan perplejos que no atinaron a decir nada. Había bajado el velo de su sombrero para confundir a los que la descubrieran, pero no sirvió de mucho.

Cuando llegó a la parte oeste del jardín, casi atropella a Rafe Taggert y a Pamela Fenton que caminaban juntos.

No supo si fue por miedo o por sorpresa, pero el caballo se alzó en las dos patas traseras.

Rafe la miró divertido.

—Sin duda, usted es la melliza que se casó con un Taggert y ahora está huyendo.

Antes de que Houston pudiera responderle, Pam agregó.

—Si conozco a Kane, supongo que su orgullo quedó herido en el altar y huyó a algún lugar a lamerse las heridas. Por casualidad, no pensará ir a buscarlo, ¿no es así?

Houston no sabía cómo reaccionar frente a esta mujer de la que su marido había estado enamorado una vez. Con la mayor frialdad que logró reunir, y con el mentón en alto, contestó:

—Sí, a eso voy.

—¡Muy bien! —exclamó Pam—. Kane necesita a una mujer de su valor. Siempre insistí en que él viniera a mí. Espero que usted esté preparada para su carácter. A veces, es aterrador. Le deseo la mejor suerte del mundo.

Houston quedó tan sorprendida por las palabras de Pam que no pudo responderle. Sus sentimientos se debatían entre la ira, porque conocía a su marido y la gratitud, porque sabía que le estaba dando un buen consejo. Y además, Pam parecía haber olvidado a Kane.

—Gracias —repuso Houston y tiró de las riendas para continuar su camino.

No se cruzó con nadie más y suspiró aliviada cuando pasó los límites de la ciudad de Chandler y se internó en el campo.

La primera parte del viaje era muy fácil y tuvo tiempo de pensar en lo que estaría sucediendo en la casa de Kane. ¡Pobre Blair! No había tenido malas intenciones. Había creído que Houston quería a Leander y por lo tanto, había hecho el gran sacrificio de cambiar su lugar y disponerse a vivir el resto de su vida junto a un «villano» como Kane Taggert. Tal vez eso era lo que Kane había sentido, que él era la medicina que Blair debía tomar porque le había hecho un mal a su hermana.

Claro que Kane jamás comprendería que para los invitados todo había sido sólo una broma. Le tomarían el pelo a Leander porque lo conocían desde que era un niño. Si Kane se hubiera quedado y reído con ellos, todo habría quedado en el olvido en seguida; pero a Kane le faltaba aprender el arte de saber reír de sí mismo.

Llegó al pie de la montaña y comenzó a ascender por el mismo camino que Kane había utilizado antes. Cuando llegó al lugar donde días atrás habían almorzado, se apeó del caballo para beber un poco de agua. Por encima de ella, se elevaba lo que parecía un tramo impenetrable. Pero Kane le había dicho que su cabaña estaba allí, y si así era, ella la encontraría.

Se quitó la chaqueta y la ató al caballo. Luego, comenzó a buscar algún sendero por entre los árboles. Después de estudiar la montaña desde distintos ángulos durante varios minutos le pareció descubrir un sendero que subía y se perdía entre los árboles.

Por un momento, Houston se preguntó qué diablos estaba haciendo allí el día de su boda. En ese mismo momento, tendría que llevar puesto su vestido de satén y estar bailando con su marido. Ese pensamiento la hizo volver al presente. Su marido estaba en la cima de la montaña; quizá. Edan pudo haberse equivocado, y Kane podría estar encima de un tren rumbo a África.

Después de hacer beber un poco de agua al caballo, se ató bien el sombrero para protegerse del sol y volvió a montar.

El ascenso era peor de lo que parecía en un principio. Por momentos, el camino era tan estrecho que las ramas de los árboles le raspaban las piernas y tenía dificultades para hacer que el caballo avanzara. Las plantas que asomaban por entre las piedras no eran como las de la ciudad. Esos árboles tenían que luchar por la vida y se negaban a abrirle el paso a un ser humano.

Una corona de cactus le enganchó un lado de la falda y la desgarró, dejando también clavadas varias espinas en la tela. Houston se detuvo un momento para quitarse las espinas y los cardos que se le habían adherido al cabello. Quería tener una buena apariencia para cuando llegara.

En un punto, el sendero hacía una curva cerrada hacia la derecha, y la luz del sol quedaba oculta por los árboles y las formaciones rocosas. Por todos lados había hongos de formas y colores extraños. Algunos eran pequeños y de color amarillo, otros tenían el tamaño de su pie y eran de un rojo brillante. También había inmensos parches cubiertos con hongos de veinticinco centímetros de altura.

A medida que subía, el aire se hacía más enrarecido y la vegetación iba cambiando y era muy diferente de la que prosperaba en el clima árido que rodeaba Chandler. En dos oportunidades, tuvo que detenerse para buscar el camino y una vez, siguió un sendero que terminaba en una inmensa formación rocosa, que parecía una cueva con una ventana natural en la punta. El lugar era extraño; por un lado infundía temor y por el otro daba la sensación de ser el sitio adecuado para escuchar misa.

Condujo el caballo fuera de las rocas y regresó al camino.

Una hora después, tuvo el primer indicio de buena suerte: encontró un pedazo de tela del traje de Kane en la punta filosa de una roca. Sintió un gran alivio al tener la prueba de que Kane estaba en la cima. Con renovadas fuerzas, trató de apresurar el caballo.

Todo habría terminado perfectamente si no fuera porque comenzó a llover. Eran frías ráfagas de agua que la cubrían de arriba abajo, dificultándole también la visión. Trató de mantener agachada la cabeza para seguir el camino.

Hubo truenos y el caballo se asustó. Después de continuar un buen rato luchando contra la lluvia y el caballo, Houston desmontó y siguió el camino a pie, sosteniendo las riendas del animal para guiarlo.

Llegó a un punto, donde el camino ascendía y descendía en forma aguda. La joven dio un paso y trató de tranquilizar al caballo.

—Si no llevaras la comida, te dejaría ir —le dijo con disgusto.

Cuando descendió ese afilado promontorio, hubo un rayo que iluminó el lugar y Houston divisó la cabaña. Permaneció inmóvil un segundo, observando a través de la lluvia. Había comenzado a dudar de la existencia de la cabaña. ¿Y ahora qué debía hacer? ¿Acercarse, llamar a la puerta y cuando Kane le abriera decirle que había venido a dejarle una tarjeta para que la llamara?

Casi se había decidido a regresar cuando se desató un infierno. El estúpido caballo que había tenido casi que arrastrar, relinchó y otro caballo le respondió; sin mas, el animal echó a correr en dirección de la cabaña. El caballo no se inmutó de que Houston estuviera en medio del camino y la volteó. Houston comenzó a rodar por el barro. Caía por la ladera de la montaña cuando sintió un disparo en su dirección. El ruido le tapaba la voz.

—¡Salga inmediatamente de aquí si quiere permanecer con vida! —gritó Kane por encima del ruido de la lluvia.

Houston estaba colgando del borde de una pendiente, aferrada a las raíces de un árbol, mientras trataba de buscar un lugar donde apoyar el pie. ¡Kane no podía estar tan furioso como para querer dispararle!

No era momento para hacer preguntas. Tenía que enfrentarse a su marido o caería por la montaña.

—¡Kane! —gritó mientras sentía que la fuerza de sus brazos iba cediendo.

Casi de inmediato, él apareció a su lado.

—¡Dios mío! —exclamó incrédulo mientras estiraba los brazos para tomarla de la cintura.

Con facilidad, la subió y la apoyó en el suelo; luego retrocedió. No podía creer que ella estuviera allí.

—Vine a verte —murmuró Houston con una sonrisa mojada.

—Es una agradable sorpresa, ya que no tengo mucha compañía aquí.

—¿Ésa es tu bienvenida? —preguntó señalando el arma que él tenía en la mano.

—¿Quieres entrar? Encendí el fuego. —Su voz sonaba divertida, y también complacida, pensó Houston.

—Me encantaría —replicó la joven. Luego lanzó un grito y dio un salto hacia él porque sintió que una rama se partía por encima de su cabeza.

Él la miró con ojos interrogativos. Era ahora o nunca, pensó Houston y no tenía sentido ser cobarde o tímida.

—Tú me prometiste que estarías presente en la boda si yo me quedaba para la noche de bodas. Tú cumpliste con tu parte del trato, y he venido a pagar la mía.

Houston lo observó conteniendo el aliento.

Kane atravesó por distintas emociones antes de echar hacia atrás la cabeza y reír a todo pulmón. La tomó en sus brazos y la llevó hasta la cabaña. Delante de la puerta, se detuvo y la besó. Houston se aferró a él y sintió que el arduo camino había valido la pena.

Dentro de la pequeña cabaña, había una chimenea de piedra que ocupaba casi toda la pared, llenando el lugar con una tibia y alegre calidez.

Kane le alcanzó una manta.

—No tengo ropa seca aquí, pero esto te servirá. Cámbiate mientras voy a buscar tu caballo para atarlo.

—Hay comida en las bolsas —añadió ella antes de que Kane saliera.

Cuando se quedó sola, Houston comenzó a cambiarse la ropa empapada. Mantenía la mirada clavada en la puerta todo el tiempo. « ¡Cobarde!», se dijo. «Te ofreciste al hombre y ahora debes asumir las consecuencias.»

Cuando Kane regresó, Houston estaba envuelta en la manta de lana, que la cubría hasta el cuello. Al verla, Kane sonrió y dejó las bolsas en el suelo.

El único mueble del lugar era una inmensa cama de pino, cubierta con todo tipo de mantas que no tenían el aspecto de estar muy limpias. Contra una pared, había una montaña de productos envasados en latas, la mayoría duraznos en almíbar, como los que Houston había encontrado en la cocina de la casa Taggert.

—Me alegro de que hayas traído algo de comida —comentó él—. Creo que salí demasiado a prisa como para acordarme de recoger algo. Aunque Edan no me crea, a veces me canso de los duraznos en almíbar.

—Edan empacó la comida y tu prima Jean le hizo colocar un pedazo de la tarta de bodas.

Kane se puso tenso.

—Ah, sí, la boda. Supongo que te arruiné el día; a todas las mujeres les gustan tanto las bodas. —Comenzó a desabrocharse la camisa.

—Muchas mujeres tienen bodas como las que planeé, pero pocas un día como el que terminó siendo éste.

Cuando Kane se sacó la camisa, miró a Houston y le sonrió.

—¿Fue tu hermana quien organizó todo lo de la boda? Tú no tuviste nada que ver, ¿no? Me di cuenta de ello cuando llegué aquí arriba.

—Así fue —respondió Houston con suavidad—. Pero no lo hizo con malas intenciones. Me ama y creyó que yo quería a Leander, de modo que trató de dármelo. —Cuando Kane comenzó a quitarse los pantalones, Houston miró hacia el hogar. Esta era su noche de bodas, pensó y sintió cómo su cuerpo iba adquiriendo calor.

—¿Creyó? —preguntó Kane. Como Houston no contestaba, él insistió—: Dijiste que ella creyó que tú querías a Westfield. ¿Ahora no piensa lo mismo?

—No, después de lo que le expliqué —murmuró Houston, con la mirada clavada en el fuego. Detrás de ella, podía percibir cómo Kane se frotaba el cuerpo con una toalla y sintió la tentación de volverse. ¿Sería tan musculoso como el hombre que había contratado para la fiesta de la Hermandad?

Kane se arrodilló junto a ella.

Tenía sólo una toalla alrededor de la cintura, y parecía un dios griego. Esos músculos fuertes bajo esa piel bronceada eran mucho mejores que los del hombre que ella había contratado.

Kane estuvo a punto de añadir algo, pero lo olvidó al mirarla.

—Una vez me miraste así —recordó—. Y esa vez, cuando te toqué, me pegaste con la jarra de agua. ¿Piensas hacer lo mismo esta vez?

Houston se limitó a mirarlo y dejar que la manta se deslizara lentamente por los hombros, hasta cubrirle apenas los pechos.

—No —fue lo único que se le ocurrió contestar.

El calor del fuego sobre su piel era agradable, pero no podía compararse con la calidez de la mano de Kane cuando le acarició la mejilla. Él enredó sus dedos en el cabello mojado que caía sobre la espalda de Houston. Le recorrió el labio inferior con el pulgar mientras la observaba.

—Siempre te vi muy elegante, pero jamás más bella que ahora. Me alegro de que hayas venido. Las personas deberían hacer el amor en un lugar como éste.

Houston lo miró a los ojos mientras Kane le acariciaba los hombros. Cuando él comenzó a apartar la manta que cubría los pechos de la joven, ella contuvo el aliento y se dio cuenta de que estaba rezando por poder complacerlo.

Con mucha suavidad, como si fuera una niña, él la rodeó con un brazo y la recostó sobre el suelo de la cabaña. Ella se puso tensa y pensó: ha llegado el momento.

Kane apartó la manta y el cuerpo desnudo de Houston quedó totalmente expuesto.

La joven aguardó el veredicto.

—Maldición —musitó Kane—. Sin duda que Westfield se comportó como un tonto con un cuerpo como éste. Descubrí que los vestidos tan insinuantes que ustedes las mujeres usan a veces, suelen estar rellenos de algodón.

Houston se echó a reír.

—¿Te gusto?

—¿Gustarme? —repitió Kane—. ¡Sólo mira mi mano! Tiembla tanto que no puedo dominarla. —Le apoyó una mano sobre la piel suave del estómago—. No me será fácil esperar, pero una dama que ha subido hasta aquí para pasar la noche conmigo se merece lo mejor. Siéntate aquí que prepararé algo para beber. ¿Te gustan los duraznos? ¡No! —exclamó mientras Houston se envolvía con la manta.

Al crecer junto a Duncan Gates, Houston no había tenido muchas oportunidades de aprender a gustar el licor. Pero Kane tomó una lata de duraznos, le quitó el jugo, aplastó los duraznos hasta convertirlos en pulpa y los bañó con una buena porción de ron.

Le ofreció que probara la mezcla directamente desde la lata.

—No es un vaso de lujo, pero sirve.

Houston bebió un sorbo. Se sentía un poco extraña por estar sentada desnuda enfrente de un hombre. Pero cuando terminó la bebida, que no se parecía en nada a los pequeños sorbitos de licor que había tenido la oportunidad de probar anteriormente, se sentía como si no llevar ropa alguna fuera la cosa más normal del mundo.

Kane se sentó frente a ella para observarla.

—¿Mejor? —le preguntó y le ofreció otra vuelta.

—Mucho mejor.

Apenas había llegado a la mitad de la lata cuando Kane se la quitó de las manos.

—No quiero que te emborraches, sólo que te relajes.

La rodeó con sus brazos y la atrajo hacia él. La bebida la hacía sentirse menos inhibida. Los brazos de Houston rodearon el cuello de Kane y ella apoyó sus labios sobre los de él.

—¿Qué le dijiste a tu hermana sobre Westfield?

—Que Lee podía encender su fuego, pero que a mí no me hacía nada.

—¿No es muy convincente?

—Para nada.

Kane comenzó a acariciarle el cuerpo mientras la besaba. Houston sentía que se iba deshaciendo de a poco.

Houston se acercó más a él, y estiró el cuerpo para que Kane tuviera libre acceso.

Él le besó el rostro, el cuello, y recorrió los pechos con la boca. Cuando besó uno de los pezones rosados, Houston se arqueó completamente y él acarició la cintura y las caderas de la joven.

—No tan a prisa, mi amor —murmuró él—. Tenemos toda la noche.

Todas esas sensaciones eran tan nuevas para Houston. Cuando Lee la tocaba, ella sentía un gran rechazo, y deseos de hacerlo a un lado. Pero cuando Kane la tocaba, se sentía cada vez mejor, quería que siguiera explorándola y así desaparecieran todos los temores que le había inculcado Lee sobre la frigidez.

Las manos de Houston empezaron a explorar la piel de Kane y a sentir su calidez. La luz del fuego le iluminaba el cuerpo y Houston sintió deseos de recorrerlo por completo.

Kane la atrajo aun más y se recostó sosteniéndola en sus brazos. Se quitó la toalla que tenía atada a la cintura, y Houston acercó la cadera contra el cuerpo de él, un poco asustada al sentir la plenitud de su hombría.

El control de Kane comenzó a flaquear. Su respiración se hacía cada vez más agitada y los besos pasaron de ser tiernos a ser exigentes y ardorosos. Houston le respondió con la misma fuerza.

—Houston, dulce, dulce Houston —susurró mientras se colocaba encima de ella.

Houston se aferró a él y lo atrajo contra su cuerpo. Cuando él la penetró, ella dejó escapar un leve grito y se le llenaron los ojos de lágrimas por el dolor. Kane se incorporó un poco para mirarla, y aguardó a que el dolor cediera un poco. Le besó el cuello y le pasó la lengua por las orejas hasta que la boca de ella buscó la suya.

Kane comenzó a moverse dentro de ella muy despacio y después de los primeros movimientos dolorosos, Houston comenzó a seguirle el ritmo.

Kane apoyó las manos en las caderas de Houston y comenzó a guiarla suave y delicadamente.

Houston echó atrás la cabeza y se entregó con toda el alma a las nuevas sensaciones que Kane descubría para ella.

Comenzó a seguir el ritmo que databa de tiempos inmemoriales. Por fin liberaba todas las emociones que había mantenido ocultas durante tanto tiempo.

Kane comenzó a moverse con más rapidez y ella lo siguió. La pasión iba subiendo cada vez más, hasta que ella pensó que explotaría.

Creyó que moriría por la fuerza de sus emociones.

—Kane —dijo—. Oh, mi querido, querido Kane.

Él se apartó un poco para poder observarla. Su rostro tenía una expresión extraña, que Houston no pudo entender.

—¿No te agradé? —le preguntó mientras su cuerpo comenzaba a tensionarse de nuevo—. ¿Tú también crees que soy frígida?

Kane le tomó la cabeza con una mano y la besó con suavidad

—No, corazón, lo último que pensaría de ti es que eres frígida. No sé muchas cosas sobre ti, pero de algo estoy seguro: eres la mujer más hermosa que jamás haya conocido; y además, haces cosas extrañas como escalar la montaña para venir a pasar la noche conmigo, y resulta que mi querida esposa, mi pequeña dama, se convierte en una pequeña y ardiente... No, es mejor que lo deje ahí.

Le dio un beso en la frente.

—Voy a salir para lavarme toda esta sangre y cuando regrese comeremos algo. Necesito mi fuerza si voy a hacerte el amor durante toda la noche.

Kane se puso de pie y cuando la miró se le cruzó un extraño pensamiento: no quería estar solo, ni siquiera durante el tiempo que le llevara salir para lavarse.

Le extendió una mano y le pidió:

—¿Vienes conmigo? —Su voz sonó como un ruego.

—Hasta el fin del mundo —le respondió Houston.

16

Houston salió bajo la lluvia con su marido y ni siquiera sintió el frío. Tenía la mente ocupada pensando en que no era frígida. Quizá el problema estuviera en Leander, quizá habían estado demasiado juntos siempre. Fuera cual fuera la razón, se sentía aliviada de que no le faltara nada como mujer.

Kane la tomó en sus brazos.

—¿En qué estás pensando? —le preguntó—. ¿Qué piensa una dama después de que el mozo de cuadra le hizo el amor?

Houston se soltó y alzó los brazos en dirección al cielo. Comenzó a bailar lentamente, como si llevara su vestido de satén.

—Esta dama se siente maravillosamente. Esta dama no se siente para nada una dama.

Kane la tomó de una mano.

—¿No te arrepientes de que tu noche de bodas no haya sido sobre sábanas de seda? No deseas que otro hombre...

Houston le colocó una mano sobre la boca.

—Ésta es la noche más feliz de mi vida y no quiero estar en ningún otro lugar ni con ninguna otra persona. Una cabaña en el bosque con el hombre que amo. Ninguna mujer podría pedir más que eso.

Él la observó con el ceño fruncido y luego le dijo:

—Es mejor que entremos o vamos a congelarnos.

Comenzaron a caminar hacia la cabaña, uno junto al otro, cuando de repente, Kane se volvió, la abrazó y la besó con pasión.

Houston se entregó con toda el alma, para que él pudiera sentir toda la felicidad y la emoción que la embargaban.

Kane la tomó en sus brazos y la llevó hasta la cabaña. Una vez adentro, tomó una toalla y le frotó el cuerpo congelado.

—Houston —comentó—, no te pareces a ninguna de las damas que he conocido. Pensé que tenía bien en claro lo que sería casarme con una de las princesas Chandler, pero tú has derrumbado todas mis ideas.

Ella se volvió, con la toalla envolviendo parte de su cuerpo y la piel de los hombros iluminada por el reflejo del fuego.

—¿Soy diferente en el buen sentido o en el malo? Sé que querías una dama, ¿acaso no me comporto como tal?

Kane tardó un rato en contestarle, como si pensara bien lo que iba a decirle:

—Digamos sólo que estoy aprendiendo bastante. Apuesto a que la esposa de Gould jamás lo siguió hasta la cima de la montaña. —Empezó a besarle el cuello y de repente se detuvo—. ¿Sería mucho pedir que supieras cocinar?

—Conozco los rudimentos, lo suficiente para dirigir una cocinera, pero no como para improvisar una comida sin los elementos necesarios. ¿No te gusta cómo cocina la señora Murchison?

—Me alegro de que ella no esté aquí ahora. Lo que quiero saber es si puedes preparar algo para comer con el contenido de esas bolsas que trajiste.

Houston estiró los brazos y lo abrazó.

—Creo que podré arreglarlo. Quiero que esta noche no se termine nunca. Temía que te enojaras conmigo por venir aquí sin que me hubieses invitado. Pero ahora me alegro de estar aquí y no en Chandler. Esto es mucho más romántico.

—Romántico o no, si no comemos algo pronto, me voy a deshacer.

—No podemos dejar que suceda esa catástrofe —replico Houston y se soltó.

Kane pensó que Houston acababa de hacer una broma, pero luego descartó la idea.

Houston se ató la toalla por encima de uno de los hombros y se puso a abrir los paquetes que había traído. Kane se ató una toalla alrededor de la cintura mientras agregaba leña al fuego. Houston se dio cuenta de inmediato de que quien hubiera guardado la comida había hecho un trabajo excelente. Cuando abrió la segunda bolsa, encontró una nota.

> Mi querida hija:
>
> Te deseo toda la felicidad del mundo en tu matrimonio y creo que tienes razón en seguir a tu esposo. Cuando regreses, no te sorprendas al escuchar que Kane te llevó consigo.
>
> Con amor,
>
> OPAL CHANDLER GATES

Kane levantó la mirada y vio que Houston tenía los ojos llenos de lágrimas y que tenía un papel en la mano.

—¿Algo malo?

Ella le entregó la nota.

—¿Qué quiere decir esto de que te traje conmigo?

Houston comenzó a abrir los paquetes.

—Quiere decir que cuando regresemos a Chandler

tu reputación como amante romántico habrá aumentado.

—¿Mi qué?

—Sí —prosiguió ella—. Comenzó cuando me sacaste en brazos de la fiesta de los Mankin; luego la gente comenzó a hablar de cómo me defendiste de los cowboys que me habían molestado aquel día en la ciudad. Y también debemos agregar aquella romántica cena que ofreciste en tu casa a la luz de las velas y sentados sobre los almohadones.

—Pero eso se debe a que no tengo sillas, y además, yo te había tirado la comida encima, y por último, ¿tenía que dejar que esos tipos te molestaran?

Houston abrió una lata que contenía una sopa-crema de langosta.

—Sea cual sea la verdadera razón, el resultado es el mismo. Cuando regresemos, las muchachas adolescentes se detendrán en la calle para mirarte y comentarán entre ellas que esperan casarse con un hombre que el día de la boda las lleve a una cabaña en la montaña.

Por un momento, Kane no repuso nada. Hizo una mueca y se sentó junto a Houston.

—¿Así que soy romántico? —le dijo besándola en el cuello—. No creo que nadie adivine que es la mujer con quien me casé la que evita que haga el ridículo delante de todo el mundo. ¿Qué es esa cosa gris?

—Paté de foie gras —explicó Houston untándole una galletita y poniéndosela en la boca.

—No está mal. ¿Qué otra cosa hay?

Había un poco de queso, tomates, croquetas de pollo, jamón, lomos con salsa de cebollas y pollo frito.

Cuando Houston vio el pollo se echó a reír. No estaba en el menú que había planeado para la boda. Sin duda la señora Murchison se lo había preparado para su querido señor Taggert. Se preguntó cuántas otras personas habían ayudado a envasar la comida para su huida «secreta».

—¿Qué demonios es esto? —preguntó Kane.

—Pensé que la boda era una buena ocasión para introducir algunas comidas nuevas en Chandler. Eso es un pan alemán que se llama *pretzel*; también se sirvieron algunos dulces italianos, pero no creo que los hayan puesto para nosotros.

Mientras hablaba, seguía sacando comida de las bolsas. Había una bolsa de tela llena de frutas, una lata con ensalada Waldorf, una enorme caja redonda con pedazos de distintas tartas, pan de jengibre y otro de chocolate. Tres hogazas de pan de trigo, un recipiente con fetas de carne, queso y cebollas, un frasco de aceitunas y otro de mostaza.

—Creo que no nos moriremos de hambre. ¡Ah! Aquí está. —Le mostró el interior de la caja de metal que contenía un buen pedazo de tarta de bodas.

Kane tomó el cuchillito que estaba encima de la cama, cortó un pedazo de tarta y se lo dio de comer en la boca a Houston con la punta de sus dedos. Houston saboreó hasta la última miga. Kane se acercó y la besó.

—Uno se podría morir de hambre teniéndote cerca —le dijo—. ¿Por qué no me das de comer antes de que vuelvas a seducirme?

—¡Yo! —exclamó ella—. Pero eres tú...

—¿Sí? —preguntó Kane mientras se servía un trozo de pollo frito—. ¿Yo qué hice?

—Quizá sea mejor que no lo diga. ¿Puedes pasarme esa lata de sopa?

—¿Encontraste mi regalo de bodas, Houston? ¿En el baulito de cuero?

—¿Él que está en la salita? —Cuando él asintió, ella

dijo que no había tenido tiempo de mirarlo—. ¿Qué hay adentro?

—¿Eso no arruinaría la sorpresa?

Houston siguió comiendo y luego añadió:

—Creo que los regalos de boda deben entregarse el día de la boda. Y dado que estamos aquí y que el baúl está allá, quisiera otro regalo.

—Ni siquiera viste lo que hay dentro del baúl, además. ¿Adónde voy a comprarte algo aquí arriba?

—A veces, los regalos más preciosos no se compran. Lo que quiero es algo personal, algo muy especial.

Kane hizo un gesto para indicar que no tenía la menor idea de lo que le estaba pidiendo.

—Quiero que compartas un secreto sobre ti conmigo —repuso ella.

—Ya te conté todo sobre mí. ¿Quieres saber adónde escondo el dinero en caso de que me vaya mal en los negocios?

Houston cortó un trozo de Camembert.

—Pensaba en algo sobre tu madre o tu padre, o tu odio por los Fenton, o tal vez, sobre lo que tú y Pam hablaron esta mañana en el jardín.

Kane quedó tan perplejo que por un momento no pudo replicar nada.

—¿No pides demasiado? ¿No quieres nada más, como quizá mi cabeza sobre una bandeja? ¿Por qué quieres saber esas cosas?

—Porque estamos casados, Kane.

—No vuelvas a poner cara de dama. Muchas personas están casadas, como tu madre y ese hombre tan solemne. Ella lo llama señor Gates por respeto, como tú me llamabas a mí. Apuesto a que tu madre jamás le hizo preguntas como las que tú me estás haciendo ahora.

—Bueno, tal vez yo sea tremendamente curiosa. Después de todo, fue mi curiosidad la que me llevó a conocer tu casa y que nos llevó... a ahora... —La manta que cubría a Houston se deslizó unos centímetros.

Kane la observó divertido.

—Veo que aprendes a prisa. Muy bien, es mejor que te diga algo, porque, según Pam, toda la ciudad hablará de ello en unos pocos días.

Hizo una pausa y miró la comida.

—No te gustará lo que voy a decirte, pero ahora no puedo hacer mucho para cambiarlo. ¿Recuerdas que te comenté que cuando era joven Fenton me echó de su casa porque me había mezclado con su hija?

—Sí —contestó Houston con suavidad.

—Siempre pensé que alguien nos había espiado y había ido con el cuento a Fenton, y hoy Pam me confesó que fue ella misma quien se lo dijo. —Kane suspiró, la miró y continuó hablando—: Pam le contó a su padre que estaba esperando un hijo de mí. Fenton, tan bastardo como es, la envió a otro lugar y la hizo casarse con un hombre mayor que le debía dinero y a mí me aseguró que Pam no quería volver a verme nunca.

—¿Es por eso que odias al señor Fenton?

Kane la miró a los ojos.

—No. Acabo de enterarme de todo esto. El punto de toda esta historia es que Pam vino a Chandler para quedarse, y con ella, su hijo de trece años, que también resulta ser mi hijo. Y según Pam, se parece bastante a mí, lo que hará que la gente murmure.

Houston se tomó su tiempo para responder.

—Si todo el mundo va a enterarse de esta historia en poco tiempo, no es un gran secreto, ¿no?

—Fue bastante secreto para mí hasta hace algunas horas —repuso Kane con tono de enojo—. No sabía que tenía un hijo.

Cuando se lo proponía, Houston podía ser tan testaruda como él.

—Te pedí un verdadero secreto, no algo de lo cual todos estarán hablando la semana entrante mientras toman el té. Quiero saber algo acerca de ti, que sólo tú sabes, algo que ni siquiera Edan conoce.

—¿Por qué quieres saber sobre mí? ¿Por qué no puedes sólo colocar los muebles y dormir conmigo?

—Porque te amo y quiero saber cosas sobre ti.

—Las mujeres siempre dicen que nos aman. Hace dos semanas estabas enamorada de Westfield. ¡Maldición! Te contaré algo que no es asunto tuyo, pero que quizá te guste saber. Esta mañana, Pam vino a verme y me confesó que había estado enamorada de mí durante todos estos años y quería que me fuera con ella, pero yo la rechacé.

—¿Por mí? —preguntó Houston con una voz apenas audible.

—¿No eres tú la mujer con quien me casé? Y debo agregar que no tengo nada que agradecerle a esa estúpida hermana que tienes.

—¿Sucedió algo entre tú y Blair para que estéis siempre rezongando?

—Un secreto por vez —replicó él—. Si quieres otro, tendrás que ganártelo. Y la mejor manera de hacerlo es sacar todo esto de la cama, quitarte esa manta y venir a frotarte contra mi cuerpo.

—No estoy segura de poder soportar esa tortura —susurró Houston al mismo tiempo que dejaba la comida y, abría la manta.

—Me gustan las mujeres obedientes —afirmó Kane tendiéndole los brazos.

—Me han entrenado para ser la más obediente de todas las mujeres —murmuró Houston acercándole los labios para que la besara.

—Hasta donde recuerdo... todavía no me has obedecido ni una sola vez... Salvo aquí, en la cabaña. Maldición, Houston, nunca pensé que serías así. Quizá te pareces a tu hermana más de lo que yo creía.

Ella se apartó.

—¿Tú también pensabas que yo era una princesa de hielo?

Kane la atrajo de nuevo hacia sí con una sonrisa.

—Muñeca, ¿qué obtienes cuando aplicas calor al hielo?

—¿Agua?

—Vapor. —Con un repentino movimiento, Kane la colocó sobre sus piernas.

A Houston le encantaba sentirse cerca de él, en contacto con su piel. Le habían advertido que la noche de bodas era muy dolorosa, pero esa noche había tenido toda la felicidad que tanto había deseado. Tal vez fuera por el mismo Kane, porque sentía que él la aprobaba y no la criticaba como la mayoría de los hombres que la habían rodeado toda su vida. Tenía la libertad de reaccionar como en verdad quería.

Kane comenzó a acariciarle el cuerpo, las piernas, la espalda y eso la hacía sentirse hermosa, como ningún vestido o cumplido lo habían hecho jamás. Cerró los ojos y se entregó a las hermosas sensaciones de la habitación en penumbras, al sonido y la calidez del fuego y al tacto de las manos de este hombre que le acariciaba todo el cuerpo.

Kane le desparramó el cabello sobre la almohada y le rozó las mejillas con la punta de los dedos.

Cuando Houston abrió los ojos y lo miró, sorprendió en su rostro una expresión de dulzura que nunca le había visto antes. Sus ojos oscuros la miraban con deseo.

—Kane —susurró Houston.

—Estoy aquí, amor, y no tengo intenciones de irme a ningún lado.

Cuando ella volvió a cerrar los ojos, las manos de Kane se tornaron más insistentes. Se le aceleró la respiración y se colocó sobre ella, para acariciarle los pechos y besarla en la boca; Houston se abrió al igual que una flor se abre a una abeja.

Kane colocó las manos bajo los muslos de ella y la levantó para poder penetrarla mejor.

Houston gritó ante el primer movimiento, pero el dolor desapareció en cuanto comenzó a moverse al mismo ritmo. Él la abrazaba cada vez con más fuerza, hasta que ambos se fusionaron en un solo ser.

De forma instintiva, Houston colocó las piernas alrededor de la cintura de Kane y se aferró a su cuello mientras él se levantaba de la cama, sosteniendo el peso de ella con sus brazos y sus rodillas.

Kane se colocó contra la pared de la cabaña y sus movimientos se hicieron más intensos. Houston echó la cabeza hacia atrás y gritó de placer, hasta el movimiento final.

Por un momento, Kane la sostuvo así contra la pared, sin moverse, y ella siguió aferrada a él, como si fuera su único nexo con la vida.

Después de varios minutos, Kane la llevó a la cama y se acostó junto a ella sin soltarla.

—¿Quién hubiera adivinado que una dama gritaría?

Houston estaba demasiado agotada como para responderle y se durmió en sus brazos.

17

Cuando Kane se despertó a la mañana siguiente, ya era pleno día. Después de observar el cuerpo desnudo de Houston durante un largo rato, comenzó a acariciarla.

—Es hora de levantarse y prepararme el desayuno.

—Toca el timbre y vendrá la criada —replicó ella mientras hundía la cabeza en su pecho.

Él la miró con una ceja levantada.

—Oh, buenos días señores Gates y Leander. Qué agradable sorpresa.

Houston reaccionó de inmediato: en un segundo se sentó en la cama y se envolvió con la sábana hasta el cuello.

Le llevó unos pocos segundos darse cuenta de que todo era una broma.

—¡Qué broma tan sucia! —exclamó, pero Kane como toda respuesta se echó a reír a carcajadas. Houston hizo un esfuerzo por no imitarlo, pero fue en vano.

—Supongo que ya no tengo que seguir preocupándome por Westfield —dijo Kane mientras se levantaba de la cama para hurgar entre la comida que les habían enviado.

Houston permaneció tendida en la cama contemplándolo con inmenso interés. El cuerpo de Kane era mucho mejor que el del forzudo que había invitado para aquella reunión de la Hermandad.

Kane se volvió para mirarla y al ver su expresión, dejó la comida y le tendió una mano.

Ella se aferró a él y bajó de la cama.

—No tenía planeado pasar aquí tanto tiempo, pero quizá no te moleste mucho que nos quedemos aquí, como si fuera una luna de miel, excepto que esto no es París.

—Conozco París —susurró Houston estrechando su cuerpo contra el de Kane—. Puedo decir con honestidad que prefiero este lugar. ¿Qué decías sobre el desayuno?

Kane la apartó como si no creyera lo que oía.

—Hay algo que aprendí de pequeño y es que los juguetes son preciosos y no hay que gastarlos el primer día.

—¿Soy un juguete para ti?

—Un juguete de adulto. Ahora, vístete y comamos. Pensé que te gustaría conocer unas viejas ruinas abandonadas que hay por aquí. Sólo espero ser lo suficientemente hombre como para pasar todo el día contigo.

—Creo que lo eres —repuso Houston con la mirada clavada en su masculinidad.

Con firmeza, Kane la tomó por los hombros y la hizo volverse.

—Tengo un par de pantalones y una camisa por allí. Ve a vestirte y abróchate todos los botones. No quiero que quede al aire ningún pedazo que me vuelva loco. ¿Entendido?

—Muy bien —dijo Houston dándole la espalda; sonreía tanto que sentía tirones en la piel.

Cuando terminaron de vestirse y de desayunar, Kane la llevó a recorrer la montaña. Chandler estaba a 1.860 metros de altura y ahora ellos se hallaban a 2.250 metros, y el aire era mucho más frío. Kane parecía no darse cuenta de que Houston no estaba acostumbrada a escalar montañas, ni de que sus botas de montar no servían para trepar por las piedras, y siguió subiendo.

—¿Falta mucho? —le preguntó ella en una ocasión.

Kane se volvió y le tendió la mano para ayudarla a pasar por un tramo difícil.

—¿Quieres descansar? —preguntó y comenzó a sacar el paquete de comida que llevaba en la espalda.

—Te lo agradecería mucho —contestó Houston al tiempo que tomaba la cantimplora que Kane le ofrecía—. ¿Estás seguro de que hay una mina por aquí? ¿Cómo hacen para sacar el carbón?

—Del mismo modo que en cualquier mina, supongo. ¿Qué sé yo sobre la extracción del carbón? —repuso Kane y la recorrió con la mirada. Cuando estuvo seguro de que ella era real, se volvió.

—¿Vienes aquí a menudo? —preguntó la joven.

—Cada vez que puedo. Mira hacia esas rocas. ¿Alguna vez viste algo parecido? —Houston miró a través de la niebla del valle y pudo ver una roca extraña, que parecía peligrosa—. ¿Qué crees que sucedió para que quedara así? Es como si un gigante hubiera querido levantarla del suelo y se hubiera arrepentido a mitad de camino.

Houston estaba comiendo uno de los panes que había traído Kane. Él había declarado que esos panes le habían gustado mucho y Houston quería tenerlos siempre a mano.

—Creo que un geólogo podría darnos una mejor explicación. ¿No te gustaría poder estudiar y aprender cosas como por ejemplo por qué una roca tiene una forma así? —sugirió ella.

Lentamente, Kane se volvió para mirarla.

—Si tienes algo que decirme, hazlo. Mi educación fue suficiente para hacerme ganar unos cuantos millones de dólares. ¿A ti no te alcanza?

Houston estudió el pan que tenía en la mano.

—Estaba pensando en las personas menos afortunadas que tú.

—Hago tanta caridad como cualquier otro. Cumplo con mi parte, Houston.

—Creo que ahora es un buen momento para confesarte que he invitado a tu primo Ian para que viva con nosotros.

—¿Mi primo Ian? ¿Ese muchacho malhumorado que salvaste de la pelea?

—Supongo que podrías describirlo así, pero yo pensé que tenía aire de poseer tu misma determinación.

Kane ignoró este último comentario.

—¿Y por qué querrías hacerte cargo de un problema como él?

—Es muy inteligente, pero tuvo que dejar de estudiar para ayudar a su familia. Es sólo un muchacho y ya hace nueve años que trabaja en las minas. Espero que no te moleste que lo haya invitado sin consultarte antes, pero la casa es muy grande y él es tu primo hermano.

Kane comenzó a atarse la comida en la espalda. Mientras retomaba su camino, esta vez sobre terreno más firme, aseguró:

—No tengo problema, siempre y cuando lo mantengas alejado de mi camino. No me gustan los niños.

Houston lo siguió.

—¿Ni siquiera tu propio hijo?

—Ni siquiera lo conozco, ¿cómo esperas que lo quiera?

Houston luchó por levantar la pierna para sortear un tronco caído que le impedía el paso. Los pantalones de Kane eran tan largos que se enganchaban en todos lados.

—Pensé que te interesaría conocerlo —replicó ella.

—Lo único que me interesa es si la vieja Hettie Green va a venderme un ferrocarril que posee.

Houston trató de alcanzarlo, pero su camisa quedó atrapada en la rama de un árbol.

—A propósito, ¿conseguiste el apartamento que querías, el del señor Vanderbilt?

Kane se detuvo para ayudarla, liberándole también el cabello enredado en otras ramas.

—Ah, eso. Claro. A pesar de que no fue fácil, por la distancia. Con lo que gasté en telegramas podría haber comprado toda la compañía.

—¿Western Union no es tuya? —preguntó ella sorprendida.

Kane no se dio cuenta de que le estaba tomando el pelo.

—Sólo una pequeña parte. Algún día, van a colocar teléfonos en todo el país. Esa maldita cosa por ahora no sirve para nada. No puedes llamar a nadie fuera de Chandler. ¿Y quién quiere hablar con la gente de Chandler?

Ella lo miró y sugirió suavemente:

—Podrías llamar a tu hijo para saludarlo.

Kane gruñó y reanudó la marcha.

—Edan tenía razón. Tendría que haberme casado con una granjera que sólo se ocupara de sus propios asuntos.

Houston debió correr para alcanzarlo y se preguntó si había ido demasiado lejos, aunque por el tono de Kane, no lo parecía.

Caminaron otro kilómetro y medio hasta llegar a la mina abandonada. Estaba situada en una ladera muy empinada y desde allí podía contemplarse la hermosa vista del valle.

La mina tenía sólo 6 metros de longitud. Houston recogió un trozo de carbón y lo estudió a la luz del sol. Cuando se lo miraba de cerca, el carbón era hermoso. Tenía un brillo casi plateado y Houston pensó que con el tiempo y la presión adecuada, el carbón podía convertirse en diamante.

Houston observó el valle, la empinada ladera de la montaña y comentó:

—Justo lo que había pensado; tener una mina de carbón aquí es inútil.

Kane estaba más interesado en la vista, pero le dedicó una mirada de cortesía.

—Me parece igual al resto. ¿Qué tiene de malo?

—El carbón no tiene nada de malo, de hecho es un mineral de alto grado, pero el tren no puede llegar hasta aquí. Y sin un tren el carbón no sirve para nada... tal como lo descubrió mi padre.

—Pensé que tu padre había hecho su fortuna como vendedor.

Houston frotó el carbón en la palma de la mano. Le gustaba sentir esa sensación y observar cómo el trozo de carbón se desgastaba en las puntas. Muchos de los mineros creían que el carbón era algo puro y se colocaban un trozo en la boca mientras trabajaban.

—Y es verdad —añadió la joven—, pero se mudó a Colorado porque había oído hablar de la riqueza del carbón de esta zona. Pensó que el sitio estaría lleno de gente rica que se moriría por comprar las doscientas estufas de carbón que trajo por el Gran Desierto, donde casi pierde la vida. Gran Desierto era el nombre que se solía dar a la zona que queda entre St. Joseph y Denver.

—Me parece sensato. De modo que vendió las estufas y se inició en el negocio mercantil.

—No, casi se fundió. El carbón estaba en Colorado, por supuesto, se lo podía extraer con una pala, pero todavía no había llegado el ferrocarril y no había modo alguno de comercializarlo. Los carros no alcanzaban para transportarlo y obtener una ganancia.

—¿Y tu padre qué hizo? —preguntó Kane.

Houston sonrió al recordar la historia que su madre les había contado tantas veces.

—Mi padre tenía muchos sueños. Había una pequeña población de granjeros al pie de esta montaña, y mi padre pensó que era el lugar ideal para fundar una ciudad, su ciudad. Les regaló una estufa a cada uno de los granjeros a cambio de la promesa de que comprarían todo su carbón a Chandler Coal Works, de Chandler, Colorado.

—¿Quieres decir que le puso su nombre al lugar?

—Así es. Me gustaría haber visto los rostros de esas personas cuando mi padre les dijo que desde ese momento vivían en la ciudad del señor William Houston Chandler, Esquire.

—Y durante todos estos años pensé que le habían puesto su nombre a la ciudad porque él había hecho algo grandioso como salvar a cien bebés de un incendio —comentó Kane.

—La señora Jenks de la biblioteca, me contó que el pueblo lo honró muchas veces por sus diversas contribuciones.

—¿Y cómo es entonces que no hizo su dinero con el carbón?

—Por un problema de la espalda. Estuvo extrayendo carbón, con pico y pala, cargándolo y llevándolo hasta la población para venderlo, pero después de un año, vendió la mina a dos musculosos muchachos hijos de granjeros por una miseria. Un mes después, regresó al este, compró cincuenta vagones de mercadería, se casó con mi madre y la trajo aquí junto con otras veinticinco parejas para poblar el glorioso pueblo de Chandler, Colorado. Mamá me contó que criaban pollos en la cornisa del edificio que alguien se había atrevido a llamar el Hotel Chandler.

—Y la llegada del ferrocarril hizo ricos a los hijos del granjero —añadió Kane.

—Es verdad, pero para entonces, mi padre ya había muerto y la familia de mi madre ya la había casado con el respetable señor Gates. —Houston se internó en la mina y Kane se quedó afuera.

—Creo que a veces la gente se hace ideas raras. Todo el pueblo cree que tu familia pertenece a la realeza, pero la verdad es que este lugar se llama así gracias a que tu padre fue lo suficientemente jactancioso como para querer un pueblo propio. ¡No era un gran rey!, ¿no?

—Lo fue para mi hermana, para mí y... para mi madre. Cuando Blair y yo éramos pequeñas, el pueblo decidió que el día del cumpleaños de mi padre fuera feriado. Mamá se esforzó por explicar a todos la verdad, pero después de una gran frustración se dio cuenta de que la gente necesitaba un héroe.

—¿Y Gates qué tiene que ver con esto?

Houston suspiró.

—La reputación del señor Gates no podía ser demasiado espectacular ya que era dueño de una cervecería, pero cuando la reina Opal Chandler y sus dos jóvenes princesas quedaron libres, él ofreció todo lo que poseía. Y la familia de mi madre aceptó con entusiasmo.

—Él también quería una verdadera dama —afirmó Kane con suavidad.

—Y también quería aplicar sus rígidos conceptos sobre cómo debe ser una dama con las tres mujeres que vivían bajo su techo. —La expresión de Houston cambió al pronunciar estas palabras.

Kane permaneció en silencio por un momento.

—Supongo que el césped siempre parece más verde al otro lado del cerco.

Houston se acercó y le tomó la mano.

—¿Alguna vez pensaste en que si te hubieran criado como a un hijo en lugar de hacerte trabajar en los establos, hoy serías un consentido al igual que Marc en lugar de un hombre que conoce el verdadero valor del trabajo?

—Lo dices como si Fenton me hubiera hacido un favor —replicó él sorprendido.

—Hecho.

—¿Qué?

—Fenton te ha hecho un favor. Te estaba corrigiendo la gramática. Fue parte del acuerdo.

—No cambies de tema. Sabes, tendría que enviarte a Nueva York para que me arreglaras unos asuntos. Destruirías a muchos de esos hombres.

Houston lo rodeó con sus brazos.

—¿Quizá podría destruirte a ti?

18

Cuando Houston lo abrazó, notó por su expresión que Kane parecía sostener una lucha interna, como si no quisiera besarla, pero no pudiera evitar hacerlo.

Él le sostuvo la cabeza con una mano y la besó como si fuera un moribundo. Houston se aferró con fuerza; le encantaba sentir su cuerpo tan vigoroso contra el de ella.

—Kane —susurró.

Él la apartó para mirarla a los ojos, transmitiéndole todo su deseo.

—¿Qué me has hecho, Houston? Hacía años que lo que tengo entre las piernas no manejaba lo que tengo entre las dos orejas. Ahora, creo que mataría a cualquier hombre que tratara de alejarte de mi lado.

—¿O cualquier mujer? —preguntó ella con los labios pegados a los de él.

—Sí —alcanzó a contestar Kane antes de comenzar a quitarle la camisa.

Antes, Houston había sentido que él mantenía reservada una parte de sí mientras le hacía el amor. Pero ahora todo había cambiado, ya no lo notaba distante y reservado.

Con toda la pasión de un toro salvaje, Kane la tomó en sus brazos y la llevó hasta la entrada de la mina. Houston abrió los ojos un instante para mirarlo y pensó: éste es el hombre que amasó una fortuna en pocos años. Éste es el Kane Taggert que yo sabía se escondía en su interior. Éste es el hombre que amo y que quiero que me ame.

Kane parecía no pensar en nada mientras la apoyaba en el suelo y terminaba de arrancarle la ropa. Una vez que Houston quedó desnuda, él le recorrió el cuerpo con la boca.

Ya no era el amante tierno, paciente y considerado sino un hombre desesperado de deseo por ella. Houston creyó que la noche anterior le había respondido bien, pero ahora olvidó todo pensamiento y siguió sus instintos.

La boca de Kane sobre su piel era como un fuego que la recorría de arriba abajo, que la consumía de a poco. Él la tomó con firmeza de la cintura y la atrajo hacia sí; tenía el cuerpo tan caliente como si él también se sintiera consumido por el fuego. Kane se acostó y la puso sobre su cuerpo con un movimiento ágil, como si ella no pesara nada.

La levantó y la dejó caer sobre toda su hombría. Houston dejó escapar un grito de dolor y placer que resonó en las paredes de la mina desierta.

Houston echó atrás la cabeza; tenía todo el cuerpo transpirado y le caían gotitas por el cuello; se aferró a los hombros de Kane y se dejó llevar por las emociones. Nunca en la vida se había sentido así.

Kane la ayudaba a moverse en ese frenesí inspirado por la pasión.

Por un momento, ella abrió los ojos, y vio la expresión del rostro de Kane; la boca semiabierta, los ojos cerrados y el placer que descubrió en él la excitó aun más.

Los movimientos se hacían cada vez más rápidos.

—Kane —creyó murmurar una vez, y el sonido hizo eco en las paredes de la mina, envolviéndolos.

Kane no respondió sino que siguió guiándola de arriba hacia abajo hasta el último movimiento que la obligó a arquear el cuerpo y a aferrarse con los muslos a las piernas de Kane.

Houston sintió que la atravesaba un terremoto, y cuando terminó, se reclinó sobre el pecho transpirado de su amante. Kane la abrazó con tanta fuerza que ella temió que le rompiera las costillas. Mantuvo las piernas entrelazadas con las de él para estar aun más cerca.

Permanecieron así, mientras Kane le acariciaba la cabeza.

—¿Sabías que ha comenzado a llover? —preguntó él después de un rato.

Houston no era consciente de nada más que de la cercanía del cuerpo de su amante y de la experiencia que acababa de vivir. Logró menear la cabeza sin mirarlo.

—¿Sabes que allí afuera debe hacer como cinco grados y que estoy acostado sobre cientos de esos pedacitos filosos que tú encuentras tan fascinantes y que no siento las piernas desde hace una hora? —añadió él.

Houston, con la cabeza hundida en su pecho, sonrió y volvió a hacer un movimiento negativo.

—Supongo que no tienes intenciones de moverte durante más o menos una semana, ¿no es así, Houston?

Houston reprimió la risa y mantuvo la cabeza hundida en el pecho de Kane.

—¿Y tampoco te importa saber que tengo los dedos de los pies tan congelados que si me los golpeara contra algo se partirían?

La respuesta negativa de la joven hizo que él la abrazara con más fuerza.

—¿Podría sobornarte?

—Sí —replicó Houston.

—¿Qué te parece si nos vestimos y nos quedamos aquí para observar la lluvia y dejo que me hagas preguntas? Parece que eso te encanta.

Houston levantó la cabeza.

—¿Y me responderías?

—Seguramente no —repuso él mientras la levantaba un poco con ternura—. Bruja —susurró antes de liberarse y comenzar a vestirse.

Cuando Kane se incorporó, Houston vio que él tenía pedacitos de carbón clavados en la espalda y se los quitó. Mientras lo hacía, le rozó sin querer la espalda con los pechos.

Kane se volvió y la tomó por las muñecas.

—No comencemos de nuevo. Tienes algo que no puedo resistir —confesó mientras le recorría el cuerpo con la mirada—. Houston, no eres para nada lo que esperaba. Ahora vístete, antes de que haga otra tontería...

Houston no le preguntó qué significaba otra tontería y corrió llena de placer, a vestirse.

No había terminado de hacerlo cuando Kane la tomó entre sus brazos y la sentó sobre sus piernas mientras apoyaba la espalda contra la pared.

Afuera llovía como si nunca fuera a terminar. Houston se recostó contra su pecho.

—Me haces sentir feliz, Kane —murmuró mientras él la rodeaba con los brazos.

—¿Yo? Ni siquiera te entregué el regalo. —Kane hizo una pausa—. Bueno, tú tampoco me pones triste, a decir verdad.

—No, eres tú quien me hace feliz; no los regalos ni la foma en que me haces el amor... aunque eso ayuda.

—Muy bien, explícame cómo es que te hago feliz —pidió él con tono reservado.

Houston pensó un momento antes de hablar.

—Cuando Leander y yo nos comprometimos oficialmente, íbamos a asistir a un baile en el Masonic Temple. Yo me había mandado a hacer un vestido cuyo color estaba de acuerdo con mi estado de ánimo: rojo. Era un rojo escarlata, brillante pero no profundo. La noche del baile, me puse el vestido y me sentía la mujer más hermosa del mundo.

Hizo uña pausa como si necesitara recordar que ahora estaba segura, en los brazos de Kane.

—Cuando bajé las escaleras, el señor Gates y Leander se quedaron mirándome y yo pensé que estaban maravillados por cómo me veía con aquel vestido rojo. Cuando llegué abajo, el señor Gates comenzó a gritarme que parecía una prostituta y que subiera de inmediato a cambiarme. Leander intercedió y aseguró que él se encargaría de mí. Creo que nunca lo había amado tanto como en ese momento.

Volvió a detenerse, respiró y continuó con el relato.

—Cuando llegamos a la fiesta, Leander me sugirió que no me quitara el abrigo y que les dijera a todos que me había resfriado. Me pasé toda la noche sentada en un rincón sintiéndome miserable.

—¿Por qué no enviaste a ambos al diablo y bailaste con tu vestido rojo?

—Creo que siempre hice lo que todos esperaban que hiciera. Es por eso que tú me haces feliz. Tú pareces creer que si Houston baja por la espaldera de la pared vestida sólo con su bata, es porque las damas pueden hacerlo. Tampoco te molesta que no actúe como una dama y te invite a hacer el amor.

Kane la besó y añadió:

—No me importa lo de las proposiciones, pero pienso que podríamos dejar de lado tus apariciones en paños menores. Supongo que no recordaras los cachorros, ¿o sí?

—No estoy muy segura.

—En la fiesta de cumpleaños de Marc Fenton. Creo

que él cumplía ocho años. Te llevé al establo para mostrarte unos cachorritos blancos y negros.

—¡Lo recuerdo! Pero no pudiste haber sido tú. Recuerdo a un hombre mayor.

—Creo que entonces tenía dieciocho años, de modo que tú...

—Tenía seis. Cuéntame lo que sucedió.

—Tú y tu hermana fueron a la fiesta con unos hermosos vestiditos blancos con bordados de color rosa y un enorme moño rosado en la cabeza. Tu hermana se fue con los demás niños a jugar a la mancha y tú te sentaste en un banco de hierro. No movías ni un solo músculo; te quedaste allí con las manos cruzadas sobre tu regazo.

—Y tú te detuviste frente a mí con una carretilla que obviamente había estado llena de estiércol de caballo —observó ella.

—Me dio lástima verte allí, tan sola, de modo que te pregunté si querías ir a ver los cachorritos.

—Y yo fui contigo.

—No hasta después de mirarme de arriba a abajo. Creo que pasé el examen porque aceptaste ir conmigo.

—Y me puse tu camisa y luego sucedió algo horrible. Recuerdo que lloré.

—No querías acercarte a los cachorritos por miedo a ensuciarte el vestido. Yo te di una de mis camisas para que te la pusieras sobre el vestido, pero no quisiste tocarla hasta que te juré tres veces que estaba limpia. Y lo que recuerdas como una gran desgracia es que uno de los perros corrió hacia ti, saltó y te desató la cinta del cabello. Nunca había visto a una niña tan triste. Tú comenzaste a llorar y me dijiste que el señor Gates te odiaría, y cuando te aseguré que yo podía volver a hacer el moño, me respondiste que sólo tu mamá sabía hacer bien los moños.

—Y tú lo hiciste muy bien. Ni siquiera mamá se dio cuenta de que se había desarmado.

—Estaba acostumbrado a trenzar las colas y las crines de los caballos —replicó Kane.

—¿Para Pam?

—Sientes mucha curiosidad por ella. ¿Celosa?

—No desde que me contaste que la habías rechazado.

—Esa es la razón por la cual no hay que contar secretos a las mujeres.

—¿Querrías que fuese celosa, Kane?

Kane lo pensó.

—No me molestaría. Al menos sabes que rechacé a Pam. Pero no oí nada semejante sobre Westfield.

Houston besó la mano de su marido que le acariciaba un pecho; sabía que le había hablado muchas veces sobre Leander.

—Lo rechacé en el altar —dijo con suavidad. Kane la abrazó con un poco más de fuerza.

—Sí, supongo que sí. Claro que él no tiene tanto dinero como yo.

—¡Tú y tu dinero! ¿No conoces otra cosa? ¿Como besar, tal vez?

—He despertado a un monstruo —comentó Kane riendo y cumplió con lo que su mujer le pedía.

—Compórtate bien —agregó por fin cuando logró que Houston se apartara—. No tengo tanto vigor como tú. No olvides que si me comparo contigo soy un viejo.

Riendo, Houston se acomodó mejor sobre su regazo.

—Y envejezco más cada minuto. ¡Ahora, quédate quieta! Gates tenía razón al encerrarlas —añadió Kane.

—¿Piensas encerrarme tú también? —le preguntó Houston recostándose contra su pecho.

Taggert tardó tanto en contestarle que Houston se volvió para mirarlo.

—Podría —respondió por fin, y luego, trató de cambiar de tema—. Sabes, durante años no hablé de otra cosa que no fueran los negocios.

—¿Y de qué conversabas con las otras mujeres?

—¿Qué otras mujeres?

—Las otras, como la señorita LaRue.

—No recuerdo haber hablado con Viney sobre nada.

—Pero luego del amor hay otra parte linda: quedarse así juntos, tranquilos y conversando.

Kane le recorrió el cuerpo con la mano.

—Supongo que es algo muy bonito, pero que nunca había hecho antes. Creo que después de... terminar, me iba a casa. Sabes, ni siquiera recuerdo haber querido quedarme así. Una gran pérdida de tiempo —terminó diciendo, pero no hizo ningún intento por alejarse.

—¿Frío?

—No, tengo más calor del que nunca he tenido.

19

Houston observó a Kane desde la cama de la cabaña mientras él se vestía y supo que la corta luna de miel había llegado a su fin.

—Supongo que tenemos que irnos —dijo ella con tristeza.

—Tengo una reunión con dos hombres esta mañana y no puedo faltar a ella. —Se volvió y agregó—: Me gustaría poder quedarme más pero me es imposible.

El tono de voz de Kane también denotaba tristeza y Houston decidió ayudarlo en lugar de luchar contra él. Salió de la cama y comenzó a vestirse con la ropa de montar con que había llegado el primer día. Kane tuvo que ayudarla a atarse el corsé.

—¿Cómo puedes respirar con esta cosa? —preguntó él.

—Creo que la respiración no tiene nada que ver con esto. Pensé que te gustaban las curvas de las mujeres. Sin corsé, todas tendríamos una cintura de sesenta o sesenta y dos centímetros. Además, el corsé ayuda a mantener la espalda derecha. Son bastante saludables.

Kane se limitó a gruñir y terminó de empacar en las alforjas la comida que había sobrado. Houston percibía que la mente de su marido ya estaba en otra cosa.

En silencio, se prepararon para el descenso de la montaña. Houston no estaba muy segura de los pensamientos de Kane, pero ella sabía con certeza que jamás se había sentido más feliz en toda su vida. Había desaparecido su temor de ser una mujer frígida, y le esperaba una larga vida junto al hombre que amaba.

Antes de partir, Kane se detuvo un instante para echar un último vistazo a la cabaña.

—Nunca lo pasé mejor que ahora en este lugar —le comentó antes de cerrar la puerta y acercarse a los caballos.

Houston había comenzado a montar sola cuando Kane la tomó por la cintura y la acomodó sobre la montura. Ella trató de esconder su sorpresa y lo miró. ¿Era ése el mismo hombre que la había dejado trepar sola por las piedras?

Kane inclinó la cabeza.

—Pareces otra vez una dama con ese traje —murmuró.

Comenzaron a bajar en silencio y Kane tuvo que aguardarla en muchas ocasiones.

Sólo cuando se acercaron a Chandler, desaceleraron un poco la marcha y Houston habló.

—Kane, ¿sabes en qué estuve pensando en estos últimos días?

—Claro que sí, muñeca, y disfruté cada uno de tus pensamientos.

—No, no me refería a eso —replicó ella con impaciencia—. Pensé que podríamos invitar a tu prima Jean para que viviera con nosotros.

Houston lo miró para descubrir su reacción y lo sorprendió con la boca abierta.

—Dudo de que acepte una invitación directa porque ustedes, los Taggert, son demasiado orgullosos, pero a propósito no contraté un ama de llaves y pensé que a ella le encantaría aceptar el trabajo. Eso la sacaría de las minas y además, ¿no crees que ella y Edan hacen una extraordinaria pareja?

Kane seguía aún con la boca abierta.

—¿Y bien, qué opinas?

—Cuando le comuniqué a Edan que iba a casarme, él me preguntó si estaba preparado para compartir mi vida con una mujer. Rió a carcajadas cuando le dije que no dejaría que el casamiento me cambiara la vida. Ahora comienzo a darme cuenta del motivo de tanta risa. ¿A quién más piensas invitar a vivir en mi casa? ¿A los borrachos del pueblo? Te diré algo: los predicadores me gustan menos que los niños. Claro que no importan mis gustos... —Se interrumpió porque Houston se alejó al galope.

Por un momento, Kane se quedó observándola, pero luego reaccionó y logró alcanzarla.

—¿No estás enojada, no es así, muñeca? Puedes invitar a quien quieras a vivir en esa gran casa. A mí no me molesta. —Era la primera vez que intentaba cambiar el ánimo de una mujer y estaba sorprendido.

—Ni siquiera conozco a esa mujer. ¿Cómo es? Quizá sea tan fea que ni siquiera soporte mirarla. —Kane notó que los labios de Houston insinuaban una tímida sonrisa. De modo que... la clave estaba en el humor.

—Jean tenía un vestido de seda violeta sobre satén de color púrpura, con brillantitos en los hombros y...

—¡Aguarda un minuto! —la interrumpió—. ¿Te refieres a esa muchacha de cabello oscuro y ojos verdes con buenas curvas y tobillos gruesos? En realidad, la vi bajar del carro y no estaba nada mal.

Houston lo miró.

—¿Acaso observabas a otras mujeres en el día de nuestra boda?

—Cuando no te miraba trepar por la espaldera. Ahora que lo pienso, se te veía muy bien con tu ropa interior. —Kane le acarició el brazo.

A la distancia se encontraba la civilización y las personas que ocuparían sus horas del día. Era su último momento de intimidad.

Como si hubiera leído sus pensamientos, Kane la tomó por la cintura y la subió a su caballo, y cabalgaron juntos como si fuera la última noche que permanecerían con vida.

Cuando llegaron a la casa Taggert dos horas después, tenían la ropa sucia por el trayecto y los rostros encendidos. Kane sostenía la mano de Houston hasta que apareció Edan.

Edan quedó tan sorprendido que por un momento no pudo hablar. Cuando recuperó la voz dijo:

—Houston, veo que lo encontraste. Kane, hay cuatro hombres aguardándote y media docena de telegramas. Ah, Houston, creo que los sirvientes que contrataste están en estado de guerra.

Houston sintió que Kane le apretaba la mano por última vez antes de desaparecer por el pasillo. Ella se dirigió a su dormitorio para cambiarse. Habían regresado a la realidad.

Diez minutos después, Kane fue a verla para decirle que tenía que hacer un viaje urgente de negocios y que regresaría lo antes posible.

Estuvo ausente durante tres días.

20

Cuatro horas después de la partida de Kane, Houston se dio cuenta de que su verdadera función era la de esposa. Blair podía tener su ambición y su necesidad de reformar el mundo, pero Houston sólo quería manejar la casa del hombre que amaba.

Claro que dirigir la casa de Kane era como dirigir un ejército en tiempos de guerra, pero estaba preparada para ello.

Lo primero que hizo fue escribir una carta a Jean Taggert pidiéndole que pasara algunos días ayudándola en la dirección de la casa. Luego, escribió una carta al padre de Jean explicándole que planeaba proponer a la joven que fuese su ama de llaves. Esperaba que Sherwin Taggert dejara salir del campo a su hija.

Cuando le entregó los mensajes al nuevo ayudante para que fuera a entregarlos, Houston tuvo la primera prueba de lo que tanto molestaba a los sirvientes. El ayudante pensaba que no le correspondía llevar el mensaje a las minas, y como buen norteamericano, expresó sus opiniones.

Houston mantuvo la calma y le preguntó si deseaba o no conservar su trabajo y añadió que, si así era, debía cumplir con lo que se le pedía y no menospreciar a los familiares del hombre que lo alimentaba. Cuando todo quedó arreglado y el hombre estaba en camino con ambas cartas, Houston bajó a la cocina para comenzar a repartir las tareas. La mayoría de los empleados estaban sentados en el suelo, y se negaban a mover un dedo hasta que supieran con exactitud las limitaciones de sus funciones. Houston se dio cuenta entonces de por qué la señorita Jones insistía tanto en que sólo se contrataran sirvientes experimentados.

En la mañana del segundo día, Houston ya tenía a cinco criadas limpiando la casa, a cuatro hombres bajando muebles del ático y tres ayudantes para asistir a la señora Murchison en la cocina. También había contratado a un cochero, dos mozos de cuadra y a cuatro muchachos de fuertes espaldas para que ayudaran en el jardín.

Fue mientras trataba de comunicarse con el señor y la señora Nakazona (ninguno de ellos hablaba el idioma del otro) para explicarles que los muchachos estaban bajo las órdenes de ellos, cuando divisó la cabeza de Ian asomada a una de las ventanas del primer piso.

Esa mañana, mientras Susan la ayudaba a vestirse le había contado el terrible alboroto que había ocasionado Rafe Taggert después de que los invitados habían partido. Susan había logrado oír parte de la discusión. El joven Ian había declarado que odiaba a su primo Kane y que jamás aceptaría vivir en su casa. Rafe le aseguró que su enojo era inútil ya que nadie lo había invitado a vivir allí. Ian le comunicó que Houston lo había hecho, pero que moriría antes que aceptar.

Fue en ese momento exacto cuando comenzó la pelea. Rafe, que ganó con facilidad, sostuvo que Ian permanecería con su primo y aprovecharía todos los beneficios que puede comprar el dinero, aunque tuviera que golpearlo todos los días si el muchacho trataba de escapar.

De modo que durante los últimos días, Ian había permanecido prisionero en el cuarto donde Houston lo había dejado. La señora Murchison era la única que lo había visto cuando entraba para llevarle y retirar las bandejas de comida y algunos libros.

—¿Libros? —preguntó Houston.

—Parece que le gustan mucho —replicó Susan—. La señora Murchison aseguró que se pasa todo el día leyendo y que eso no es bueno. Ella afirma que el muchacho debería salir a practicar algún deporte con sus amigos para airearse un poco.

Ahora que Houston había logrado más o menos controlar la situación, se concentró en Ian. Si el muchacho viviría con ellos, tenía que ser parte de la familia.

Houston llamó a la puerta de su cuarto y sólo después de varios minutos, Ian le comunicó que podía pasar. Houston se dio cuenta de que el muchacho escondía algo porque tenía las mejillas encendidas y creyó descubrir el borde de un libro que asomaba por debajo de la cama.

—Ha regresado —dijo él como si la estuviera acusando.

—Regresamos ayer —repuso Houston, segura de que eso ya lo sabía—. ¿Te gusta tu cuarto?

El cuarto, espacioso y con mucha luz tenía el doble de tamaño que la casa de los Taggert en el campo minero, aunque no había ningún mueble, excepto la cama cubierta con una colcha no tan limpia que evidenciaba que el muchacho había permanecido allí durante varios días.

—No está mal —murmuró Ian con la mirada clavada en la punta de la bota.

El orgullo de los Taggert, pensó Houston.

—Ian, ¿podrías ayudarme esta tarde? Contraté a cuatro hombres para que me ayudaran a acomodar los muebles, pero creo que necesitaré a un supervisor, alguien que cuide que no golpeen las puertas con las puntas de los muebles mientras los bajan y ese tipo de cosas. ¿Podrías ayudarme?

Ian dudó, pero luego aceptó.

Houston sentía curiosidad sobre la forma en que Ian cumpliría con esa nueva responsabilidad y suponía que se comportaría como un pequeño tirano. Pero él la sorprendió. Fue muy cuidadoso y tomó todo muy en serio. Sólo al principio se mostró irritado, cuando tuvo que demostrar su tamaño y fuerza adolescente para establecer su autoridad. Por la tarde, tenía tan controlada la situación que Houston ni siquiera necesitó decir dónde quería que colocasen los muebles.

Houston estaba observando cómo Ian ayudaba a bajar con sumo cuidado un enorme escritorio por la escalera cuando sintió la voz de Edan a sus espaldas.

—Kane era así. Personas como ellos dos nunca fueron niños. Esos hombres lo saben y por eso respetan al muchacho.

Houston se volvió y le preguntó:

—¿Sabe jugar al béisbol?

—Claro. ¿Acaso piensa formar un equipo? —preguntó sorprendido Edan.

—Casi tengo los hombres suficientes. Creo que llamaré a la tienda de deportes de Vaughn para ordenar los equipos. ¿Piensa que yo podría aprender a pegarle a la pelota con un bate?

—Houston —repuso Edan antes de dirigirse a la oficina de Kane—, creo que usted podría hacer cualquier cosa que se propusiera.

—La cena es a las siete —ella gritó antes de que él desapareciera—. Y nos vestimos para la cena.

Pudo oír cómo Edan se reía mientras cerraba la puerta.

La comida fue agradable y la paciencia que Edan tenía con Ian parecía aliviar un poco la ira del muchacho.

Pero al día siguiente, todo cambió. Houston se vistió para la cena con un vestido de seda de color verde pálido bordado a mano en un verde más oscuro y un enorme camafeo rosado en la cintura. No había visto a Kane desde que había regresado aquella tarde y éste no se había cambiado la pesada ropa que había usado durante el viaje de negocios. Houston no quiso comenzar una discusión.

Edan, que lucía muy apuesto con su traje oscuro, la aguardaba junto a la escalera, mientras Ian, vestido con uno de los trajes de Edan que le quedaba casi perfecto, permaneció en la penumbra del pasillo.

Houston, sin decir una palabra, tomó el brazo que Edan le ofrecía y luego tendió el otro a Ian. Durante unos momentos, el muchacho no se movió, pero como Houston permaneció con el brazo obstinadamente extendido, no le quedó más remedio que aceptarlo.

Había espacio suficiente como para que bajaran los tres juntos.

—Ian —comenzó Houston—, no tengo palabras para agradecerte la ayuda que me brindaste en estos últimos días.

—Necesito ganarme el sustento —respondió Ian desviando la mirada pero complacido con las palabras de Houston.

—¿Dónde diablos está todo el mundo? —gritó Kane desde el pie de la escalera; luego levantó la cabeza y los vio—. ¿Están por salir a alguna parte? Edan, te necesito. —Mientras lo decía, clavó la mirada en Houston. Para él, los otros dos no existían.

—Bajamos a cenar —replicó ella mientras trataba de mantener el brazo de Ian. Él había tratado de soltarse cuando apareció Kane—. ¿Quieres cenar con nosotros?

—Alguien debe trabajar para mantenernos —gruñó él antes de girar sobre sus talones y regresar a su oficina.

Mientras cenaban. Houston interrogó a Ian acerca de sus lecturas de los últimos días. Era la primera vez que tocaban el tema.

Ian casi se atragantó con un trozo de carne. Sus tíos Rafe y Sherwin lo habían alentado en la lectura, pero había aprendido a leer en silencio por miedo a que lo llamaran aniñado.

—Mark Twain —respondió con aire desafiante cuando pudo aclararse la garganta.

—Bien —repuso Houston—. Mañana vendrá un tutor para darte lecciones. Creo que eso será mejor que ir a la escuela, ya que tú serías mayor que los demás niños. Y además, me gusta tenerte aquí.

Ian la miró perplejo.

—No asistiré a ninguna escuela para que me insulten y se burlen de mí. Regresaré a las minas y...

—Estoy de acuerdo contigo —lo interrumpió Houston—. Y mañana haré que te tomen las medidas para que tengas tu propia ropa, Ian. Ah, el helado, creo que esto te gustará.

Edan reía de la expresión del rostro de Ian.

—Es mejor que te rindas, muchacho. Nadie gana una discusión con esta dama.

—Salvo él —dijo Ian.

—En especial, no él —respondió Edan.

Estaban por comenzar el postre cuando entró Kane. Houston había convencido a Ian para que les contara la historia de *Huckleberry Finn*, pero al entrar Kane, el muchacho dejó de hablar y bajó la mirada.

—Tardan mucho en comer —comentó Kane apoyando un pie sobre la silla mientras se servía un racimo de uvas del centro de mesa.

La mirada que le dirigió Houston lo obligó a sentarse en la silla. Ella hizo señas a uno de los ayudantes que puso ante su esposo plato y cubiertos y le sirvió la comida. Después del primer momento de sorpresa, Kane probó la charlotte de chocolate con gusto. Los otros clavaron la mirada en él. Kane dejó la cuchara y se sintió como si quisiera salir corriendo.

Ian lo miraba de reojo mientras que Edan seguía concentrado en su plato.

Houston había dejado la cabecera de la mesa para sentarse junto a Ian, pero Kane no tomó su lugar. Houston atrapó la mirada de su marido, levantó el tenedor y comenzó a mostrarle cómo debía manejarlo para que él la siguiera. Para reanudar la conversación le comentó lo bien que la familia japonesa dirigía a los demás jardineros.

Kane le explicó cómo había conocido a los Nakazona, y Edan se sumó a la conversación contándoles la historia de cómo hacía para tener plantas de todo el mundo. Ian quiso saber el nombre del árbol que estaba fuera de su ventana. Cuando terminaron de comer, los cuatro se levantaron con una sonrisa en la boca. Había sido una cena agradable.

Kane y Edan regresaron al trabajo después de comer y Ian y Houston se instalaron en la salita. Houston se puso a bordar unos almohadones mientras Ian leía a su lado; después de mucho insistir, logró que el muchacho le leyera en voz alta. Tenía buena voz y sabía entonar muy bien los diálogos. Edan se quedó con ellos un rato.

A la hora de irse a dormir, Houston subió sola ya que Kane seguía encerrado en su oficina. En algún momento de la noche, él se deslizó en la cama junto a ella y la abrazó contra su cuerpo tibio antes de quedarse profundamente dormido.

Houston se despertó con la hermosa sensación de las

caricias de Kane sobre sus piernas y caderas. Ella giró hacia él sin abrir los ojos, y él se acomodó encima de ella, y comenzó a hacerle el amor con mucha suavidad, lenta y lánguidamente.

Houston no abrió los ojos hasta que ambos apagaron sus pasiones.

—¿Querías estar segura de que era tu marido? —le preguntó Kane sonriéndole—. ¿O cualquier hombre sería lo mismo a esta hora de la mañana?

Ella decidió seguir con la broma.

—¿Cómo puedo saber sobre otros hombres? ¿Quieres que lo averigüe?

Kane frunció el ceño y se dispuso a levantarse.

Houston lo rodeó con los brazos, apoyándole los pechos sobre la espalda.

—Sólo bromeaba; no tengo deseos de conocer a nadie más.

Kane se apartó.

—Debo ponerme a trabajar para ganar el dinero suficiente para mantener al ejército que contrataste.

Houston permaneció en la cama, observándolo, hasta que él desapareció dentro de su baño. Había una parte de su esposo que desconocía por completo.

Golpearon a la puerta y no tuvo tiempo para seguir pensando.

—Señorita Houston —advirtió Susan—, la señorita Jean Taggert está abajo con su padre y sus pertenencias en un carro; quieren hablar con usted.

—Bajaré en seguida —contestó Houston mientras salía de la cama. Cuando Houston estuvo lista, Kane ya estaba trabajando.

Llevó a Jean a la salita para poder conversar.

—Estoy tan contenta de que decidieras aceptar mi ofrecimiento. Necesito un ama de llaves.

—No necesitas continuar con esa mentira. Sé por qué me ofreces el trabajo, y sé mejor que tú que tendrás que enseñarme todo, y que seré más una molestia que otra cosa. Pero más importante que mi orgullo es sacar a mi familia de los campos. Rafe chantajeó a Ian para que se fuera y mi padre hizo lo mismo conmigo. He venido a pedirte más caridad de la que ya me has ofrecido. Trabajaré sin descanso para ti si dejas que mi padre viva aquí conmigo.

—Por supuesto —repuso Houston—. Y Jean, tú eres parte de la familia y no necesitas ser mi ama de llaves. Puedes vivir aquí en calidad de huésped, sin obligación alguna excepto la de disfrutar.

Jean sonrió.

—Me volvería loca en dos semanas. Si aceptas a mi padre, me quedo.

—Sólo si comes con nosotros. Es una mesa grande y está casi vacía. Ahora, ¿puedo conocer a tu padre?

Cuando Houston vio a Sherwin Taggert se dio cuenta de por qué Jean había querido sacarlo de las minas. Sherwin estaba muriendo. Houston estaba segura de que Jean lo sabía, al igual que su padre, pero era obvio que nadie quería tocar el tema.

Sherwin era un hombre agradable, suave y educado y en minutos Houston hizo todos los arreglos para que el hombre se sintiera cómodo. Hubo un poco de discusión para decidir cuál sería el cuarto del señor Taggert, pero Jean decidió colocarlo en el cuarto del ama de llaves de la planta baja, con una puerta que comunicaba con los jardines, y ella se ubicó en el piso de arriba, cerca de la escalera.

Durante el almuerzo, Kane permaneció en su oficina, pero Edan se unió al grupo creciente que se sentaba para las comidas. Ian se relajó bastante cuando se encontró con Jean y con su tío y el almuerzo fue muy agradable. Sherwin relató una historia graciosa sobre algo que había sucedido en la mina, y todos se echaron a reír en el momento en que Kane entró en la habitación. Houston le presentó a sus parientes y él buscó con la mirada dónde sentarse. Como Jean estaba sentada junto a Edan, Kane permaneció de pie por un momento, hasta que Houston le hizo señas a un ayudante para que le colocara una silla en la cabecera.

Kane casi no habló durante el almuerzo y se dedicó a observar la forma en que Houston manejaba los cubiertos. Ella comía despacio, dejando tiempo a Kane para que viera cuál era el cubierto adecuado.

Cuando estaban por terminar, Houston comunicó a Ian:

—Tengo buenas noticias para ti. Ayer envié un telegrama a un amigo de mi padre que vive en Denver preguntándole si querría mudarse a Chandler para ser tu profesor. El señor Chesterton es un explorador inglés retirado. Ha viajado por todo el mundo, recorrió el Nilo, conoció las pirámides, el Tibet; dudo de que haya un lugar que él no conozca. Y esta mañana, aceptó venir; creo que será un maestro maravilloso, ¿no te parece?

Ian al principio no pudo decir nada.

—¿África? —logró preguntar por fin.

—Entre otros países. —Houston corrió la silla—. ¿Quién quiere ir a jugar al béisbol? Tengo el equipo, el campo marcado en el ala norte y un libro de instrucciones. Por desgracia, no entiendo una sola palabra.

—Creo que Ian podría enseñarle lo básico —propuso Sherwin—. Y supongo que Edan conoce unas cuantas reglas.

—¿Jugará con nosotros, Edan? —preguntó ella.

—Me encantaría.

—¿Y tú, Jean?

—Dado que no tengo ni idea de cómo comenzar a dirigir una casa como ésta, podría ser útil en el campo de béisbol.

—¿Y tú, Kane? —le preguntó a su marido quien la miraba con una expresión extraña.

—Tengo trabajo y Edan, necesito que me ayudes.

—Creo que eso me excluye del juego —repuso Edan poniéndose de pie—. Nos veremos en la cena.

Una vez en la oficina, Edan observó cómo Kane se paseaba por la oficina para luego quedarse contemplando a los jugadores por la ventana. Edan se preguntó si Houston había hecho marcar el campo de juego justo enfrente de la oficina de Kane a propósito. Tuvo que repetir una pregunta antes de que Kane se volviera.

—Es bella, ¿no te parece? —le preguntó Kane.

—¿Quién? —replicó Edan pretendiendo no saber de quién hablaba su amigo mientras revisaba los telegramas con las ofertas de tierra, fábricas y acciones del día.

—¡Houston, claro! Mira a ese Ian. ¡Jugando! A su edad, yo trabajaba catorce horas por día.

—Al igual que él —aclaró Edan—. Al igual que yo. Y es por eso que ahora juega —agregó mientras dejaba los telegramas sobre el escritorio—. Creo que todo esto puede esperar unas horas. Saldré a tomar un poco de aire y a sentir hablar de otra cosa que no sea dinero.

Se detuvo junto a la puerta.

—¿Vienes?

—No —respondió Kane con la mirada en los papeles—. Alguien tiene que quedarse y... ¡Maldición, sí! ¿A qué distancia se puede enviar la pelota con el bate? Apuesto a que nadie puede ganarme.

—Acepto —dijo Edan.

Kane tomó la pelota como si fuera un dulce. Tuvo

que intentarlo tres veces antes de pegarle a la pelota. Nadie se atrevió a explicarle que si se fallaba tres veces el jugador quedaba eliminado. Cuando por fin le pegó, la pelota fue a dar contra un vidrio del segundo piso. Kane se sentía muy complacido consigo mismo y a partir de entonces comenzó a dar consejos a todo el mundo.

En una ocasión, Kane y Ian casi se enfrentan con los bates, pero Houston logró intervenir a tiempo y evitar que alguien saliera lastimado. Para su consternación, ambos hombres la miraron y le sugirieron que se ocupara de sus propios problemas. Por fin, Houston se retiró junto a Sherwin.

—Ian se sentirá como en casa ahora —comentó Sherwin—. Él y Rafe discutían todo el tiempo. Debía extrañar esas discusiones.

—También Kane las llama discusiones —dijo ella—. ¿Cree que llegarían a lastimarse?

—Creo que Kane es demasiado sensato como para dejar que eso suceda. Es su turno para batear, Houston.

A Houston no le interesaba mucho pegarle a la pelota, pero disfrutó cuando Kane la rodeó con sus brazos para indicarle cómo debía ser el tiro. Ian gritó que Kane le estaba dando al equipo opuesto demasiada ventaja y mientras Kane entablaba una discusión con su primo, Houston envió la pelota a la segunda base.

—¡Corre! —le gritó Jean—. ¡Houston, corre!

Houston partió lo más rápido que pudo, sosteniéndose la falda para no tropezar y caer. Edan, en primera base, la observaba divertido, pero Kane atravesó el campo a toda máquina, tomó la pelota y corrió en dirección a su esposa. Ella, al verlo venir en su dirección, pensó que no sobreviviría al impacto y apresuró aun más su paso. Todos comenzaron a gritarle a Kane que se detuviera para no lastimarla.

La alcanzó en «home base», la tomó de los tobillos y la hizo caer de cuerpo entero sobre el suelo. Pero ella estiró un brazo y tocó la base.

—¡A salvo! —exclamó Sherwin.

Kane se puso de pie y comenzó a gritarles a su primo y a su tío. Pero Sherwin permaneció allí sin moverse.

Jean ayudó a Houston a incorporarse para controlar que no se hubiera lastimado. Houston miró con orgullo a su marido y dijo:

—Te gusta ganar, ¿no?

—No más que a ti —replicó Jean señalando el agujero enorme que tenía Houston en la falda.

Houston le tocó un brazo a Kane y sugirió:

—Querido, ya que te hemos vencido en una forma tan terminante, ¿no sería mejor que paráramos el juego para tomar algo fresco? Podríamos continuar jugando mañana.

Por un momento, el rostro de Kane se ensombreció, pero luego la tomó en sus brazos y aseguró:

—He vencido a todos los hombres de Wall Street tarde o temprano, pero a ti, todavía no he logrado vencerte en nada.

—Basta de fanfarronear y vayamos a comer algo —propuso Edan. Se volvió hacia Jean y le ofreció el brazo—. ¿Me permite?

Las dos parejas caminaron hacia la casa, seguidos por Sherwin y Ian.

21

El juego de béisbol rompió el hielo en toda la familia. Kane no siguió encerrado en su oficina durante las comidas y Ian dejó de ser tan reservado. Kane le dijo a Ian que era un soñador y que no sabía nada del mundo real. Ian pensó un momento en las palabras de Kane y luego lo desafió para que él mismo le mostrara el mundo real.

Kane inició a Ian en el mundo de los negocios, mostrándole informes del mercado de acciones y enseñándole a leer un contrato. En cuestión de días, Ian hablaba en términos de miles de dólares sobre tierras y ciudades de las que sólo había leído.

Un día, Houston descubrió a Sherwin estudiando un trozo de papel. Después, descubrió que se trataba de una buena reproducción de los sinsontes de Colorado. Ordenó a la tienda Sayles que le enviaran un juego completo para pintar con acuarelas y se lo regaló a Sherwin valiéndose de una mentira por miedo a que su orgullo le impidiera aceptarlo. Explicó que lo había encontrado en el ático y que no sabía quién podría utilizarlo.

Sherwin se echó a reír y Houston se puso colorada porque se dio cuenta de que el hombre sabía la verdad. Él aceptó las pinturas con un beso en la mejilla. A partir de entonces, se pasaba la mayor parte del tiempo en el jardín, pintando todo lo que veía.

Houston fue dos veces a visitar a Blair a la Enfermería Westfield para Mujeres. Se quedó varias horas con ella, aprendiendo a conocer nuevamente a su hermana, después de tantos años de separación. Un día, Leander le pidió si podría ocuparse de contratar los sirvientes para su casa. Lee hablaba con mucha cautela, y Houston recordó cuán rudamente se había comportado ella en la iglesia cuando él había querido acercarse.

—Lee —afirmó ella—, me alegro de cómo salieron las cosas. Soy muy feliz con Kane.

Él tardó en responder.

—Nunca quise herirte, Houston.

Ella sonrió en el teléfono.

—Fui yo quien insistió en que Blair tomara mi lugar. Quizá sabía que ustedes dos harían una mejor pareja. ¿Olvidamos todo lo sucedido y somos amigos?

—Es lo que más me gustaría. Y Houston, el hombre con quien te casaste es realmente bueno.

—Sí, pero, ¿por qué lo dices?

—Ahora tengo que despedirme, y gracias por tu consejo sobre el ama de llaves. Blair es aun peor que yo para estas cosas. Te veré el domingo en la iglesia, adiós.

Houston se encogió de hombros y regresó a la biblioteca.

Habían pasado tres semanas desde la boda cuando Houston le anunció a Kane que estaba lista para decorarle la oficina. Ella supuso que él protestaría, pero no estaba preparada para la violencia de sus objeciones. Kane utilizó palabras que ella jamás había oído antes para referirse a su intromisión en el lugar privado de él, pero no hacía falta ser demasiado inteligente para comprenderlas.

Ni Edan ni Ian intervinieron en la pelea, y permanecieron atentos a ver quién ganaba.

Houston no sabía cómo manejar la situación, pero estaba decidida.

—Voy a limpiar y a amueblar como corresponde este lugar. O bien me dejas hacerlo ahora, mientras puedes supervisar y aprobar los cambios o lo haré mientras duermes.

Kane se inclinó hacia adelante, amenazante, pero Houston no retrocedió un solo paso.

Kane salió de la oficina y dio un portazo ensordecedor.

—¡Malditas mujeres! —exclamó—. ¡Siempre se entrometen en todo, no pueden ver en paz a un hombre!

Houston se volvió hacia Edan y Ian; ambos le dedicaron una leve sonrisa antes de que ella abandonara la habitación.

Houston suponía que el cuarto estaría sucio y desarreglado, pero cuando se puso a trabajar, comprobó que era una verdadera pocilga. Necesitó seis personas durante casi dos horas para que lo dejaran presentable. Cuando quedó limpio, hizo que cuatro hombres retiraran el viejo escritorio de Kane y lo reemplazaran por uno de estilo William Kent, construido en 1740. Colocó dos sillas muy cómodas en los dos lugares reservados a los invitados y un sillón forrado en cuero rojo para Kane. Desde que había visto por primera vez aquel sillón en el ático, supo para quién estaba destinado.

Cuando todas las cosas estuvieron en su lugar, Houston despidió a todos los empleados excepto a Susan y ambas comenzaron a vaciar los armarios. Sabía que sería inútil archivarle los documentos que estaban guardados en los lugares más insólitos, así que le pidió a Susan que llevara la plancha y plancharon todos los papeles arrugados para guardarlos luego en los cajones del escritorio.

Junto a la chimenea, había dos compartimentos empotrados con puerta de vidrio. Uno estaba lleno de papeles; el otro con cuatro botellas de whisky y media docena de vasos que no se habían lavado en cuatro años.

—Hiérvelos —indicó Houston entregándoselos con la punta de los dedos—. Y pídele a la señora Murchison que traiga vasos limpios cada mañana.

En lugar de los papeles y las botellas, Houston llenó los gabinetes con una colección de pequeñas Venus de bronce.

—Al señor Kane van a encantarle —comentó Susan ahogando una risita mientras observaba las estatuas de mujeres regordetas y desnudas.

—Creo que se las compraron para él.

En la pared del lado norte, había dos gabinetes escondidos detrás de los paneles, y Houston quedó perpleja al abrir el primero. Entre los papeles había muchos rollos de dinero, billetes sueltos y desparramados. Algunos cayeron al suelo cuando abrió la puerta.

Con un suspiro, Houston comenzó a acomodarlo.

—Dile a Albert que llame a la ferretería de inmediato para que nos envíen una caja fuerte. Trae también un par de planchas, para ver si podemos acomodar esto.

Con los ojos abiertos por la sorpresa, Susan salió a cumplir con lo que le habían ordenado.

Cuando Kane vio su oficina, permaneció mudo durante algunos instantes. Apreció las cortinas de color azul oscuro, la colección de estatuas de mujeres hermosas y el sillón rojo. Se sentó en él.

—Al menos, no lo pintaste de rosado —observó—. Ahora, ¿puedo volver a mi trabajo?

Houston sonrió y al pasar junto a él lo besó en la mejilla.

—Sabía que te agradaría. Lo admitas o no, te gustan las cosas hermosas.

Él le tomó una mano.

—Supongo que sí —respondió mirándola.

Houston salió de la habitación como si estuviera volando.

Dos días después, ofrecieron la primera cena y fue todo un éxito. Houston invitó a algunas de sus amistades, que Kane ya conocía para que él no se sintiera incómodo. En realidad, era un anfitrión muy agradable. Les sirvió el champán a las damas y acompañó a todos a una visita guiada de la casa.

Fue sólo después, durante el entretenimiento cuando Houston sintió deseos de desaparecer. Había contratado a un vidente para que los entretuviera después de la cena. Kane se agitó en su silla durante los primeros diez minutos y luego comenzó a hablar con Edan sobre unos terrenos que quería comprar. Houston le dio un ligero codazo para que prestara atención, pero él declaró en voz alta que ese hombre era un fraude y que se negaba a permanecer allí otro minuto.

Se puso de pie y abandonó la habitación delante de todos. Houston, con la espalda rígida, le hizo señas al ilusionista para que continuara con su número.

Más tarde, cuando se marcharon todos los invitados, Houston encontró a su marido en un extremo del jardín.

—No me gustó ese hombre, Houston —explicó Kane sin volverse para mirarla, mientras fumaba un cigarro apoyado contra un árbol—. La magia no existe; no podía quedarme allí para pretender que es verdad.

Ella le apoyó una mano en la boca para que dejara de hablar y luego lo abrazó. Él se inclinó y la besó.

—¿Cómo es que una dama como tú se casó con un mozo de cuadra como yo?

—Supongo que por una cuestión de suerte —contestó ella antes de volver a besarlo.

Una de las cosas que más le gustaban sobre Kane era que él nunca sabía lo que estaba bien o lo que era incorrecto. En cualquier momento podía aparecer uno de los sirvientes que hubiera decidido dar un paseo nocturno por el jardín, o un jardinero que había olvidado alguna herramienta. Pero a Kane parecía no importarle nada de todo eso.

—Llevas demasiadas prendas —susurró mientras comenzaba a desabotonarle el vestido.

Cuando Houston sólo tuvo puesta su ropa interior, él la tomó en sus brazos y la llevó hasta un lecho de flores, cerca de la estatua de Diana cazadora.

La colocó sobre el césped, a los pies de la estatua y siguió desvistiéndola lentamente, besándole cada parte del cuerpo que quedaba desnuda.

Houston estaba segura de que jamás se había sentido mejor en toda su vida, y su pasión se fue encendiendo poco a poco hasta que sintió deseos de prolongar aquel momento para siempre.

Kane le acarició el cuerpo hasta que ella se sintió mareada. El mundo le daba vueltas.

Cuando por fin se colocó encima de ella, él sonreía como si supiera lo que ella estaba pensando. Houston se aferró a él y lo atrajo hacia sí hasta que se convirtieron en una persona.

Él siguió moviéndose con lentitud, prolongando su éxtasis, llevándola a nuevos picos de pasión.

—Kane —murmuró Houston—, Kane...

Cuando por fin Kane explotó dentro de ella, el cuerpo de Houston se sacudió con violencia.

Kane permaneció encima de ella, con el cuerpo transpirado e iluminado por la luz de la luna.

—¿Qué es lo que me has hecho, mujer? —oyó que él le murmuraba al oído.

Lentamente, se apartó y le preguntó:

—¿No sientes frío? ¿Quieres que entremos?

—Nunca —repuso Houston refugiándose en su pecho para protegerse del aire frío de la noche. Miró la estatua que estaba encima de ellos—. ¿Sabías que Diana es la Diosa Virgen? ¿Crees que le molesta nuestra intromisión?

—Quizá esté celosa —replicó Kane mientras le recorría el cuerpo con las manos.

—¿Por qué crees que Jacob Fenton contrató a Sherwin para que trabajara en las minas si es obvio que es demasiado débil como para ganar su salario?

Kane gruñó y la apartó.

—Veo que la luna de miel ha terminado. O quizá para ti continúe, ya que comenzaste a hacerme estas preguntas después de casarnos. Sé que puedes vestirte sola. Tengo que terminar de resolver algunos asuntos antes de irme a la cama. —Sin decir nada más, partió dejándola sola.

Houston no sabía si llorar o sentirse contenta por haberle preguntado lo que quería preguntarle. Existía algo profundo entre los Fenton y los Taggert, y estaba segura de que Kane jamás sería plenamente feliz hasta que no se librara de aquello que tanto lo molestaba.

A la noche siguiente, Houston se despertó temblando y sintió que la vida de su hermana corría peligro. Muchas veces había escuchado la historia que su madre le contaba sobre cómo, cuando tenía seis años, había tirado al suelo la mejor tetera del juego y se había puesto a llorar diciendo que Blair estaba herida. Más tarde, encontraron a Blair inconsciente, al lado de un arroyo, con el brazo quebrado porque se había caído de un árbol. Se suponía que Blair debía estar en una clase de baile.

Sin embargo, ese extraño lazo entre las hermanas no había vuelto a manifestarse desde entonces. Kane llamó a Leander y luego sostuvo a Houston abrazada durante casi dos horas hasta que ella dejó de temblar. De alguna forma, Houston sintió que el peligro había pasado, dejó de temblar y continuó durmiendo. Al día siguiente, Blair fue a visitar a Houston y ambas pasaron la tarde pensando en qué podría poner en peligro la vida de aquélla.

Cuatro días después, Zachary Younger entró en sus vidas. Los Taggert estaban sentados dispuestos a almorzar cuando el niño entró corriendo al comedor y se puso a gritar que había oído decir que Kane era su padre, y que él ya tenía un padre y que no quería otro. Después de eso, partió.

Todos quedaron bastante perplejos, excepto Kane. Tomó asiento antes que los demás y preguntó a la criada qué había para cenar.

—Kane, creo que debes ir a buscarlo —dijo Houston.

—¿Para qué?

—Para hablar con él. Supongo que se le rompió el corazón cuando descubrió que el hombre a quien creía su padre, en verdad no lo era.

—El marido de Pam fue el padre del niño. Y yo no le dije lo contrario.

—Creo que tendrías que explicárselo al niño.

—No sé cómo hablar con los niños.

Houston lo miró.

—¡Maldita mujer! En un año más, estaré quebrado por perder mi tiempo haciendo todas las tonterías que a ti se te ocurren.

Mientras su marido se dirigía hacia la puerta, Houston lo tomó del brazo.

—Kane, no ofrezcas comprarle nada. Sólo dile la verdad e invítalo a conocer a su primo Ian.

—¿Y por qué no lo invito a vivir aquí para que te ayude a inventar cosas para que yo haga?

Kane salió a la puerta caminando muy lentamente, pero Zack caminaba aun más despacio. Cuando Kane lo alcanzó le preguntó:

—¿Te gusta jugar al béisbol?

Zach se volvió furioso.

—No con usted.

—No tienes motivos para estar enojado conmigo. Por lo que sé, tu padre era un hombre bueno y nunca he dicho lo contrario.

—La gente de aquí dice que usted es mi padre.

—Es una manera de hablar. Ni siquiera sabía que exístías hasta hace unas semanas. ¿Te gusta el whisky?

—¿Whisky? No... no lo sé. Nunca bebí.

—Entonces, entra. Tengo un poco de whisky y podré explicarte algo sobre las madres y los padres y las niñas bonitas.

Houston estuvo nerviosa toda la tarde porque Kane y su hijo permanecieron encerrados en la oficina durante horas. Cuando el muchacho por fin se fue, miró a Houston con el rostro encendido y una sonrisa afectada.

—Zachary me miró en forma extraña —comentó ella a Kane.

Kane se estudió las uñas de la mano izquierda.

—Le expliqué cómo se hacen los bebés y creo que me entusiasmé.

Houston abrió la boca.

Kane tomó una manzana.

—Deberé trabajar esta noche porque mañana Zach vendrá a jugar béisbol conmigo y con Ian.

Kane la miró con atención.

—¿Estás segura de que te sientes bien? Estás un poco pálida. Quizá te convenga descansar un poco. Ocuparse de la casa puede ser demasiado para ti. —La besó en la mejilla y regresó a su oficina.

Cuatro días después, Kane decidió visitar la tienda de deportes y ver qué otros equipos tenían. El equipo formado por Ian y Zachary los había vencido a Edan y a él en casi todos los juegos. Como Ian había pasado la mayor parte de su vida en las minas, temía un poco a Kane y no se sentía lo bastante seguro de sí mismo como para acusarlo de no seguir las reglas de juego. Después de todo, el bate era de Kane.

Zach no tenía esos preconceptos. Lo obligaba a respetar todas las reglas y no le permitía ser lo que Kane llamaba «creativo». Hasta el momento, Kane había perdido todos los juegos por no querer ajustarse a las reglas que otro había dictado. Quería volver a escribir el reglamento de béisbol.

Edan y él eligieron un equipo de tenis, bicicletas y un gimnasio entero.

En el otro extremo del mostrador estaba Jacob Fenton. Rara vez salía de su casa, prefería quedarse a leer los informes del mercado y maldecir el hecho de que su único hijo no estuviera interesado en sus negocios. Pero esas últimas semanas, sus días se habían iluminado porque la hija a quien había echado hacía tantos años había regresado a su casa con su pequeño hijo.

Zachary era todo lo que un hombre podía esperar de un hijo: muy inteligente, ansioso por aprender y además, tenía sentido del humor. La única contra de Zach era que cada día se encariñaba más con su verdadero padre. Por las tardes, cuando tenía que estar en su casa estudiando cómo dirigir las minas de carbón que algún día heredaría, estaba en la casa de Taggert jugando. Jacob decidió combatir con las mismas armas y comprarle al niño todos los equipos deportivos que encontrara.

Kane, con los brazos llenos de raquetas de tenis y pesas, se encontró frente a frente con Jacob Fenton. Kane permaneció en silencio, observándolo, y pronto su rostro comenzó a mostrar señales de la furia que sentía.

Jacob no tenía idea de quién podía ser ese hombre grandote y de cabello oscuro, aunque le resultaba un tanto familiar. El traje que llevaba ese desconocido era de muy buena calidad, y le habría costado bastante dinero.

—Discúlpeme, señor —le dijo Fenton al tratar de pasar.

—¿No me reconoce fuera del establo, no es cierto, Fenton?

Jacob se dio cuenta de que ese hombre le recordaba a Zachary. Y sabía muy bien por qué el rostro de Kane demostraba odio. Se volvió.

—¡Un momento, Fenton! —advirtió Kane—. Vendrá a cenar a mi casa dentro de dos semanas a partir de hoy.

Jacob se detuvo, sin volverse, y asintió levemente con la cabeza antes de seguir su camino.

Kane permaneció en silencio mientras colocaba lo que había comprado sobre el mostrador y Edan le entregaba al empleado la lista de los equipos que necesitaban.

—Envíe todo a mi casa —afirmó Kane sin molestarse en decir su nombre. Luego salió de la tienda y se subió al carro.

Una vez que Edan se sentó a su lado, puso los caballos en movimiento.

—Creo que me compraré algo mejor que este viejo carro.

—¿Por qué? ¿Para impresionar a Fenton? —preguntó Edan.

Kane lo miró y preguntó:

—¿Qué tienes en el buche?

—¿Por qué invitaste a cenar al viejo Fenton?

—Sabes muy bien por qué —respondió Kane.

—Sí, sé por qué: para demostrarle que a ti te fue mejor que a él, para refregarle por la nariz tu hermosa casa, tu delicada platería y tu bella esposa. ¿Has pensado en lo que dirá Houston cuando descubra que la quieres tanto como a un carruaje nuevo?

—Eso no es cierto y tú lo sabes. A veces me causa muchos problemas, pero tiene sus compensaciones —aseguró Kane sonriendo.

Edan se calmó un poco.

—Dijiste que después de que sirviera a tu propósito, y de que se sentara en la cabecera de la mesa teniendo a Fenton de invitado, te librarías de ella y regresarías a Nueva York. Creo que explicaste que le ofrecerías unas joyas.

—Le regalé un baúl lleno de joyas y ella ni siquiera lo abrió. Parece que le gustan otras cosas.

—Le gustas tú y lo sabes.

Kane sonrió.

—Eso parece. ¿Pero quién sabe? Si no tuviera dinero...

—¡Dinero! ¡Estúpido! No puedes ver lo que tienes por delante. No invites a Fenton. No dejes que Houston se entere de por qué te casaste con ella. No sabes lo que se siente al perder a los seres que amas.

—No sé de qué diablos estás hablando, Edan. No tengo pensado perder nada. Lo único que haré es lograr que Fenton venga a cenar a mi casa. Es para eso por lo que trabajé durante toda mi vida, y no me perderé ese placer.

—Ni siquiera sabes qué es el placer. Ambos hemos trabajado porque no teníamos nada. No arriesgues todo, Kane, te lo ruego.

—No estoy arriesgando nada. Y si tú no quieres asistir a la cena, pues no vengas.

—No me perdería tu funeral, y tampoco me perderé esto —añadió Edan.

22

Mientras Houston terminaba de colocarse un adorno en el cabello, descubrió que le temblaban las manos. Las últimas dos semanas habían sido una prueba para sus nervios. Cuando Kane le anunció que había invitado a los Fenton para dentro de dos semanas, se había sentido feliz porque creyó que de ese modo se acortaría la distancia que separaba a los dos hombres.

Pero su felicidad no tardó en convertirse en desesperación. Nunca había visto a Kane tan preocupado por algo. No dejaba de preguntarle si lo que ella había planeado para la cena era de la mejor calidad de lo que se podía hallar en el mercado. Estudió las tarjetas grabadas de las invitaciones, hizo que la señora Murchison cocinara la cena de antemano para que él pudiera probar cada plato. Permaneció a las espaldas de uno de los ayudantes mientras éste lustraba los cubiertos de plata. Recorrió el guardarropa de Houston, declaró que no tenía nada decente para ponerse esa noche e insistió en que llevara un vestido blanco y dorado y él mismo le eligió la tela. Les hizo hacer ropa nueva a todos los miembros de la casa y contrató a dos sastres para que fueran a ayudarlos a vestirse la noche de la cena. También encargó uniformes nuevos para todo el personal y Houston tuvo que convencerlo para que desistiera de su idea de obligar a los empleados a usar el cabello empolvado, tal como él había visto en una revista donde figuraban los sirvientes del príncipe de Gales.

Hacia el final de las dos semanas, todos rezaban porque esa noche terminara de una vez. Sherwin y Jean se habían acobardado y pretextaron no sentirse bien como para asistir a la cena. Ian, más animado por su relación con Zach, decidió estar presente. Además, Fenton, como dueño de la mina, era su imagen del diablo. Y estaba ansioso por sentarse frente a frente de su enemigo.

Si el mismo presidente hubiera estado invitado a la cena, no se habrían esforzado más; toda la casa estaba nerviosa aguardando el resultado. Houston temía que una de las camareras volcara la sopa sobre el traje de Fenton porque Kane no dudaría en estrangularla allí mismo.

Pero lo que la hacía temblar tanto era que Kane le había prometido contarle lo que había entre él y Fenton. Era algo que ella siempre había querido oír, pero ahora no quería enterarse.

Además, el día anterior había recibido una llamada telefónica de Pamela Fenton. Pam le rogó que cancelara la cena porque tenía un mal presentimiento sobre lo que sucedería esa noche. Explicó que el corazón de su padre no era muy fuerte y que temía el carácter de Kane.

Houston trató de hablar con su marido, pero él le contestó que ella no podía entenderlo. Ella le aseguró que deseaba hacerlo, pero que él tenía que explicarle algunas cosas.

Y entonces, Kane repuso que le contaría todo antes de la cena.

Ahora, sentada frente al espejo para darse los últimos retoques, Houston notó que temblaba como una hoja.

Se asustó cuando descubrió a Kane a sus espaldas.

—Vuélvete —le dijo—. Tengo algo para ti.

Ella se volvió y Kane le colocó una cascada de diamantes alrededor del cuello. También tenía un par de aretes haciendo juego.

Retrocedió un paso para mirarla.

—Bien —aprobó él. Luego le tomó la mano y la condujo hacia su dormitorio.

Sin decir una palabra, y consciente de las frías piedras alrededor del cuello, Houston se sentó en una silla frente a una mesita redonda.

Kane se acercó a uno de los paneles de la pared, corrió parte de la moldura y descubrió una manijita. El panel cedió y descubrió una caja fuerte.

—Muy pocas personas en el mundo conocen la historia que estoy por relatarte. Algunos conocen una parte y adivinaron la otra, pero se equivocaron. Yo sólo he podido conocer la verdad después de trabajar durante muchos años.

Sacó de la caja un pequeño portafolios de cuero, lo abrió y le entregó a Houston una pequeña fotografía.

—Esta es mi madre.

—Charity Fenton —murmuró ella mientras observaba a la bella mujer de la fotografía, muy joven, de cabello y ojos oscuros. Ella levantó la mirada y vio la sorpresa en el rostro de Kane—. Edan me explicó quién era.

—Te dijo todo lo que sabía. —Le entregó una fotografía que mostraba a cuatro jóvenes, todos nerviosos y fuera de lugar en el estudio del fotógrafo. Dos de los hombres se parecían a Kane—. Estos son los cuatro hermanos Taggert. El más joven es Lyle, el padre de Ian, junto a él está Rafe, luego Sherwin y luego mí padre, Frank.

—Te pareces a tu padre —comentó Houston.

Kane no respondió y colocó el resto del contenido del portafolios sobre la mesa.

—Estos son los originales y las copias de todos los

documentos que pude hallar sobre mis padres o mi nacimiento.

Houston estudió los papeles y le llamó la atención la copia de un árbol genealógico que mostraba a Nathaniel Taggert que se había casado con una duquesa francesa de doce años. En seguida levantó la mirada para que su esposo continuara con la historia que se escondía detrás de esos papeles, para que le explicara todos esos años de odio por la familia de su madre.

Kane se acercó a la ventana para mirar el jardín.

—No creo que sepas nada sobre Horace Fenton ya que él murió antes de que tú nacieras. Era el padre de Jacob. O al menos, Jacob creía que era su padre. La verdad es que Horace dejó de intentar tener sus propios hijos así que adoptó al bebé de una familia de viajeros que se dirigían a California, después de que los padres de la criatura murieran por una estampida de caballos. Jacob tenía apenas unos años cuando la esposa de Horace pudo tener una hija, y la llamaron Charity, que significa caridad, porque se sentían muy afortunados.

—Por lo que pude enterarme —continuó diciendo—, no hubo niña más consentida que Charity Fenton. Su madre la llevó a pasear por todo el mundo, y su padre le compraba todo lo que veía que pudiera gustarle.

—¿Y cómo trataban a Jacob? —preguntó Houston.

—No tan mal. El viejo Horace consintió a su hija pero le enseñó a su hijo adoptivo a saber sobrevivir, quizá para que pudiera mantener a Charity después de que él muriera. Entrenó a Jacob para que dirigiera el imperio que Horace había construido.

—No estoy seguro de cómo se conocieron mis padres. Creo que eligieron a Frank Taggert para que presentara quejas sobre el aserradero (en esa época todavía no se habían abierto las minas), y fue entonces cuando conoció a Charity. Se enamoraron en seguida, y ella decidió casarse con Frank. Creo que ni siquiera se le cruzó por la mente que su padre no la dejaría hacerlo.

—Pero Horace no sólo se negó a que su hija se casara con un Taggert sino que también la dejó encerrada en su cuarto. Ella logró escapar y pasó dos días con Frank. Cuando los hombres de su padre la encontraron, estaba en la cama con él y le aseguró a su padre que se quedaría con Frank aunque su vida dependiera de ello.

—Qué terrible —murmuró Houston.

Kane tomó un cigarro del cajón de la mesita de noche y lo encendió.

—Sin embargo, lo consiguió, porque dos meses después anunció a sus padres que estaba embarazada.

—De ti —le dijo Houston con suavidad.

—De mí. Horace echó a su hija de la casa y declaró que ya no la consideraba su hija. Su esposa se metió en la cama y permaneció allí hasta que murió cuatro meses después.

—Y es por eso que odias a los Fenton, porque eres un heredero con los mismos derechos de Jacob, pero a ti te enviaron a los establos.

—¡Mismos derechos! ¡Todavía no escuchaste ni la mitad de la historia! Charity se mudó a la barriada donde vivían los Taggert, el único lugar donde podían vivir con lo que Fenton les pagaba. Ellos odiaban a Fenton. Por supuesto que nadie hablaba con mi madre porque era una Fenton y por lo que pude saber, sus modales no la ayudaron mucho.

—Dos meses después de casarse con Frank Taggert, y tengo aquí el certificado de casamiento, se cayeron unas maderas y él murió aplastado.

—Y Charity tuvo que regresar a casa de su padre —acotó Houston.

—Pero el canalla no la perdonó —replicó Kane—. Charity trató de sobrevivir sin su ayuda, pero casi muere de hambre. Hablé con una de las criadas que trabajó para los Fenton y ella me contó que cuando Charity regresó estaba sucia, delgada y con un embarazo muy avanzado. Horace la miró y le dijo que ella había matado a su madre y que sólo le permitiría quedarse si trabajaba como sirvienta. La puso a trabajar en la cocina.

Houston se puso de pie y se acercó a su marido. Le apoyó una mano sobre el brazo y sintió cómo él temblaba por la emoción. La voz de Kane se calmó un poco.

—Después de que mí madre se pasó catorce horas limpiando las ollas de los Fenton, subió a su cuarto, me dio a luz y luego se ahorcó.

—¿Nadie la ayudó? —preguntó Houston perpleja.

—Nadie. Fenton la había puesto en un cuarto que estaba en el ático, alejado de los demás, y si gritó, nadie la oyó.

—¿Y qué hizo Horace Fenton?

—Él fue quien la encontró. ¿Quién sabe? Quizá le molestaba la conciencia y fue a verla para perdonarla; pero llegó demasiado tarde. Ella había muerto.

—No pudieron contarme mucho sobre lo que sucedió después de eso, así que tuve que armar las piezas solo. Horace contrató una niñera para mí y se pasó veinticuatro horas encerrado con sus abogados. Un día después del suicidio de Charity, se apuntó con una pistola a la cabeza y se mató.

Houston se sentó. No tenía nada que decir. Pensó que Kane había tenido que vivir con esa tragedia durante toda su vida.

—Y entonces te criaron los Fenton.

—A mí no me crió nadie —gritó él—. Dos días después, cuando se leyó el testamento de Horace Fenton, se supo que todo se lo había dejado al hijo de Charity.

—¿A ti? —preguntó ella perpleja.

—A mí. A Jacob no le dejó nada. Quedó como guardián de Kane Franklin Taggert, que sólo tenía tres días.

—Pero no comprendo —añadió Houston—. Pensé...

—Pensaste que yo había nacido sin un centavo. Jacob no pudo abandonar la habitación durante varias horas después de que leyeron el testamento y cuando por fin salieron de allí, había logrado forzar a todos los abogados a cambiar el testamento y a nombrarlo único heredero.

—¿Y tú?

—A la gente se le aseguró que el hijo de Charity había muerto al nacer y a mí me enviaron a pasar los primeros seis años de mi vida de una granja a otra. Jacob temía que yo me quedara con una sola familia porque podía descubrirse la verdad sobre mi nacimiento.

—O los Taggert podían descubrir que tú estabas con vida. No me imagino a Rafe permitiendo que a su sobrino le robaran toda la herencia.

—El dinero da poder, y ninguno de los Taggert lo tuvo nunca.

—Y Jacob no quiso renunciar a aquello por lo que había trabajado durante tantos años. Pensaba que Horace era su padre y a último momento lo desheredan como si no fuera nada.

—Y todo se lo dejaba a un bebé —repuso Houston.

—¿Te pones de su lado?

—Por supuesto que no. Estoy tratando de descubrir por qué hizo una cosa tan horrible. ¿Si él quedaba a cargo de tu fortuna, qué habría sucedido cuando tú hubieras sido mayor de edad en caso de que decidieras echarlo?

—No habría hecho nunca una cosa así —replicó él.

—Claro, pero él no podía saberlo. ¿Y ahora qué? ¿Piensas entablar un juicio contra él?

—Diablos, no. Hace años que conozco la verdad.

—¿No planeas hacer que te devuelva el dinero? Tu hijo está viviendo ahora con los Fenton y tú no lo echarías de su propia casa, ¿no?

—Aguarda un maldito minuto antes de ponerte de parte de los Fenton, Houston. Lo único que siempre quise es que algún día Fenton se sentara a Mi mesa, que fuera mucho más grande que la de él y tener a una dama de primer nivel en la cabecera.

Houston lo observó durante un largo momento.

—Quizá deberías narrarme el resto de la historia. ¿Por qué invitaste a Fenton a cenar y qué tengo que ver yo en todo esto? —le preguntó con tranquilidad. Por alguna razón, sentía que la invadía un extraño temor.

Kane le volvió la espalda.

—Durante todos esos años mientras trabajé en los establos, todas las veces que le limpiaba las botas a los Fenton pensé que me extralimitaba cuando me imaginaba en esa hermosa casa que poseen. Pam y yo comenzamos una relación y luego recuerdo que ella empacó y se marchó dejándome quinientos dólares y un saludo. El viejo Jacob me llamó a su oficina y me gritó que jamás conseguiría aquello por lo que él tanto había trabajado. Entonces, supuse que se refería a Pam.

—Tomé el dinero y fui a California, y después de unos años, cuando ya había hecho algo de dinero, comencé a preguntarme qué había querido decir Fenton cuando me echó. Contraté a algunos hombres para que me buscaran respuestas. Llevó tiempo, pero por fin supe la verdad —concluyó Kane.

—Y planeaste vengarte de Fenton —murmuró Houston—. Y yo era parte de tu plan.

—En cierta forma, sí. Al principio lo único que quería era el dinero suficiente como para no tener que volver a preocuparme por tener que trabajar en los establos, pero después de que supe la verdad acerca de lo que me habían robado, empecé a soñar con tener a Fenton sentado a mi mesa, en mi casa, que es cinco veces más grande que la suya. Y al otro extremo de la mesa estaría Pam, la hija para la cual yo no servía.

—Pero no pudiste conseguir a Pam.

—Descubrí que estaba casada y que tenía un hijo, no sabía que el hijo era mío y debí abandonar la idea de tenerla. Tenía que construir mi casa en Chandler porque de haberlo hecho en otro lugar, nadie se habría enterado de que el mozo de los establos había amasado una gran fortuna. Y quería que Fenton la viera todos los días. Entonces, empecé a pensar en alguien que pudiera reemplazar a Pam en la cabecera de la mesa y llegué a la conclusión de que las únicas damas verdaderas de todo el lugar eran las mellizas Chandler.

—Contraté a alguien para que las investigara —prosiguió diciendo—, y me di cuenta en seguida de que Blair no serviría. Fenton se habría reído de que yo hubiese conseguido una mujer que ningún otro quería tener.

—Te hacía falta una verdadera dama —murmuró Houston.

—Y lo logré. La tengo. Al principio, me sentí un poco perturbado cuando te lo pedí y tú me rechazaste, pero estaba seguro de que cambiarías de opinión. Poseo más dinero del que Westfield jamás podrá tener y sabía que te casarías conmigo.

Sacó el reloj del bolsillo del chaleco.

—Es hora de bajar. He estado esperando este momento desde hace mucho tiempo.

Tomó el brazo de Houston y la acompañó hasta la escalera.

Houston estaba demasiado atónita como para poder

hablar. Kane le había pedido que se casara con él sólo porque quería un instrumento de venganza. Ella había creído que él la quería porque la necesitaba, que si bien no la amaba, había llegado a quererla con el tiempo que pasaron juntos, pero la verdad era que sólo la estaba usando.

23

Houston pasó la velada sintiendo su piel tan fría como los diamantes que llevaba alrededor del cuello. Se movía y hablaba como si estuviera en un sueño. Sus años de entrenamiento la ayudaron a mantener la conversación y a dirigir a los sirvientes durante la cena.

En la superficie, todo aparentaba estar bien. Pam parecía estar consciente de la tensión y ayudó lo mejor que pudo. Ian y Zach conversaban de deportes, Jacob no levantaba la mirada del plato, y Kane observaba todo con expresión de orgullo.

Houston se preguntó todo el tiempo qué pensaría hacer con ella una vez que le hubiera servido para su propósito. ¿Planeaba acaso Kane mudarse a otro lugar una vez que hubiera cumplido con su cometido en Chandler? Recordó cómo se quejaba él al tener que hacer negocios en ese pueblo tan aburrido. ¿Por qué jamás se habría preguntado la razón por la cual su marido había hecho construir esa casa? Todo el mundo se lo preguntaba mientras la construían, pero cuando Houston se enamoró de Kane olvidó todas las preguntas.

Cuando Kane llegó a la ciudad, lo primero que hizo fue ir a ver al viejo Fenton para anunciarle su llegada. ¿Por qué no se había dado cuenta de que toda la vida de Kane giraba alrededor de los sentimientos que tenía por los Fenton?

Ella sólo había sido parte de su venganza.

No era más que un instrumento del hombre a quien le había entregado todo, un instrumento para ser usado en un juego que él no podía perder.

Y el hombre del cual se había enamorado era el tipo de persona que se pasaba toda una vida dedicada a un solo sentimiento, tan despreciable como era la venganza.

La comida se le quedaba atragantada en la garganta y necesitó esforzarse para poder tragarla. ¿Podía haberse equivocado tanto?

Cuando por fin terminaron de cenar, Houston se puso de pie, para conducir a Pam a la salita y dejar que los hombres fumaran sus cigarros.

Las dos mujeres hablaron de temas cotidianos y sin importancia y no mencionaron ni una sola vez la cena que habían tenido que soportar. Pero Houston descubrió dos veces a Pam mirándola en una forma especial.

Kane llevó a Jacob Fenton a su oficina y le ofreció uno de los cigarros que Houston le había regalado y un coñac de cien años de antigüedad, servido en copa de fino cristal.

—¿No está mal para un mozo de cuadra, eh? —comentó Kane observando a su invitado a través del humo.

—Muy bien, ya me mostraste tu enorme casa, ¿ahora qué quieres?

—Nada, sólo la satisfacción de verte aquí.

—Espero que no pienses que creeré eso. Un hombre que se esforzó tanto para demostrarme lo que logró conseguir en la vida no va a conformarse con una simple cena. Pero te advierto que si tratas de sacarme lo que es mío... —amenazó Fenton.

—¿Qué harás? ¿Comprarás a más abogados? Aquellos tres canallas que tú pagaste siguen con vida y si quisiera yo podría pagarles mucho más de lo que tú tienes sólo para que digan la verdad.

—Eso es muy propio de los Taggert. Tienes que tomar lo que no te pertenece. Tu padre tomó a Charity, una joven dulce y hermosa y la sometió a los horrores que terminaron con su vida.

Kane enrojeció de cólera.

—Fue Horace Fenton el culpable de la muerte de mi madre y tú me sacaste todo lo que era mío.

—Tú no poseías nada. Todo me pertenecía. Yo me ocupaba de los negocios desde hacía años y si crees que iba a quedarme de brazos cruzados viendo cómo todo se lo daban a un bebé escuálido, hubiera preferido verlo muerto primero. Y luego tú, un Taggert, quiso sacarme a mi hija. ¿Crees que iba a dejar que le hicieras a mi hija lo que tu padre le hizo a mi hermana?

Kane se acercó un paso.

—Mira a tu alrededor. Esto es lo que le habría dado a tu hija. Así es como la habría tratado.

Jacob apagó el cigarro.

—Nunca lo habrías hecho. ¿Alguna vez pensaste que te hice un favor? Gracias a tu odio por mí te hiciste rico. Si te hubieras casado con Pamela y hubieras recibido el dinero de mi padre nunca habrías trabajado en toda tu vida.

Comenzó a caminar hacia la puerta y añadió:

—Y Taggert, si tratas de quitarme lo que crees te pertenece, juzgaré a tu esposa por entrar ilegalmente a las minas.

—¿Qué? —gritó Kane.

—Me preguntaba si lo sabrías. —Jacob sonrió—. Bienvenido al mundo de los ricos. Nunca puedes saber con certeza si te quieren a ti o a tu dinero. Esa damita tan dulce con la que te casaste está metida hasta el cuello en la rebelión. Y está utilizando todas tus relaciones, incluyendo la tuya conmigo, para comenzar algo que podría terminar en una guerra sangrienta. Es mejor que le adviertas que si no se detiene, dejaré de honrar su relación con los Taggert. Ahora, buenas noches, Taggert. —Tras decir esto, abandonó la oficina.

Kane permaneció sentado durante un largo tiempo. Nadie fue a molestarlo y pudo beberse casi toda una botella de whisky.

—¡Señorita Houston! —gritó Susan al entrar de repente en la salita donde estaba Houston—. El señor Kane quiere que vaya a verlo a su oficina de inmediato. Y parece muy enojado.

Houston suspiró, se arregló el vestido y comenzó a caminar hacia la oficina. Jacob le había deseado las buenas noches hacía más de dos horas, antes de partir con su hija. Desde que se fueron, Houston no hizo otra cosa que pensar. Nunca antes se había preguntado hacia dónde la llevaba la vida. Le parecía que siempre había tomado lo que la vida le ofrecía. Ahora, había llegado el momento de tomar sus propias decisiones.

Kane estaba sentado detrás de su escritorio, con la camisa abierta hasta la mitad del pecho y una botella de whisky casi vacía en la mano.

—Pensé que estabas trabajando —afirmó ella.

—Tú lo arruinaste todo, tú y tus mentiras...

—No tengo la menor idea de lo que estás diciendo —murmuró ella mientras se sentaba en una de las sillas de cuero frente al escritorio.

—No sólo querías mi dinero sino que además querías mi relación con los Taggert. Sabías que Fenton te dejaría hacer tu trabajo ilegal gracias a tu relación conmigo. Dime, ¿tú y tu hermana lo planeastéis todo? ¿Cómo pensabas utilizar a Westfield en todo esto?

Houston se puso de pie, muy tiesa.

—No entiendo nada de lo que me dices. Me enteré del nombre de tu madre el día de nuestro casamiento. No podía utilizar algo de lo que no sabía nada.

—Una vez le aseguré a Edan que eras una buena actriz, pero no tenía idea de que fueras tan buena. Casi me hiciste creer que te casabas conmigo por amor, pero estuviste utilizando mi nombre todo el tiempo para entrar en las minas.

Houston lo miró perpleja.

Kane se inclinó hacia adelante.

—He trabajado toda mi vida por esta noche y tú la destruiste. Fenton amenazó con someter a juicio a mi querida esposa y explicarle a todo el mundo cómo me utilizaste. Ya puedo imaginar los titulares.

Houston no apartó la mirada.

—Sí —repuso ella con suavidad—, es verdad que voy a los campos, pero eso nada tiene que ver contigo ya que lo hacía antes de conocerte. Estás tan obsesionado con tu dinero que crees que todo el mundo lo quiere. —Ella se alejó del escritorio.

—En los últimos meses —continuó Houston—, y gracias a ti, aprendí muchas cosas sobre mí. Mi hermana me había dicho muchas veces que yo era la mujer más infeliz que jamás había conocido, y que incluso tenía miedo de que yo pusiera fin a mi vida. Nunca supe que me decía la verdad, porque hasta que te conocí jamás me había sentido feliz. Hasta que empecé a conocerte, nunca me había preguntado por qué, como tú dijiste, no los mandaba a todos al diablo y bailaba con mi vestido rojo. Contigo aprendí lo que se siente cuando hago cosas por mí misma, y no trato siempre de complacer a los demás. Ahora siento que soy capaz de tomar mis propias decisiones. No quiero vivir con un hombre que construyó una casa así y se casó con una mujer que no amaba para vengarse de un viejo que sólo trataba de proteger lo que le pertenecía por derecho propio. Puedo entender y casi perdonar al señor Fenton por sus acciones, pero no puedo comprender las tuyas. Piensas que me casé contigo por tu dinero, pero me casé contigo porque me enamoré de ti. Creo que amaba a un hombre que sólo vivía en mi imaginación. Tú no eres ese hombre. Eres un extraño para mí, y no quiero vivir con un extraño.

Kane la miró un momento, y luego retrocedió.

—Si crees que voy a pedirte que te quedes, te equivocas. Me he divertido mucho contigo, muñeca, más de lo que esperaba, pero no te necesito.

—Sí, me necesitas —replicó Houston mientras luchaba por contener las lágrimas—. Me necesitas más de lo que imaginas, pero sólo puedo entregar mi amor a un hombre que merezca también mi respeto. No eres el hombre que yo creí.

Kane se acercó a la puerta de la oficina, la abrió y le hizo un gesto con la mano para dejarla pasar.

Houston logró salir caminando y salió de la casa. En ningún momento pensó en empacar sus cosas o en llevarse algo consigo.

Había un carruaje detenido fuera de la casa.

—¿Te vas, no es así? —le preguntó Pamela Fenton desde adentro.

Houston la miró con una expresión tan desoladora que Pam quedó perpleja.

—Sabía que algo horrible había sucedido. Mi padre se sintió mal y ahora lo está atendiendo un médico. Temblaba como si se le fueran a quebrar los huesos. Entra,

Houston. Ahora tengo mi propia casa, y puedes quedarte conmigo y con Zach hasta que se arreglen las cosas.

Houston la contempló sin decir nada, hasta que Pam bajó y casi tuvo que empujarla para que reaccionara y pudiera subir. Houston no sabía dónde estaba. Lo único que pensaba es que todo había terminado, que lo había perdido todo.

Kane entró en la sala del piso de arriba donde Ian y Edan solían leer. Edan estaba solo.

—Quiero que averigües todo lo que puedas sobre lo que hace Houston en las minas.

—¿Qué es lo que quieres saber? —preguntó Edan dejando el libro.

—¿Cuándo? ¿Cómo? ¿Por qué? Todo lo que puedas averiguar.

—Ella se disfraza de anciana todos los miércoles por la tarde, se hace llamar Sadie, y lleva un carro lleno de vegetales hasta el campo. Dentro de la comida esconde medicinas, zapatos, jabón, té, todo lo que logra reunir y se lo reparte a las mujeres de los mineros. Luego, Jean Taggert les devuelve los cupones con los que esas mujeres pagaron a Houston.

—¿Tú lo sabías y no te molestaste en contármelo? —gritó Kane.

—Tú me enviaste para que la siguiera, pero jamás te molestaste en preguntarme qué había descubierto.

—¡Todos me traicionaron! Primero esa maldita perra mentirosa y ahora tú. Y Fenton lo sabía todo —exclamó Taggert enfurecido.

—¿Dónde está Houston y qué les has dicho? —preguntó Edan.

El rostro de Kane se endureció.

—Se fue; no podía enfrentar la verdad. En cuanto se dio cuenta de que había descubierto su plan de utilizarme a mí y a mi dinero, se fue. Me libré de ella. No necesito a esa codiciosa.

Edan aferró a Kane por el hombro.

—Eres un estúpido hijo de puta. Esa mujer es lo mejor que te sucedió en toda la vida y eres tan estúpido que ni siquiera te das cuenta. ¡Tienes que encontrarla!

Kane se libró.

—Nunca lo haré. Ella era igual a todas las demás, sólo que era una prostituta más cara.

Kane no vio la derecha que le pegó en pleno rostro. Edan permaneció encima de Kane mientras éste se frotaba la mandíbula.

—¿Sabes una cosa? —añadió Edan—. Yo también he terminado. Estoy cansado de esconderme del mundo. Pasé mis mejores años encerrado en un maldito cuarto contigo sin hacer otra cosa que ganar dinero. ¿Y para qué? Lo único que compraste fue esta casa, y lo hiciste porque querías vengarte. Una vez Houston me dijo que yo era tan malo como tú, escondiéndome, manteniéndome a tus espaldas y creo que tiene razón.

Edan retrocedió unos pasos frotándose la mano con la que le había pegado.

—Creo que llegó el momento de encontrar mi propia vida. Gracias a ti, tengo la paga de todos los años que dediqué para ayudarte a lograr tus objetivos, y pude guardar unos cuantos millones. Voy a tomarlos y a hacer algo con mi vida —concluyó Edan.

Extendió la mano, pero Kane la ignoró.

Más tarde, Kane vio a Ian, Jean y Sherwin subir al carruaje junto a Edan, lo que significaba que sólo quedaban los sirvientes y no aguardó hasta la mañana para echarlos a todos.

24

Houston estaba de pie, en medio del dormitorio de Pam sin saber dónde se encontraba.

—Primero, te prepararé un baño caliente y luego quiero que me cuentes lo que sucedió —dijo Pamela.

Houston permaneció inmóvil mientras Pam la dejó para prepararle el baño. No estaba segura todavía de todo lo que había sucedido esa noche. Se había enamorado de un hombre que la había estado utilizando.

—Ya está listo —advirtió Pam conduciéndola hasta el baño todo azulejado de color rosa—. Desvístete mientras voy a llamar a mi padre para ver cómo está. Y Houston, no te quedes allí de pie, como si el mundo se viniera abajo.

Houston obedeció como cualquier animal acostumbrado a obedecer y cuando Pam regresó, ella estaba con el agua hasta el cuello.

—El doctor Westfield pudo calmar a mi padre —aseguró Pam—. Ya no tiene edad para soportar noches como ésta. ¿Qué fue lo que Kane le dijo? Lo único que imagino que pudiera molestarlo tanto sería algo sobre Zachary. Si Kane piensa que va a quitarme a mi hijo, es mejor que se prepare a pelear.

—No —repuso Houston con tono cansado—. No es por su hijo. Nada tan noble.

—Creo que deberías decírmelo.

Houston miró a esa desconocida, una mujer que alguna vez había sido el gran amor de su esposo.

—¿Por qué me ayudas? Sé que aún lo amas.

Pam entrecerró los ojos.

—¿Eso fue lo que te dijo?

—Sé que... rechazó tu invitación.

Pam se echó a reír.

—Eres muy delicada. Creo que no te confesó que yo también me di cuenta de que no lograríamos vivir juntos. Llegamos a comprender ambos que si nos casábamos, probablemente terminaríamos matándonos en tres meses. Ahora, cuéntame lo que sucedió entre Kane y tú. Queda todo en familia, si es eso lo que estás pensando, y lo sabré tarde o temprano.

Si Kane decidía apoderarse del dinero de los Fenton, que le pertenecía desde el punto de vista legal, ella lo sabría de todos modos, pensó Houston.

—¿Sabes quién era la madre de Kane? —preguntó Houston.

—No, no tengo la menor idea. Jamás pensé que tuviera una madre. Siempre parecía tan seguro de sí mismo que supongo que creí que había llegado al mundo por su cuenta.

Houston le relató la historia de Charity Taggert, desde un punto de vista objetivo.

—No tenía la menor idea de todo esto —repuso Pam cuando Houston terminó con la historia—. Estás diciendo que todo lo que mi padre posee en realidad le pertenece a Kane. No me extraña entonces que esté tan enojado con mi padre y que mi padre tiemble tanto. Pero, Houston, esta noche no dejaste a Kane porque no nació en la miseria. ¿Qué más sucedió?

A Houston le resultó más difícil hablar sobre sí misma; explicar que Kane la había elegido porque no podía tener a Pam y que, ahora que su función había terminado, él ya no la necesitaba.

—¡Maldito! —exclamó Pam paseándose de un lado al otro del baño—. Se sentiría con todos los justificativos para afirmar que se había casado contigo por lo que él supone que necesita. Es el hombre más caprichoso que haya conocido en toda mi vida.

Houston, mostrando las primeras señales de vida, giró la cabeza para mirar a Pam.

—Le gusta pensar que tuvo una vida miserable pero puedo asegurarte que él era quien gobernaba nuestra casa cuando vivía con nosotros. La gente me miraba con desprecio porque me había enamorado del mozo del establo, pero eso es porque nunca habían tenido a alguien como Kane Taggert en sus establos —murmuró Pam.

Se sentó sobre una banqueta y miró a Houston.

—Tú lo conoces, pudiste comprobar qué carácter tiene y cómo está siempre dando órdenes a todos los que lo rodean. ¿Crees que alguna vez fue diferente, aunque se suponía que fuera el sirviente de alguien?

—Nunca pensé en eso —replicó Houston—. Marc me contó que Kane era un tirano.

—¡Tirano! —exclamó Pam poniéndose de pie—. Kane dirigía todo. Más de una vez mi padre no pudo asistir a una reunión de negocios porque Kane sostenía que los caballos no podían salir. En la cena comíamos lo que a Kane le gustaba porque la cocinera pensaba que los gustos de Kane eran más importantes que los de mi padre.

Houston pensó en la señora Murchison que había sucumbido bajo los encantos de Kane y le preparaba siempre sus platos favoritos.

—Siempre fue un muchacho apuesto y sabía obtener lo que deseaba de las mujeres. Las sirvientas le limpiaban el cuarto, le lavaban y planchaban la ropa y le llevaban la comida. No dirigía la empresa de los Fenton pero sí mi casa. No imagino lo que habría sido si hubiera sabido que todo ese dinero le pertenecía. Quizá mi padre le haya hecho un favor. Tal vez vivir en los establos le enseñó a tener un poco de humildad porque, ciertamente, no nació con ella, Houston.

Pam se arrodilló junto a la bañera y añadió:

—Puedes quedarte aquí todo lo que quieras. Si quieres saber mi opinión, creo que hiciste bien en irte. No puede casarse con una persona para llevar a cabo un plan de venganza. Ahora, sal del baño mientras te preparo algo para beber que te ayudará a domir.

Houston hizo lo que le indicaba: salió de la bañera, se secó y se puso uno de los camisones de Pam.

Pam regresó con una taza humeante, y aseguró:

—Si esto no te hace dormir, al menos hará que no te importe estar despierta. Ahora, vete a la cama; mañana será otro día.

Houston bebió casi todo el brebaje y se durmió en el acto. Cuando se despertó a la mañana siguiente, el sol brillaba en todo su esplendor y ella tenía un fuerte dolor de cabeza. En el extremo de la cama estaba su ropa interior y un vestido. Encontró una nota de Pam que le comunicaba que había tenido que salir, que bajara a desayunar y que le pidiera a la criada cualquier cosa que necesitara.

—Edan —dijo Jean Taggert—, no sé cómo agradecerte todo lo que hiciste esta noche. No tenías necesidad de quedarte conmigo.

Estaban de pie en el corredor del Hotel Chandler. Ambos estaban cansados. Después de abandonar la casa de Kane, habían ido al hotel. Ian se había ido a dormir en seguida, pero Sherwin no pudo conciliar el sueño por todo lo que había sucedido y había pasado la noche tosiendo y con dificultades para respirar. Dijo que estaba preocupado por Jean y que Ian tendría que regresar a trabajar en las minas.

Edan llamó al doctor Westfield, y Lee llegó a los pocos minutos porque ya se había vestido para ir a visitar a Jacob Fenton. Edan despertó a todo el personal del hotel para que le consiguieran botellas de agua caliente y algunas mantas, y envió a un cadete a buscar los remedios que Westfield le había recetado a Sherwin.

Jean permaneció junto a su padre toda la noche y le aseguró que ni ella ni Ian regresarían a las minas. Edan se había encargado de todos los detalles.

Ahora, cuando ya había salido el sol, Sherwin por fin se había quedado dormido y Jean salió al pasillo, donde estaba junto a Edan.

—No sé cómo agradecerte —repitió Jean por milésima vez.

—Entonces, deja de intentarlo. ¿Vamos a desayunar? —propuso él.

—¿Crees que el comedor estará abierto a esta hora?

Edan le sonrió.

—Después de anoche, este hotel me teme tanto que harán cualquier cosa por complacerme.

Tenía razón. Un empleado de aspecto cansado los acompañó hasta el comedor y les preparó una mesa junto a la ventana antes de ir a despertar al cocinero. El cocinero vivía a ocho kilómetros de distancia y tardó en llegar. Ni Jean ni Edan se dieron cuenta de que el desayuno tardó dos horas en llegar. Hablaron sobre sus infancias. Jean le explicó cómo se había ocupado de todos los hombres de la familia porque su madre había muerto cuando ella tenía once años. Edan le contó cómo había muerto su familia y cómo Kane lo había encontrado.

—Kane fue bueno conmigo. Yo no quería volver a amar a nadie más en mi vida. Tenía miedo de que esa persona también muriera y pensé que no soportaría quedarme solo otra vez.

Dejó la servilleta.

—¿Estás lista? Creo que las oficinas ya están abiertas.

—Sí, claro —repuso ella poniéndose de pie—. No quise interrumpir tu trabajo.

Él la tomó del brazo.

—No me refería a mí sino a nosotros. Tú y yo iremos a una agencia inmobiliaria para comprarnos una casa. Tendrá que ser lo suficientemente grande como para que quepamos todos.

Jean lo miró a los ojos.

—¿Todos nosotros? No sé a lo que te refieres, pero Ian, mi padre y yo no podríamos vivir contigo. Conseguiré un empleo en la ciudad, quizá Houston pueda ayudarme, Ian podrá asistir a la escuela y trabajar después de clase, y papá...

—Tu padre se odiaría a sí mismo por ser un peso para vosotros dos, además Ian es demasiado grande como para ir a la escuela y es mejor que siga con su tutor. Y tú no ganarías lo suficiente como para mantenerlos. Ahora, ven conmigo y ayúdame a encontrar una casa grande; serás mi ama de llaves.

—No puedo aceptar —protestó Jean—. No puedo ser el ama de llaves de un hombre soltero.

—Tu padre y tu primo estarán contigo y podrán cuidarte en caso de que yo quiera molestarte, además, por lo que pude observar en los últimos meses, la vida de casados no es tan mala. Vamos, Jean, cierra la boca y salgamos de compras. Tendremos que comprar muebles, comida y un montón de cosas antes de que podamos salir de este hotel. ¿Crees que los empleados nos ayudarán si saben que de ese modo se librarían más pronto de nosotros?

Jean estaba demasiado conmovida como para responderle. Fueron hasta la habitación de su padre para avisarle que salían y junto con Ian, se dirigieron a la agencia inmobiliaria.

Houston estaba sentada ante la mesa jugando con la comida pero sin probar bocado cuando Pam irrumpió en la habitación quitándose los guantes.

—Houston, todo el pueblo está hablando sobre lo de anoche —le dijo a modo de saludo—. Ante todo, cuando te fuiste, parece que Edan y Kane tuvieron una terrible discusión. Una de las sirvientas relató que la pelea duró unas cuantas horas y que por último, Edan abandonó la casa hecho una fiera.

—¿Edan también se fue? —preguntó sorprendida Houston.

—No sólo Edan sino también los otros Taggert: Jean, Ian y Sherwin. Y cuando se fueron, Kane bajó y despidió a todos los sirvientes.

Houston se reclinó en la silla, suspiró y comentó:

—Kane dijo que estaba cansado de todos nosotros porque le hacíamos perder mucho tiempo. Supongo que ahora podrá trabajar todo lo que quiera. O quizá, regrese a Nueva York y trabaje allí.

—Todavía no te conté todo. Edan y Jean se alojaron en el Hotel Chandler y mantuvieron levantados a todos los empleados durante toda la noche, porque Sherwin estuvo bastante grave, y esta mañana se compraron una casa para vivir juntos.

—¿Edan y Jean? ¿Sherwin está bien?

—Se dice que está bien y sí, Edan y Jean compraron

esa enorme casa que queda al final de la avenida Archer, frente al hospital de Blair. Después de firmar los papeles, Edan pagó en efectivo, Jean regresó al hotel y Edan fue a Los Famosos y compró tres blusas, dos faldas, un sombrero, dos pares de guantes y ropa interior. La desagradable Nathan estuvo acosándolo hasta que Edan confesó que la ropa tenía que ser del tamaño adecuado para Jean Taggert. Si Edan no se casa con ella después de esto, el nombre de ella no valdrá mucho por aquí.

Hizo una pausa.

—Y Houston, es mejor que sepas que el Chandler Chronicle insinúa que la causante de lo de anoche fue otra mujer.

Houston tomó su taza de café. El diario local no la preocupaba. El señor Gates había repetido durante años que el diario no contenía más que los informes de las muertes más extrañas de todo el mundo y artículos sobre dónde veraneaba la familia de los duques ingleses. Había dejado de comprar el diario cuando apareció una historia de media página acerca de un italiano que declaraba que las mujeres anglosajonas eran las que mejor besaban.

—¿De dónde sacaste todo esto? —preguntó Houston.

—¿De qué otro lado sino de la confitería de la señorita Emily?

Houston casi se atragantó con el café. ¡La Hermandad!, pensó. Tenía que organizar una reunión urgente para decirles que Jacob Fenton sabía que las mujeres se disfrazaban para entrar en los campos de forma ilegal. Lo único que tenía que hacer ese hombre, era enojarse con Kane y hacer que las arrestaran a todas.

—¿Puedo usar tu teléfono? Tengo que hacer varias llamadas —pidió Houston.

25

Lo primero que hizo Houston fue llamar a su madre, y la encontró en pleno llanto. Después de que logró calmarla, aunque sin darle mayores explicaciones, la convenció para que la ayudara a reunir a los miembros de la Hermandad. El único lugar que parecía seguro, sin peligro de que las escucharan, era el primer piso de la confitería.

—A las dos de la tarde —añadió Houston antes de cortar la comunicación para comenzar a llamar a las demás.

Cuando las mujeres se reunieron en el salón de la señorita Emily, todas miraban de soslayo a Houston. Ella sabía que se morían por oír la verdad sobre lo sucedido la noche anterior en casa de Kane cuando todos lo abandonaron. Caminó hasta el frente de las mujeres que aguardaban allí, de pie.

—Anoche, descubrí algo muy importante —anunció—. Jacob Fenton sabe que entramos en los campos. No estoy segura de cómo se enteró; por eso organicé esta reunión, para que podamos discutirlo.

—Pero los guardias lo ignoran, ¿no es así? —preguntó Tia—. ¿Sólo Fenton lo sabe? ¿Se lo dijo a los demás? ¿Cómo lo descubrió?

—No conozco ninguna de esas respuestas. Lo único que sé es que está enterado de que nosotras nos disfrazamos para entrar en las minas... y ha amenazado con entablarme juicio.

—¿A ti? —gritó Blair—. ¿Por qué a ti en particular? ¿Por qué no a todas?

Houston bajó la mirada.

—Tiene que ver con mi marido y el señor Fenton, pero no creo que me arresten.

—No podemos arriesgarnos a ello —afirmó Blair—. Deberás dejar de entrar a los campos.

—¡Un momento! —exclamó la señorita Emily—. Hace mucho que Fenton debe saberlo. No se enteró ayer y fue directamente a tu casa a amenazarte. ¿No es así, Houston?

Ella asintió.

—Por supuesto que no es de mi incumbencia, pero deben haber sucedido muchas cosas anoche en la casa Taggert y es posible que la amenaza de Fenton sea parte de lo que sucedió ayer —añadió Emily.

Houston volvió a asentir.

—Creo que Fenton pensó que lo que hacíamos no era peligroso y por eso nos permitió la entrada a los campos. Si no me equivoco, y conozco a Jacob, se habrá reído de las tontas mujeres que se disfrazan de viejas. Yo propongo continuar con las visitas. Siento que estamos protegidas.

—¡No me gusta! —exclamó Meredith.

—¿Y cómo piensas mantener el secreto? —preguntó Sarah—. Lo de Fenton no importa de todos modos. No le interesa mucho lo qué sucede en los campos. ¿Recordáis cuando el año pasado el funcionario del sindicato apareció muerto a golpes? El veredicto oficial fue: «muerte por persona o personas desconocidas». Es obvio que Fenton sabía lo que había sucedido, pero no se ensució las manos. ¿Crees que va a juzgar a las hijas de los ciudadanos más ilustres de todo Chandler? Mi padre lo correría con una escopeta.

—Si somos objeto de risa y contamos con la protección del mismo dueño, ¿para qué se necesita mantener el secreto? —preguntó Nina—. ¿Por qué no llevamos nuestros vestidos con puntillas y conducimos bonitos carruajes para repartir la comida?

—¿Y qué minero dejará que su mujer acepte caridad de las ricas mujeres de la ciudad? —objetó la señorita Emily—. Creo que tendremos que seguir con todo como está. Houston, quiero que pienses en esto muy seriamente: ¿Crees que el señor Fenton presentará cargos contra ti o las otras mujeres?

Y arriesgarse a que se sepa que le robó todo a un bebé de sólo tres días, pensó Houston y dijo:

—No, no creo que me arresten. Propongo que continuemos como siempre. Los pocos hombres que saben lo que hacemos tienen sumo interés en guardar el secreto. Si eso es todo, propongo que terminemos la reunión y nos vayamos a casa.

—Un momento —pidió Blair—. Nina y yo tenemos algo que decir.

Blair y Nina explicaron una idea que habían estado elaborando durante semanas. Se trataba de una revista femenina que en forma de código informaría a los mineros sobre lo que sucedía en el resto del país con respecto a la organización de los sindicatos. Mostraron algunos artítulos que habían preparado a modo de ejemplo y propusieron distribuir las revistas como un obsequio a las esposas de los mineros.

Las mujeres de la Hermandad dudaron en un principio acerca de si aceptar la propuesta. Ya estaban preocupadas de que Fenton supiera la verdad.

—¿Estamos comprometidas o no? —preguntó la señorita Emily y entonces se pusieron a discutir el proyecto.

Horas después, el grupo se disolvió y cada una se marchó a su casa, pensando en que podía ser arrestada al igual que cualquiera de sus amigas.

—Houston —llamó Blair cuando las demás salieron—. ¿Podemos hablar?

Houston asintió pero no podría contarle a su hermana lo que había sucedido. Blair se culparía otra vez por lo acontecido y Houston no necesitaba más problemas por ahora.

—¿Quieres contarme lo que sucedió anoche? —preguntó Blair cuando estuvieron solas—. Dicen que lo abandonaste. ¿Es verdad?

—Sí —respondió Houston esforzándose por no llorar—. Estoy parando en la casa de Pamela Younger. La hija de Jacob.

Blair se limitó a mirar largamente a su hermana pero se abstuvo de hacer ningún comentario.

—Si me necesitas, estoy aquí para escucharte, pero mientras tanto necesitas algo que te mantenga ocupada. El primer número de la revista Lady Chandler tendrá que pasar por el Comité de las Minas para su aprobación y tiene que ser lo más inofensivo posible. Necesito artículos sobre cómo limpiar la ropa, cómo cuidar el cabello, cómo vestirse como una duquesa con el salario de un minero, ese tipo de cosas. Creo que harías un gran trabajo si los escribieras. ¿Puedes acompañarme a comprar una máquina de escribir? Te enseñaré a usarla esta noche.

Houston no había pensado en cómo emplearía su tiempo ahora que no tenía que ocuparse de Kane, pero si no se ponía a hacer algo, pasaría el tiempo sentada en la casa de Pam maldiciéndose por ser tan tonta como para amar a un hombre como Kane Taggert.

—Sí —contestó—, quiero estar ocupada. Tengo algunas ideas sobre cómo las mujeres de los mineros podrían mejorar las cabañas donde viven y agregar un poco de belleza a sus vidas.

Blair le dio tantas cosas para hacer a Houston que ésta no tuvo tiempo de pensar en otra cosa. En cuanto Houston terminaba un artículo, Blair ya tenía pensado otro. Pam se interesó tanto en la revista de Blair que convirtió su cocina en un centro de pruebas de quitamanchas y trató de encontrar un método realmente efectivo para limpiar el terciopelo. Al final del día, toda la casa olía a amoníaco pero Houston logró escribir: «Dos cucharadas de amoníaco disueltas en dos cucharadas de agua tibia sirven para quitar manchas sobre el terciopelo. Debe aplicarse con un cepillo de pelo duro.» Blair comentó que podía ponerle ese nombre a la historia principal de la revista. Pam sonrió complacida pero Houston sabía que su hermana sólo le estaba tomando el pelo.

La escritura fue una excusa perfecta para no salir de la casa y enfrentarse al mundo. Pam salía a menudo, sin comunicar dónde iba, pero así lograba mantener a Houston con todas las noticias frescas. Le informo que Kane se había quedado solo en su casa sin amigos ni sirvientes que lo atendieran.

—Y sin parientes. Eso debe alegrarlo —añadió Houston—. Ahora puede trabajar sin interrupciones.

—No te amargues, Houston —repuso Pam—. Lamentarse por el pasado es terrible. Lo sé. ¿Qué te parece si incluyo esta receta para teñir prendas en el primer número?

—Sí, claro —contestó Houston con la mente ausente mientras limpiaba las teclas de su máquina de escribir. Blair le había contado que cuando Remington creó la primera máquina de escribir, las teclas se enredaban entre sí todo el tiempo. Lo investigaron y descubrieron que las dactilógrafas eran demasiado rápidas para el mecanismo, de modo que decidieron mezclar todo el tablero y hacerlo difícil. Situaron las letras más usadas en los lugares más inaccesibles, para que las dactilógrafas tardaran más en escribir. Por casualidad, las letras de la primera línea formaron la palabra QWERTY.

Dos semanas después de que Houston abandonara a Kane, llegó el vagón ferroviario que Kane había encargado para Opal, causando un gran revuelo. Con el rostro bañado en lágrimas, Opal fue a ver a Houston para decirle qué hombre tan maravilloso había dejado, preguntarle cómo había hecho una cosa así, y asegurarle que una mujer no era mujer si no tenía hijos, y que Houston sin marido era algo triste.

Houston logró explicar a su madre que era Kane quien no la quería, y no lo contrario. No era toda la verdad, pero mentiras piadosas a una madre, eran aceptables.

Houston regresó a su máquina de escribir y trató de no pensar en el pasado.

Opal Chandler Gates se dirigió lentamente a la casa Taggert. Se suponía que había salido a hacer compras y el señor Gates no le preguntó por qué se había vestido tan elegante para salir. Tenía que estar muy elegante porque vería a Kane y le pediría que dejara regresar a su hija, si es que en verdad él la había echado tal como Houston se lo había insinuado.

Houston podía ser tan rígida, pensó Opal, tan parecida a su padre. Bill podía tener un gran amigo, pero si esa persona perdía su confianza, nunca lo perdonaba. Houston era muy parecida a su padre. Opal sabía que después de lo que Leander le había hecho, él había desaparecido por completo de la vida de su hija.

Y ahora tenía que hacer algo con Kane. Opal sabía que Kane había hecho algo terrible, algo raro, monstruoso y estúpido. Pero ésa era una de sus características más atractivas: era tan rudo como Houston era educada. Formaban una buena pareja y Opal quería verlos juntos otra vez.

Llamó a la puerta de la enorme casa, pero nadie le respondió. La abrió y como estaba sin llave, pudo entrar sin problemas. La casa estaba vacía y fría.

Opal pasó un dedo por la mesa del vestíbulo. Era increíble la tierra que podía juntarse en sólo dos semanas.

Llamó a Kane en voz alta, pero no hubo respuesta. Opal sólo había estado en la casa en una ocasión y no conocía muy bien el camino. Le llevó bastante tiempo recorrer la planta baja y el primer piso. Cuando estaba en el dormitorio de Kane, se asomó a la ventana y lo vio caminando por el jardín.

Bajó la escalera corriendo y atravesó el césped crecido, a toda prisa para alcanzarlo. Lo encontró recostado contra un árbol, con la mirada perdida, fumando uno de sus exquisitos cigarros.

Kane se volvió cuando sintió que alguien se aproximaba.

—¿Y qué la trae por aquí esta mañana? —preguntó con tono cauteloso.

Opal suspiró.

—Me enteré de que se enojó y echó a mi hija de esta casa.

—¡Por supuesto que no! Ella me dejó. Dijo algo sobre que ya no me respetaba.

Opal se sentó sobre el banco de piedra debajo del árbol.

—Algo así me temía. Houston es igual a su padre. ¿Podría contarme lo que sucedió? Houston no quiso decirme una sola palabra. En eso también se parece a su padre.

Kane permaneció en silencio observando el jardín.

—Sé que es un asunto privado, y si tiene algo que ver con... bien, el dormitorio, supongo que Houston puede estar un tanto asustada, pero estoy seguro de que si usted tiene paciencia...

—¿Asustada, Houston? ¿Está hablando de la mujer que se casó conmigo? Ella no le tiene miedo a nada en la cama —replicó Kane.

Opal estrujó los guantes con el rostro encendido.

—Entonces, debe ser otra cosa. —Aguardó.— Si le preocupa que mantenga el secreto, le aseguro...

—En este pueblo nada es secreto. Quizás usted pueda entender lo que la molestó tanto, yo no lo entiendo. Sabe que yo trabajaba en los establos de Fenton, ¿no es verdad? Bueno, cuando trabajaba allí, no me permitían entrar a su casa, y siempre me pregunté qué se sentiría al ser dueño de una casa enorme como ésa. Y después, cuando quise casarme con Pamela Fenton sostuvo que yo no estaba a la altura de ella. De modo que me fui y comencé a hacer dinero, sin embargo, en el fondo de mi mente albergaba el sueño de que algún día él vendría a comer a mi casa, que sería más grande que la suya y que tendría a una dama sentada a la cabecera de la mesa.

A Opal le llevó algunos minutos darse cuenta de que ése era el final de la historia y que ella tendría que imaginar el resto por su cuenta.

—Por Dios —exclamó ella después de un momento—. ¿Quiere decir que construyó esta enorme casa y se casó con mi hija para llevar a cabo su sueño?

Kane no respondió.

Opal sonrió.

—No me extraña entonces que Houston se haya ido cuando se enteró de ello. Se debe haber sentido usada.

—¡Usada! Ella también me usaba a mí. Se casó por mi dinero —repuso Taggert.

Opal lo miró ya sin sonrisa.

—¿De veras? ¿Acaso tiene alguna idea de todo lo que hizo el señor Gates para convencerla de que no se casara con usted? En realidad fueron muchos los que le aconsejaron no hacerlo. Y en cuanto al dinero, ni ella ni Blair tienen por qué preocuparse por ello. No son ricas, pero tienen lo suficiente como para comprarse todos los vestidos que quieren.

—Considerando los que se compra Houston, eso es una fortuna —murmuró Kane.

—¿Cree que Houston desea algo más, el tipo de riqueza que sólo usted puede darle? —continuó Opal—. ¿Le parece que es una persona codiciosa?

Kane se sentó en el banco.

Opal pasó un brazo sobre sus enormes hombros y le preguntó

—¿La extraña, no es así?

—Sólo la conozco desde hace algunos meses pero creo que... me acostumbré a ella. Más de una vez quise estrangularla por obligarme a hacer cosas que yo no quería, pero ahora... extraño pisar las hebillas de su cabello, extraño el que nos interrumpa a Edan y a mí cuando trabajamos. También extraño el béisbol con Ian y mi hijo. ¡Maldita! Desearía no haberla conocido nunca. Era feliz antes de conocerla y volveré a serlo. Adviértale que no la aceptaré aunque venga a pedírmelo de rodillas.

Kane se echó a andar hacia la casa y Opal se puso en seguida de pie dispuesta a seguirlo.

—Kane, por favor, soy una mujer mayor —le dijo tratando de alcanzarlo.

—Usted no es ninguna anciana —gritó Taggert sin detenerse—. Tendría que haberme quedado con las prostitutas, ellas sólo quieren dinero.

Opal sólo pudo alcanzarlo cuando él ya estaba instalado en su oficina.

—Tiene que hacerla volver —le dijo.

—Claro que no. No la quiero de vuelta —repuso él.

Opal se sentó para abanicarse porque se había quedado sin aliento. Disimuladamente, se arregló el nuevo corsé que tenía paletillas de acero.

—Si usted no tuviera esperanzas de recuperarla, estaría en un tren rumbo a otra parte —afirmó Opal.

Kane se sentó en su sillón de cuero, y permaneció en silencio durante unos momentos.

—No sé cómo hacer para que Houston vuelva. Si no se casó conmigo por mi dinero, no sé cómo hice para ganar su corazón. ¡Mujeres! Estoy mucho mejor sin ellas. —Miró a Opal a través de sus pestañas—. ¿Cree que le agradaría un presente?

—No a Houston —contestó ella—. Tiene la moral de su padre. Tampoco serviría pedirle disculpas o una declaración de amor. Si hubiera manera de hacerla regresar y darle a usted un poco de tiempo, quizá podría convencerla de que no se casó con ella sólo para vengarse del señor Fenton, a quien no debemos culpar por no permitir que su hija se casara con el mozo de cuadra de su casa.

Kane abrió la boca pero volvió a cerrarla. Se le encendieron los ojos y propuso:

—Existe una manera... aunque, no, no funcionaría. Houston nunca creería que yo soy capaz de usar un método tan sucio.

—Me parece perfecto. Cuéntemelo —pidió Opal.

Kane le contó su plan en tono dubitativo, pero a Opal le pareció maravilloso.

—¡Mujeres! —exclamó Kane.

Opal se puso de pie.

—Ahora, debo irme. Oh, sí, claro, casi me olvidaba. La razón por la que vine es para decirle que llegó el vagón que usted había ordenado pero que no puedo aceptarlo de ninguna manera. Es un regalo muy costoso. Tendrá que devolverlo.

—¿Y qué diablos haría yo con un vagón pintado de rosa? Puede viajar en él.

Opal le sonrió.

—Querido Kane, todos tenemos nuestros sueños; por desgracia, si se hacen realidad, a veces no son tan lindos como cuando los soñamos. Estaría aterrada de viajar.

—Entonces, estaciónelo en algún lugar y utilícelo para sus reuniones con sus amigas. ¿Está segura de que ese plan tendrá resultado con Houston? No sé si quiero que ella crea que yo soy capaz de hacer una cosa así —comentó él.

—Ella le creerá y creo que será un buen uso para el tren: Pero usted podría hacerlo pintar de otro color y...

—Si no lo acepta, se lo dejaré en la puerta de su jardín.

—Ya que me está chantajeando... —repuso Opal con los ojos brillantes.

Kane gruñó cuando ella lo besó en la mejilla para despedirse.

—Presiento que todo saldrá bien ahora. Muchas gracias por el vagón, y vendrán a cenar usted y Houston la semana entrante a casa. Adiós.

Kane permaneció sentado mucho tiempo pensando sobre las mujeres en general y las damas en particular.

26

Houston tuvo que contener un bostezo mientras caminaba por la avenida Lead, tratando de terminar con las cosas que tenía que hacer antes de que comenzara a llover. Estaba cansada después de la revuelta de la noche anterior en la casa de Pam porque no habían podido dormir en toda la noche.

Zachary había ido a visitar a su primo Ian a la casa nueva que Edan había comprado. Lo invitó a ir a jugar béisbol con Kane. Y antes de que Ian terminara de expresar su opinión sobre Kane, Zachary bajó la cabeza y se abalanzó sobre el estómago de su primo. Pelearon durante casi treinta minutos hasta que Edan los encontró y logró separarlos.

Cuando Zach regresó a la casa de Pam, sostenido del cuello por Edan, Jacob estaba allí de visita. Y descubrió a su querido nieto cubierto de sangre seca y con el rostro todo arañado, y además, lo estaba tocando alguien relacionado con Kane Taggert.

Comenzó otra guerra.

Pam, preocupada por la salud de su hijo, no se interesó en el por qué ni en el quién, pero Jacob sí. Y comenzó a atacar a Edan de inmediato.

—Su guerra no es conmigo —dijo Edan antes de irse.

Jacob comenzó a interrogar a Zach y cuando se dio cuenta de que el muchacho había defendido a su padre, la ira de Fenton no conoció fronteras. Su enojo se volvió entonces hacia Pam y la criticó en su papel de madre y en cómo había tenido a su hijo.

Por primera vez, Houston conoció el carácter de Pam y de inmediato comprendió por qué Kane la había rechazado el día de la boda. Pam y su padre se dijeron cosas terribles, los dos estaban fuera de control. Si Kane y Pam hubieran tratado de convivir... Houston prefería no pensar en lo que habría ocurrido.

Zachary se incluyó en la pelea, sin dedicarse a colocarse del lado de su madre o del lado de los hombres. Pam y Jacob comenzaron entonces a gritarle a él.

—No es así como se maneja a un Taggert —murmuró Houston para sí misma.

Se puso en el medio del acalorado grupo.

—Zachary —llamó con un tono de voz frío y autoritario. Sorprendidos, todos se detuvieron para mirarla.

—Zachary, ven conmigo y te lavaré. Señor Fenton, llame a su carruaje y regrese a su casa. Más tarde podrá enviar flores para disculparse. Y tú, Pamela, ve a tu cuarto, ponte un poco de colonia en las muñecas y acuéstate un rato hasta que te tranquilices.

Houston permaneció allí, de pie, con la mano extendida hacia Zachary, hasta que Pam y Jacob le obedecieron. El niño entonces la tomó de la mano y la siguió, hasta la cocina. Era ya grandecito como para permitir que una mujer le lavara la cara y las manos, pero se quedó sentado y permitió que lo atendieran. Después de algunos minutos, comenzó a contarle sobre la pelea.

—Creo que tuviste razón en defender a tu padre —aseguró Houston.

Zach abrió la boca sorprendido.

—Pero pensé que usted ya no lo quería.

—Los adultos se pelean en una forma diferente de

los niños. Ahora, ponte una camisa limpia e iremos juntos a visitar a Ian.

—Ese canalla... ¡No quiero volver a verlo! —exclamó Zach.

—Volverás a verlo —le dijo Houston inclinándose hasta quedar al mismo nivel.

—Sí, señora —respondió el niño.

Houston y Zachary pasaron unas cuantas horas con Edan y el resto de los Taggert. Jean y Edan parecían estar en medio de una luna de miel, y Houston los descubrió intercambiando miradas más de una vez, cuando pensaban que nadie los veía.

Sherwin se llevó a los dos muchachos al jardín y los hizo trabajar removiendo yuyos y sacando piedras. Para cuando Houston y Zach regresaron a su casa, el jovencito estaba demasiado cansado como para enojarse con alguien y además, Ian y él tenían una cita el día siguiente para jugar béisbol con los muchachos del pueblo, partido que Houston había organizado.

Cuando por fin pudo irse a la cama, después de escuchar tres veces las disculpas de Pam, Houston se sentía agotada. En la mesita de noche, encontró un florero con dos docenas de rosas rojas destinadas a «Lady Houston», de parte de Jacob Fenton. Aún se sentía demasiado cansada cuando tuvo que correr para alcanzar el tranvía, antes de que empezara a llover.

Estaba por llegar al Teatro Opera de Chandler cuando sonó un trueno que hizo temblar la tierra y Houston sintió que una mano la agarraba y la llevaba hacia un callejón. El grito de Houston quedó ahogado a causa del ruido del trueno.

—Harás que todos vengan hacia aquí si no te callas —advirtió Kane sin sacarle la mano de la boca—. Soy yo y quiero hablarte un momento.

Houston lo miró a través de la lluvia que le bañaba el rostro.

—Es el mismo lugar donde hablamos la primera vez, ¿lo recuerdas? Te pregunté por qué me habías defendido de esa mujer. Esto es una especie de aniversario, ¿no? —añadió Taggert.

Su rostro se suavizó mientras hablaba y fue aliviando la presión sobre la boca de Houston. Cuando ella se vio liberada pegó un grito que habría podido despertar hasta a los muertos. Pero la lluvia ahogó el grito, y además, la gente se había refugiado bajo techo para protegerse de la lluvia.

—¡Maldición, Houston! —exclamó Kane colocando nuevamente su mano sobre la boca de su esposa—. ¿Qué te sucede? Sólo quiero conversar contigo. Voy a sacar la mano, pero si vuelves a gritar, te lo impediré. ¿Me comprendiste bien?

Houston asintió, pero en el momento en que él la soltó, ella dio media vuelta y se alejó corriendo por el callejón. Kane estiró la mano para sujetarla y le rompió el cinturón del vestido.

Houston se volvió furiosa para enfrentarlo, con el vestido todo desgarrado y exclamó:

—¿Jamás escuchas lo que te dicen? No quiero hablar contigo. Si quisiera hacerlo, estaría viviendo contigo. Quiero irme a casa y no me importa si no vuelvo a verte.

Houston se volvió para irse, pero Kane la detuvo.

—Houston, espera, tengo que decirte algo.

—Usa el teléfono —replicó ella sin volverse.

—Maldita perra —murmuró Kane con los dientes apretados—. Vas a escucharme sin importarme lo que tenga que hacer para lograrlo.

De un manotazo logró terminar de arrancarle la falda del vestido y ambos cayeron sobre el barro. Houston cayó de frente y le quedó todo el rostro embarrado; Kane estaba encima de ella de modo que permaneció bastante limpio.

—Sal de encima —ordenó ella cuando logró levantar la cabeza.

Kane se hizo a un lado.

—Lo siento, querida, no quería lastimarte. Lo único que quiero es conversar contigo.

Houston se sentó pero no intentó incorporarse y comenzó a quitarse el barro de la cara con la tela de la falda rota.

—Nunca tienes intenciones de lastimar a nadie —comentó ella—. Sólo haces lo que te viene en gana, sin importarte quién se interponga en tu camino.

Él la miraba con una sonrisa.

—Sabes que te ves hermosa, incluso con todo ese barro.

Ella le devolvió una mirada dura y fría.

—¿Qué es lo que tienes que decirme?

—Quiero que regreses a casa a vivir conmigo —contestó Kane.

Ella continuó limpiándose la cara.

—Por supuesto que quieres eso. Sabía que me lo pedirías. También perdiste a Edan, ¿no?

—Maldición, Houston, ¿qué quieres que haga?, ¿que te ruegue?

—No quiero nada de ti. Lo único que deseo ahora es irme a casa y darme un baño caliente. —Comenzó a incorporarse, luchando con el barro y la falda rota.

—Nunca perdonas a nadie, ¿no? —repuso Kane.

—Al igual que tú no pudiste perdonar al señor Fenton. Por lo menos, yo no utilizo a los demás para obtener lo que quiero.

A pesar de la lluvia, Houston pudo advertir que Kane adquiría una expresión de enojo.

—Ya es suficiente —dijo Taggert acercándose a ella y empujándola contra la pared—. Eres mi esposa y por ley me perteneces. No me importa si me amas o si me respetas o cualquier otra cosa, pero regresarás a vivir conmigo, y lo harás ahora mismo.

Houston lo miró con toda la dignidad de la que fue capaz.

—Gritaré durante todo el viaje hasta allí y me escaparé en la primera oportunidad —aseguró la joven.

Kane se inclinó sobre ella, amenazante.

—¿Conoces la cervecería que tiene tu padrastro? Hace un año, tuvo algunos problemas de dinero y no se lo contó a nadie. Hace dos meses vendió el lugar a un comprador anónimo que le permitió seguir siendo el gerente.

—¿Tú? —preguntó Houston apoyada contra la pared de ladrillos.

—Sí, yo. Y el mes pasado compré el Banco Nacional de Chandler. Me pregunto quién resultaría lastimado si decidiera cerrarlo.

—No lo harías —le dijo ella.

—Acabas de decirme que hago lo que quiero sin importarme quién se interpone en mi camino. Y ahora quiero que regreses de inmediato a mi casa.

—Pero ¿por qué? Nunca signifiqué nada para ti. No fui más que un instrumento de venganza. Otra persona en mi lugar...

Kane no le respondió.

—¿Qué me dices? ¿Vas a sacrificarte para salvar a todo el pueblo? Claro que mi casa y mi cama serán la cruz donde te quemes.

De repente, él le tomó el mentón en su mano y le acarició la piel con la punta de los dedos.

—¿Todavía puedo hacerte arder? ¿Puedo hacerte gritar de placer? —añadió él.

Inclinó la cabeza como si fuera a besarla pero se detuvo a unos milímetros de distancia.

—No te queda más remedio, Houston. O bien vienes conmigo a casa ahora mismo o le causaré daño a muchas personas. ¿Acaso tu moral es más importante que la comida de muchas familias?

Houston parpadeó para quitarse las lágrimas de los ojos, o las gotas de lluvia que le habían entrado, no estaba segura.

—Volveré a vivir contigo —replicó ella—, pero no tienes idea de lo fría que puede ser la dama de hielo.

Él no le respondió, sólo la tomó en sus brazos hasta el carruaje. Ninguno de los dos habló durante todo el trayecto hasta la mansión Taggert.

Houston no tuvo que esforzarse mucho por permanecer fría con su marido y sólo una vez se vio tentada de cambiar. Recordaba demasiado bien por qué él se había casado con ella y lo tonta que había sido en pensar que estaba enamorada de un hombre tan egoísta. Por lo menos Leander había sido honesto cuando le había confesado lo que quería de ella.

Houston hacía lo mínimo indispensable para llevar la casa adelante y nada más. Contrató nuevamente a los sirvientes pero no planeó ninguna diversión, hablaba con su marido sólo cuando era necesario, y se negaba a reaccionar cuando él la tocaba; ésa era la parte más difícil.

La primera noche había sido la peor. Él había ido a visitarla a su dormitorio, pero Houston no permitió que su cuerpo la traicionara. Permaneció rígida y fría, pero no iba a permitirse gozar en la cama con Kane después de que él la había utilizado. Tampoco se echó atrás cuando él se apartó y la miró con ojos de cachorro triste.

A la mañana siguiente, él entró en su cuarto y recogió un pequeño baulito del suelo. Houston sabía lo que contenía pero había aguardado a que él se lo entregara. Y ahora, que había vaciado su contenido de miles de dólares sobre su regazo, lo único en que ella podía pensar era en lo frías que eran todas esas joyas, tan frías como ella se sentía por dentro.

Kane retrocedió y esperó para ver cómo reaccionaba su esposa.

—Si intentas comprarme... —advirtió ella.

Él la interrumpió.

—¡Maldición, Houston! ¿Acaso tenía que contarte lo de Fenton antes de que nos casáramos? Ya bastante tuve que sufrir, incluso cuando quisiste cambiarme por Westfield en el altar. —Aguardó un momento—. ¿No vas a negarme que querías a Westfield?

—Parece que lo que yo quiero no importa. Eres un experto en conseguir lo que deseas. Querías una casa para impresionar el señor Fenton, una esposa para impresionarlo también. No importa si la casa costó varios millones y si tu esposa es un ser humano que también tiene sentimientos. Para ti todo es lo mismo. Debes salirte siempre con la tuya y pobre del que se interponga en tu camino.

Kane abandonó la habitación sin decir nada.

Houston tomó un extremo de la manta y cubrió las joyas sin echarles ni siquiera otro vistazo.

Se pasaba los días leyendo en la sala de lectura. Los sirvientes iban allí a hacerle preguntas, pero Houston permanecía sola la mayor parte del tiempo. Lo único que quería era que Kane comprendiera que ella no quería vivir con él y que la dejara irse.

Una semana después de su regreso, Kane entró furioso en su cuarto con unos papeles en la mano.

—¿Qué diablos significa esto? —le gritó—. En la cuenta de la señora Houston Chandler Taggert figuran polvo para el baño, dos metros de cinta y la cuenta del teléfono.

—Supongo que como soy la única que usa el teléfono, debo pagarlo.

Él se sentó frente a ella.

—Houston, ¿alguna vez fui avaro contigo? ¿Alguna vez me quejé de lo que gastabas? ¿Alguna vez hice o dije algo que te hiciera pensar que no te daría dinero?

—Me acusaste de haberme casado contigo por tu dinero —replicó ella con frialdad—. Ya que tu dinero es tan precioso para ti y no para mí, puedes guardártelo.

Kane estuvo a punto de decir algo, pero se arrepintió. Después de un largo rato, anunció:

—Viajaré a Denver esta noche y estaré fuera tres o cuatro días. Quiero que te quedes en casa y que no te metas en problemas tales como organizar una revuelta en las minas.

—¿Y qué les harás a los pobres inocentes si lo hago? ¿Arrojarás a tres familias a la nieve?

—Por si no te habías dado cuenta, todavía estamos en verano. —Kane se acercó a la puerta—. Todavía no me conoces muy bien, ¿no? Ordenaré al banco que envíen tus cuentas a mi nombre. Cómprate lo que desees.

En cuanto su marido partió, Houston se acercó a la ventana y pensó: Tú tampoco me conoces muy bien, Taggert. No podrás mantenerme encerrada en esta casa para siempre.

Tres horas después, cuando vio a Kane alejarse de la casa, llamó al reverendo Thomas y le pidió que le preparara el carro para el día siguiente porque la vieja Sadie visitaría las minas.

27

Houston se disfrazó de Sadie y se subió al carro, rumbo a las minas. Mientras maniobraba los caballos para evitar un enorme pozo causado por las recientes lluvias, oyó un sonido en la parte trasera del carro. El verano pasado, había quedado atrapado un gato debajo del toldo y Houston estaba segura de que ahora había pasado lo mismo y de que a ello se debía el ruido.

Houston se concentró en el camino de la colina. Cuando llegó a la puerta de entrada, rezó porque el gato no hiciera ningún ruido y no le ocasionara problemas con los guardias. No quería que esos hombres revisaran el carro.

Suspiró aliviada cuando estuvo dentro del campo. Había llamado a Jean esa mañana y ésta le había contado, casi sin aliento, que Edan le había pedido matrimonio. También le había explicado que Rafe estaría en su casa cuando Houston llegara. Rafe no conocía la verdadera identidad de Houston pero quería presentarle a otra mujer que la ayudaría con la distribución de los vegetales y los artículos de contrabando. Jean no sabía si la nueva mujer conocía o no la verdadera identidad de Sadie.

Houston detuvo su carro enfrente de la casa de los Taggert justo en el momento en que Rafe salía de la casa.

—Buenos días —saludó Sadie mientras luchaba por bajar su pesado cuerpo del carro.

Rafe la miró con tanto detenimiento que Houston debió agachar la cabeza para que el sombrero le cubriera el rostro casi por completo.

—Me dijeron que iba a conseguirme alguien que me ayudara a repartir todas estas cosas. Ahora que Jean se convertirá en una dama, supongo que no la veré muy a menudo por aquí. —Houston comenzó a desatar uno de los extremos del toldo—. Unos gatos quedaron encerrados aquí adentro y tengo que dejarlos salir —añadió.

Observó a Rafe mientras quitaba el toldo y tomaba un repollo. Pero cuando la joven miró de nuevo el carro, se le aflojaron las rodillas y tuvo que sostenerse para no caer. Debajo del repollo asomaba la cabeza de Kane Taggert, quien le dedicó un guiño.

Rafe tomó a Sadie con una mano y espió dentro del carro al mismo tiempo.

Kane se sentó, haciendo que algunos vegetales cayeran al suelo.

—¿Eres sorda, Houston? ¿No oías que te llamaba? Pensé que moriría ahogado porque no podía respirar ahí adentro. ¡Maldita mujer! Te advertí que no entraras a las minas hoy.

Rafe miraba a uno y a otro sin comprender muy bien, hasta que tomó el rostro de Houston y lo levantó hacia la luz. Con los años, Houston había aprendido a maquillarse, pero también había aprendido a mantener gacha la cabeza porque sabía que las personas no se miraban casi nunca a los ojos. La primera impresión que Sadie daba era la de una mujer anciana, y jamás se molestaban en mirarla una segunda vez.

—No puedo creerlo —comentó Rafe—. Es mejor que entre y comience a hablar.

Kane la tomó del codo con fuerza y casi la arrastró dentro de la casa modesta de Rafe.

—Te dije que no lo hicieras —repitió Kane. Miró a su tío—. ¿Sabes lo que las mujeres de Chandler hacen? Hay tres o cuatro que se disfrazan como ella para entrar cosas de contrabando en las minas.

Houston se soltó y se apartó unos pasos.

—No es tan malo como tú lo haces parecer, Kane.

—Y además, Fenton lo sabe y puede enjuiciarlas en cualquier momento. Debe tener a la mitad de los ciudadanos más importantes en la palma de la mano y ellos ni siquiera lo saben.

Rafe miró a Houston y le preguntó:

—¿Qué clase de artículos ilegales?

—No muchos —respondió ella—. Remedios, libros, té, jabón, cualquier cosa que pueda esconder entre los vegetales. No es como Kane lo pinta. Y en cuanto al señor Fenton, ya que lo sabe y no ha hecho nada al respecto, quizá nos esté protegiendo y se encargue de que nada nos suceda en nuestros viajes. Después de todo, no le hacemos mal a nadie.

—¡A nadie! —exclamó Kane—. Querida, algún día te explicaré algo sobre los accionistas. Si los accionistas de Fenton te descubrieran y se enteraran de que les estás quitando ganancias que les corresponden a ellos, las ahorcarían a todas ustedes. Pero antes que eso, Fenton utilizaría a todas las mujeres, a todos los papitos y esposos que pudiera, para salvar su pellejo. Estoy seguro de que a Fenton le encanta lo que ustedes hacen porque sabe que en cualquier momento, tiene poder sobre los ciudadanos más influyentes de Chandler, mientras sus inversores no sepan nada sobre el asunto.

—El hecho de que tú seas capaz de chantajear a la gente no significa que los demás harán lo mismo. Quizás el señor Fenton...

Se detuvo porque Rafe la condujo hacia la puerta.

—Es mejor que vaya a atender su carro. La mujer que la ayudará vive aquí al lado. Golpéele la puerta, está esperándola.

Sin agregar nada más, le cerró la puerta dejándola fuera.

—¿Cuánto hace que lo están haciendo? —preguntó Rafe a Kane—. ¿Y qué hace ella con el dinero que le pagan por la comida?

Kane no conocía todas las respuestas que Rafe requería pero entre los dos pudieron dilucidar casi toda la historia completa. Rafe estuvo de acuerdo con Kane sobre por qué Fenton permitía que las mujeres entraran en el campo.

—Las vendería en cuestión de segundos —aseguró Rafe—. ¿Qué piensas hacer? ¿La dejarás que continúe conduciendo el carro arriesgándose a que la lastimen? Si los guardias se enteraran de que los engañó, primero actuarían y después preguntarían quién la protegía.

—Le pedí que no viniera hoy y ya ves cómo me obedeció. En cuanto creyó que me había ido, compró todos los vegetales para traerlos aquí.

—¿Ella los paga?

Kane se acercó una silla y se sentó.

—Ahora no es muy feliz conmigo, pero pasará. Estoy trabajándola.

—Si quieres hablar de ello, puedo escucharte —repuso Rafe mientras se sentaba frente a su sobrino.

Kane jamás había conversado con nadie acerca de sus problemas personales, pero en los últimos tiempos, las cosas cambiaban con rapidez. Le había contado algunos de sus problemas a Opal, y ahora quería hablar con su tío. Quizás un hombre pudiera ayudarlo.

Kane relató a Rafe la historia de su vida en los establos, su sueño de construir una casa más grande que las demás. Rafe asentía con comprensión, como si todo lo que Kane le contara tuviera sentido para él.

—El único problema es que Houston se enojó mucho cuando se enteró de por qué me había casado con ella y se fue de la casa. Yo la hice volver pero no está muy contenta con ello —concluyó Kane.

—Dijiste que habías planeado tenerla sentada frente a tu mesa, pero ¿qué sucedió luego?

Kane se miró las uñas.

—Yo no quería una esposa y supuse que Houston estaba enamorada de ese Westfield que la había dejado, de modo qué estaba seguro de que ella estaría contenta de no volver a verme después de aquella cena con Fenton. Pensé regalarle una caja llena de joyas y luego volver a Nueva York. Lo peor de todo fue que le entregué las joyas y ella ni siquiera las miró.

—¿Y por qué no la dejas y regresas a Nueva York? —preguntó su tío.

Kane tardó en responder.

—No lo sé, me gusta estar aquí. Me gustan las montañas y en verano no hace tanto calor como en Nueva York y...

—Y amas a Houston —replicó Rafe con una sonrisa—. Ella es hermosa y yo preferiría tener a una mujer así a poseer todo el estado de Nueva York.

—¿Y por qué no te has casado?

—Ninguna de las mujeres que me gustan quiere casarse conmigo.

—Supongo que a mí me sucedió lo mismo. Cuando me daba lo mismo que Houston se casara o no conmigo y pensaba que cualquier otra mujer sería lo mismo, ella me decía que me amaba, y ahora, cuando creo que no podría vivir muy bien sin ella, me mira como si yo fuera un montón de estiércol.

Los dos quedaron en silencio durante un momento, el aire estaba cargado con sus sentimientos de injusticia.

—¿Quieres un whisky? —le ofreció Rafe.

—Lo necesito —respondió Kane.

Cuando Rafe se puso de pie para ir a buscar el whisky, Kane miró la casa por primera vez. Calculó que toda la casa ocupaba sólo la superficie de su vestidor y el baño. Tenía una suciedad que ninguna limpieza habría quitado. No había mucha luz y la atmósfera que se respiraba olía a pobreza.

Sobre la chimenea había una lata de té, dos latas de vegetales y lo que parecía ser un trozo de pan envuelto en una tela. Kane estaba seguro de que eso era todo lo que había en la casa para comer.

De repente, recordó los cuartos arriba del establo donde se había criado. Él enviaba las sábanas y su ropa para que las lavanderas de Fenton se las lavaran, más adelante había logrado que las sirvientas le limpiaran el cuarto. Y siempre había tenido comida en abundancia.

¿Qué había dicho Houston que les llevaba a los mineros? ¿Medicina, jabones, té? Lo que pudiera esconder en un repollo. Kane jamás había necesitado preocuparse por la comida. Y no importa dónde viviera, jamás viviría así.

Cuando descubrió la gotera del techo, se preguntó cómo había hecho su madre, criada con lo mejor, para sobrevivir en una casa así.

—¿Conociste a mi madre? —preguntó Kane mientras Rafe le servía whisky en un jarro de lata.

—Sí —contestó Rafe mientras estudiaba a ese extraño que era parte de su familia. Kane se movía de una manera que a veces lo hacía pensar que estaba sentado frente a Frank y su mirada le hacía recordar a la pequeña Charity.

Rafe se sentó frente a la mesa y agregó:

—Ella vivió con nosotros durante un tiempo; fue duro para ella, pero era preciosa. Todos creíamos que Frank era el hombre más afortunado del mundo. Tendrías que haberla visto. Trabajaba todo el día limpiando y cocinando y justo antes de que llegara Frank se arreglaba toda como si esperara al presidente.

Kane observó un momento a su tío.

—Oí decir que era una consentida, que se peleaba con todas las mujeres y que la odiaban.

El rostro de Rafe se modificó por el enojo.

—No sé quién pudo haberte dicho eso, pero el que lo hizo es un gran mentiroso. Cuando Frank murió, a Charity no le interesaba seguir viviendo. Afirmó que volvería a su casa para tener el bebé porque sabía que Frank hubiese querido lo mejor para su hijo, y quería compartir el bebé con el futuro abuelo. ¡Ese desgraciado! Lo último que supimos de ella era que había muerto junto con su bebé y que Fenton se había suicidado de dolor. Sherwin y yo nos alegramos de que los últimos momentos de Charity hubieran sido felices, y de que su padre la hubiera aceptado de inmediato. Ninguno de nosotros supo nada sobre ti, y no nos enteramos de que Charity se había suicidado hasta muchos años después.

Kane deseó preguntarle por qué no había hecho nada cuando conoció la verdad, pero se contuvo y bebió un trago de whisky. Le había dicho a Houston que el dinero daba poder a un hombre. ¿Qué hubieran podido hacer los Taggert si apenas ganaban para vivir? Y además, a él no le había ido tan mal.

—Estaba pensando —comentó Kane mirando el jarro que sostenía en la mano— que tú y yo tuvimos un mal comienzo y me preguntaba si hay algo que yo pueda hacer... —Cuando terminó de pronunciar esas palabras supo que no debía haberlo hecho. Houston le había dicho que él utilizaba su dinero y a las personas. Kane levantó la mirada y vio que Rafe se mantenía rígido, aguardando a que su sobrino terminara de hablar—. A Ian le gusta mucho jugar al béisbol, igual que a Zach, pero ahora no los veo mucho y me preguntaba si quizá podría organizar un equipo de béisbol aquí. Yo compraría los equipos, desde luego.

Rafe se relajó.

—A los niños les gustará. Quizá puedas venir el domingo a la mañana, cuando no están en la mina. ¿Crees que Fenton te lo permitirá?

—Supongo que sí —replicó Kane terminando de beber su whisky—. Y ahora es mejor que vaya a buscar a mi esposa. Tengo el presentimiento de que planea dejarme aquí.

Rafe se puso de pie.

—Es mejor que vaya yo a buscarla, y me temo que tendrás que regresar a tu casa en la parte de atrás del carro. Si los guardias te descubrieran saliendo sin haberte visto entrar comenzarían a sospechar y las mujeres tendrían problemas.

Kane asintió. No le gustaba mucho la idea pero sabía que era sensata.

—Kane —añadió Rafe antes de salir—, si pudiera darte un consejo sobre Houston, sería que tengas paciencia. Las mujeres tienen extrañas ideas sobre cosas que los hombres ni siquiera entendemos. Trata de cortejarla. Algo hiciste al comienzo que ganó su corazón; trata de comenzar a cortejarla otra vez.

—No le gustan los regalos —murmuró Kane.

—Quizá no le das los regalos adecuados. Una vez, tuve a una muchacha loca por mí y lo que la hizo caer, fue que le regalé un perrito. No era un perro fino pero a ella le encantó. Se sintió muy agradecida, si sabes a lo que me refiero. —Rafe guiñó el ojo y se fue sonriendo.

Houston aguardó hasta llegar a su casa para la explosión de Kane, pero no ocurrió nada. Su marido había subido al asiento junto a ella, una vez que los guardias los perdieron de vista y a pesar de que Houston no pronunció ni una sola palabra, él le había hablado sobre el panorama y sobre sus negocios. En varias ocasiones ella estuvo a punto de responderle, pero se detuvo a tiempo. Su enojo con él era demasiado profundo y no podía aliviarlo. Pronto Kane se daría cuenta de que ella nunca volvería a amarlo y tendría que dejarla en libertad.

Una vez en casa, él la saludó con un educado buenas noches y desapareció en su oficina.

Al día siguiente, fue a buscarla a la salita justo a la hora de comer, sin decir nada, le tomó una mano y la condujo hacia la cocina para recoger una canasta con comida que le había preparado la señora Murchison. Sin soltarla, la condujo a través del jardín hasta el extremo donde estaba la estatua de Diana, bajo la cual, una vez, habían hecho el amor.

Houston permaneció de pie, sin moverse, mientras él extendía el mantel blanco y sacaba la comida de la canasta. Kane debió empujarla para que se sentara. Houston casi no probó bocado y Kane le habló todo el tiempo. Le contó acerca de sus negocios y le aseguró que le resultaba difícil trabajar sin la ayuda de Edan.

Houston no le respondió ni una sola vez, pero el silencio de ella parecía no molestarlo.

Después de terminar de comer, Kane se volvió, apoyó la cabeza en su regazo y continuó hablando. Le contó lo que Rafe le había dicho sobre su madre. Le comentó lo sucia y descuidada que estaba la casa de Rafe y la comparó con sus cuartos en los establos que jamás habían estado tan mal.

—¿Crees que pueda hacer algo para sacar al tío Rafe de las minas? Ya no es joven y me gustaría ayudarlo.

Houston, al principio, no dijo nada. Pero jamás le había escuchado una pregunta así a Kane.

—No puedes ofrecerle un trabajo porque lo consideraría una caridad —aseguró ella por fin.

—Es lo que pensé. No sé qué hacer. Si se te ocurre algo, ¿me lo harás saber?

—Sí —respondió ella en tono dubitativo y de pronto, recordó a Rafe caminando junto a Pamela. Formaban una pareja sorprendente.

—Es necesario que regrese al trabajo —explicó él mientras le daba un beso tierno y dulce—. ¿Por qué no te quedas aquí y disfrutas del jardín?

Kane la dejó sola y Houston comenzó a caminar por entre las plantas, y al llegar frente a los rosales, pidió prestado un par de tijeras y cortó algunas rosas. Era la primera vez, desde que había llegado, que hacía algo que no era absolutamente necesario.

—Que el dueño sea horrible, no es razón para odiar la casa —se dijo mientras entraba con las rosas.

Cuando Kane apareció a la hora de la cena, descubrió la casa llena de flores frescas y estuvo sonriente durante toda la cena.

Al día siguiente, Blair fue a almorzar y habló sobre su amiga de Pensilvania, la doctora Louise Bleeker que había llegado para ayudarla en la clínica. De repente, le preguntó a Houston si se sentía bien. Por alguna razón, parecía que ya no odiaba a Kane.

—Las cosas no van mucho mejor —repuso Houston mientras jugueteaba con la comida—. ¿Y tú?

Blair dudó.

—A Lee se le pasará, estoy segura.

—¿Qué cosa?

—Ahora está un poco enojado conmigo. Yo... hice un viaje en la parte de atrás de su coche. Pero hablemos mejor de ti.

—Hablemos de la revista. Escribí dos artículos.

El domingo, Kane entró en el cuarto de Houston para despertarla, pero no se acercó demasiado a la cama. Le dejó un vestido de un rosa profundo que tenía unas tiras finas de terciopelo negro.

—Ponte esto y vístete tan a prisa como puedas —le ordenó antes de salir de la habitación.

Minutos después, Kane regresó vestido con un par de pantalones de corderoy y una camisa de franela azul brillante. Permaneció un momento observando a Houston que sólo llevaba su ropa interior: el corsé ajustado que le abultaba los pechos por encima de la puntilla de la camisa, las medias negras de seda que le llegaban hasta la rodilla, bordadas con mariposas en uno de los costados, y los zapatos negros de tacones altos.

Kane la miró sorprendido, pero se volvió y abandonó la habitación, porque de haberse quedado un minuto más no lo habría resistido.

Houston dejó caer el vestido que había recogido pero que no se había molestado en ponerse para cubrirse y dejó escapar un suspiro. Se aseguró a sí misma que era un suspiro de alivio y no un lamento como parecía.

Kane no le dijo ni una palabra acerca de adónde se dirigían y ella tampoco se lo preguntó. Pero en cuanto ella vio que tomaban rumbo hacia la mina Pequeña Pamela, se sorprendió.

Los guardias les permitieron pasar sin hacer preguntas y cuando estuvieron del otro lado, las personas comenzaron a salir de sus casas y a seguirlos. Houston saludó a las pocas mujeres que conocía.

—No te conocen así vestida —le advirtió Kane.

Houston no podía dejar de mirar a su alrededor porque cada vez había más gente, y los niños sonreían abiertamente.

—¿Qué has hecho? —preguntó a su marido.

—Mira —replicó él señalándole el lugar. Frente a ellos se hallaba el único espacio abierto de la mina. En el centro del campo había unos embalajes de madera.

Kane detuvo el coche y dos muchachos sostuvieron el caballo mientras ayudaba a descender a Houston. Cuando estuvieron de pie en el centro del círculo de personas que se habían reunido alrededor, Kane sonrió y dijo en voz alta:

—Ábranlos, muchachos.

Mientras Houston observaba a los niños abrir las cajas, Rafe se les acercó por detrás.

—Las cajas llegaron hace dos días y pensé que no te molestaría si les decía lo que había adentro. Han estado bailando a su alrededor, totalmente excitados desde entonces —comentó Rafe mientras apoyaba una mano sobre el hombro de su sobrino.

Houston miró la mano sobre el hombro de su marido con asombro antes de volverse para mirar lo que sacaban de las cajas.

Eran equipos de béisbol: uniformes, bates, guantes, pelotas y protectores para la cara.

Kane se volvió hacia Houston, con el rostro encendido de expectativa.

Ha hecho todo esto para impresionarme, pensó ella. Observó a los padres de los niños que los miraban con adoración.

—¿Y qué trajiste para las niñas? —preguntó Houston.

—¿Las niñas? —repitió Kane—. Las niñas no pueden jugar al béisbol.

—¿No? ¿Y qué hay del arco y la flecha, el tenis, las bicicletas, la gimnasia y la esgrima?

—¿Esgrima? —dijo Kane con expresión de enojo—. Ya veo que nada te complace, ¿no es así Dama de Hielo? Ninguno está a su nivel, ¿no? —añadió antes de volverse y alejarse en dirección de los niños.

Houston se apartó de la muchedumbre. Tal vez había sido demasiado dura con él. Tendría que haber dicho algo bueno por su esfuerzo de ayudar a los niños. Era lo que ella siempre había deseado que ocurriera y ahora que sucedía era desagradecida.

Por lo menos, podría aprovechar el día y no quedarse estancada en un rincón. Se acercó a una pequeña que estaba cerca y le explicó las reglas del juego. A los pocos minutos, se habían juntado a su alrededor otras niñas, algunas mujeres e incluso algunos hombres que no conocían el juego. Para cuando Kane y Rafe terminaron de organizar el juego, Houston ya tenía su grupo de admiradores.

Dos horas después, llegó un coche de cuatro caballos y se detuvo en medio de las personas. Todos permanecieron inmóviles como si algo terrible hubiera ocurrido.

El conductor, acalorado y con el rostro encendido, era el señor Vaughn, el dueño de la tienda de deportes.

—¡Taggert! —le gritó a Kane mientras trataba de controlar los caballos—. Es la última vez que cumplo con una orden así para usted. No me importa si me compra toda la tienda, los domingos no trabajo para nadie.

—¿Trajo todo? —preguntó Kane mientras revisaba la parte de atrás del coche—. Y basta ya de gritar. Con los precios que le pagué en estos últimos meses ya tendría que ser yo el dueño de su tienda.

La muchedumbre rió, disfrutando del poder que el dinero otorgaba a un hombre para poder decir lo que quisiera. Houston observaba la parte trasera del carro.

—Bien, miren esto —agregó Kane sacando una raqueta de tenis—. Creo que con esto no podemos pegarle a una pelota de béisbol. — Se volvió hacia una niñita que estaba cerca de él—. Quizá tu puedas usarla.

La niña tomó la raqueta pero no se movió.

—¿Qué es? —preguntó.

Kane le señaló a Houston.

—¿Ves a esa señora de allí? Ella te mostrará cómo utilizarla...

Houston se acercó a su marido, lo rodeó con los brazos y lo besó. Cuando quiso soltarse, Kane no la dejó y ella lo estrechó entre sus brazos.

—Supongo que encontré el regalo adecuado —comentó Kane a alguien que estaba cerca, mientras abrazaba con más fuerza a su esposa.

Cuando Houston se apartó, oyó que Rafe soltaba una carcajada.

Durante el resto de la tarde, Houston no tuvo mucho tiempo para pensar mientras organizaba los juegos de tenis y les mostraba a las niñas cómo utilizar el arco y la flecha. También había pelotas, aros, sogas de saltar, muñecas y muñecas de papel. Trató de repartir las cosas en forma justa, ayudada por supuesto por las madres, que trataban de contener a las niñas.

Antes de que Houston se diera cuenta, anocheció y Kane se acercó a ella y la abrazó. Cuando ella levantó la mirada, supo que seguía amándolo. Quizá no fuera el hombre que había creído en un principio, quizá fuera capaz de vivir una vida de venganza y tal vez lo de ese día era sólo una demostración de su odio por Jacob Fenton, pero en ese instante, no le importaba. Ella había prometido amarlo en las buenas y en las malas, y su obsesión por la venganza era parte de lo malo. Cuando lo miró, Houston supo que siempre lo había amado, sin importarle lo que hiciera, ni los terribles motivos que lo llevaban a hacer lo que hacía. Se quedaría con él y lo amaría aunque le sacara a Fenton todo lo que poseía.

—¿Estás lista, muñeca? —preguntó Kane.

—Sí —le respondió ella, con todo el corazón.

28

Kane no miró a Houston cuando abandonaron el campo; mantuvo las riendas tirantes y los ojos fijos en el camino. Houston no miraba a otra cosa que no fuera él, preguntándose cómo tenía tan poco orgullo como para amar a un hombre que la había utilizado. Pero mientras lo contemplaba, supo que era algo que no podía evitar.

Al pie de la colina, justo antes de que el camino se abriera para unirse con la ruta principal, Kane detuvo el coche. La puesta de sol teñía todo de rosados y naranjas, y el horizonte parecía ser de fuego. El aire fresco de la montaña tenía una fragancia a salvia.

—¿Por qué nos detenemos? —preguntó ella, mientras él se le acercaba y la rodeaba con sus brazos.

—Porque, mi amor —contestó él abrazándola con fuerza—, ya no puedo esperar para hacerte el amor.

—Kane... —comenzó a protestar ella—, no podemos detenernos aquí. Podría venir alguien.

Houston no pudo agregar nada más porque Kane había comenzado a acariciarle la espalda. Houston le respondió con todo el fervor que sentía.

Él se apartó para acariciarle la mejilla.

—Te extrañé, muñeca —le dijo en un susurro—, te extrañé mucho.

En un minuto, desapareció toda la ternura y su boca se posó sobre la de ella, exigente.

Houston tenía tanta necesidad de él como él de ella. Su cuerpo se fusionó con el de Kane, sus curvas encajaban perfectamente en los músculos del cuerpo del hombre.

Kane se alejó un momento, para observar la expresión de deseo del rostro de Houston. Se dirigió entonces hasta la parte de atrás del coche y sacó el toldo. Lo colocó sobre el césped, detrás de unos árboles y tendió una mano a su esposa.

Houston se acercó muy despacio, observándolo y disfrutando de antemano las sensaciones maravillosas que la aguardaban.

Cuando Kane comenzó a desabrocharle el vestido, le temblaban las manos.

—He estado pensando en esto desde hace mucho tiempo —murmuró él con dulzura. La sombra que se proyectaba sobre su rostro lo hacía parecer joven y vulnerable—. Una vez me preguntaste sobre otras mujeres. Creo que jamás pensé en una mujer una vez que me levantaba de la cama que había compartido, y en realidad, supongo que tampoco pensaba en ellas mientras estaba con ellas en la cama. Y lo peor de todo, es que jamás le conté a ninguna mujer las cosas que te he dicho a ti en los últimos meses. ¿Eres una dama o una bruja?

Cuando terminó de desabrocharle el vestido, y le acarició la piel y los pechos, Houston sintió que la invadía una sensación de sumo placer y calidez y apretó los labios contra los de Kane.

—Soy una bruja que está enamorada de ti —murmuró.

Kane la abrazó con tanta fuerza que Houston sintió que se partía en dos.

No volvieron a hablar, mientras Kane la atacaba con todo el deseo que había acumulado. Y Houston le respondió de la misma manera.

Ambos comenzaron entonces a arrancarse la ropa el uno al otro con desesperación.

Houston no había alcanzado a sacarse las medias ni los zapatos de tacones altos cuando Kane se colocó encima de ella, besándole cada centímetro de piel desnuda. Ella le clavó las uñas en la espalda y lo atrajo hacia sí hasta que se convirtieron en una sola persona.

Cuando ella abrió la boca para gritar, Kane se la tapó con la suya.

—Si gritas aquí, dama de hielo, pronto tendremos visita.

Houston no sabía de qué estaba hablando pero tampoco quiso perder tiempo en averiguarlo. Sin embargo, cada tanto, Kane le cubría la boca con lo que tuviera a mano y ella terminaba besando lo que fuera.

Houston no tenía idea del tiempo que pasaron allí porque sus ideas estaban concentradas en el cuerpo de Kane, que a veces estaba encima de ella, otras debajo, al lado, sentado y hasta una vez, creyó verlo de pie. Houston tenía el cabello empapado y estaba rodeada por todas partes por la piel de Kane, caliente, húmeda, deliciosa, que era suya para tocarla y lamerla todo cuanto quisiera. Sus deseos guardados desde hacía tanto tiempo la hacían insaciable. Llegaron juntos, explotando en mil pedazos maravillosos.

Durmieron unos cuantos minutos abrazados.

Kane se despertó después de un rato y colocó un extremo del toldo sobre sus cuerpos, cubriendo la espalda de Houston con su chaqueta. La observó un momento mientras ella dormía, iluminada por la luz de la luna.

—¿Quién hubiera dicho que una dama como tú...? —murmuró y le alzó la cabeza para que descansara sobre su pecho, antes de volver a recostarse.

Houston se despertó una hora después, al sentir la mano de Kane que le acariciaba la espalda, y los pechos. Ella lo miró como si estuviera en un sueño.

—Tengo todo lo que un hombre puede desear —afirmó Kane poniéndose de costado—. Tengo a una mujer desnuda junto a mí y me está sonriendo. Eh, señora ¿quiere irse a la cama con el mozo del establo?

Houston frotó la cadera contra el cuerpo de su esposo.

—Sólo si es muy suave y no me asusta con sus modales bárbaros.

Kane dejó escapar un gruñido y la besó.

—Cuando un hombre desea algo, utiliza un arma o un cuchillo, pero tú, muñeca, utilizas armas que me atemorizan mucho más.

—Pareces asustado —le dijo ella mientras le mordisqueaba el lóbulo de la oreja.

Esta vez hicieron el amor sin prisa, sin la desesperación anterior, disfrutando de cada momento, y cuando terminaron, se quedaron abrazados y se durmieron. En algún momento de la noche, Kane se levantó y soltó a los caballos. Cuando Houston le preguntó entre sueños qué estaba haciendo, él repuso:

—Quien una vez fue mozo de cuadra, jamás dejará de serlo. —Luego volvió a acostarse junto a ella.

Antes de que saliera el sol, se despertaron y se quedaron conversando. Hablaron sobre el placer que habían sentido al ver a los niños con los nuevos juguetes.

—¿Por qué algunos de los niños parecen mapaches? —preguntó Kane.

A Houston le llevó unos momentos comprender a qué se refería.

—Trabajan en las minas y algunos aún no aprendieron a quitarse el polvo de los ojos —contestó ella por fin.

—Pero si algunos de ellos son muy pequeños, casi bebés... No podrían...

—Pero así es —le respondió Houston, y ambos permanecieron en silencio durante un rato—. ¿Sabes qué me gustaría hacer en todas las minas y no sólo en una?

—¿Qué?

—Me gustaría comprar cuatro carros, bien grandes como si fueran carros de leche, pero en lugar de leche tendrían libros, y los carros visitarían los campos y sería como una biblioteca ambulante. Los conductores podrían ser bibliotecarios o maestros que ayudarían a los niños y también a los adultos a elegir sus libros.

—¿Por qué no contratamos a los hombres que conduzcan esos carros? —le preguntó Kane con la mirada iluminada.

—¿Entonces te gusta la idea, Kane?

—Me parece bien; además, unos cuantos carros deben costar menos que el tren que le regalé a tu madre. ¿Cómo le va con esa cosa?

Houston sonrió y le contó.

—Ella sostiene que tú le diste la idea. Lo hizo poner en el jardín de atrás y lo convirtió en su retiro privado. Oí decir que el señor Gates estaba tan enojado que casi no podía hablar.

Cuando el sol iluminó el cielo de la mañana, Kane advirtió que tendrían que partir antes de que la gente comenzara a pasar por allí. Durante todo el camino de regreso, Houston se mantuvo cerca de él y Kane se detuvo varias veces para besarla. Houston se dijo que los Fenton no le interesaban y que hiciera lo que hiciera Kane, ella seguiría amándolo.

Una vez en casa, se dieron un baño en la enorme bañera de Houston, inundando todo el lugar con agua. Kane lo secó con una gruesa toalla, y luego depositó a Houston en el suelo y le hizo nuevamente el amor. La criada de Houston, Susan, estuvo a punto de sorprenderlos cuando trató de entrar en la habitación, pero no vio nada porque Kane le cerró la puerta en la cara justo a tiempo.

Después bajaron a tomar un suculento desayuno. La señora Murchison salió de la cocina para servirlos personalmente, sonriente y contenta de que Kane y Houston se hubiesen reconciliado.

—Bebés —murmuró antes de salir—. Esta casa necesita bebés.

Kane casi se atragantó con el café y miró a Houston aterrorizado. Ella no levantó la mirada pero sonrió.

En el momento en que la señora Murchison entraba de nuevo llevando una bandeja de comida, oyeron un terrible trueno. Lo sintieron debajo de los pies, como si fuera algo profundo y maligno. Los vasos encima de la mesa temblaron y se escuchó un ruido de vidrios rotos en el primer piso.

La señora Murchison gritó y dejó caer la bandeja.

—¿Qué diablos fue eso? —preguntó Kane—. ¿Un terremoto?

Houston no dijo una sola palabra. Había oído ese sonido una sola vez en toda su vida, y nunca, nunca lo había olvidado. No miró ni a Kane ni a los sirvientes que ya se habían reunido en la sala, sino que se dirigió directamente al teléfono.

—¿Cuál? —preguntó la joven a la operadora sin molestarse en identificarse.

—La Pequeña Pamela —respondió la voz antes de que el auricular se cayera de la mano de Houston.

—¡Houston! —gritó Kane mientras la sostenía de los hombros—. ¡No te desmayes ahora! ¿Eso fue una mina?

Houston no creyó poder hablar. Tenía un nudo que

le cerraba la garganta. ¿Por qué tenía que ser mi mina?, le repetía su mente mientras recordaba el rostro de todos los niños. ¿Cuáles de los niños que habían jugado al béisbol el día anterior estarían muertos ahora?

—El turno —susurró Houston mirando a Kane—, Rafe estaba en el último turno.

Kane le apretó los hombros con más fuerza.

—¿Fue en Pequeña Pamela, entonces? ¿Cuál es el daño? —murmuró.

Houston abrió la boca pero no pudo contestar nada.

Uno de los asistentes reunidos en la sala dio un paso adelante.

—Señor, cuando la explosión llega a romper los vidrios de la ciudad, significa que fue bastante grave.

Kane permaneció inmóvil un minuto y luego reaccionó.

—Houston, prepárame todas las mantas y sábanas que haya en casa, cárgalas en el carro grande y llévalas a la mina. ¿Me comprendes? Iré a vestirme y me adelantaré, pero quiero que vayas lo antes posible. ¿Me entiendes?

—Necesitarán hombres para el rescate —añadió uno de los sirvientes.

Kane lo miró de arriba abajo.

—Entonces quítese esa ropa y prepare un caballo. —Se volvió hacia Houston—. Voy a rescatar a Rafe vivo o muerto. —La besó brevemente en la mejilla y subió corriendo a cambiarse.

Houston tardó un momento en reaccionar. No podía cambiar lo sucedido pero podía ayudar. Se volvió a las mujeres que estaban cerca.

—Ya oyeron al señor. Quiero que coloquen todas las mantas y sábanas que encuentren en el vagón dentro de diez minutos.

Una de las sirvientas se acercó y preguntó:

—Mi hermano trabaja en la Pequeña Pamela, ¿me permite ir con usted?

—Y yo —intervino Susan—. Vendé muchas cabezas rotas en una época.

—Sí —respondió Houston mientras subía a cambiarse la bata llena de puntillas que llevaba—. Temo que necesitaremos toda la ayuda que podamos conseguir.

29

Kane no tenía mucha experiencia en desastres; sus batallas siempre habían sido uno contra uno y no estaba preparado para lo que encontró en la Pequeña Pamela. Oyó los gritos de las mujeres a la distancia y pensó que jamás olvidaría aquel sonido, por el resto de su vida.

La puerta de entrada al campo estaba abierta y sin custodia; sólo había una mujer con un bebé en sus brazos, acunándolo. Kane y los cuatro hombres que lo acompañaban disminuyeron la marcha al entrar al campo donde encontraron a más mujeres corriendo, o de pie, llorando.

Cuando Kane pasó junto a una mujer, ésta se aferró a su brazo y le suplicó:

—¡Máteme! ¡Él se ha ido y no tenemos nada! ¡Nada!

Kane no pudo evitar que ella lo empujara dentro de su casucha. La cabaña de Rafe era una mansión comparada con ésta. Había cinco niños sucios, cubiertos con harapos que se aferraban unos a otros en un rincón. Sus rostros alargados y sus miradas tristes testimoniaban el hambre constante que sufrían. Kane no recordaba haberlos visto el día anterior cuando estuvo en el campo, pero tampoco recordaba haber estado en esa parte del campo donde las viviendas no eran más que chozas y cobertizos.

—¡Mátenos a todos! —gritó la mujer—. ¡Estaremos mejor! ¡Si no, moriremos de hambre!

Sobre la madera que servía de mesa, Kane descubrió un pedazo de pan viejo y nada más. Era toda la comida que había en la casa.

—Señor —llamó uno de los sirvientes que lo había seguido—, necesitan ayuda para sacar los cuerpos.

—Sí —replicó Kane con suavidad y abandonó la choza, dejando a la mujer envuelta en lágrimas de desesperación—. ¿Quiénes son estas personas? —preguntó al hombre cuando estuvieron afuera.

—No pueden pagar el alquiler de las viviendas de la compañía: dos dólares por cuarto, de modo que la compañía les alquila la tierra a un dólar el mes y ellos se construyen su propia casa con lo que pueden encontrar. —El hombre le señaló los cobertizos de metal acanalado y a Kane le pareció ver pedazos de los cajones que habían llegado el día anterior con los equipos de béisbol.

—¿Qué le pasará a la mujer si su marido ha muerto?

—Si tiene suerte, la compañía le pagará seis meses de salario y luego ella y los niños quedarán librados a su suerte. Suceda lo que suceda, la compañía afirmará que fueron los mineros quienes causaron la explosión.

Kane se enderezó.

—Al menos ahora podemos ayudar. Consigamos algo de comer para esta mujer.

—¿Dónde? —le preguntó el sirviente—. Hace cuatro años hubo una revuelta y los mineros atacaron el almacén de la mina, así que ahora sólo tienen un mínimo de provisiones. —El hombre torció la boca—. Y el pueblo tampoco ayudará. La última vez que estalló una mina, tratamos de conseguir ayuda de la municipalidad, pero nos aseguraron que debíamos seguir ciertos «caminos».

Kane se dirigió entonces hacia el centro del campo, donde se hallaba la mina. Delante de la boca de entrada, había tres cuerpos envueltos en sábanas; dos hombres arrastraban otro cuerpo hacia el galpón de las máquinas, donde Kane distinguió a Blair y a otros dos hombres trabajando. Kane se acercó al lugar donde estaba Leander y le preguntó:

—¿Qué tan grave es?

—Lo peor —respondió Leander—. Hay tanto gas en la mina que los hombres de rescate mueren antes de llegar a los heridos. No sabemos qué sucedió ni cuántos heridos hay porque la explosión se produjo hacia adentro en vez de hacia afuera. Podría haber túneles cerrados con hombres atrapados con vida. ¡Que alguien la sostenga! —gritó Leander antes de subir al elevador que lo llevaría adentro de la mina.

Kane sostuvo a la mujer en cuestión mientras corría hacia un cuerpo quemado que sacaban de la mina. Era muy frágil y liviana y él la tomó en sus brazos.

—Déjeme llevarla a su casa —murmuró, pero ella meneó la cabeza.

Se les acercó otra mujer.

—Yo me haré cargo de ella.

—¿Tienen un poco de coñac? —preguntó él.

—¿Coñac? —repitió la mujer en tono de disgusto—. ¡Ni siquiera tenemos agua fresca!

Dos minutos después, Kane estaba montado en su caballo rumbo a Chandler; en el camino se cruzó con Houston y ella lo llamó cuando lo vio, pero Kane no se detuvo.

Una vez que llegó a la ciudad, casi atropelló a una docena de personas que lo interrogaban sobre lo sucedido. La mayoría de los habitantes de Chandler estaban de pie mirando hacia la montaña donde se hallaba Pequeña Pamela, especulando sobre lo sucedido.

Kane recorrió la avenida Archer como un rayo hasta llegar a la casa de Edan. La enfermería Westfield situada enfrente estaba trabajando en pleno. Taggert no había visto a Edan desde que se habían separado aquella noche.

Edan estaba cruzando el porche en dirección a un caballo preparado cuando Kane lo vio.

Kane desmontó y subió las escaleras corriendo.

—Sé que ya no quieres trabajar conmigo, pero no sé a quién más recurrir para que me ayude a organizar lo que quiero así que es mejor que dejemos de lado todo resentimiento por el momento y me ayudes.

—¿A hacer qué? —preguntó Edan con tono cauteloso—. Planeaba ir a ayudar en la mina. El tío de Jean está allí y...

—¡También es mi tío! —explotó Kane—. Estuve allí hasta hace un momento y tienen más hombres de rescate de los que necesitan, pero no tienen agua ni comida y la explosión destruyó muchas casas, si es que así se puede llamarlas. Quiero que me ayudes a reunir comida y abrigo para la gente de allí, para los hombres que trabajan en el rescate y para las mujeres que están como locas gritando y llorando.

Edan observó a su ex jefe por un largo minuto y comentó:

—Por lo que Jean pudo averiguar por teléfono, llevará bastante tiempo sacar todos los cadáveres. Tendremos que alquilar carros para poder llevar todo a la mina y tendríamos que conseguir un tren para los... cuerpos. Hoy necesitaremos comida que no tenga que cocinarse.

Kane sonrió.

—Vamos, tenemos que ponernos a trabajar.

Jean salió al porche, muy pálida.

Edan se volvió hacia ella.

—Quiero que llames a la señorita Emily a la cafetería y le pidas que reúna a todas sus hermanas en la puerta del almacén de Randolph. Asegúrate de hablar con la señorita Emily en persona y no olvides mencionar la palabra «hermanas». ¡Jean! Esto es muy importante, ¿lo entiendes?

Jean asintió una vez antes de que Edan le diera un beso y montara en su caballo.

Cuando llegaron al centro, Kane y Edan se separaron para acudir a todos los conocidos que pudieran prestarles un carro. La mayoría de los dueños se ofrecieron como voluntarios para ayudar y así nació un sentimiento de unidad y preocupación por lo sucedido en la mina.

Seis jóvenes los aguardaban en la puerta del almacén de Randolph y a Kane sólo le llevó unos segundos explicarles lo que necesitaban. La dulce señorita Emily comenzó a dar órdenes con la voz de un sargento.

Una vez que los carros estuvieron listos en la parte de atrás del almacén, las mujeres estaban preparadas para comenzar a cargarlos con carne enlatada, habas, leche condensada, galletitas y cientos de panes. Cuando se reunió un grupo de curiosos, la señorita Emily los organizó para que ayudaran a cargar la comida.

Edan se ocupó del carro para transportar agua.

Pamela Fenton bajó corriendo la colina, sosteniéndose el sombrero con una mano y a Zachary con la otra.

—¿Qué podemos hacer? —preguntó a la señorita Emily.

Kane miró a su hijo y lo invadió un sentimiento de agradecimiento. Ese hijo suyo jamás estaría expuesto a los peligros de las minas. Apoyó una mano en la cabeza del muchacho y se volvió hacia Pam.

—Consigue todas las amigas que puedas para que te ayuden y traigan todas las carpas que consigan. Ve hasta mi casa y pregunta qué se hizo con las carpas enormes que Houston compró para la fiesta de bodas. Luego, llévenlas a la mina —repuso Kane.

—Creo que Zach es demasiado pequeño como para ver lo que sucedió allí —replicó Pam—. A veces esas explosiones son...

Kane de repente cambió de humor y comenzó a gritar.

—¡Son ustedes! —le escupió a Pam—. ¡Son ustedes, los Fenton, quienes provocaron todo esto! ¡Si las minas no fueran tan peligrosas y tu padre se desprendiera de un poco de su dinero nada de esto habría sucedido! Este niño es mi hijo y si los niños que están allí pueden morir en las minas, él no es tan delicado como para no poder ver las muertes que provocó tu padre. Ahora, mujer, ponte a trabajar o recordaré quién eres y también que mi más preciado deseo es ver a tu padre muerto.

Cuando Kane terminó se dio cuenta de que todos estaban mirándolo sorprendidos.

Edan fue el primero en reaccionar.

—¿Vamos a quedarnos así todo el día? ¡Tú! —le gritó a un muchacho—, ¡ayúdame a cargar ese cajón, y tú, saca ese carro de ahí antes de que choquemos!

Lentamente, todos retomaron sus actividades, pero la mente de Kane estaba concentrada en las muertes que Jacob Fenton había provocado. A pesar de lo que le había dicho a Pam, no dejaría que Zach partiera en ninguno de los carros que no fuera el de él mismo.

Ya casi había anochecido cuando Kane pudo subir a su carro y dirigirse a Pequeña Pamela. Zach estaba a su lado y no abrió la boca hasta que estuvieron en camino.

—¿Es verdad que mi abuelo mató a todas esas personas? ¿Fue su culpa, de verdad? —preguntó el muchacho.

Kane comenzó a contarle a su hijo lo que pensaba acerca de Fenton, acerca de cómo le había robado su dinero por codicia, pero algo dentro de él lo detuvo. Fuera lo que fuera ese hombre, era también el abuelo de Zachary y el niño tenía derecho a amarlo.

—Supongo que a veces las personas no saben qué hacer y se confunden por amor al dinero. Creen que el dinero puede darles todo lo que desean de la vida y por lo tanto, tratan de conseguirlo por todos los medios posibles. No les importa si deben engañar o robar para conseguirlo o incluso si tienen que quitarle el dinero a otra persona, piensan que conseguir ese dinero justifica todos los medios.

—Mi madre me dijo que tú eres más rico que mi abuelo. ¿Eso significa que tú también robaste? ¿Tú engañaste a las personas?

—No —repuso Kane con suavidad—. Supongo que tuve suerte. Lo único que debí hacer fue renunciar a mi vida para hacer dinero.

El resto del trayecto lo hicieron en silencio, y Kane volvió a experimentar el horror al entrar al campo de la explosión.

En la boca de la mina, había ocho cuerpos descubiertos, aguardando ser llevados al depósito de herramientas donde Blair y otros tres médicos estaban trabajando.

Houston se acercó corriendo cuando distinguió el carro de Kane.

—Esto es maravilloso —aseguró ella mientras tomaba una caja de leche condensada y se la entregaba a una mujer que aguardaba—. En realidad tú no tienes nada que ver. Tú...

Kane tomó la caja pesada de sus manos.

—Yo también vivo aquí, y en cierto modo estas minas me pertenecen. Tal vez, si se las hubiera quitado a Fenton, esto jamás habría sucedido. Houston, estás cansada. ¿Por qué no vas un poco a casa a descansar?

—Necesitan a todos los que puedan ayudar. Los hombres del rescate sucumben por el gas y no pueden llegar a los hombres que están atascados adentro.

—¡Aquí! ¡Denme un poco de eso! —exclamó una voz familiar detrás de ellos. Era el tío Rafe.

Houston jamás había visto sonreír tan feliz a Kane. Palmeó la espalda de su tío con tanta fuerza que le hizo tirar la jarra. Rafe musitó unas cuantas palabrotas en cuanto a la exuberancia de Kane, pero éste no dejó de sonreír, hasta que Rafe le guiñó un ojo a Houston y regresó a la boca de la mina.

Kane se acercó también a la entrada y se cruzó con Leander, ennegrecido por el humo, cuando salía. Le dio una jarra con agua.

—¿Muchos más? —le preguntó.

Lee bebió el agua sediento.

—Demasiados —contestó el médico. Levantó las manos para mirárselas a la luz—. Los cuerpos están carbonizados y cuando se los toca, la piel se nos pega en las manos.

Kane no pudo decir nada, pero sus pensamientos volvieron al hombre responsable de todo aquello.

—Gracias por la comida —añadió Lee—. Ha sido una gran ayuda. Mañana, vendrán más personas, la prensa, los familiares, los inspectores de la mina, gente del gobierno y los curiosos. A veces se olvidan de la comida. Bueno, es mejor que regrese —agregó y se volvió hacia el interior.

Kane se abrió paso entre el número creciente de personas y llegó al lugar donde estaban Houston y Zach y los llevó hasta uno de los carros vacíos.

—Vamos a organizar el resto de los alimentos —fue lo único que dijo y se puso en camino. Cuando la cabeza de Houston le tocó el hombro, Kane la abrazó para que ella pudiera dormir hasta llegar a Chandler.

Houston y Zach durmieron algunas horas en la parte trasera del carro mientras Kane y Edan despertaban a algunas personas y compraban alimentos para llevar a la mina. A la mañana, fueron hasta la escuela y pidieron que ese día no hubiera clase para que los niños los ayudaran a conseguir los alimentos que necesitaban.

Los estudiantes compraron vegetales, jamón, fruta, y pidieron a sus madres que cocinaran los alimentos y que hirvieran cientos de huevos. Recogieron ropa, fuentes, leña y llevaron todo a los lugares de recepción.

Y durante el día, fueron llegando noticias desde la montaña. Hasta el momento sólo habían encontrado veintidós cuerpos, todos carbonizados y mutilados en forma tal que era imposible identificarlos. Los hombres de rescate esperaban encontrar otros veinticinco cuerpos y trabajaban en dos grupos. Uno de ellos había muerto por los gases.

Al mediodía, Kane llevó a la mina un carro lleno de mantas y cientos de pañales. Mientras descargaba los artículos observó que muchos de los hombres que salían de las minas vomitaban.

—Es por el olor —le explicó un hombre que estaba junto a él—. Los cuerpos allí adentro tienen un olor tan fuerte que los hombres no pueden soportarlo.

Por un momento, Kane permaneció inmóvil, observando la escena, luego montó su caballo y se dirigió a toda velocidad a la casa de Fenton.

No había recorrido ese camino desde que había sido echado por Fenton, pero la sensación de familiaridad fue tan grande que se sintió como si jamás se hubiese ido. No se molestó en llamar a la puerta y se abrió paso con una fuerte patada que casi derriba hasta el marco.

—¡Fenton! —gritó mientras los sirvientes corrían hacia todos los rincones de la casa; dos sirvientes se acercaron y lo aferraron de los hombros pero Kane se deshizo de ellos como si no pesaran nada. Conocía muy bien la planta baja de la casa y no tardó en encontrar el comedor, donde Jacob estaba comiendo solo, en la cabecera de la mesa.

Se miraron por un largo momento, Kane tenía el rostro encendido por la rabia y el pecho se le hinchaba y deshinchaba por la respiración fuerte.

Jacob hizo un gesto para despedir a la servidumbre.

—Supongo que no has venido a comer —le dijo con calma mientras enmantecaba una tostada.

—¿Cómo puedes estar sentado allí comiendo mientras que has matado a tanta gente en la montaña? —logró gritar Kane.

—En eso, difiero contigo. Yo no los he matado. La verdad es que hice todo lo que pude para mantenerlos con vida, pero parecen tener tendencias suicidas. ¿Puedo ofrecerte una copa de vino? Es una buena cosecha —replicó Fenton.

La mente de Kane estaba inundada por las imágenes y los sonidos de esos últimos dos días. Las voces de las mujeres gritando, llorando. Cuando Kane sintió el olor de la comida, y vio la mesa tan bien puesta, se dio cuenta de que hacía dos días que no probaba bocado. Se sintió mareado.

Jacob se puso de pie y le sirvió una copa de vino, mientras apartaba una silla. Kane no se dio cuenta de que a Fenton le temblaban las manos mientras servía el vino.

—¿Es muy grave? —preguntó mientras se acercaba a una mesa auxiliar y le servía un plato de comida.

Kane no respondió, se sentó en la silla con la mirada clavada en el vino.

—¿Por qué? —le preguntó después de un momento—. ¿Cómo pudiste matarlos? ¿Qué vale tanto como la vida de esas personas? ¿Por qué no te contentaste con quitarme todo el dinero que me dejaron? ¿Por qué tenías que tener más? Existen otras formas de hacer dinero.

Jacob colocó el plato de comida delante de Kane, pero éste no lo tocó.

—Cuando tú naciste, yo tenía veinticuatro años, y había vivido toda mi vida creyendo que era dueño de todo lo que me rodeaba. Amé al hombre que consideraba mi padre... y pensé que él me amaba.

Jacob enderezó la espalda.

—A esa edad, se es idealista. La noche en que Horace se suicidó, descubrí que yo no significaba nada para él. Su testamento decía que yo sería tu guardián hasta que tú cumplieras los veintiún años, y entonces debía entregarte todo. Yo debía irme con lo puesto y nada más. No creo que puedas imaginar el odio que sentí esa noche por el bebé escuálido que me había arruinado la vida. Supongo que no tuve ni un pensamiento racional cuanto te envié a una granja y compré a los abogados. Ese odio me sostuvo durante años. Era lo único en que podía pensar. Cada vez que firmaba un papel, sabía que en algún lugar había un niño a quien le pertenecía lo que yo compraba o vendía en ese momento. Una vez, cuando tú eras muy joven, envié por ti, para comprobar por mí mismo que no eras digno de todo lo que mi padre te había dejado.

Jacob se sentó frente a Kane y prosiguió hablando:

—El médico me aseguró que me queda un mes o a lo sumo dos, de vida. No se lo he contado a nadie, pero antes de morir, quería confesarte la verdad.

Tomó su copa de vino y bebió un sorbo.

—El odio hiere más al que lo siente que al odiado. Todos esos años mientras tú viviste aquí yo estaba seguro de que tratabas de quitarme todo lo que poseía. Vivía atemorizado de que descubrieras la verdad y me quitaras todo lo que era mío y de mis hijos. Y cuando quisiste casarte con Pam, sentí que mis miedos se habían vuelto realidad. Después, pensé que el haberte casado con mi hija, podía haber sido la solución, pero en ese momento... Creo que no podía pensar en forma racional.

Terminó su copa de vino y añadió:

—Ahí lo tienes Taggert, la confesión de un hombre moribundo. Es todo tuyo, puedes tomarlo si lo deseas. Esta mañana, le confesé toda la verdad a mi hijo, porque ya no tengo la fuerza de seguir luchando contigo.

Kane se reclinó en la silla, miró a Fenton y cuando vio ese tinte grisáceo de su piel, se dio cuenta de que ya no lo odiaba. Houston había sostenido que ese odio por Jacob Fenton lo había llevado a conseguir todo lo que logró en la vida. Quizás, ella tenía razón, además le había señalado la injusticia de Horace al excluir a Jacob de su testamento.

Kane bebió el vino que estaba frente a él y contempló el plato de comida.

—¿Por qué mataste de hambre a los mineros para conseguir dinero?

—¿Matarlos de hambre? —preguntó Jacob sorprendido—. ¿Acaso nadie entiende que no saco nada de las minas? Mi dinero lo hago en Denver, en las acerías, pero todos miran a los pobres mineros y me acusan de ser Satán.

Se puso de pie y comenzó a pasearse por la habitación.

—Tengo que mantener los campos mineros cerrados o vendrán los sindicalistas y los incitarán a pedir más dinero y menos horas de trabajo. ¿Sabes lo que se proponen? Quieren elegir a un hombre para que controle los pesos. Mira, sé muy bien que las balanzas son fijas y que los mineros sacan más carbón del que les reconocen, pero si fuera honesto y les pagara lo que merecen, debería cobrar más por tonelada de carbón y entonces, no tendría un precio competitivo. Yo nunca conseguiría los contratos y en consecuencia ellos no tendrían trabajo. ¿De modo que quién es el que más se perjudica si les permito poner un control en las balanzas? Puedo contratar a cientos de mineros, pero no creo que puedan conseguir otro trabajo con la misma facilidad.

Kane miró a ese hombre mayor por un momento. Conocía muy bien los negocios y sabía que a veces había que hacer ciertas concesiones.

—¿Y qué hay del dinero para los sistemas de seguridad? Me aseguraron que usas maderajes podridos y que...

—Por supuesto que no. Los mineros tienen su propio sistema de orgullo. Puedes preguntárselo a tu tío. Se jactan sobre lo que puede soportar un techo antes de que se desmorone. Mando inspectores a las minas todo el tiempo y descubren que los hombres no salen a la superficie tanto como debieran.

Kane tomó un tenedor y comenzó a comer muy lentamente, pero luego sintió todo el hambre acumulado y se abalanzó sobre el plato.

—No les pagas por el tiempo que salen a la superficie, ¿no? ¿Acaso no les pagas por el peso del mineral extraído?

Jacob se ubicó frente a Kane y le colocó otro trozo de carne en el plato.

—Los contrato como subcontratistas y depende de cada uno cumplir con su parte del trato. ¿Sabías que tengo inspectores para revisar los cascos de los mineros? Los muy idiotas esconden cigarrillos y hacen volar todo el lugar. Los inspectores tienen que cuidar que los cascos estén soldados para que los mineros no escondan nada y hagan explotar todo matándose entre sí.

Kane, con la boca llena, hizo un gesto con el tenedor.

—Un minuto los tratas como niños, los encierras y al mismo tiempo los tratas como subcontratistas, con toda la responsabilidad de su parte... ¿Cómo se dice cuando tienes que trabajar y no te pagan por tu trabajo?

—Trabajo muerto —respondió Jacob—. Hago lo mejor que puedo y mantengo a la gente trabajando. Quisiera comprar el carbón a algún otro y dedicarme sólo al acero, pero no puedo dejar sin trabajo a tantas personas. Cada vez que sucede algo así —añadió señalando hacia la montaña donde se encontraba Pequeña Pamela—, digo que voy a cerrar las minas. Hay mucha competencia para suministrar carbón a las fábricas de Denver y podría cerrar las diecisiete minas de Chandler y en Denver ni siquiera lo notarían. Pero ¿sabes qué sucedería si cerrara las minas? Chandler sería una ciudad fantasma en dos años.

—De modo que, según lo que dices, lo único que haces es rendir un gran favor a toda la comunidad —murmuró Kane.

—En cierto modo, así es.

—¿E imagino que les pagas a tus accionistas, no?

—No tanto como quisiera, pero hago todo lo que puedo.

Kane estaba limpiando el fondo del segundo plato de comida con un pedazo de pan.

—Entonces, es mejor que comiences a hacer algo más. Sucede que tengo algo de dinero y pienso entablar unas cuantas demandas a los responsables de Fenton Carbón y Aceros, y creo que toda la producción quedará detenida mientras esto se trata en la corte.

—¡Pero eso arruinaría a Chandler! No puedes... —repuso Fenton.

—Supongo que los dueños de la empresa tienen interés en que eso no suceda.

Jacob observó a Kane durante un largo momento.

—Muy bien, ¿qué es lo que deseas?

—Si los hombres necesitan inspectores para protegerse de ellos mismos, muy bien, quiero inspectores, pero también quiero que ninguno de los niños trabaje en las minas.

—Pero por el tamaño de los niños, ellos pueden hacer cosas que los adultos no pueden —protestó Jacob.

Kane se limitó a mirarlo y pasó al punto siguiente, tratando de recordar todo lo que Houston le había contado sobre las minas. Jacob protestó ante cada uno de los petitorios de Kane; desde las bibliotecas, los servicios religiosos hasta las mejoras en las viviendas.

Pasaron toda la tarde discutiendo, Jacob llenando constantemente la copa de vino de Kane. A las cuatro de la tarde, Kane sintió la boca pastosa e inclinó la cabeza sobre su pecho. Antes de dormirse murmuró algo sobre que los sindicatos quizá no fueran tan malos como se dice. Jacob se puso de pie, y observó al hombre desparramado en su silla.

—Si tuviera un hijo como tú, podría haber conquistado el mundo —murmuró antes de abandonar el salón y ordenar a un sirviente que cubriera a Kane con una manta.

Ya era de noche cuando Kane se despertó, entumecido por haber dormido en una silla y en un principio no supo dónde estaba.

El cuarto estaba en penumbras, pero encima de la mesa logró divisar un paquete envuelto en tela que sin duda debía contener sandwhiches.

Con una sonrisa, se guardó el paquete en el bolsillo y abandonó la casa. Se sentía más aliviado de lo que se había sentido en años y tenía la esperanza de que su vida sería diferente a partir de ese momento.

En la mina, el padre de Leander, Reed Westfield, que era abogado, estaba a punto de entrar en el ascensor para bajar a la mina cuando Kane tomó del brazo al hombre que lo acompañaba y lo hizo a un lado.

—Vaya a comer algo; bajaré yo —le dijo y subió al ascensor.

Cuando la máquina se puso en movimiento, Kane le relató a Reed una breve historia sobre quién era el verdadero dueño de las minas.

—Pero ya no quiero seguir siendo un peso para Fenton, y no necesito el dinero. Quiero que me redacte un documento donde declare que se lo entrego todo a él y a quien él quiera dejárselo en testamento. Y deseo que lo haga de inmediato porque el hombre no durará mucho.

Reed miró a Kane con sus ojos cansados y asintió.

—Tengo una oficina llena de empleados que no tienen demasiado qué hacer. ¿Le parece bien mañana por la mañana, Taggert?

Kane asintió pero no respondió, porque cuando llegaron a las profundidades de la mina, casi no se podía respirar por el olor.

30

El tercer día después de la explosión, habían logrado rescatar cuarenta y ocho cuerpos de la mina; aún faltaba encontrar otros siete. En la tarde del segundo día, encontraron cuatro cuerpos arrodillados y con las manos sobre la boca. Habían logrado sobrevivir a la explosión, pero habían muerto por los gases tóxicos.

En la ciudad, las banderas estaban izadas a media asta y la gente caminaba con la cabeza descubierta y agachada mientras las carrozas fúnebres trasladaban los cuerpos.

El prometido de Sarah Oakley había muerto cuando regresaba a su casa después de las tareas de rescate. Demasiado cansado como para fijarse por dónde andaba, no oyó el tren que lo mató al instante.

Leander y Kane, con la ayuda de Edan, pidieron y recibieron la promesa de construcción de una base de rescate en la tierra que Jacob Fenton había donado. Todos suponían, aunque nadie se había atrevido a decirlo, que Kane había ido a ver a Jacob para solicitarle que regalara esa tierra.

Houston se pasó el día yendo de un funeral a otro, consolando a las viudas y ocupándose de que los niños tuvieran suficiente para comer.

—Creo que esto es lo que usted quería, Taggert —dijo Reed Westfield mientras le entregaba un papel a la entrada de la mina—. Después de que esto esté arreglado, podremos presentar una forma más extensa, pero pienso que por ahora, esto servirá en la corte.

Kane leyó el papel donde constaba que entregaba todas las propiedades de la familia Fenton en fideicomiso a Jacob Fenton, para que éste dispusiera de ellas como quisiera.

—Si firma aquí, yo seré su testigo y lo archivaré. Tengo aquí una copia para que pueda entregársela a Fenton —añadió el abogado.

Kane sonrió y le dio las gracias al doctor Westfield mientras tomaba la pluma para firmar el documento.

—Iré a llevarle la copia ahora mismo. Creo que esto lo recompensará por la tierra que cedió y también trataré de convencerlo de que instaure un programa para entrenar hombres en las tareas de rescate —repuso Kane.

Reed le devolvió la sonrisa.

—Creo que el hombre hubiera seguido siendo más rico antes de que usted le entregara los derechos de su propiedad.

Mientras Kane se dirigía a Chandler, observó el panorama y pensó en los horrores de aquellos últimos días. Todavía quedaba mucho por hacer y tenía además unas cuantas ideas sobre cómo impedir futuras explosiones y cómo reaccionar ante los desastres. Planeó discutir sus ideas con Edan, e incluso con Leander y Fenton. Cuando recordó que Jacob estaba próximo a su muerte, sintió un dejo de tristeza. Después de todo, había crecido cerca de ese hombre hasta cumplir los dieciocho años. Ahora, el dueño de las minas sería Zachary, claro que después de Marc. Casi todos parecían olvidar a Marc, remarcó Kane.

Al llegar al sendero que conducía a la casa de los Fenton, notó que la puerta de entrada de la casa estaba abierta.

Desmontó y entró en la casa gritando, pero nadie le respondió. La oficina de Jacob quedaba en la parte trasera de la casa y Kane recordó que la última vez que la había visto fue cuando Jacob lo había echado de la casa. Mientras dejaba el documento sobre el escritorio, se preguntó cómo habría sido su vida si se hubiera casado con Pam y no hubiera tenido la oportunidad de amasar su propia fortuna. No estaría casado con Houston, por cierto.

Volvió a preguntarse si Houston se habría casado con él de no haber tenido él todos esos millones.

Llamó de nuevo en voz alta, pero tampoco obtuvo respuesta. Se dirigió entonces a la cocina, un lugar que conocía bien. La cocina también estaba vacía y la puerta, abierta. Cuando llegó a la puerta descubrió la estrecha escalinata que conducía al primer piso.

Mientras vivía allí, siempre había querido conocer el primer piso de la casa, e incluso había imaginado que algún día esa casa sería suya.

Rió al pensar en la casa que se había construido por estar enojado y no conocer el primer piso de la casa de los Fenton.

Se dejó vencer por la curiosidad y comenzó a subir los escalones de dos en dos. Como si fuera un ladrón y temiera ser descubierto, Kane se apresuró a recorrer los dormitorios. Eran comunes, y tenían muebles oscuros y ordinarios.

—Houston tiene mucho mejor gusto —murmuró riendo entre dientes.

Todavía seguía sonriendo cuando llegó a la cima de la escalera del frente, pero su sonrisa se desvaneció de inmediato.

Al pie de la escalera, yacía Jacob Fenton, parecía muerto.

Lo primero que pensó Kane era que había llegado demasiado tarde y que Jacob nunca sabría que era el dueño legal de todo aquello por lo que tanto había luchado durante toda su vida. También sintió tristeza. Durante todos los años en que Kane había trabajado en Nueva York, lo único que podía recordar eran las ocasiones en que había debido limpiar las botas de Fenton. Pero ahora recordó todos los malos momentos que él le había hecho pasar a Jacob delante de sus invitados y las oportunidades en que habían discutido porque el mozo de cuadra no permitía que su patrón usara sus propios caballos, o había con vencido a la cocinera para que agregara cebolla en las salsas, cuando ambos sabían muy bien que las cebollas le ocasionaban a Jacob tal indigestión que no lo dejaba dormir en toda la noche.

Lentamente, Kane comenzó a descender la escalera, y apenas dio unos pasos cuando Marc Fenton y cinco amigos entraron en la sala. Por el estado de su ropa y las voces, parecía que acababan de regresar de una noche de diversión.

—Si Taggert cree que va a quitarme mi herencia —afirmó la voz pastosa de Marc—, tendrá que pelear conmigo. Nadie va a creerle a Taggert más que a mí.

Las dos mujeres que lo acompañaban, una vestida con un vestido de satén amarillo y una boa de plumas rojas y la otra con cuatro plumas en la cabeza, y los tres hombres gritaron su aprobación.

—¿Adónde está el whisky, amorcito? —le preguntó una de ellas.

De repente, todos se detuvieron para ver el cuerpo de Jacob que yacía en el suelo. Fue Marc el primero en levantar la cabeza y descubrir a Kane.

—Vine a visitar a su padre... —comenzó a explicar Kane, pero Marc no lo dejó terminar.

—¡Asesino! —gritó Marc mientras se lanzaba en dirección a Kane.

—¡Un momento! —exclamó Kane, pero nadie le prestó atención y los otros tres hombres también se lanzaron contra Kane. Los cinco cayeron rodando por la escalera y como Kane era el único sobrio, fue el único en pensar que podría resultar herido. A pesar de ser cuatro contra uno, Kane estaba venciendo.

Pero luego, una de las mujeres lo golpeó en la cabeza con una pesada estatuilla de bronce.

Los cuatro se pusieron de pie y miraron el cuerpo inconsciente de Kane.

—¿Y ahora qué hacemos? —preguntó una de las mujeres.

—¡Colgarlo! —contestó Marc, y se acercó para levantar a Kane, pero cuando no pudo hacerlo, levantó la mirada para pedir ayuda a los demás—. ¡Él mató a mi padre!

—No hay el suficiente whisky en el mundo que me haga colgar a un hombre tan rico como él —replicó uno de los hombres—. Mientras está inconsciente, llevémoslo a la cárcel. Dejemos que el comisario se encargue de él.

Marc se resistió al principio, pero estaba tan borracho que no podía pelear de modo que entre los cuatro lograron levantar a Kane y cargarlo en el carro estacionado afuera. Ninguno de ellos se ocupó del cuerpo de Jacob y dejaron las puertas de la casa abiertas de par en par.

—Bebe esto —le dijo Edan mientras le sostenía la cabeza.

Con un gruñido, Kane trató de incorporarse pero sintió una terrible puntada en la cabeza y no pudo.

—¿Qué sucedió? —Levantó la mirada y descubrió a Edan, a Leander y al comisario observándolo.

—Todo fue un error —aseguró Lee—. Le conté al comisario sobre el documento y por qué habías ido a ver a Fenton.

—¿Estaba muerto? —preguntó Kane—. Desde donde yo estaba, parecía estarlo. Lo último que recuerdo es a Marc Fenton con un grupo de borrachos que me hicieron rodar por la escalera.

Edan se sentó sobre el catre donde yacía Kane y explicó:

—Por lo que pudimos averiguar, los sirvientes descubrieron que Jacob Fenton estaba muerto tres minutos antes de que tú llegaras a la casa. Por alguna razón, todos decidieron salir a buscar ayuda y dejaron el cuerpo allí tirado y la casa abierta. Luego, llegó Marc con su grupo de amigos después de una noche de juerga, te vieron de pie, en lo alto de la escalera y supusieron que tú habías empujado a Jacob. Tienes suerte, porque Marc quiso colgarte del marco de entrada.

Kane se frotó la cabeza, en el lugar donde tenía el chichón.

—Eso no me hubiera dolido tanto como esto.

—Está en libertad, señor Taggert —afirmó el comisario—, y le sugiero que salga de aquí antes de que se entere su esposa. Las mujeres se ponen muy mal cuando ven a sus esposos en la cárcel.

—No Houston —respondió Kane—. Ella es una verdadera dama. Ella estaría tranquila aunque me hubieran colgado. —Cuando pronunció estas palabras, le surgió un nuevo pensamiento. ¿Cómo reaccionaría Houston si pensara que era un asesino? ¿Acaso no había oído decir que las propiedades de un asesino eran confiscadas por el estado? ¿O era que una persona no podía heredar de otra a la que había matado?

—¿Cuántas personas conocen este episodio? —preguntó Kane—. Los sirvientes de Fenton pueden atestiguar que soy inocente, pero ¿la noticia ya se extendió a la ciudad?

—Llamé a Lee en cuanto vi al joven Fenton bajarlo del coche —repuso el comisario sorprendido.

—Todos están demasiado preocupados con la explosión de la mina como para ocuparse de quién va a la cárcel —añadió Leander—. Todos los periodistas están en la Pequeña Pamela, tratando de encontrar nuevas formas de describir los cadáveres —agregó con una mueca.

—¿Qué estás planeando? —le preguntó Edan.

Kane permaneció en silencio por un momento y replicó:

—Comisario, ¿le molesta si permanezco aquí para pasar la noche? Quisiera hacerle una bromita práctica a mi esposa.

—¿Broma? —repitió el comisario—. A las mujeres no les gustan las bromas, no interesa cuán buenas sean.

Kane miró a Lee y a Edan.

—¿Puedo contar con ustedes dos para que mantengan la boca cerrada durante veinticuatro horas?

Edan se puso de pie.

—Supongo que querrá poner a prueba a Houston para comprobar si ella se queda con él aunque le diga que van a procesarlo por asesinato. ¿No es así?

—Algo así —comentó Kane con tono distraído.

—No voy a interferir con el amor —repuso el comisario—. Señor Taggert, si quiere alojarse en esta celda, puede ser mi invitado, pero la ciudad de Chandler le cobrará como si se hubiese alojado en el mejor hotel.

—Es bastante justo —dijo Kane—. ¿Lee? ¿Edan?

Leander se limitó a encogerse de hombros.

—Como quiera. Conozco a Houston desde que nació y nunca supe nada sobre ella.

Edan observó a Kane durante un largo momento y repuso:

—Cuando Houston pase esta prueba, y lo hará, ¿dejarás de lado esa obsesión y nos pondremos a trabajar otra vez? Vanderbilt ya debe haberse comprado toda la costa este.

—Bueno, podrá vendérnosla mañana por la mañana, en cuanto pueda salir de este lugar —replicó Kane suspirando.

Cuando los hombres se retiraron, Kane se recostó y se quedó dormido.

Houston sostenía a un bebé de tres meses en el regazo mientras trataba de hacer dormir a dos pequeños de dos y cuatro años respectivamente, en una cama junto a ella. Eran algunos de los muchos niños que habían perdido a sus padres en la explosión. La madre estaba sentada junto a ellos, preguntándose cómo harían para mantenerse ella y a su familia en los próximos años. Houston, Blair y las otras mujeres miembros de la Hermandad habían estado recorriendo los negocios locales tratando de encontrar empleos para esas mujeres, y Houston se había ofrecido además para ayudar en el centro de atención para los niños que Blair había creado, basándose en algo parecido que había visto en Pensilvania.

Cuando el asistente del comisario se presentó en la casa y preguntó por Houston, la joven no tenía idea de qué podía ocurrir.

—Su marido fue arrestado por el asesinato de Jacob Fenton —le informó el hombre.

Houston tardó en reaccionar y lo primero que pensó fue que el mal carácter de Kane había terminado triunfando.

—¿Cuándo? —logró preguntar.

—Esta mañana. Yo no estaba allí de modo que no conozco todos los detalles, pero todos en la ciudad saben que Taggert amenazó muchas veces con matar a Fenton. Nadie lo culpa porque todos sabemos que Fenton era culpable de muchas cosas, pero eso no va a ayudarlo mucho en la corte. A uno lo cuelgan por matar tanto a un hombre malo como a uno bueno.

Houston lo miró con frialdad.

—Le agradeceré que no juzgue a mi marido antes de conocer los hechos. —Puso el bebé en brazos del muchacho y le dijo—: Puede quedarse a cuidar a los niños mientras voy a ver a mi marido.

—No puedo hacerlo Blair-Houston, estoy de guardia. Soy asistente del comisario.

—Tuve la impresión de que se creía un juez. Controle el pañal y fíjese si necesita que se lo cambien, y entretenga a los niños hasta que su madre regrese, dentro de dos h oras.

—¡Dos horas! —lo oyó exclamar mientras salía de la cabaña.

Houston llegó a la comisaría en tiempo récord. El pequeño edificio de piedra estaba ubicado en el otro extremo de la ciudad. La mayoría de los prisioneros eran borrachines que dormían allí el sábado por la noche; los casos importantes se trasladaban a Denver de inmediato.

—Buenos días, señorita Blair-Houston —saludó el comisario poniéndose de pie.

—Señora Taggert —lo corrigió ella de inmediato. Quisiera ver a mi marido en seguida.

—Sí, por supuesto, señora Westfield-Taggert —repuso el comisario mientras tomaba las llaves.

Kane estaba dormido sobre el catre y Houston vio la sangre seca en la parte de atrás de su cabeza. Se acercó a él y le acarició una mejilla. El comisario se retiró cerrando la puerta de la celda.

—Kane, querido, ¿qué te han hecho? —preguntó ella mientras comenzaba a cubrirlo de besos y él se despertaba.

—Oh, Houston —murmuró él frotándose el chichón de la cabeza—. ¿Qué sucedió?

—¿No lo recuerdas? Aseguran que mataste a Jacob Fenton, pero tú no lo hiciste, ¿no es verdad?

—¡Por supuesto que no! —estalló él mientras Houston se ponía de rodillas y apoyaba la cabeza en su pecho—. Al menos, no lo creo. No recuerdo bien.

Con la mejilla apoyada contra su cuerpo, Houston trató de no demostrar su temor.

—Cuéntame lo que recuerdas, Kane.

Él le relató la historia:

—Fui a ver a Fenton, y como no había nadie en casa subí a buscarlo al primer piso. Cuando llegué a la parte de adelante de la casa lo descubrí tirado al pie de la escalera. Luego entró Marc Fenton y los otros y comenzaron a gritar que yo lo había matado. Hubo una pelea y me golpearon la cabeza con algo muy duro, y me desperté aquí. Creo que están hablando de lincharme.

Houston lo miró asustada, y luego se puso de pie y comenzó a pasearse por la celda.

—Es una historia muy débil.

—¡Débil! —exclamó Kane, pero luego se tranquilizó—. Houston, querida, es la verdad, te lo juro.

—¿Eras el único que estaba en la casa? ¿No hubo testigos que lo hubiesen visto muerto antes de que tú llegaras?

—Nadie me vio entrar a la casa, pero quizás alguien haya visto a Fenton muerto antes de que yo llegara —repuso Kane.

—Eso no importa. Si alguien lo vio morir, eso haría la diferencia, tú pudiste permanecer escondido en un armario para el caso. ¿Alguien lo vio morir?

—No... no lo sé, pero, Houston...

Ella fue a sentarse junto a él.

—Kane, todos en la ciudad te oyeron amenazar de muerte a Jacob. A menos que tengas un testigo, jamás probarás que eres inocente. ¿Qué vamos a hacer?

—No lo sé, pero hay algo que me preocupa, Houston. Es sobre el dinero.

—Kane —replicó ella con suavidad—, ¿qué fuiste a hacer a la casa de Fenton? ¿No estabas planeando matarlo?

—Por supuesto que no —se apresuró a responderle él—. Hice que el señor Westfield me preparara un documento donde constara que renunciaba a todos mis derechos sobre la propiedad de Fenton y fui a llevarle ese papel. De lo que quiero hablarte es de mi dinero. Si me condenan, me confiscarán todos los bienes. No sólo serás una viuda sino que serás también pobre. Tu única oportunidad de salvar parte del dinero es dejarme ahora mismo antes de que me juzguen. Si lo haces, Westfield podrá darte unos cuantos millones.

Houston no escuchó lo último que Kane le dijo y volvió a insistir:

—¿Por qué fuiste a la casa de Fenton?

—Te lo expliqué —le contestó Kane impaciente—, quería entregarle un papel que decía que ya no tengo derechos sobre su propiedad. El pobre hombre ya había muerto cuando llegué allí y no tuvo oportunidad de ver el papel. Pero, Houston, lo que importa es que te salves tú, y tienes que hacerlo ahora mismo. Si me llevan y me linchan será demasiado tarde.

Houston se sintió como si estuviera soñando. No había vuelto a sentirse así desde el día cuando descubrió que Kane se había casado con ella para llevar a cabo un acto de venganza. Ella admitió amarlo a pesar de lo que él sintiera por ella, pero siempre supo que una parte de ella le impediría entregarse a él por completo.

—¿Habías renunciado a tu venganza, no? —le preguntó ella con suavidad.

—¿Otra vez con lo mismo? Ya te dije que lo único que quería era tenerlo a mi mesa en una casa más grande que la suya. Si me lo podía pagar, ¿qué hay de malo?

—Pero también querías una dama en la cabecera. Te casaste conmigo porque...

—¡Tú te casaste conmigo por mi dinero! —le gritó él—. ¡Y ahora lo perderás todo cuando me cuelguen por un crimen que no cometí!

Houston se puso de pie. Su marido no había dicho todavía que la amaba, pero la amaba. Ella lo sabía. Lo sabía con cada fibra de su cuerpo. Se había casado con ella como parte de un estúpido plan de venganza, pero al fin, se había enamorado de ella, y por ese amor, él había podido perdonar al hombre que lo había engañado.

—Tengo que irme —aseguró ella—. Tengo muchas cosas que hacer.

Si hubiera mirado a Kane, habría sorprendido el gesto de dolor en su rostro.

—Supongo que tendrás que hablar con el señor Westfield sobre el dinero.

—Con alguien —afirmó ella colocándose los guantes—. Quizá el señor Westfield no sea la persona indicada. —Le dio un beso en la mejilla—. No te preocupes por nada. Sé lo qué tengo que hacer. —Llamó al comisario y partió.

Kane permaneció inmóvil en el centro de la celda sin saber qué hacer. Ella había aprovechado la oportunidad para librarse de él. Se subió al catre para verla partir, y debió luchar por contener las lágrimas. La luz del sol, pensó frotándose los ojos.

Lo que se gana con facilidad, con la misma facilidad desaparece, se dijo. Había vivido muy bien sin una esposa antes y volvería a hacerlo.

—Comisario —gritó—, puede dejarme salir. Ya descubrí lo que quería saber.

—Ni por su vida, Taggert —le respondió el hombre riendo—. La ciudad de Chandler necesita cobrarle los gastos por una noche de alojamiento.

Sin contestar nada, Kane regresó a su catre. No le interesaba dónde pasaría la noche.

31

—¿Estás seguro de que sabes lo que haces? —volvió a preguntarle Houston a Ian.

Ian asintió con solemnidad mientras observaba la pequeña caja de madera que llevaba en la parte de atrás del carro. Junto a él estaba Zachary, con la mirada fija hacia adelante y los ojos encendidos por la excitación. Aún era demasiado joven como para darse cuenta de los peligros del plan que habían elaborado.

—¿No hay peligro de que explote sola? —preguntó Houston.

—No —le respondió Ian, pero no pudo evitar espiar una vez más la caja que contenía la dinamita.

Houston tenía las manos blancas por la fuerza con que sostenía las riendas.

A Houston le había llevado casi veinticuatro horas arreglar lo que sucedería esa noche. Sabía lo que tenía que hacer y también sabía que ningún adulto la ayudaría. Cuando le explicó a Ian el riesgo que corría, el muchacho le respondió que todo lo que tenía se lo debía a ella y que no le importaba arriesgarse. Para preocupación de Houston, Ian había invitado a participar a Zachary para que sostuviera los caballos.

Esa noche, a las doce, Houston se había reunido con Ian en el campo de la Pequeña Pamela, y, contando con la confusión causada por la explosión, habían roto las cadenas que protegían el depósito de la dinamita y robado el suficiente explosivo como para hacer volar dos calles enteras. A pesar de las protestas de Ian, Houston se tomó la molestia de volver a cerrar el candado del depósito.

Habían logrado esconder la caja de dinamita en el carro sin que nadie los descubriera. Algunos saludaron a Houston, pero se habían acostumbrado a verla por allí en esos últimos días y nadie sospechó nada inusual.

Estaban a mitad de camino cuando Zachary llegó corriendo a su encuentro. Se había escapado por la ventana de su casa hacía horas y había planeado caminar solo hasta el campo minero.

—Tú no harás nada más que quedarte cuidando los caballos —le dijo Houston—. En cuanto tu padre y yo subamos a los caballos, quiero que se vayan de allí. Ian, ¿podrás volver a la casa de Edan sin problemas?

—Por supuesto.

—¿Y tú, Zach?

Zachary tragó saliva porque la cuerda que había utilizado para bajar se había roto antes de llegar al suelo. No había forma de volver a entrar en la casa sin que lo escucharan.

—Claro —respondió—. Ningún problema.

Houston no se calmó cuando se acercaron a la ciudad dormida. Eran las tres de la mañana cuando llegaron a la comisaría. Horas antes, Houston había escondido dos caballos cerca del lugar, con las alforjas llenas de comida, la suficiente como para mantenerlos con vida durante dos meses.

Detuvo el coche a una distancia prudente de la comisaría y observó nerviosa cómo Ian bajaba la caja de dinamita. Sabía que el muchacho había trabajado en las minas, pero no estaba segura de que supiera hacer volar una pared de la comisaría.

Cuando estaba a punto de decir algo, Ian la interrumpió.

—Pondré unos cuantos cartuchos en la base de aquella pared que está en la colina. Cuando explote, toda la pared se derrumbará. Será como abrir una gran ventana. Kane tendrá que saltar desde la celda hasta el caballo y quedarán libres. No podría ser más simple.

—Un plan tan simple que podríamos ir todos a prisión por el resto de nuestras vidas —murmuró Houston.

El día anterior, cuando Kane le había explicado que podrían colgarlo por un crimen que no había cometido. Houston supo que debería hacer algo para liberarlo. No le importaba si era inocente o no, lo amaba y quería salvarlo. El pueblo estaría del lado de Kane después de cómo los había ayudado con el desastre, pero el juicio se llevaría a cabo en Denver y la empresa de Fenton tenía mucho poder allí. Houston no creía entonces que el juicio fuera justo. Sin ningún testigo que hubiese visto a Jacob Fenton muerto antes de la llegada de Kane, no tenía dudas de que el veredicto sería culpable.

Después de pensarlo un instante, decidió qué debía hacer. Era preciso sacarlo de la cárcel, aunque ello significara que pasaran el resto de sus vidas escondiéndose. Podrían viajar a México y Blair quizá lograra enviarles dinero suficiente como para vivir. Mientras Kane no llamara demasiado la atención, podrían salvarse de la ley norteamericana. Era una desventaja que conocieran a Kane en tantos puntos del país, de modo que no podrían esconderse en el territorio norteamericano.

Lo único que Houston lamentaba era no poder despedirse de su familia y de sus amistades. Ni siquiera podría escribirles, porque las cartas podrían conducir a la captura de Kane.

Pero sabía lo que debía hacer y mientras tuviera a

Kane sería feliz, sin importar dónde vivieran ni cómo.

Ahora, en la oscuridad, envió a Zach a recoger los caballos del lugar donde estaban escondidos y a acercarlos a la comisaría.

Le temblaban las manos mientras ayudaba a Ian a colocar los cartuchos de dinamita. Cuando todo estuvo arreglado, llamó a Ian para qué le permitiera pararse encima de sus hombros y así espiar por la ventana.

—Avísale que se envuelva la cabeza con una manta —advirtió Ian mientras la alzaba.

—¿No saldrá lastimado con toda esta dinamita, no es así? —le preguntó Houston.

—Los tacones de tus botas me lastiman de modo que no pierdas más tiempo haciendo preguntas tontas —repuso el muchacho.

Houston se asomó a la oscuridad de la celda y vio a Kane desparramado sobre el catrecito. Arrojó una piedra dentro de la celda.

Kane no se movió y necesitó de seis piedras, una de las cuales le dio en pleno pecho, para que despertase.

—¡Kane! —llamó ella lo más fuerte que creyó prudente.

—¿Qué? —preguntó él incorporándose—. ¿Eres tú, Houston? ¿Qué haces aquí en medio de la noche?

Ella le hizo señas para que se acercara a la ventana.

—No tengo tiempo para explicaciones ahora, pero Ian y yo te sacaremos de allí. Vamos a dinamitar esta pared así que quédate en el rincón más alejado y cúbrete la cabeza con una manta.

—¿Qué? —preguntó Kane—. ¿Dinamita? ¡Escúchame, Houston, tengo que decirte algo!

—¡Houston! —llamó Ian desde abajo—. ¡Esos tacones me están matando! ¿Piensas estar allí toda la noche?

—Debo irme —replicó ella—. Quédate en el rincón

y cuando haya volado la pared, tendré los caballos listos. Te amo. —Sin agregar nada más, se bajó de los hombros de Ian.

Kane permaneció de pie junto a la ventana un largo momento. Ella no había corrido para recuperar el dinero sino que había elaborado un plan para volar la comisaría y rescatarlo. Kane metió las manos en los bolsillos y comenzó a silbar una melodía, feliz de que Houston se preocupara por él.

Fue mientras silbaba que sintió un sonido extraño como si algo se quemara.

—¡Dinamita! —exclamó, y se apoderó del colchón, mientras saltaba hacia uno de los extremos de la celda. Nada podía haberlo preparado para el ruido de la explosión. Fue como si le volaran la cabeza con un ruido interminable.

Houston, Ian y Zach salieron de su escondite mientras la pared de la prisión se derrumbaba. La dinamita voló la base del edificio de dos pisos dejando al descubierto el interior del lugar. Kane estaba acurrucado en un rincón y cuando el polvo se dispersó no hizo ningún esfuerzo por moverse.

—Lo hemos matado —gritó Houston y comenzó a correr en su dirección seguida por Ian.

—Quizá sólo lo hayamos dejado sordo. Kane —llamó Ian por encima del ruido de las rocas que continuaban cayendo. Como Kane no respondió, Ian se trepó por las piedras hasta llegar a la celda de tres paredes.

Ian le quitó el colchón que lo cubría pero Kane no podía entender una sola palabra de lo que Ian le decía de modo que éste tuvo que hacerse entender por medio de gestos. Kane parecía haber quedado idiotizado por la explosión ya que no hacía más que menear la cabeza por lo que Ian debió casi obligarlo a salir de allí.

Houston lo aguardaba montada en un caballo y cuando Kane se le acercó, notó que su marido se sostenía la cabeza con ambas manos como si le doliera mucho. Parecía querer decir algo, pero Houston no le dio tiempo mientras Ian y Zach lo empujaban para que subiera al otro caballo.

—Vamos —ordenó ella y él la siguió por el camino al sur de la ciudad, hacia el desierto.

Houston cabalgó lo más a prisa que pudo y cada tanto se volvía para mirar a Kane que tenía una rara expresión en el rostro.

Salió el sol y ellos seguían cabalgando, deteniéndose sólo lo suficiente como para dejar descansar a los caballos. Al mediodía se detuvieron en un lugar desolado, entre Colorado y Nuevo México, y Houston tuvo que pagar un precio exorbitante por dos caballos frescos.

—¿Él está bien? —le preguntó el hombre que la atendió señalando a Kane que estaba apoyado contra la pared y se golpeaba la cabeza con una mano.

Houston le entregó al hombre un billete de veinte dólares y le advirtió:

—Usted no nos ha visto.

Él tomó el dinero y aseguró.

—Yo sólo me ocupo de mis propios asuntos.

Houston trató de hablar con Kane, pero él sólo la miraba idiotizado y la seguía cuando ella lo obligaba a hacerlo.

Comieron sobre sus caballos, sin detenerse hasta el anochecer. Sólo una vez Kane trató de hablar, pero como parecía haber quedado sordo le hizo gestos a Houston preguntándole hacia dónde se dirigían.

—¡México! —tuvo que gritarle ella cuatro veces antes de que él lograra comprenderla.

Kane meneó la cabeza, pero Houston lo ignoró y

aceleró su galope. Sin duda, él no quería que ella se metiera en problemas, pero ella no le permitiría convencerla de que regresaran. Si Kane debía vivir exiliado, ella viviría con él.

Kane tomó las riendas del caballo de Houston y la obligó a detenerse.

—¡Detente! —le gritó—. Pasaremos aquí la noche.

Había gritado con toda la fuerza de sus pulmones y Houston parpadeó muchas veces por el volumen de su voz que había interrumpido el silencio de la noche.

Kane no añadió nada más mientras desmontaba y llevaba su caballo hacia una pequeña elevación al abrigo de los árboles. Houston lo siguió mientras él liberaba a su caballo y preparaba todo para pasar la noche. Ella quería seguir adelante, alejarse más de Chandler, pero quizá Kane había resultado herido en la explosión y necesitara descansar. Les llevaría mucho tiempo organizarse en Chandler de modo que por un tiempo estarían tranquilos.

Houston sostenía la alforja de su caballo en la mano cuando se volvió a mirar a Kane y notó que él la observaba en una forma casi aterradora.

Con mucha suavidad, él le quitó la alforja y la arrojó al suelo. Después de mirar a su esposa, una vez más con una expresión indescifrable, se echó sobre ella.

Kane era como un animal hambriento. En cuanto Houston se recuperó de la sorpresa, pudo reaccionar y responder a su pasión. Los botones del traje de montar de ella saltaron al suelo. La boca de Kane estaba sobre todas las partes del cuerpo de Houston al mismo tiempo, mientras sus manos desgarraban todo lo que le impedía tocar la piel de la mujer.

—Kane —murmuró Houston en un grito ahogado—. Kane, mi único y verdadero amor.

Kane parecía no necesitar de ninguna palabra mientras colocaba el cuerpo desnudo de Houston sobre el suelo y la penetraba con la fuerza de la dinamita que había estallado esa mañana. Houston sintió que se derrumbaba como una pared de piedra y, mientras se movían juntos al compás de esa pasión, supo que eso era todo lo que deseaba en la vida, y que lo hecho, había valido la pena.

Cuando por fin llegaron juntos a la cima, Houston tembló por la fuerza de su pasión y el profundo amor que sentía por ese hombre.

Permanecieron echados un largo tiempo; Kane la sostenía con fuerza, como si no quisiera dejarla nunca. Y Houston se aferró a él con la misma fuerza, asustada ahora al pensar que había estado a punto de perderlo, a punto de que él muriera ahorcado.

Más tarde, Kane se levantó para atender los caballos. Houston se puso de pie para ayudarlo, pero él le hizo señas para que se quedara donde estaba y le alcanzó una manta para protegerse del aire fresco de la noche.

Ni siquiera dejó que ella lo ayudara a encender el fuego. Houston protestó temiendo que pudieran verlos, pero Kane le gritó que confiara en él y ella lo hizo. Se sintió aliviada de entregarle el mando de la huida a él y también de poder permanecer echada contemplándolo. Él le acercó un plato con habas, una tortilla y una taza de un horrible café. Pero, para Houston, ésa fue la comida más deliciosa de toda su vida.

Cuando terminaron de comer, Kane apagó el fuego y se acostó junto a ella. En minutos, ambos quedaron profundamente dormidos.

32

Cuando Houston despertó ya era pleno día y Kane la abrazaba y la miraba con una sonrisa angelical.

—Tenemos que irnos —advirtió ella incorporándose, mientras trataba de reunir lo que quedaba de sus prendas. A la chaqueta de montar le faltaban tantos botones que era una indecencia—. Pronto estarán detrás de nosotros y no creo que pierdan tiempo descansando.

Kane la tomó de un brazo y le preguntó:

—¿Excitada después del asesinato?

—Éste no es momento para bromas —repuso ella.

—Houston, quiero que me expliques lo que has planeado. ¿Por qué huyes hacia México?

—Te lo diré en cuanto tengamos los caballos preparados —contestó Houston, poniéndose de pie, esperando impaciente que Kane también se levantara—. Pienso que podremos escondernos en México.

—¿Por cuánto tiempo?

—Para siempre, claro —le respondió ella—. No creo que la ley perdone a alguien culpable de asesinato. Supongo que podremos vivir allí con tranquilidad; la gente no hace tantas preguntas como en este país.

—Aguarda un momento —le replicó Kane sosteniéndola del brazo—. ¿Te refieres a que piensas vivir en México conmigo? ¿Piensas ser una fugitiva al igual que yo?

—Por supuesto. Viviré contigo. Ahora, ¿por qué no ensillas tu caballo y nos vamos de una vez?

Houston no pudo seguir hablando porque Kane la tomó de la cintura y la hizo girar sobre sus talones.

—Muñeca, eso es lo mejor que he oído en toda mi vida. Después de todo, el dinero no te interesa.

—¡Kane! —exclamó Houston exasperada—. Por favor, ponme en el suelo. Nos encontrarán y tú...

La boca de Kane ahogó el resto de sus palabras.

—Nadie vendrá a buscarnos a no ser que el comisario esté enojado contigo porque le has roto toda la comisaría. Oh, Houston, querida, me hubiera gustado verle la cara a ése.

Houston retrocedió un paso. Lo que Kane decía no tenía sentido, y sintió una molestia en el estómago.

—Es mejor que me expliques de qué estás hablando, Kane.

—Sólo quería ver cómo tú... reaccionabas... ante el hecho de que yo ya no era rico.

—Quisiera saber lo de Jacob Fenton —aclaró Houston con frialdad.

—No te mentí, Houston, es sólo que no te conté toda la verdad. Es verdad que lo encontré muerto al pie de la escalera y que me llevaron a la cárcel como culpable de asesinato, pero en realidad los sirvientes habían salido de la casa al encontrarlo muerto. No les pregunté si lo habían visto morir. Fuiste muy inteligente al pensar en ello —repuso él.

—Y entonces, ¿por qué estabas en la cárcel cuando fui allí? ¿Por qué no te liberaron de inmediato?

—Creo que... estaba... Houston, querida... —Kane extendió los brazos hacia ella—. Sólo quería estar seguro de que me querías a mí por mí mismo y no por mi dinero. Sabes, cuando saliste de la cárcel y me dejaste, estaba seguro de que habías ido a ver a Westfield para ver cuánto podías salvar antes de que me colgaran.

—¿Es eso lo que pensaste de mí? —dijo Houston en voz baja—. ¿Crees que soy esa clase de ser humano, que podría dejar al hombre que amo sólo para que enfrente un juicio por asesinato y ni siquiera levantar un dedo para ayudarlo? —Se volvió hacia el caballo.

—Houston, mi amor, corazón, no tuve malas intenciones. Sólo quería estar seguro. No tenía la menor idea de que harías algo tan tonto como... Bueno, quiero decir que no suponía que volarías una pared de la cárcel ni que estarías a punto de hacerme volar con ella.

—Parece que te recuperaste bastante bien.

—Houston, ¿no estás enojada, no? Sólo fue una bromita. ¿No tienes sentido del humor? Todo el mundo va a...

—Sí —replicó ella atravesándolo con la mirada—, continúa. ¿Qué es lo que comentarán todos?

Kane sonrió.

—Quizá no lo noten.

—¿No notarán que hice volar toda la pared de la cárcel? Claro, quizá ni siquiera oyeron la explosión porque estaban durmiendo. Pasarán frente al edificio y no se darán cuenta de que le falta una pared. Y quizás el comisario se pierda la oportunidad de relatar la historia de cómo una de las mellizas Chandler voló la pared con dinamita para rescatar a su esposo de la cárcel cuando éste ni siquiera estaba acusado de asesinato. Tal vez todo el mundo esté apostando cuándo descubriré mi error o si me inculparán por asesinato. —Houston se volvió hacia su caballo, con el cuerpo tenso por la ira.

—Houston, debes comprender mi punto de vista. Quería saber si me querías a mí o a mi dinero. Vi la oportunidad de probarlo y la aproveché. No puedes culparme por haber probado.

—Por supuesto que puedo culparte. Sólo quisiera que me escucharas una vez. Te dije que te amaba, a ti y no tu dinero, sin embargo, jamás prestaste atención a nada de lo que te dije.

—Oh, bien —repuso él encogiéndose de hombros—, declaraste que no podías vivir con un hombre a quien no respetaras, pero volviste conmigo y no me costó mucho convencerte. Supongo que no puedes evitarlo. —Volvió a sonreírle.

—De todos los hombres arrogantes y vanidosos que he conocido tú eres el peor. Siento mucho haberte rescatado. Desearía que te hubiesen colgado. —Houston montó a caballo.

—Houston, corazón, no hablas en serio —murmuró Kane mientras montaba también a caballo y la seguía—. Fue sólo una broma. No quise hacerte daño.

Cabalgaron todo el día y Kane se pasó el tiempo disculpándose o dándole nuevas excusas sobre por qué ella debía estar agradecida por lo que él había hecho. Ahora, ella podía estar más segura de sus sentimientos. Trató de hacerle comprender la parte cómica de la historia. La retó por haber puesto en peligro a los niños al hacer que la ayudaran. Intentó por todos los medios hacerla reaccionar.

Pero Houston se mantuvo rígida todo el tiempo. No pensaba en otra cosa que en la gente de Chandler. Después del desastre de la mina, todos querrían algo para comentar y divertirse, algo que les hiciera olvidar todo el horror. El comisario se encargaría de proveer todos los detalles, y seguramente el diario de Chandler publicaría una serie de artículos sobre el asunto, comenzando quizá con la boda hasta... terminar con un hombre que tendría que haber sido colgado.

Tuvo la primera impresión de lo que la aguardaba

cuando se detuvieron en la estación para cambiar los caballos. El anciano que los atendió les preguntó si eran la famosa pareja de Chandler sobre la que había oído hablar. No podía ni siquiera repetir la historia por el ataque de risa que le dio y cuando los viajeros estaban a punto de partir, trató de devolverles los veinte dólares que Houston le había dado.

—Esa historia valió para mí más de cien dólares —replicó, palmeándole la espalda a Kane—. Le debo ochenta. Houston miró para otro lado y montó a caballo. Trataba de aparentar que ninguno de los dos hombres existía.

Cuando emprendieron otra vez la marcha, Kane retomó su conversación para tratar de convencerla, aunque sin el mismo vigor que antes, ya que a cada momento debía detenerse por la risa.

—Cuando te vi allí, explicándome que harías volar el lugar para salvarme de la horca, no supe qué decir, estaba tan sorprendido, y cuando Ian comenzó a gritarte que lo matabas con los tacones de las botas... —Tuvo que detenerse para contener la risa—. Houston, serás la envidia de toda mujer al oeste del Misisipi. Todas desearán tener el coraje y el valor como para rescatar a sus maridos de las garras de la muerte...

Se detuvo para aclararse la garganta y Houston lo miró. Era obvio que su marido no podía controlar la risa.

—Cuando pienso en tu expresión sobre el caballo. ¿Cómo se llaman esas mujeres que tienen cuernos en la cabeza? ¿Las vikingas? Eso es lo que parecías, una vikinga que venía a rescatar a su hombre. ¡Y la cara de Zachary! Si no me hubiese dolido tanto la cabeza...

Houston espoleó su caballo y se alejó a todo galope.

Lo que Houston había imaginado fue poco en comparación con lo que tuvo que enfrentar en Chandler.

Trató de ignorar a Kane lo mejor que pudo y tomó los caminos menos céntricos para llegar a la casa de Kane sin que la vieran.

Eran las seis de la mañana cuando tomaron el camino de la colina que conducía a la casa Taggert, y descubrieron que había más de veinte parejas que «sólo pasaban» por allí. La mayoría de los sirvientes estaba fuera de la casa conversando con los curiosos.

Houston sostuvo la parte delantera de su chaqueta con la mayor dignidad que pudo y se dirigió directamente hacia la entrada de la cocina, mientras Kane se apeaba en el frente de la casa, rodeado por todos.

—Quizá desee pavonearse —murmuró Houston.

En el piso de arriba, Houston despidió a Susan y se preparó sola el baño. Después de estar un rato bajo el agua, se fue a la cama y se quedó dormida. Oyó a Kane entrar en la habitación en algún momento, pero ella pretendió estar profundamente dormida y él se marchó.

Después de nueve horas de sueño y una suculenta comida, se sintió mucho mejor, pero su humor había empeorado. Cuando se asomó al balcón del frente, descubrió que en la calle se había reunido un número extraordinario de personas.

Kane fue a verla a su cuarto para invitarla a que lo acompañara a la Pequeña Pamela para ver si necesitaban algo de ayuda, pero ella se negó a ir.

—No puedes quedarte escondida para siempre —repuso él con tono de enojo—. ¿Por qué no te sientes orgullosa de lo que hiciste? Yo lo estoy.

Cuando Kane se marchó, Houston supo que él tenía razón, debía hacer frente a todas esas personas y cuanto antes lo hiciera, mejor. Se vistió tomándose su tiempo y cuando estuvo lista, pidió que le prepararan su coche.

No tardó mucho en descubrir que Kane se había equivocado en cuanto a las habladurías. No la tomaban como una heroína que había rescatado a su marido de la muerte sino como a una mujer histérica que primero actuaba y luego hacía preguntas.

Tomó un camino lateral hasta llegar a la Pequeña Pamela. Quizás allí necesitaran tanta ayuda que no tendrían tiempo de comentar su aventura.

Pero no tuvo tanta suerte. Las víctimas del desastre necesitaban algo de qué reírse y la aventura de Houston era ideal.

Intentó mantener la cabeza erguida mientras ayudaba a colocar los vidrios a las ventanas y a ubicar a los niños huérfanos.

Lo que más le molestaba era que Kane estuviera disfrutando tanto de la situación. Durante la boda, él se había sentido herido porque la gente creía que cualquier mujer preferiría a Leander antes que a él, pero ahora había probado públicamente que Houston lo amaba.

Houston pensó en todos los momentos en que él pudo haberle advertido que no estaba acusado de asesinato. Sabía decir las cosas cuando quería, así que ¿por qué estaba tan trabado esa noche, cuando ella le dijo que había colocado la dinamita bajo su ventana?

A medida que pasaba el día, la gente se volvía más atrevida con sus preguntas: «¿Quieres decir que no hablaste con el comisario sobre cuáles eran sus posibilidades y ni siquiera consultaste el caso con un abogado?» También mencionaron a Leander: «Él podría habértelo dicho». Houston sentía deseos de salir corriendo. En un momento en que se cruzó con Kane, éste le dio un pequeño golpecito en las costillas a modo de saludo y le dijo:

—Vamos, anímate, no fue más que una broma. —Ella

hubiera querido gritarle que broma era para él, pero que para ella la humillación era tan grande que no sabía cómo controlarla.

Al anochecer, sorprendió a Pamela Fenton conversando con Kane y pudo escuchar algo de la conversación:

—Durante la boda aseguraste que no querías humillarla. ¿Qué crees que has hecho ahora? —comentaba Pam.

Houston se sintió gratificada de que alguien la apoyara.

Cuando regresaron a su casa, Houston cenó en su habitación y Kane intentó acercarse a ella una vez más, pero ella sólo lo miró. Él salió enojado del dormitorio diciendo que carecía de sentido del humor.

Houston lloró toda la noche hasta quedarse dormida.

33

Al día siguiente, Houston se dedicó a arreglar flores en un enorme florero en el corredor, fuera de la oficina de Kane. Seguía demasiado enojada y humillada como para dignarse a hablarle y tampoco quería abandonar la seguridad de su casa.

Kane tenía abierta la puerta de su oficina. Estaba reunido con Rafe, Leander y Edan para discutir las posibles consecuencias de las explosiones en las minas. Kane se había preocupado por las viudas de los mineros que quizá no recibirían ninguna compensación.

Houston escuchó la discusión de los hombres y se sintió muy orgullosa de su marido. Se preguntó cómo había podido suponer ella que su marido fuera capaz de ejecutar las hipotecas de los mineros que habían perdido todo y no estaban en condiciones de pagarle al banco de Chandler. El día anterior, Opal había mantenido una larga conversación con Houston explicándole por qué Kane había utilizado el chantaje para hacerla regresar.

—Te ama mucho —afirmó Opal— y no entiendo por qué estás enojada con él ahora.

Pudo haber funcionado, sólo que en ese preciso momento, Houston oyó a tres mujeres riendo como colegialas en el pasillo. Habían ido a visitarla y a enterarse de las últimas noticias. Houston se negó a recibirlas.

Pero ahora escuchaba con orgullo las propuestas de

su marido. Por fin, Leander hizo una pregunta que le puso los pelos de punta.

—¿Ésta es una cuenta de la ciudad de Chandler? —le preguntó Lee a Kane.

—Sí —contestó Kane—, el comisario quiere quinientos dólares en efectivo para arreglar la cárcel. Creo que es la única cuenta que he sentido deseos de pagar en toda mi vida.

—Quizá puedas organizar una gran apertura y Houston puede cortar la cinta —sugirió Rafe.

Hubo un largo silencio.

—Si es que ella vuelve a dirigirle la palabra —comentó Edan.

Hubo otra pausa. Leander tomó la palabra.

—Supongo que nunca se llega a conocer a una persona. Conozco a Houston desde que éramos pequeños, pero la Houston que conocí y la que voló la pared de la cárcel no son la misma persona. Hace unos años, la llevé a un baile y ella lucía un hermoso vestido rojo, pero Gates le dijo algo que la hirió y ella no se quitó el abrigo en toda la noche. Estaba tan nerviosa que cuando llegamos al baile le aseguré que si quería quedarse con el abrigo puesto toda la noche yo no tenía inconvenientes. Y se pasó toda la noche sentada en un rincón, con el abrigo puesto como si estuviera por echarse a llorar en cualquier momento.

Houston se detuvo con una flor en la mano. Era extraño cómo un mismo episodio podía verse desde dos ángulos diferentes. Ahora que pensaba en lo sucedido, quizá se había comportado como una tonta con aquel vestido rojo. Una de sus amigas, Nina Westfield, solía usar ese tono de rojo que tanto la había angustiado aquella noche.

Sonriente, Houston siguió acomodando las flores.

—Si pensaba tirar abajo la estructura, podía haberlo hecho de otra manera —comentó Kane—. No saben lo que es que alguien te comunique que está colocando cartuchos de dinamita debajo de tus pies mientras tú no tienes adónde ir.

—Puedes dejar de pavonearte —replicó Edan—. Te encantó lo que hizo y tú lo sabes.

La sonrisa de Houston fue más amplia.

Leander se echó a reír y añadió:

—Qué lástima que no pudiste ver lo que sucedió después de la explosión. Todos pensamos que había estallado otra mina y salimos corriendo en paños menores. Cuando vimos que a la cárcel le faltaba una pared, nos quedamos allí, mirando y ninguno podía comprender lo que había sucedido. Fue Edan el primero en recordar que tú estabas en la cárcel.

Houston tuvo deseos de reír pero se contuvo.

—En cuanto vi la cárcel derrumbada supe que Houston tenía algo que ver en todo ello. Mientras todos ustedes estuvieron adorándola todos estos años, pensando que era una princesa de hielo, yo la seguí. Debajo de ese exterior tan delicado, yace una mujer... Bueno, no me creerían si les contara lo que esta mujer suele hacer como la cosa más corriente —aseguró Edan.

Houston tuvo dificultades para controlar su ataque de risa. Edan hablaba en un tono medio sorprendido y medio admirativo. El día cuando Edan le había confesado haberla espiado, Houston no pensó en otra cosa que en su temor de que Kane se enterara de sus incursiones en los campos mineros y no se había preocupado ni un sólo instante por sus travesuras con el boxeador, o el baile del can-can o el libro picante que habían leído en voz alta. Todo el tiempo había estado aterrorizada de que Kane descubriera lo que hacía, sus reuniones con los miembros de la Hermandad, pero al final, su marido lo había sabido todo y la vida siguió adelante. La noche cuando se había puesto aquel vestido rojo pensó que, si alguien llegaba a verla, su reputación quedaría arruinada y no sería una buena esposa para Leander.

¡Pero todo lo que había hecho en esos últimos meses! ¡Como el día cuando había bajado por la ventana con su bata de cama! Y después, cuando invitó a vivir a la casa Taggert a todas esas personas e informó a Kane que tendría que mantenerlos.

Cuanto más pensaba en todo ello, más deseos sentía de reír. Antes de casarse con Kane, estaba segura de quién era la mujer que se casaba con él. Él quería una dama y ella creía cumplir con los requisitos. Pero, cuando recordó todas las aventuras a las que lo había expuesto, Houston no pudo reprimir la risa por más tiempo. La carcajada fue tan rotunda que el florero que estaba sobre la mesa comenzó a temblar.

Houston se aferró al borde de la mesa y siguió riendo hasta que se le aflojaron las rodillas. Los hombres salieron corriendo de la habitación.

—Houston, querida, ¿estás bien? —le preguntó Kane mientras la tomaba del brazo y la ayudaba a enderezarse.

—Me cubrí el vestido rojo porque no quería que nadie pensara que yo no era una dama —logró gritar Houston—, y luego, hago volar la pared de la cárcel. —Se apoyó las manos en el estómago y siguió deslizándose hasta quedar sentada en el suelo—. ¿Tenía el sombrero derecho? —preguntó—. ¿Estaba derecho la noche cuando contraté a un boxeador para que nos enseñara sus músculos?

—¿De qué está hablando? —preguntó Kane.

Edan comenzaba a sonreír.

—Lo perdiste mientras bailabas —dijo y soltó una carcajada—. ¡Y pensar que aquella noche me había llevado una botella de whisky para no aburrirme! —Para cuando terminó de reír, estaba sentado en el suelo junto a Houston—. ¡Y la señorita Emily! —exclamó—. ¡Todavía no puedo pasar delante de su confitería sin sonreír!

La risa no permitía que Houston pronunciara una sola palabra claramente.

—¡Y Leander! ¡Fui tan cuidadosa todos estos años! Nunca te conté lo de Sadie ni tantas otras cosas.

Leander, sonriente la observó y preguntó a Kane:

—¿Sabe qué está diciendo?

Fue Rafe quien contestó.

—Esta damita tan delicada, que tiene apariencia de no hacer otra cosa más que bordar, suele conducir un carro de cuatro caballos ella sola.

—Y puedo guiar uno de doce caballos —agregó Houston entre carcajadas.

—Y posee una derecha que puede derribar a un muchacho de su mismo tamaño —añadió Kane con orgullo—, y también puede abandonar su fiesta de boda para seguir al cabeza hueca de su marido después de que él se ha comportado como un tonto delante de todo el mundo, y también es capaz de pagarle a una amante para que desaparezca de la ciudad y puede gritar cuando... —se detuvo cuando dijo lo último.

Leander observó a Houston abrazada a Edan, ambos muertos de risa y luego miró a Kane, que tenía los ojos clavados en ella con una expresión que era una mezcla de amor y orgullo.

—¡Y pensar que yo la llamaba princesa de hielo! —murmuró Lee.

Kane se volvió, con los pulgares en la cintura de su pantalón y afirmó:

—Yo derretí el hielo.

Ahora fueron Lee y Rafe los que estallaron de risa ante el orgullo con que Kane había pronunciado esas palabras.

Rafe hizo una señal en dirección a Houston.

—Y es mejor que hagas algo con ese trozo de hielo antes de que termine derritiéndose. Creo que no querrás perderla.

Kane se inclinb y tomó a Houston en sus brazos.

—Nunca dejaré que esta dama se aleje de mi lado.

Houston, que seguía muerta de risa, luchó por liberarse mientras su marido la cargaba hacia la escalera.

—No señor —repuso Kane—, nada va a separarnos. Ninguna otra mujer o hijo mío que ella no conozca. Creo que es por eso que la amo tanto. ¿No es así, Houston?

Houston lo miró extasiada.

Él inclinó la cabeza y le susurró algo al oído para que los demás no lo oyeran.

—Cuando lleguemos arriba me explicarás qué fue esa «demostración muscular» de la que hablaban. ¡Y no comiences a reírte otra vez! ¡Houston!